KB089682

이천도 우화집

마음 둘 곳 없는 영혼들에게!

부제: 문학의 위안

목 차

이 글은 허구다. 아니,
허구이면서 실제처럼 뵈는 그 무엇이다.
이 글은 실제다. 아니,
실제이면서 허구처럼 뵈는 그 무엇이다.

우리들은 모두

잃어버린 동심을 그리워하는

슬픈 영혼의 별똥별이다.

인생은 무릇 가슴에서 첫발을 딛고
머나먼 머리끝에 다다랐다가
도리어 첫날의 그 가슴으로 되돌아오는
멀고먼 인내와 깨달음의 여정이리라.
그리하여 처음 그 자리로 돌아왔을 때
비로소 우리는 후회의 잔을 들고
때늦은 탄식을 마시며 문득
한 줌의 잔해를 남기고 사라져간다.

날개

인간은 본래 날개를 달고 태어난다.
인간은 기실 날 수 있는 종족이다.
하지만 자라면서 자꾸만 깃털을 잃어버린다.
그렇게 나날이 날개깃을 잃어가면서
절로 펭귄처럼 변해가다가
마침내 어른이 되는 순간
그 최후의 깃털마저 잃어버린다.
그리고서 인간은 잃어버린 날개를 찾아
일생토록 깃털의 흔적 속을 떠돈다.

사랑은 착각

인간의 마음은 무색이다. 마음의 감정은 유색이다. 모든 감정은 오직 마음의 착각이다. 사랑도 미움도 분노도 증오도... 그저 그런 착각의 색채일 뿐이다. 그러므로 인간은 일생토록 마음의 착각 속에 살다가 그 착각의 감정 속에서 죽는다. 그래, 인간의 감정이 마음의 착각이라면 우리는 모두 선택의 주체가 된다. 모든 감정이 착각이므로 우리는 결국 착각의 실체가 된다. 그리하여 선택하여라. 그리하여 착각하여라. 모든 것을 사랑한다고. 모든 이를 사랑한다고. 모든 삶을 사랑한다고. 그리하여 행동하여라. 그리하여 결단하여라. 오직 모두를 사랑한다는 감정의 착각 속에 살아가다가... 끝내 모두를 사랑한다는 마음의 착각 속에서... 선량한 죽음을 맞이하여라.

어떤 그리움(깨달음)은

흡사 길을 걷다 우연히

옛 사랑을 스쳐 지날 때

저도 몰래 홀연 뒤돌아보지만

선뜻 다가갈 수도 소리칠 수도 없는

차마 돌아설 수도 외면할 수도 없는

바로 그 순간의 자기 자신에 대한 자조와

변명과도 같은 무례한 그 당혹감이다.

1부

1. 생명

어느 고즈넉한 오후. 한 아이가 시골집 앞마당에 쪼그리고 앉아 막댓가지로 콕콕 땅을 헤집었다. 앞마당에 걸친 빨랫줄에는 누덕누덕 기운 헌옷들이 널렸다. 빨랫줄을 받친 바지랑대는 비스듬히 기운 채로 습습한 바람결에 밀려 흔들거렸다. 밀잠자리 한 마리가 빨랫줄에 앉아 날개를 접고 바람 따라 살랑살랑 그네를 탄다. 울 밑 살피꽃밭에는 채송화와 분꽃, 나팔꽃, 맨드라미가 쪼로니 피었다. 꿀벌들이 부산하게 날개를 떨며 꽃밭 속을 붕붕거린다. 뒤란 장독대 주변에는 금낭화가 피었고 이제 막 호랑나비 한 마리가 너부시 내려앉았다. 장독소래 위에는 더덕, 도라지, 두릅, 고사리, 호박 등속을 말리는 버들채반과 대소쿠리가 너덧 얹혔다. 집파리 두어 마리가 날아와 꾸덕꾸덕 마른 나물 위를 맴돌며 앵앵거린다.

살찐 수탉 한 마리가 가만가만 마당귀를 오가며 골골대더니 방금 막 움직임을 멈추고 슬금슬금 그 아이를 곁눈질했다. 헛간에선 누렁이가 바닥에 배를 깔고 누워 자기 앞발 위에 턱을 얹고는 퍽 따분한 빛으로 눈알을 되록거렸다. 참새 한 마리가 초가지붕 위에서 포르르 날아올라 헛간 바닥으로 내려앉았다. 누렁이가 냉큼 고개를 들고 참새를 지켜보더니 이내 흥미를 잃고 자기 앞발 위에 도로 턱을 얹었다. 누렁이는 흘끔 사립문 쪽을 눈질하고는 곧 눈을 돌려 그 아이를 바라보았다.

"아야, 아야, 아야야!"

별안간 날카로운 외침이 앞마당을 울렸다. 누렁이가 귀를 쫑긋
하더니 번쩍 일어나서 그 아이 곁으로 다가갔다. 그 소리에 놀란 암
탉이 마당귀에서 연거푸 날갯죽지를 퍼덕거렸다. 그 아이는 땅을
헤집다 말고 막댓가지를 손에 쥔 채 덜컥 놀란 눈으로 땅바닥을 바
라보았다. 바로 곁에 서서 누렁이가 알쏭달쏭한 표정으로 같은 자
리를 내려다보았다. 그러자 바닥에서 작은 개미 한 마리가 누렁이
의 눈에 들어왔다. 무심히 땅을 헤집던 그 아이의 막댓가지에 찍혀
그만 개미는 앞다리와 머리, 가운뎃다리와 허리 그리고 뒷다리 할
것 없이 몸뚱이가 온통 상처투성이가 되고 말았다.

얼마 후 저녁녘이 되자 집집마다 모락모락 밥 짓는 연기가 피어
올랐다. 그 뒤로 한참이 지났다. 그사이 마을은 어둠에 잠기고 어느
덧 초가지붕 위로 뽀얀 달빛이 내려앉았다. 고된 하루를 뒤로하고
사람들은 일찌감치 방구들에 몸을 뉘었다. 암탉은 횃대에서 누렁이
는 개집에서 참새는 새둥주리에서 곤히 잠이 들었다. 이따금 숲의
고적을 읊조리는 듯 뒷산 어딘가에서 밤새 울음소리가 들려왔다. 아
렴풋이 흔들리는 그 소리를 싣고 밤바람이 몰래몰래 달빛 속을 간
질이며 숨바꼭질하듯 어둠 속을 떠돌았다. 어느덧 밤이 깊었다. 이
제는 밤새 울음소리도 들려오지 않았다. 그 아이는 오늘도 엄마 아
빠 틈새에서 색색 단잠이 들었다. 그날따라 이상스럽게 잠덧이 심
했다. 무슨 꿈을 꾸는 건지 그 아이는 자꾸 식은땀을 흘리며 잠꼬대
를 했다.

"미안해! 미안해!"

"잘못했어!"

"잘못했어!"

2. 코스모스

꿀벌 한 마리가 날아와서는 냇둑에 핀 코스모스 위를 붕붕대다가 이윽고 살짝 거기에 내려앉았다. 불어오는 바람결에 코스모스가 한들거리자 꿀벌도 따라 하늘하늘 물결처럼 일렁거렸다. 보드라운 가을볕 아래서 냇물이 소곤소곤 귀엣말을 속삭이며 한가로이 흘러내렸다. 그때 저만치서 등에 책보를 멘 소년 하나가 나타나 삑삑, 삘리리, 삘리리! 풀피리를 불면서 이쪽으로 걸어오기 시작했다. 소년의 머리는 까까머리였고 얼굴에는 땟국이 흐르고 발등이 훤히 드러난 맨발에는 검정고무신을 꿰었다. 오늘도 쫄쫄 단배를 곯린 터라 배 속에서 꼬르륵꼬르륵 밥 달라고 찡얼대는 소리가 났다. 그런 상태로 얼마나 먼 길을 또 혼자 걸어왔는지 소년의 얼굴은 지친 기색이 역연했지만 그러면서도 장난기 밴 그 눈빛만은 제절로 천진스레 빛을 발했다. 본디 흰빛이었던 삼베옷은 까맣게 묵은 때에 절어 거의 제빛을 잃었다.

소년은 막 코스모스 곁으로 다가왔다. 그 코스모스에 앉은 꿀벌을 발견하자 소년은 절로 호기심이 동했다. 열심히 꿀을 따느라고 꿀벌은 미처 소년이 다가온 줄도 몰랐다. 이윽고 소년이 피리처럼 불던 풀잎을 버리고 곧 엄지와 검지를 오므려 손집게를 만들고는 꿀벌의 날개 쪽으로 가만가만 손끝을 가져갔다. 그리고 꿀벌의 날개에 손끝이 거의 닿을락 말락 하자 소년은 잠시 동작을 멈추고 호흡을 가다듬었다. 곧이어 조심조심 손끝으로 꿀벌의 날개를 집으려는 찰나 "앗!" 하고 소리치며 소년은 경련하듯 탈탈 손가락을 털어 댔다.

소년은 엉겁결에 그만 벌침에 쏘인 것이다.

어느 병실에서 죽어가던 환자가 눈을 뜬 것은 바로 그때였다. 일생을 정계에 몸담았던 그는 은퇴 후 얼마 안 있어 와병으로 몸져누웠다가 이틀 전에 상태가 악화되어 급히 구급차에 실려 병원으로 이송됐던 것이다. 긴 잠에서 깨어난 듯 노인은 멍한 빛으로 주위를 둘러보았다. 뭔가 모르게 흐릿흐릿한 물체들이 시야에 어른거렸다. 이것이 꿈인지 생시인지 노인은 도무지 알 길이 없었다. 그때였다. "아버지! 아버지! 아버지! 정신이 좀 드세요? 저예요! 저, 막내예요! 저예요, 아버지!" (환청인지, 어쩐지) 아주 멀리서 누군가의 목소리가 잇달아 노인의 귀를 울렸다. 그사이 의료진이라도 호출했는지 갑자기 병실이 부산스레 수런거렸다. 노인은 연거푸 눈만 끔벅끔벅하더니 이윽고 사르르 미소를 지으며 혼잣말하듯 웅얼거렸다.

"벌에 쏘였어. 벌에 쏘였어."

그러고는 미약한 숨소리를 끝으로...
마지막 눈을 감았다.

3. 장갑

흰 눈이 폴폴 내리는 초겨울의 어느 날이었다. 저만치 보이는 신축 건물 공사장 한편에서 인부 몇몇이 녹슨 드럼통에 피운 장작불 가에 둘러서서 두런두런 불을 쬐며 잠시 추위를 녹였다. 야울야울 타들어가는 장작불 속으로 쉴 새 없이 눈송이들이 떨어져 내렸다. 비명인지 엄살인지 자꾸만 탁탁 외마디를 지르는 장작들과 달리 눈송이들은 고스란히 운명에 순응하며 저마다 순순히 장작불 속으로 녹아들었다. 한순간 찬바람이 휙 스치자 장작불이 더 확 피어올랐다. 불기운이 후끈 한기를 쓸어내며 인부들의 움츠러든 혈관을 누그러뜨렸다.

누구는 입꼬리에 담배를 문 채
장작불에 연신 언 손을 비볐고
누구는 자판기에서 뽑은
믹스커피 종이컵을 손에 들었고
또 누구는 껌인지 육포인지 캐러멜 사탕인지를
입에 넣고 질겅질겅 씹었다.

"같이 불 좀 쬡시다!"

인부들은 동시에 한곳을 돌아보았다. 어디서 나타났는지 백발이 성성한 노신사가 그들 곁으로 다가왔다. 그 노신사가 곁불을 쬘 수 있도록 인부들은 조금씩 자리를 벌려 그의 공간을 만들었다. 거기 인부들과 다르게 그 노신사는 말쑥한 외투에 두꺼운 금테 안경을 코에 걸치고 두 손에는 값비싼 가죽장갑을 꼈다. 그 노신사는 한차례 쓱 인부들을 훑어보더니 이윽고 두 손바닥을 나란히 펴고서 말없이 장작불에 손을 쬐었다. 조금 지났다. 고새 누가 드럼통에 불순물이라도 집어넣은 걸까. 별안간 장작불 속에서 무슨 이물질이 타는 듯한 고약한 냄새가 훅 끼쳤다. 인부들은 일제히 눈을 모아 그 노신사를 쳐다보았다.

(눈을 뜬 건지, 감은 건지)
그 노신사는 혼자 골똘히 생각에 잠겼다.
그때 막 장작불로 떨어져 내리던
눈송이 하나가 이렇게 외쳤다.

"장갑! 장갑! 장갑!"

4. 성냥

한 노파가 길가에 서서 작은 성냥갑 한 개를 팔고 있었다. 짙은 빛깔의 머릿수건을 두른 그 노파는 자기 앞을 오가는 이들에게 연신 그 성냥갑을 들이대면서 이렇게 말했다. "성냥 사구려. 성냥 사구려, 성냥. 신기한 요술 성냥 사구려. 세상에 딱 한 개 남은 마법 성냥 사구려......" 하지만 행인들은 서로 밀약이라도 한 듯 두 귀를 단단히 닫아걸고 그 노파 쪽으로는 아예 눈길조차 주지 않았다. 노파는 쉬지 않고 사람들을 향해 (거기 쓸쓸히 길 위를 떠도는 차가운 그 심혼들을 향해) 애타게 성냥을 사라고 외쳤다. 어느덧 시간이 흘러 해질녘이 되었다. 노파는 오늘도 성냥을 팔기는 어렵겠구나 생각하고 이제 그만 집으로 돌아가야지 하고 마음먹었다. 그러고는 마지막으로 한 번 더 성냥을 사라고 외치는 것이었다.

"성냥 사구려, 성냥!"
"신기한 요술 성냥 사구려!"
"세상에 딱 한 개 남은......"

잠시 후 노파는 성냥갑을 주머니에 넣고는 저쪽으로 털털 발을 돌렸다. 얼마 안 가 해가 지고 도시는 또 어슬어슬 어둠이 내려앉았다. 골목마다 전신주마다 노란 가로등이 켜지고 저만치 검푸른 밤하늘에 흐릿한 저녁달이 떠올랐다. 무슨 일인지 달은 그날따라 유난히도 생기를 잃었다. 그러다 이윽고 그마저도 완전히 빛을 잃고 안개가 흩어지듯 검은 구름장 뒤로 부스스 스러지고 말았다. 그나저나 그 많고 많던 별들은 다 어디로 간 걸까. 오래전 어릴 적에 보았던 그 수십억 개의 별빛들은 다 어디로 숨어 버린 걸까. 날이면 날마다 밤이면 밤마다 이 끝에서 저 끝으로 아무리 눈을 굴려 밤하늘을 훑어봐도 더는 그 종적조차 보이지 않았다.

그날이 마지막이었다.

그 후 노파는 두 번 다시 그 길 위에 나타나지 않았다. 노파는 그렇게 우리 앞에서 영영 모습을 감췄다. 그리하여 세상에 딱 한 개 남은 요술 성냥도 그 노파의 잠적과 함께 그 길에서 묘연히 사라지고 말았다. 그 노파와 성냥은 분명 자취를 감췄지만 사람들은 여전히 그 길 위를 오갔다. 어제도 그제도 그리고 오늘도 날이면 날마다 행인들의 발길은 끊이지 않았다. 하지만 어찌된 일인지 그들은 아무도 그 노파의 증발을 알아채지 못하는 것이었다.

5. 고양이

1. 찬바람이 매섭게 을러대는 한겨울의 어느 밤이었다. '묘현' 씨는 어느 집 옥탑방에 살고 있는 서른일곱 살 안팎의 독신자였다. 닥치는 대로 막일을 하며 날품 인부로 살아가는 그는 이즈막 근 일주일을 내리 앓아누워 품팔이를 나가지 못했다. 그날도 그는 홑이불 하나로 몸을 돌돌 말고 차디찬 방바닥에 홀로 덩그러니 누워 있었다. 보일러의 기름이 떨어진 지도 벌써 며칠째였다. 방 안에는 줄곧 전깃불도 꺼진 채였다. 그는 자리에서 일어나 전깃불의 스위치를 켤 기력조차 없었다. 그사이 그는 이렇다 할 약이나 음식은커녕 죽한 술, 물 한 모금 입에 대지 못했다. 원체 기운이 빠져 몸을 가눌 수도 없는데다 무장 혹독해지는 추위 탓에 그는 도저히 문밖을 나설 엄두가 나지 않았던 것이다. 하지만 실내라고 해도 춥고 냉랭하기는 매한가지여서 바깥보다 별반 나을 것도 없었다.

2. 여러 날 보일러가 꺼진 방은 그대로 냉동고나 다름없었고 그는 꼼짝없이 냉동실에 갇힌 동태 신세나 마찬가지였다. 어쨌거나 그럼에도 바깥보다는 추위가 덜했기 때문에 어떻게든 지금까진 견딜만했다. 바로 바람벽과 홑이불 그리고 있는 대로 몽땅 덧껴입은 옷가지 덕분이었다. 하지만 그런 일시적인 미봉책만으로 제대로 된 어한이 될 리 없었다. 그나마 그것도 결국 그날 밤에 이르러 한계에 도달하고 말았다. 그날따라 동장군이 어찌나 모질게 구는지 뼛속까

지 한축이 들면서 창자까지 부들부들 떨리는 게 금방이라도 얼어붙어 동사하고 말 지경이었다. 아까부터 자꾸만 눈꺼풀이 무섭게 내려앉는 것이 아무래도 사태가 심상치 않았다. 이대로 자칫 눈꺼풀의 무게에 눌려 잠이 들면 두 번 다시 그는 눈을 뜨지 못하리라. 틀림없었다. 비록 그 순간 그를 유혹하는 잠의 숨결은 차마 거부할 수 없을 만큼 감미로웠지만 그는 이것이 자신을 제물로 삼으려는 동장군의 사특한 술수라는 것을 모르지 않았다. 그럼에도 당장은 그대로 그렇게 눈이 감겨도 좋으리란 착각이 들을 만치 잠의 향기(온기)는 더없이 강렬하고도 집요했다.

3. 돌덩이처럼 짓누르는 눈꺼풀의 무게와 씨름하며 묘현 씨는 한동안 처절하게 사투를 벌였다. 그러다 결국 저도 모르는 사이 그만 수르르 눈꺼풀이 무너앉고 말았다. 그렇게 얼마쯤 지났다. 그는 설핏 꿈을 꾸었다. 그것은 등장인물이 전혀 없는 적막하고도 야릇한 무채색 꿈이었는데, 이따금 어디선가 고양이 울음소리만 아련히 들려올 뿐이었다. 어쩜 그 소리가 '길묘'의 울음소리일지 모른다고 묘현 씨는 언뜻 생각했다. 아니, 그렇게 믿고 싶었다. 길묘는 글자 그대로 길고양이를 뜻하는데, 한편으론 묘현 씨가 직접 붙여준 어느 암고양이의 이름이기도 했다. 길묘는 종종 묘현 씨가 사는 옥탑까지 올라와 머물다 가곤 하던 어두운 빛깔의 말라빠진 고양이였다. 그 고양이가 옥탑으로 올라올 적마다 묘현 씨는 꼬박꼬박 자신의 음식을 접시에 덜어 정성껏 손님 대접을 하곤 했다. 처음에는 방 안팎에서 내외하듯 따로따로 떨어져 앉아 음식을 먹었지만 얼마 안

가 둘은 한식구처럼 마주앉아 스스럼없이 유쾌하게 식사하는 둘도 없는 단짝이 되었다. 언제 어떻게 그리 되었는지, 즉 길묘가 먼저 실내로 들어왔던 건지, 묘현 씨가 먼저 그러라고 허락한 건지는 모르지만 어느 순간 둘은 실내에서 단란하게 식사하는 유일한 식구이자 말벗이 되어 있었다. 길묘는 그렇게 묘현 씨의 곁을 지키며 다정스레 삶의 길을 동행하는 든든한 길벗이 되어주었다. 그러는 사이 길묘는 점차 토실토실 살이 오르고 생기 없이 칙칙하던 털빛도 웬만큼 반드르르 윤기를 되찾기 시작했다. 동시에 그 눈동자에서도 어떤 신비스러운 아우라가 피어나면서 몇몇 혈통 좋은 고양이들과 마찬가지로 그들 특유의 본성인 귀족적 우아함과 시크한 도도함도 되살아났다.

4. 그런 길묘가 돌연 모습을 감춘 것은 바로 그즈음이었다. 그러니까 대략 달포 전쯤이었다. 그 뒤로 길묘는 묘현 씨의 옥탑 근처에는 발그림자도 비치지 않았다. 그렇듯 불시에 길묘가 떠나가자 묘현 씨는 문득 커다랗게 함몰된 자기 안의 공허를 마주하고는 이내 감당하기 힘든 고독과 상실감에 몸을 떨었다. 그러면서 자꾸만 버림받은 듯한 소외감과 함께 원망 어린 서운함이 북받쳐 올랐다. 그러면서도 그 모든 것을 아우르는 지배적인 감정은 바로 그리움(혹은 아쉬움)이었다. 뜻밖에 꿈속에서 길묘의 울음소리가 들리는 듯하자 묘현 씨는 지레 반가움이 일면서 절로 어떤 흥분감에 사로잡혔지만 그 감정은 금시 싸늘하게 식어지면서 돌연 쓰디쓴 시름으로 뒤바뀌고 말았다. 이제는 길묘가 자신을 찾아오더라도 더는 서로

친밀한 정을 나누며 같이할 수 없으리란 절망적 자의식 때문이었다. 비록 꿈속이었지만 그는 자신이 다시는 깨어나지 못할 영원의 잠 속으로 빠져들고 있다는 사실을 또렷이 인식하고 있었던 것이다. 이윽고 아스라이 들리던 고양이 울음마저 멎자 그는 더 아득히 죽음의 심연으로 미끄러져 들어갔다. 그토록 미미한 의식 속에서도 '죽기 전에 다시금 길묘와 마주앉아 그전처럼 살갑게 애정의 온기를 나누었으면...' 하고 그는 막연히 생각하는 것이었다.

5. "와장창! 쨍그랑! 쨍그랑!" 누가 짱돌이라도 날린 듯 별안간 유리창이 부서지는 소리가 울린 것은 바로 그때였다. 그대로 맥없이 창유리가 떨어져 나가고 뻥 뚫린 창구멍으로 득달같이 찬바람이 들이닥쳤다. 곧 시커먼 어둠 속에서 찬바람이 휭휭 소리를 내면서 한차례 사납게 방 안을 휘젓더니 이윽고 날카롭게 발톱을 세우고는 연거푸 사정없이 묘현 씨의 코끝을 후려갈겼다. 그 서슬에 묘현 씨는 번뜩 눈이 뜨였다. (그리고 거의 동시였다!) 환영이었을까. 순간 머리맡에서 무언가 휙 하고 몸을 날려 깨진 창 너머로 바람처럼 사라지고 말았다.

6. 아지랑이

때 이른 더위가 도시의 발밑을 달구는 오월 하순의 한낮이었다. 도로마다 아스팔트 위로 잔물결이 일 듯 아지랑이가 피어올랐다. 작년에 입사 시험에 합격해서 수년 만에 겨우 실업자 신세를 면하고 A상사에 들어간 '형설' 씨는 방금 사장실 문을 열고 안으로 들어섰다. 왠지 까닭도 없이 조바심이 나고 자꾸만 가슴이 두근거리는 통에 그는 연신 마른침을 삼켰다. 일개 말단 직원인 자신을 사장이 직접 구내전화를 걸어 자기 방으로 부른 것도 별스러운 일이지만 그보다도 혹여 자기가 무슨 실수라도 저지른 게 아닐까 하는 지레짐작으로 그는 좀체 불안한 마음을 억누를 수 없었다.

이즈막 회사 분위기는 몹시 뒤숭숭했다. 무차별적인 감원 칼바람이 불고 있었기 때문이다. 자고 나면 책상이 치워지고 동료들이 사라지고 그렇게 달포가 멀다고 부서들이 갈가리 찢기면서 허공으로 흩어지고 있었다. 그가 사장실로 들어서자 커다란 안락의자에 폭 몸을 묻은 그 남자가 이쪽으로 등을 돌린 채 물끄러미 유리창 밖을 응시하고 있었다. 형설 씨는 잠잠히 눈을 내리깔고 그 남자의 책상 앞으로 다가가 얼추 두 걸음쯤 사이를 두고 멈춰 섰다.

잠시 후 그 남자가 이쪽으로 의자를 돌려 형설 씨를 쳐다보았다. 형설 씨는 순간 외마디 비명을 지를 뻔했다. 그는 가까스로 목구멍을 억누르고 뒤로 주춤 물러섰다. 대번 살갗에 소름이 돋고 있는 대로 속이 떨리면서 식은땀(전한)이 주르르 등줄기를 타고 흘러내렸다. 바로 거대한 두꺼비 한 마리가 거기 안락의자에 걸터앉아 그를 빤히 노려보고 있었던 것이다.

형설 씨는 그대로 사장실을 뛰쳐나와 허둥지둥 비상계단을 달려 내려갔다. 그렇게 곧장 회사 건물을 빠져나와 숨도 쉬지 않고 냅다 거리를 내달았다. 그 뒤 얼마를 달렸을까. 마침내 그는 달음질을 멈추고 어느 건물 벽에 기대서서 헐근헐근 가쁜 숨을 몰아쉬었다. 한동안 숨을 고르고 나서 겨우 정신을 가다듬은 그는 저만치 시선을 던져 자기 눈망울에 비친 오월 한낮의 차도를 바라보았다. 착시였을까! 거기! 아물아물 흔들리는 아지랑이 사이로 끝도 없이 펼쳐진 푸른 들판이 눈에 들어왔다.

어느새 그는 건물 벽에서 절로 등을 떼고는 한 걸음 한 걸음 그쪽으로 발걸음을 내딛는가 싶더니 이윽고 뭔가를 급히 따라잡으려는 듯 그 너른 평원을 향해 들입다 내닫기 시작했다. 그랬다! 그는 바로 그 '물체'를 쫓고 있었다. 거기! 그 장쾌한 원시의 황야에서! 벌거벗은 야생아 하나가 태양빛 그 '환영'을 쫓고 있었다. 거기! 그 푸른 초원의 한복판에서! 그 순간 황금빛 야생마 한 마리가 먼먼 지평선을 향해 돌진하고 있었다. 그 거친 말갈기를 휘날리며 그렇게 맹렬히 광야를 질주하고 있었다.

7. 자명종

그날 밤 탁자 위에 놓인 자명종 시계를 꺼버리고 그는 일찌감치 침대로 기어들었다. 내일 하루는 휴무였으므로 모처럼 늘어지게 맘껏 늦잠을 잘 요량이었다. 이불 속에 누운 채로 멍히 생각에 잠겼다가 그는 이윽고 모로 돌아누우면서 눈을 감았다. 그날도 눈코 뜰 새 없이 고된 하루를 보낸 터라 눈을 감기 무섭게 그는 다르랑다르랑 코를 골았다. 내일은 새벽같이 주인님을 깨울 필요가 없었으므로 침대맡 탁자 위에 놓인 자명종도 여느 때와 달리 마음 푹 놓고 잠을 청했다.

보통은 실수라도 할까 하는 노파심에 한시도 긴장의 끈을 놓지 못한 채 자명종은 주인님의 새벽 기상 시간까지 내내 뜬눈으로 불침번을 서야만 했다. 행여 깜박 잠이 들어 제 시간에 주인님을 깨우지 못해 늦잠이라도 들게 하는 날엔 실로 아찔한 결과를 초래할 수 있기 때문이었다. 만에 하나 자신의 실수로 주인님이 회사에 지각해서 직장 상사로부터 질책이라도 받는다면 어찌 되겠는가. 당장 주인님의 직장 생활에 적지 않은 곤란과 불이익으로 작용할 것이 불을 보듯 자명하지 않은가. 그 생각을 하는 것만으로도 자명종은 오스스 몸서리가 쳐졌다.

자명종은 그때마다 주인님을 위해
자신에게 맡겨진 임무가 얼마나 막중한 것인지

새삼 절실히 되새기곤 했다.

그런 자명종도 어쨌거나 그날 밤은 아무 걱정 없이 마음의 고삐를 풀어놓고 여유만만하게 잠이 들었다. 그 뒤 얼마나 흘렀을까. 자명종은 문득 눈을 뜨고는 아장아장 걸음을 옮겨 탁자 끄트머리로 다가갔다. 거기 서서 잠시 심호흡을 하며 잠든 주인님을 내려다본 뒤 그대로 폴짝 몸을 날려 자명종은 주인님의 침대 위로 사뿐 내려 앉았다. 그러고는 가만가만 주인님의 머리맡으로 다가가서 자명종은 살그머니 그 자리에 몸을 뉘었다. 불과 석 달 전까지만 해도 주인님의 옆자리는 비어 있지 않았다. 그러니까 그 자리엔 늘 주인님의 그녀가... 그날의 그 아리따운 미소와 향기로운 언어와 다사로운 기쁨이 함께했었다. 그 생각을 하자 자명종은 어째 마음이 짠해지면서 오늘따라 주인님이 더 안쓰럽고 애처롭게만 보였다.

자명종은 절로 맘속으로 중얼거렸다.
'그녀가 주인님을 떠난 건 주인님을 향한 그녀의 사랑이 하나의 감정이었기 때문이야. 그래. 가슴으로 하는 사랑은, 감정으로서의 사랑은, 너무 불안정해. 이리저리 늘 줏대 없이 휘둘리고 흔들리니까. 시도 때도 없이 널뛰기하듯 위태롭고 불안하고 조마조마하니까. 하지만 난 달라. 난 좀체 흔들리지 않으니까. 난 절대 감정 따위에 휩쓸리지 않고 우직하게 그 자리를 지키며 남아 있으니까. 그래. 주인님을 향한 나의 사랑은 머리로 하는 사랑, 바로 의무로서의 사랑이니까. 그래. 주인님을 위한 나의 사랑은 한낱 감정이 아닌... 언

제 어느 때나 한결같은 신념... 바로 무조건적 직분으로서의 영속적
의무이니까......' 잠시 후 자명종은 눈을 감고 다시금 잠을 청했다.
무슨 꿈을 꾸는 걸까. 꿈속에서 주인님은 누구를 만났을까. 자명종
이 막 잠이 들려는 찰나 주인님은 나직이 잠꼬대를 응얼거렸다.

"왜 이제야 왔어."
"얼마나 기다렸는데......"

8. 몽당연필

철수가 잠이 들고 한참이 지났을 때 소곤소곤 달님의 귀엣말이 들려왔다. "철수야. 일어나. 얼른 일어나. 얼른 이리로 올라와." 철수는 잠결에 귀가 간지러워 반대쪽으로 돌아누웠다. 그러자 다시금 철수의 귓가에 달님의 속삭임이 들려왔다. "철수야. 얼른. 얼른 일어나. 빨리 일어나. 이리 올라와서 나랑 놀자." 그제야 철수는 한쪽 눈은 감긴 채로 다른 쪽 눈만 겨우 실눈을 뜨고 멍멍히 생각에 잠겼다. 이제 달님의 목소리는 들리지 않았다. 철수는 이윽고 다른 한쪽 눈을 마저 뜨고 꾸물꾸물 일어나 앉았다가 곧 침대를 나와 창가로 다가갔다.

환한 달빛이 창을 통해 들어와
철수의 방을 비췄다.

철수는 잠시 창가에 서 있다가 자기 책상으로 다가가 첫 번째 서랍을 열었다. 그 안에서 철수는 플라스틱 필통을 꺼냈다. 철수는 곧 필통을 열고 거기서 몽당연필 한 개를 집었다. 흰색 볼펜 대를 연필 깍지로 끼운 새끼손가락만 한 몽당연필이었다. 볼펜 대 한쪽에는 몽당연필을 끼우고 다른 쪽 끝에는 연필에서 지우개만 따로 빼내 거기에 꽂았다. 철수는 손에 든 몽당연필을 막 자기 귓등에 꽂았다. 순간 철수의 방 창문이 절로 열리더니 이윽고 푸른 달빛 사이로 달님의 목소리가 스며들었다.

"철수야. 얼른 와."
"얼른 와서 나랑 놀자."

철수는 귓등에서 몽당연필을 도로 뽑아 오른손에 쥐었다. 다음 순간 철수의 몸이 붕 떠오르는가 싶더니 곧바로 수평을 유지한 채 그대로 창밖으로 빠져나가 멀리 밤하늘로 날아오르기 시작했다. 곧장 빠르게 밤하늘을 날아 철수는 잠시 후 희고 동그란 달님 앞에서 움직임을 멈췄다. 철수는 말없이 달님을 바라보다가 곧 손에 든 몽당연필로 달님의 동그란 얼굴에 그림을 그리기 시작했다.

철수는 먼저 얼굴 위쪽에 짧고 가느다란 두 개의 눈썹을 그렸다. 그런 다음 눈과 코와 입을 잇달아 차례차례 그려 넣었다. 그러고서 잠시 미소를 띠고는 제가 그린 달님의 얼굴을 바라보다가 다시 몽당연필을 움직여 이번에는 얼굴 양끝에 작고 앙증맞은 두 개를 귀를 그려주었다. 곧 마지막으로 한 번 더 몽당연필을 가져가 한 올 한 올 단발머리를 칠하자 달님은 마침내 철수가 좋아하는 소녀의 얼굴로 바뀌었다. 그랬다. 그 모습은 영락없이 같은 반 짝꿍, 영희의 얼굴을 닮았다. 뭐가 수줍었는지 철수는 후딱 몸을 돌려 달아나듯 재빨리 밤하늘을 날아 자기 방으로 되돌아왔다.

철수가 자기 방에 발을 딛는 순간 열려 있던 창문이 다시금 스르르 닫혔다. 철수는 몽당연필을 다시 플라스틱 필통에 넣고 그것을 본래대로 첫 번째 서랍에 집어넣었다. 잠시 후 철수는 침대로 다가가 곧장 이불 속으로 기어들었다. 철수는 곧 눈을 감고 한쪽으로 돌아누우면서 마음속으로 중얼거렸다. '영희야, 잘 자. 내일 봐.' 그러고는 고단했는지 나직이 하품을 하고는 얼마 안 가 곤히 잠이 들었다. (그런 철수의 마음을 영희는 알고 있을까?) 멀리 밤하늘에서 영희를 닮은 달님이 빙긋 미소를 머금고 철수의 방 창문을 내려다보았다.

100년의 세월은 순간이지만
하루의 길이는 너무도 길고
사람의 일생은 잠깐이지만
오늘의 길이는 너무도 길다.
삶과 죽음의 거리는 한 뼘이지만
오늘과 내일의 거리는 너무도 멀다.

9. 종이비행기

어느 청명한 가을날의 오후였다. 여객기 한 대가 방금 길게 자국을 남기며 하늘 저편으로 날아갔다. 한 노인이 공원 벤치에 동그마니 앉아 저만치 머리 위로 보이는 그 비행운을 올려다보았다. 말끔한 정장 차림에 백발을 단정이 빗어 올린 그의 얼굴은 어딘가 모르게 씁쓸함이 깃들었다. 바로 곁에는 그의 지팡이가 기대어져 있었다. 허공에 그어진 그 비행운을 올려다보며 얼마 동안 그는 상념에 잠겼다. 그러는 사이 그 비행운은 점점 더 흐리흐리하게 옅어져 갔다.

"덧없구나, 덧없어."
노인이 불쑥 혼잣말을 했다.

노인은 조용히 한숨을 내뱉고는 양복 주머니에서 손수건을 꺼내 눈가에 맺힌 눈물을 꾹꾹 찍어낸 뒤 그것을 도로 주머니에 집어넣었다. 그는 살짝 머리를 매만지고는 시선을 떨어뜨리고 자신의 구두코를 내려다보았다. 비둘기 한 마리가 뒤뚱뒤뚱 그의 발치로 걸어오더니 뭔가 모이라도 보았는지 문득 걸음을 멈추고 부리로 콕콕 바닥을 쪼았다. 그는 구두코를 응시하다 말고 슬쩍 시선을 옮겨 침침한 눈으로, 그러나 유심히 그 비둘기의 행동을 눈여겨보았다. 그렇게라도 저를 속여 일시나마 짐짓 배고픔을 달래려는 걸까? 아니면 정말로 누가 흘린 빵 부스러기라도 눈에 띈 걸까? 딱히 먹이라고 할 만한 게 아무것도 없는 맨바닥을 비둘기는 계속 고집스럽게 쪼아댔다.

그 모양이 꼭 허기진 누군가가 단돈 백 원짜리 한 개라도 발견할지 모른다는 기대감에 혹해 퀭한 눈으로 연신 길바닥을 찍어대는 듯한 느낌이었다. 그 때문이었을까. 돌연 그는 옛 시절의 기억이 떠올랐다. 그러면서 자연 가난하고 배고팠던 날들의 상징들이 되살아왔다. (보리개떡, 고추장떡, 쑥버무리, 조밥, 무밥, 감자밥, 보리곱삶이, 술지게미, 꿀꿀이죽, 피죽, 강냉이죽, 시래기죽, 풀때죽......) 그는 이윽고 다시 고개를 들어 머리 위의 하늘을 올려다보았다.

'그새 어디로 흩어진 걸까.'
'저기 저 어디쯤이었는데......'

그 비행운은 이제 옅어질 대로 옅어지다가
흔적도 없이 사그라져 버렸다.

"덧없구나, 덧없어."
노인이 다시 혼잣말을 했다.

그는 사뭇 아쉬움이 일면서 영혼 깊숙이 공허감이 밀려들었다. 잠시 후 노인은 지팡이를 손에 쥐고 자리에서 일어섰다. 그때 종이비행기 하나가 그를 향해 날아왔다. 종이비행기가 바닥에 내려앉자 그는 힘겹게 허리를 굽혀 그것을 집어 들고는 다시금 겨우 허리를 폈다. "할아버지, 이쪽으로 날려주세요!" 그가 바라보자 한 꼬마가 몇몇 걸음 앞쪽에서 앞니 빠진 얼굴로 씩 웃으며 이쪽을 바라보고 있었다.

노인의 입가에는 절로 미소가 번졌다.

그 옛날 그 시절의 소년으로 되돌아간 듯 그는 대번 맥박이 달아오르고 눈가에 핑그르르 눈물이 돌면서 전신 가득히 행복감이 피어올랐다. 곧 흐무뭇이 웃으며 그는 그 아이 쪽으로 휘익 종이비행기를 날렸다. 작은 종이새 한 마리가, 그 하얀 종이비행기 한 대가 부드럽게 살랑대며 그 아이에게로 날아갔다. 거기 종이새가 날아간 자리, 그 하얀 종이비행기가 스쳐간 비행로에는 마치 거짓말처럼 한 가닥의 비행운조차 그어지지 않았다. 그와 동시에 눈앞이 아뜩하며 무슨 물결이 치듯 발밑이 흔들리면서 공원 바닥이 거세게 출렁거리기 시작했다. 이어 종이비행기가 막 바닥으로 내려앉는 찰나 털퍼덕하는 소리가 공원을 울렸다.

"할아버지! 할아버지!"
(그 아이가 소리치며 노인에게로 달려왔다.)

10. 단골손님

도시 뒷골목 한 귀퉁이에서 허름한 구멍가게를 하는 공순 씨는 올해 마흔두 살의 순박한 노총각이었다. 그는 늘 새벽같이 일어나 가게 문을 열고 해종일 그 좁은 계산대 뒤에 혼자 앉아 시간을 보냈다. 새로 생긴 근처 편의점에 비해 손님은 그리 많은 편은 아니었지만 나름대로 단골들이 있어 그런대로 하루하루 가게를 이어가고 있었다. 언제 그리 되었는지 시간은 벌써 오후 네 시를 훌쩍 넘겼다. 그는 자리에서 일어나 먼지떨이를 집어 들고 가게 구석구석 진열된 물품들의 먼지를 털어주고는 전체 진열대를 죽 한 번 훑어본 뒤 다시 계산대 뒤로 가서 의자에 푹석 걸터앉았다.

조금 있자 유리문이 열리면서 한 손님이 들어섰다. 얼추 열두서너 살쯤 돼 보이는 단발머리 소녀였다. 소녀는 또 으레 빵 진열대로 다가가더니 한참을 이것저것 만작대면서 침을 꿀꺽 삼키고는 끝내 아무것도 집어 들지 못하고 그저 빈손으로 유리문 쪽으로 돌아섰다. 잠시 후 소녀가 가게 문을 나서려는 찰나 공순 씨가 "얘야?" 하고 불러 세웠다. 소녀가 돌아보자 그는 뭔가 이야기를 할 듯하다가 "아니, 아니다! 아무것도 아니다!" 하고 말끝을 얼버무렸다.

"내일 또 오겠지."

소녀가 가게 문을 나서자 공순 씨가 중얼거렸다. 그는 방금 '먹고 싶은 빵이 있으면 그냥 줄 테니 마음껏 골라보라'고 말하려던 참이었다. 그러다 불쑥 소녀가 무안해할지도 모른다는 생각이 머리를 스쳤다. 그래서 내일 또 오면 기회를 봐 소녀가 쑥스럽게 여기지 않도록 잘 이야기한 뒤, 먹고 싶은 빵을 넉넉히 집어가게 할 요량으로 그렇게 급히 말을 돌리고 말았다. 공순 씨는 사실 몇 번이나 그 말을 하려다가 차마 못하고 '내일은 꼭 해야지!' 하고 다짐하면서 지금껏 하루하루를 미뤄왔던 터였다. 본시 그는 덥절덥절한 성격이 아니어서 단지 마음속으로만 되풀이할 뿐 겉으로는 좀처럼 그런 속생각을 꺼내놓지 못했던 것이다. 이곳에 새로 이사를 왔는지 달포 전쯤 처음 가게에 들른 이후 아예 하루도 거르지 않고 소녀는 꼬박꼬박 유리문을 드나들었다. 하지만 매번 빵 진열대 앞으로 다가가서 머뭇머뭇 한참을 서 있다가 결국은 또 빈손으로 돌아서곤 했다.

이튿날 새벽. 공순 씨는 눈을 뜨기 바쁘게 어김없이 또 가게 문을 열었다. 아직 날도 새지 않은 첫새벽이었지만 그는 벌써부터 조바심을 내며 그 소녀를 떠올리고 있었다. '어서 빨리 시간이 지나 그 소녀가 나타났으면……' 하고 그는 연신 맘속으로 중얼거렸다. 소녀는 노상 오후 네 시에서 다섯 시 사이에 유리문을 열고 가게로 들어서곤 했다. 어느새 또 시간이 흘러 오후 4시가 훌쩍 지났다. 한데 어찌된 영문일까. 시간은 자꾸 다섯 시를 향해 가는데 소녀는 여태 나타날 기미를 보이지 않았다.

얼마 후 다섯 시가 지났다.

그날 소녀는 밤이 되고 가게 문이 닫힐 때까지도 모습을 드러내지 않았다. 지난 달포 동안 소녀가 가게에 들르지 않은 것은 그날이 처음이었다. 소녀가 나타나지 않자 공순 씨는 내심 의아한 생각이 들었으나 '내일은 오겠지' 하는 마음으로 곧 가게 문을 닫고 그날 하루를 마무리했다. 그 뒤 하루가 가고 이틀이 가고 그렇게 열흘인가가 지났지만 소녀는 여전히 모습을 보이지 않았다. 다시 또 시간이 흘러 어느덧 몇 번의 열흘이 더 지났건만 소녀는 끝내 공순 씨네 가게에 얼굴을 비치지 않았다. 그럴수록 공순 씨의 가슴은 무장 허허해지고 텅 빈 유리문에 뿌리박힌 눈동자는 까닭 모를 아련함으로, 사무치는 기다림으로 하염없이 그렇게 파리해져 갔다.

그 뒤로 대략 두 달여가 지났다.

그즈음 공순 씨는 자연 그 소녀를 잊고 말았다. 그러던 어느 날, 뜻밖에도 문득 그 소녀와 재회했다. 반가운 마음에 그는 다짜고짜 빵 진열대로 가서 전에 없이 한껏 호기를 부려 거기 진열된 빵을 몽땅 봉투에 쓸어 담아 소녀에게 건넸다. 소녀가 펄쩍 놀란 눈으로 빵이 든 봉투를 건네받고는 고맙다는 건지 어쩐지, 뭐라 우물우물하더니 돌연 꾸벅 인사하고는 누가 도로 뺏어갈세라 빵 봉투를 꼭 끌어안은 채 달아나듯 총총히 유리문을 빠져나갔다. 그제야 공순 씨는 그간 자신을 괴롭히던 커다란 마음의 짐을 덜어낸 듯 전신이 가뿐하면서 머릿속이 맑아지고 기분이 상쾌해졌다.

그런 상태로 공순 씨는 번뜩 잠에서 깨어났다.

"아! 꿈이었구나!"

공순 씨는 몹시도 허탈감을 느꼈다.

뭔가 뭉클하니 느꺼움이 일면서 이내 눈지방이 따가워지고 가슴 팍이 시큰거렸다. 얼마 후 공순 씨는 잠자리를 털고 일어나 다시금 가게 문을 열고 또 하루를 시작했다. 간밤에 꾼 꿈으로 말미암아 공순 씨의 머릿속은 다시 그 소녀에 대한 사념으로 온통 들어찼다. 그렇게 시간이 흘러 어느덧 오후 네 시가 되자 공순 씨는 더 왈칵 그 소녀에 대한 생각에 빠져들었다. 가게 유리문이 덜컥 소리를 내며 열린 것은 바로 그때였다. 공순 씨가 돌아보자 반쯤 열린 유리문이 눈에 들어왔다. 이상한 일이었다. 마치 유리문이 절로 열리기라도 한 듯 가게 문가에는 아무런 인기척도 없었다. 그러고 있는데, 별안간 작은 새 한 마리가 날개를 치며 열린 문 사이로 날아들어 왔다. 그 새는 곧장 빵 진열대로 가더니 그 자리에 앉을 듯 말 듯 하면서 그 위를 빙글빙글 맴돌았다. 그러다 이윽고 공순 씨에게로 날아가 그의 어깨 위에 앉을락 말락 하다가 한순간 머리를 돌려 유리문 밖으로 후루룩 날아가 버렸다.

11. 군고구마

이따금 눈발이 흩날리는 12월 하순의 어느 날이었다. 오후가 되자 웅보 씨는 오늘도 도심 한켠에서 홀로 군고구마를 팔았다. 인도 가장자리에 서 있는 그의 뒤편으로 차들이 쉴 새 없이 차도를 오갔다. 귀마개 달린 털모자를 쓰고 두꺼운 방한복을 걸쳤지만 찬바람이 자꾸만 옷을 뚫고 살갗으로 파고들었다. 그나마 군고구마 드럼통에서 계속 훈훈한 기운이 퍼져 나와 그는 다소 추위를 누그러뜨릴 수 있었다. 한데 보통은 날이 추우면 추울수록 장사가 더 잘되었기 때문에 그로서는 외려 그런 추위가 내심 반가운 일이기도 했다. 아무래도 찬 기운이 자꾸 살 속으로 스며들수록 자연 뜨끈뜨끈하고 마닐마닐한 군고구마 생각이 더욱 간절해지는 것이다.

몇 해 전만 해도 노점 단속이 심한 데다 공연히 텃새하며 장사를 방해하는 뭇따래기 탓에 길가에서 밥 벌어먹기가 쉽지 않았다. 그렇지만 요새는 구청의 단속도 느슨해지고 자릿세를 뜯는 훼방꾼도 거의 없어 그럭저럭 철철이 종목을 바꿔가며 겨우나마 밥벌이를 할 수 있었다.

웅보 씨는 고구마가 잘 구워졌는지, 혹시 너무 타지는 않는지 드럼통에 뚫린 구멍마다 일일이 서랍식 구이통을 잡아당겨 그 상태를 확인했다. 그러면서 내용물의 상태에 따라 적절히 장작불을 조절해가며 그 화력을 증감했다. 어느덧 시간이 흘러 주위가 어슬어슬해지는 저녁때가 되자 하늘에서 다시 눈발이 날리기 시작했다. 어쩐 일인지 오늘따라 별스레 군고구마가 팔리지 않았다. 아직까지 웅보 씨는 개시도 못했다. 아까 한 남자가 다가와 살까 말까 고민하다가 그냥 돌아선 게 전부였던 것이다. 이렇게 종일 찬바람이 부는 날이면 으레 군고구마를 찾는 이들이 부쩍 늘어나는 터라 이맘때면 준비해온 고구마는 거의 동이 나곤 했다. 그 뒤로 한참이 지났다. 그때 불쑥 고양이 한 마리가 나타나 스렁스렁 그에게로 다가왔다.

"또 왔구나."
웅보 씨가 고양이를 반기며 말했다.

그렇게 말하고는 드럼통에서 군고구마 하나를 꺼내 반으로 가른 뒤 한쪽 바닥에 내려놓았다. 고양이가 익숙한 듯 그리로 다가가 뜨끈뜨끈 김이 나는 군고구마를 먹기 시작했다. 웅보 씨는 말없이 서서 그 고양이의 모습을 내려다보았다. 그가 군고구마 장수로 변신한 게 이달 초였으니까 그 고양이가 나타난 지도 그새 보름이 넘었다. 처음 나타난 뒤로 고양이는 오늘까지 하루도 빼놓지 않고 그를 찾아왔다. 그때마다 그는 구이통 안에서 군고구마를 꺼내 반으로 뚝 자른 뒤 호호 불면서 고양이의 먹이로 건네주곤 했다. 얼마나 배를 곯았는지 뱃가죽이 홀쭉한 고양이는 정신없이 달라붙어 눈 깜짝할 새 그 군고구마를 먹어치웠다. 하지만 고양이는 한 개 이상은 먹지 않았다. 웅보 씨가 고구마 한 개를 더 꺼내 여러 번 바닥에 놓아주었지만 고양이는 마치 양이 다 찼다는 듯 더는 입도 대지 않고 그 자리를 떠났던 것이다.

이윽고 고양이가 군고구마를 다 먹고 나서 웅보 씨를 빤히 올려다보았다. 그 표정을 보니 뭔가 웅보 씨한테 하고 싶은 말이라도 있는 듯한 눈빛이었다. "왜 그러니?" 웅보 씨가 물었지만 고양이가 대답을 할 리는 만무했다. 웅보 씨는 잠시 생각한 뒤 '오늘은 고양이가 군고구마 한 개로는 부족했나보다'고 여기고는 곧 구이통에서 한 개를 더 꺼내 반으로 나눈 다음 그것을 바닥에 내려놓았다. 순간 뜻밖에도 고양이가 재깍 달라붙어 그 군고구마를 맛나게 먹어대는 것이 아닌가! '원, 녀석도 참. 제 딴엔 미안해서 그랬나보구나. 그간 양이 덜 찼는데도 제 딴엔 폐스러운 마음에 더는 먹지 않았나 보구나.' 그렇게 생각하자 웅보 씨는 녀석이 기특하기도 하고 또 안쓰럽기도 해서 절로 쓴웃음이 났다.

잠시 후 고양이가 두 번째 군고구마를 다 먹고 나서 다시금 머리를 들고 냠냠하다는 표정으로 웅보 씨를 올려다보았다. "왜? 하나 더 줄까? 그 표정을 보니 아직 양이 다 차지 않았나보구나?" 그렇게 묻고는 절로 또 짠한 마음에 씁쓰레한 미소를 지으면서 웅보 씨는 이렇게 덧붙였다. "이젠 미안해하지 말고 얼마든지 원하는 만큼 양껏 먹으려무나! 이제 우린 한식구가 아니냐!" 그러고서 몸을 돌려 웅보 씨가 막 구이통 하나를 당겨 군고구마를 꺼내려고 하는데 고양이가 느닷없이 사납게 울음소리를 내면서 차도 쪽으로 번쩍 몸을 날렸다. 웅보 씨는 깜짝 놀라 그쪽을 돌아보았다. 그때 차도에서 승용차 한 대가 맹렬한 기세로 웅보 씨 쪽으로 달려들고 있었다. (삼사 초나 걸렸을까!) 웅보 씨는 순간 번개같이 몸을 날렸고 거의 동시에 승용차가 군고구마 수레를 냅다 들이받으면서 그대로 인도로 돌진해 행인들을 덮쳤다.

12. 후회

　동양 어딘가에 있는 작은 섬나라에 일평생 단 한 번도 '후회를 한 적이 없다'는 늙은 현자가 살고 있었다. 그에 대한 소문은 가까운 이웃 나라를 시작으로 어느덧 바다 건너 이름 모를 먼 나라까지 퍼져 나갔다. 그러자 이윽고 세상 곳곳에서 그의 지혜를 배우려는 사람들이 너도나도 다투어 이 작은 섬나라로 몰려들었다. 하지만 익히 알려진 대로 그 현자는 워낙 입이 무거운 터라 그 누가 아무리 그 비법을 간곡히 청해도 끝끝내 한 마디도 혀를 떼지 않았다.

　그제야 그들은 자기들의 무모함을 탓하며 (그 숱한 난관과 위험을 무릅쓰고 무작정 이 먼 섬나라를 찾아 나선 경솔함을 뉘우치며...) 허망스레 발을 돌렸다. 그들은 그러니까 이곳을 향할 때는 누구나 기대와 설렘을 머리에 이고 여행길에 올랐으나 반대로 이 섬을 떠날 때는 누구나 후회만을 등에 지고 귀로에 올랐던 것이다. 그렇게 십 년이 가고 다시 또 십여 년이 흘렀다. 그사이 현자는 병이 들어 몰라보게 야위었고 그 수명도 이제 얼마 남지 않았다. 여전히 물어물어 세상 각처에서 지혜를 구하려는 이들이 이곳을 찾아왔지만 아직 그 누구도 그의 비법을 전수받지 못했다.

　그즈음 자신의 죽음을 예감하고 현자는 죽기 전에 누군가에게 그의 비법을 전수하기로 마음먹었다. 그러던 어느 날, 젊은 공자 하나가 그를 뵙기를 청했다. 얼마 후 그토록 그리던 현자와 마주앉은 공자가 입을 열었다. 그는 다소 장황스러운 소개말을 늘어놓았다.

그 요지는 이랬다. (즉 자신은 바다 건너 멀리 태양의 나라에서 왔으며 처음 여행길에 오른 뒤 이렇게 오늘 이 섬에 닿기까지 무려 삼년 하고도 열하루가 걸렸다는 것. 또한 그 과정에서 가까스로 죽을 고비를 넘긴 적이 몇 십 번인지, 몇 백 번인지 미처 다 헤아릴 수도 없다는 것......)

그건 아마도 죽음이 가까워진 탓이었으리라.

그 공자의 말을 듣고 나자 현자는 비록 잔잔하게나마 마음에서 어떤 동요가 일었다. 잠시 생각한 뒤 현자는 마침내 이 젊은이에게 그의 비법을 모두 전수하기로 결심했다. 그러나 그 결심은 그대로 결심만으로 끝을 맺고 말았다. 그 젊은 공자는 결국 아무런 보람도 없이 발을 돌려, 왔던 길로 되돌아갔고 그로부터 닷새 뒤 생애 처음이자 마지막으로 현자는 후회 아닌 후회를 안고(어쩌면 한탄인지도 모른다) 홀로 쓸쓸히 눈을 감았다. 이는 어찌된 영문인가. 그 이유는 이랬다. 바로 그 젊은이에게 후회하지 않는 법을 가르쳐주려던 순간 현자는 비로소 깨달았던 것이다.

일평생 단 한 번도 후회한 적이 없었으므로
막상 그 젊은이에게 가르쳐줄 비술이
아무것도 없다는 것을.

13. 모자

꿈속에서 모자를 도둑맞은 남자가 한참을 몸부림하다가 불쑥 눈을 떴다. 그는 벌떡 일어나서 방 한쪽에 있는 옷장으로 다가갔다. 곧 옷장 문을 열고 맨 위 칸을 살펴보니 정말로 모자가 보이지 않았다. 놀랍게도 모자를 도둑맞은 게 꿈이 아니었던 것이다. 거기에는 다만 모자 밑받침으로 깔려 있던 레이스 깔개 하나만 덩그러니 남아 있었다. 곧 그는 다른 칸에 개켜 놓은 옷들까지 마구 들쑤시며 모자를 찾았지만 결국 애먼 옷가지들만 쓸데없이 흐트러뜨린 꼴이 되고 말았다. 아까 잠자리에 들기 전까지만 해도 그 모자는 분명 그 자리에 얌전히 놓여 있었다. 혹 다른 곳에 두고 착각을 한 건지 모른다는 생각에 그는 곰곰 기억을 더듬어 보았다. 하지만 그의 기억 어디서도 그 모자를 다른 데에 두었다는 단서는 발견되지 않았다. 어제 그는 자정이 거의 다 된 시각에 집으로 돌아왔다. 그리고 평소처럼 제일 먼저 옷장으로 가서 옷장 문을 열고 모자를 벗어 맨 위 칸, 거기 꽃무늬 레이스 깔개 위에 올려놓았다.

얼마 후 그는 침대로 기어들어가
온순히 홀로 잠을 청했다.

그가 처음 그 모자의 주인이 된 것은 지금부터 십 년 전이었다. 누가 그때 검정 마분지 상자를 하나 선물했는데 그 안에 바로 그 모자가 담겨 있었다. 그 마분지 상자는 어디론가 사라졌지만 그 모자 아래 깔렸던 레이스 깔개는 이제 옷장으로 위치를 옮겨 여전히 제 역할을 수행 중이었다. 이를테면 그가 그 모자의 주인이 되고 나서 어제가 마침 꼭 십 년째 되는 날이었다. 그래서 그걸 기념하는 의미로 어젯밤 그는 모처럼 늦은 시각까지 사람들과 어울려 술잔을 기울였던 것이다. 십 년 전 그가 막 모자의 주인이 되었을 때 누군가가 그의 귀에 대고 이렇게 속삭였다. "...만사 불여튼튼. 조심 또 조심해야 하네. 자칫 방심하는 순간 그 모자는 재깍 다른 사람 머리 위로 올라앉을 테니까." 바로 그때부터였다. 행여 누가 그 모자를 훔쳐가지는 않을까, 행여 누군가에게 그 모자를 빼앗기지나 않을까, 지난 십 년 내내 자나 깨나 노심초사하며 그는 안절부절못했다.

"이제 꼭 칠 년 남았네!"
"더도 덜도 말고 십 년만 딱 버티면 돼!"
"그럼 모자는 온전히 자네 것이 될 테니까!"

그가 모자의 주인이 된지 삼 년인가 지났을 때였다. 전의 그 누군가가 또 그의 귀에 대고 그렇게 속삭거렸다. 제 딴엔 위로조로 한 말이었겠지만 그 속삭임은 그러나 전혀 위로가 되지 못했다. 외려 그것은 지난 삼 년의 시간보다 남은 칠 년의 시간만 더 부각하면서 새삼 그 기간에 대한 거리감과 아득함만 더 가중시켰다. 이제 겨우 삼 년을 버틴 그에게 십 년이란 세월은 아직 너무도 먼 세계의 이야기였기 때문이다. 어찌나 걱정이 되었는지 그는 그 모자를 지키려고 꿈속에서조차 불안감에 시달리며 잠을 설쳤다. 지난 십 년 동안 그는 정녕 단 하루도 마음 편히 잠이 들지 못했다. 그러다 마침내 어제 부로 꼭 십 년째가 되었고 그제야 마음이 놓이면서 비로소 그간의 근심을 털어낼 수 있었다.

그날 새벽 모자를 잃어버린 사실을 확인한 뒤 그는 어쩔 줄을 모르고 시뻘게진 얼굴로 혼자 씩씩대며 방 안을 서성거렸다. 억울함이랄까. 황당함이랄까. 분에 겨워 연신 탄식이 흘러나왔다. 그는 실로 적잖이 충격을 받았다. 이제는 한낱 물거품이 돼버린 그 세월을 떠올리자 견딜 수 없이 분기가 치밀었다. 당장 자신의 머리털을 모조리 잡아 뜯어버리고 싶을 만큼 성이 났지만 있는 대로 이를 깨물며 그는 가까스로 그 충동을 찍어 눌렀다.

그런 상태로 한참이 지났다.

급기야 가망 없는 현실을 묵인하고 체념하는 심정으로 그는 머리를 내젓고는 도로 침대로 걸어가 이불 속으로 기어들었다. 곧 눈을 지르감고 모로 돌아누워 머리끝까지 푹 이불을 뒤집어쓰고 억지로 잠을 청했다. 이는 일종의 자기 기만적 행위였다. 즉 그렇게라도 그 모자를 잃어버린 고통에서 벗어나려는 현실 도피성 망각 시도였다. 그렇지만 잠이 든다고 그 고통이 쉬 사그라질지는 미지수였다. 어쨌거나 그는 주검처럼 이불을 뒤집어쓴 채 어떻게든 잠이 들기 위해 애면글면 제 자신과 서로 사투를 벌였다. 그 뒤로 한두 시간인가 지났다.

한데 무슨 일일까. 대체 어찌된 일일까.

십 년 만이었다.
그 순간 처음으로 그는
아무 근심도 없는
깊고 보드라운 잠에 폭 안겨 있었다.

14. 오렌지

　같은 또래 애들보다 지능이 떨어지는 손자 때문에 병든 할머니는 늘 맘이 편치 않았다. "나 죽으면 우리 영식이는 어쩌누!" 하루에 열두 번도 더 그런 말을 되뇌면서 할머니는 땅이 꺼지게 한숨을 내쉬었다. 친구들은 이미 초등학교에 다녔지만 영식이는 아직 학습 능력이 안 돼 여전히 집에 남아 혼자 놀았다. 어디 따로 특수학교라도 보내고 싶었지만 할머니는 마음만 있을 뿐 무엇을 어찌해야 할지 몰라 날마다 속만 태울 뿐이었다. 비록 학교는 다니지 않았지만 그래도 영식이는 또래 아이들과 어울려 함께 놀고 싶었다. 하지만 아이들은 이제 영식이와 놀아주지 않고 자기들끼리 모여 따로 놀았다. 동네 어린이 공원에서 혼자 시간을 보내다가 영식이는 밤이 늦어서야 골목길을 돌고 돌아 할머니가 누워계시는 집으로 되돌아가곤 했다. 그러던 어느 날 밤, 영식이가 할머니한테 말했다.

　"할머니, 영식이가 오렌지 따다 줄까나?"

　천장에서 촉수 낮은 전구 하나가 차고 누진 방바닥을 비췄다. 좁은 방은 외풍이 심한 데다 여러 날째 불을 넣지 않아 온기 하나 없는 냉골이었다. 얘가 지금 무슨 소리를 하는지 모르겠다는 얼굴로 할머니는 눈만 연신 껌벅거렸다. 아닌 게 아니라 할머니는 달곰새금한 오렌지를 유난히 좋아했다. 그리고 보니 그렇게 좋아하는 오렌지를 맛본지가 언제인지 이제는 기억조차 가물가물했다. 생쥐 볼 가심할 것도 없는 애옥살이 형편에 행여 오렌지를 맛본다는 것은 생심조차 당치 않은 일이었다. 할머니는 당신이 오렌지를 좋아한다는 걸 손자 영식이가 기억하고 있다는 게 한편 신기하면서도, 한편 대견하게 여겨졌다. 그러면서 또 가슴속으론 걱정이 앞섰다. 할머니가 오렌지를 좋아한다는 걸 손자가 알고 있는 것은 신통한 일이지만, 그렇더라도 이 밤중에(그것도 이 엄동에) 뜬금없이 오렌지를 따다 준다는 게 멀쩡한 아이의 입에서는 나올 수 없는 소리였기 때문이다.

할머니는 또 절로 끙! 하고 한숨을 내쉬었다.

"할머니, 영식이가 오렌지 따다 줄까나?"
그때 영식이가 또 할머니한테 물었다.

그런 영식이의 물음에 할머니는 몹시 마음이 아팠으나 혹 아이가 서운해 할지 몰라 손자의 기분을 살펴주려는 의도로 감정을 애써 엎누르고 이렇게 대답했다. "으응, 그래. 할미는 오렌지가 먹고 싶구나. 할미는 영식이가 따다 주는 오렌지가 먹고 싶구나." 할머니가 대답하자 영식이는 기분이 좋은지 싱긋 미소를 지었다. 손자가 웃는 모습을 보자 할머니는 마음이 흐뭇해지면서 동시에 눈동자 깊숙이 안쓰러움이 배어났다. '쪼끔만 더 야무지게 태어났으면 좋으련만......' 할머니는 또 목구멍이 시큰하면서 눈물이 날 듯하자 일부러스레 헛기침을 하며 아랫목 벽을 안고 돌아누웠다. 얼마 후 할머니가 잠이 들자 영식이는 몰래 집을 나왔다.

영식이는 곧바로 가로등이 켜진 골목길의 전신주로 다가갔다. 전신주 위에서 큼지막한 가로등 하나가 노란 빛으로 길바닥을 비추고 있었다. 영식이는 한껏 고개를 젖히고서 전신주에 매달린 그 노란 가로등을 올려다보았다. 영식이는 이윽고 두 손으로 전신주를 껴안고 그 위쪽으로 오르려고 안간힘을 쓰기 시작했다. (조금 오르다가 미끄러지고 또 조금 오르다가 미끄러지고) 영식이는 그렇게 이마에 구슬땀이 돋도록 같은 동작을 하염없이 반복할 따름이었다. 그러면서 영식이는 맘속으로 중얼거렸다. '꼭 따고 말 테야. 오렌지를 꼭 따고 말 테야. 저 오렌지를 꼭 따서 우리 할머니께 갖다 드릴 테야.' 그러는 사이 시간이 흘러 어느새 첫새벽이 되었다.

영식이는 그때까지도 오르다가 미끄러지고 또다시 오르다가 미끄러지기를 거듭하고 있었다. 마침내 영식이는 지칠 대로 지친 나머지 전신주에 등을 기대고 바닥에 털썩 주저앉았다. 온몸을 흠뻑 적신 땀방울이 식으면서 영식이는 오싹 한기가 들었다. 영식이는 두 팔로 제 무릎을 꼭 껴안고서 잔뜩 몸을 움츠러뜨렸다. 조금 있자 영식이는 절로 의식이 느려지면서 사르르 눈이 감겼다. "아아, 안 되는데. 안 되는데. 잠들면 안 되는데. 후딱 할머니께 오렌지를 따다 드려야 되는데......"

그렇게 연신 옹알거리면서 영식이는 잠이 들지 않으려고 무진 애를 썼지만 야속한 눈꺼풀은 자꾸만 더 무겁게 내려앉을 뿐이었다. 어느 봄이 멀지 않은 늦겨울의 새벽빛 속에서 영식이는 그렇게 오렌지색 꿈속으로 스러져가고 있었다. 이윽고 영식이가 잠이 들자 하늘에서 폴폴 눈이 내렸다. 눈송이가 사락사락 영식이의 머리 위로 내려앉았다. 영식이는 자꾸자꾸 꼬마 눈사람으로 변해갔다. 눈은 더 하얗게 쉬지 않고 내렸다. 가로등은 더 노랗게, 노랗게, 점점 더 탐스럽게 빛났다. 이윽고 전신주 위에서 큼지막한 오렌지 하나가 작고 하얀 눈사람을 비췄다.

15. 버스정류장

평범한 직장인 '민생' 씨는 올해 삼십 대 후반의 성실한 남자로 내년 봄에 결혼을 앞두고 있었다. 결혼 상대는 여러 해 전부터 교제하는 여자로 그와 비슷한 연배의 거래처 직원이었다. 둘은 서로 결혼을 약속하고도 좀 더 준비를 갖춘 뒤에 식을 올리려는 욕심에 그간 자꾸자꾸 날짜를 미뤄왔던 터였다. 그러다 얼마 전 카페에서 만나 내년 봄에는 꼭 결혼식을 올리기로 둘은 굳게 합의했다. 그리고 부모님께 즉시 그 사실을 알렸다. 너무도 당연한 일인지라 딱히 새로울 게 없었기에 양가 부모는 다 기꺼이 고개를 끄덕였다. 양쪽 부모는 곧 전화기에 대고 머잖아 정식으로 사돈이 된다는 사실을 반가이 되새기면서 서로서로 하례와 감사의 말을 건넸다.

민생 씨는 오늘도 밤늦도록 거래처 고객들과 술잔을 기울이다 거의 자정 무렵이 되어서야 노곤해진 몸으로 자리를 파하고는 얼마 뒤 버스정류장에 앉아 버스를 기다리고 있었다. 막차라서 늦어지는 걸까. 차는 아직 감감무소식이다. 아까부터 그는 밀려드는 졸음을 이기지 못해 잇달아 꾸벅꾸벅 고갯방아를 찧었다. 초가을의 밤바람이 덩그러니 졸고 있는 민생 씨를 어루만지며 휑한 정류장을 스치고 지나갔다. 그 뒤 한참이 지났지만 기다리는 막차는 나타날 기미를 보이지 않았다. 그사이 간간이 가랑비가 줄금거렸다. 민생 씨가 그때 번쩍 고개를 쳐들었다. 아차! 그는 대번 낭패감에 휩싸였다.

깜박 졸다가 그만 막차를 놓쳤다는 생각이 머리를 쳤다. 절로 푸 한
숨이 새어나왔다. 잠시 후 그는 서류가방을 들고 자리에서 일어나
택시를 잡아타려고 차도 쪽으로 저만큼 걸어 나갔다.

이상한 일이었다. 그대로 한참이 지났지만 오가는 택시는 한 대
도 보이지 않았다. 다시 얼마가 지났다. 마침내 저쪽에서 택시 한
대가 나타났다. 그가 한쪽 손을 들어 올리자 그 택시가 곧 그의 곁
으로 다가와 멈춰 섰다. 이어서 그가 막 뒷좌석 문을 열고 차에 오
르려는데 버스정류장에서 느닷없이 거칠게 경적이 울렸다. 냉큼 뒤
돌아보니 놓친 줄로 알았던 막차가 어느새 버스정류장에 와 멈춰
서 있었다.

잠시 망설이다가 그는 도로 택시 뒷좌석의 문을 닫고 후다닥 버
스정류장으로 뛰어갔다. 등 뒤에서 한차례 요란한 경적이 울리면서
사나운 쇳소리가 날아와 그의 뒤꼭지를 때렸다. 민생 씨는 어쩔 수
없이 살짝 미안한 마음이 일었다. 이윽고 집으로 가는 막차에 올라
좌석에 털썩 몸을 부리고 나서야 그는 후유 하고 안도의 숨을 내쉬
었다. 그 소리가 유별히 여운을 남기면서 공간을 부딪고 차내를 떠
돌다가 이윽고 공기처럼 흩어지며 바닥으로 가라앉았다.

곧 출입문이 닫히고 버스가 출발했다.

민생 씨는 고개를 돌려 만족스럽게 차창 밖을 바라보았다. 가랑
비가 보슬보슬 그 어둠을 적시며 밤의 밑바닥으로 내려앉았다. 통

로까지 손님들로 꽉꽉 들어차는 평상시와 달리 차내는 어쩐 일로 호젓하리만치 썰렁했다. 조용하고 낯선 정적 속에서 곤비한 심야 승객 몇몇만이 듬성듬성 떨어져 앉아 졸고 있었다. 그 모습은 뭐랄까. 마치 큼지막한 새장 안에서 지친 새 몇 마리가 따로따로 횃대에 앉아 꾸벅꾸벅 졸아대는 듯한 풍경이었다. 하지만 그 새들은 날개가 없어 거기 새장 안을 나와도 여전히 새장 안에 갇힌 듯 어디로도 날아오르지 못한다. 그러므로 그 새들에게 버스 밖은 단지, 좀 더 커다란 또 하나의 버스 안이자 새장 속일 뿐이다.

텅 빈 정류장을 잇달아 건너뛰면서 버스는 종점을 향해 비에 젖은 밤 풍경 속으로 쉬지 않고 달렸다. 그랬다. 버스는 차고지인 종점으로 민생 씨는 기거지인 자취방으로 둘은 그렇게 서로 다른 목적지를 향해 한마음으로 내닫고 있었다. 그러나 이 순간 버스에게 있어 종점이란 목적지는 단지 일시적 운행의 종료지일뿐 결코 최후의 종착지도 영원한 마지막도 아니다. 이른 첫새벽, 종점은 또한 새로운 하루의 또 다른 출발점으로 홀연히 되살아나기 때문이다. 이렇듯 민생 씨에게도 자취방이란 목적지는 결코 삶의 끝도 종착역도 아닌 더 나은 내일을 향한 또 다른 날들의 새로운 맥박이자 다부진 호흡이며 또 한 번의 싱싱한 의지와 다짐과 언약의 시작점인 것이다. 민생 씨는 그렇게 생의 한가운데 앉아 어두운 밤의 폐부를 뚫고 힘차게 빛의 한가운데로 달려가고 있었다.

이제 곧 가을이 가고...
추운 겨울이 지나...

따듯한 봄이 오겠지.

그 생각을 하자 민생 씨는 자꾸만
심장 언저리가 포실해지면서
그 어떤 환희와 열의와 분발심이
다사로이 전신을 감싸며
달콤하게 혈관을 달렸다.

16. 연탄불

부엌에서 연탄 화덕에 석쇠를 놓고 가래떡을 굽던 동생은 훈훈한 불기운 탓에 자꾸 졸음이 왔다. 딱딱하게 굳은 가래떡은 겉만 얇게 그을린 뿐 속은 알맞게 굽기가 쉽지 않아 약간의 손기술이 필요했다. 가래떡이 익어가는 정도에 따라 석쇠 손잡이를 잡고 양면으로 뒤집어가며 연탄불과 석쇠의 간격을 적당히 조절해야 하는 것이다. 자칫 방심하다가는 겉만 잔뜩 태우거나 아니면 겉은 그런대로 구워졌는데 속은 숫제 열전달이 되지 않아 굳은 상태 그대로인 경우도 적지 않기 때문이다. 동생은 형한테 배운 대로 석쇠 손잡이를 잡고 양쪽으로 뒤치고 위아래로 간격을 조절하면서 노릇노릇 제대로 가래떡을 굽고 있었다.

"가위바위보!"

굴풋할 땐 역시 구운 가래떡이 제격이었다.

방구석에 늘펀히 드러누워 혼자 뒹굴뒹굴하면서 형은 어서 빨리 동생이 가래떡을 구워 오기를 기다렸다. 겉은 바삭바삭 구워지고 속은 쫀득쫀득 데워진 가래떡을 떠올리자 형은 기분 좋게 사르르 시장기가 돌았다. 그런 형이 얄밉고 짜증이 났지만 묵찌빠(그냥 쌀보리 게임으로 할 걸!) 삼세판으로 결정한 일이라서 하는 수 없이 동생은 졸린 눈을 비벼대면서 혼자 가래떡을 구웠다.

그 뒤로 한참이 지났다. 형은 기다리다 못해 벌떡 자리에서 일어났다. 얼른 방을 나와 곧장 부엌으로 갔다. 그사이 석쇠 사이에 끼어 있던 가래떡 두엇은 시커멓게 타서 숯검정으로 변했고 동생은 아무것도 모른 채 연탄불에 간닥간닥 고갯짓을 하고 있었다. 하도 어이가 없어 그저 멀거니 지켜보다가 별안간 형은 밤주먹을 쥐고는 졸고 있는 동생 뒤통수에 알밤을 한 대 콕 쥐어박았다. 순전히 무방비상태로 동생은 그렇게 형으로부터 불의의 일격을 받았다. 동생은 곧 깜짝 놀라 눈을 뜨더니 이내 사태를 직감하곤 그대로 펄떡 뛰어올라 부엌문을 박차고 잽싸게 뒷마당으로 달아났다.

동생은 막 운전석 문을 열고 다급히 차 밖으로 빠져나왔다. 그렇게 쓰러지듯 바닥을 뒹굴고는 연거푸 캑캑 기침질을 하면서 거칠게 숨을 몰아쉬었다. 곧 그 소리에 놀라 근처 나무숲에서 산새들이 푸릌푸릌 정적을 찢으며 공중으로 날아올랐다. 시간은 얼추 해넘이께였고 희불그레한 잔광이 서린 주위는 무섭도록 고즈넉했다. 어느 인적 없는 산발치에 그의 차는 음밀히 수상쩍게 서 있었다. 이윽고 기침 소리가 잦아들자 주위는 다시 단조로운 적막에 잠겼다.

그의 눈가에서 도르르 눈물방울이 흘러내렸다.

'...죽고 사는 문제를 너무 안이하게, 너무 경솔하게 여긴 탓일까. 어쩜 용기라고 믿었던 그 결심이 실은 잔인하기 그지없는 나약함이 아니었을까. 그것은 되레 저 하나만을 위한 지독한 이기심이

나 독선, 독단, 도피, 교묘하게 뒤틀린 자기애 혹은 기형적으로 팽창된 자기연민이 아니었을까......'

그런 생각들이 연이어 밀려들면서 그는 돌연 자신을 향한 부인할 수 없는 역증과 가증스러움이 치밀어 올랐다. 그러면서 까닭 모를 눈물이 줄지어 시야를 가리며 서글피 흘러내렸다. 그러나 이 순간도... 바로 지금 그가 느낀 당혹과 그 감정의 혼란마저도... 오늘 우리가 지친 삶의 한 고비를 건너가는 또 한 번의 성숙과 깨우침의 과정일지 모른다. 눈물 젖은 허공 속으로 다시금 형언하기 어려운 정념들이 떠밀려왔다. '이제 어째야 할까. 살아야 할까, 죽어야 할까. 멈춰야 할까, 계속해야 할까. 행운일까, 불운일까. 우연일까, 숙명일까......' 뒷좌석 바닥 매트에 번개탄을 피운 듯 차 안에는 매캐한 연기 냄새가 떠돌고 조수석엔 덩그러니 빈 술병 하나가 널브러진 채였다.

17. 싱크홀

조난자를 발견하고 인근 지구대로 달려가
구조 요청을 한 것은
작은 손수레를 끌고
밤새 넝마를 주우러 다니는 키 작은 생쥐였다.

싱크홀에 빠졌다가 몇 시간이 지나서야 겨우 구조된 노인이 있었다. 한밤중에 홀로 승용차를 몰다가 별안간 도로가 함몰되면서 구덩이로 추락해 혈수할수없이 차 안에 고립된 채 그는 마냥 구조의 손길만을 기다렸던 것이다. 폭삭 무너앉은 그 공간은 사방이 겹겹으로 가로막혀 아예 차 문을 열 수조차 없었다. 이리저리 몸을 움직거리자 약간의 통증만 있을 뿐 다행히 크게 다친 데는 없는 듯했다. 노인은 양복 주머니를 뒤져 휴대전화를 꺼냈다.

그런데 이상했다.

분명 전화기는 멀쩡한데 아무리 해도 전화가 걸리지 않았다. 이제 어찌하면 좋을지 노인은 도무지 방법이 떠오르지 않았다. 이럴 줄 알았으면 수행비서라도 데리고 나올 걸 하고 뒤늦게 후회해도, 누구라도 듣겠지 하는 심정으로 바락바락 소리를 내질러도 소용없는 일이었다. 비록 도시 중심을 관통하는 번잡한 도로였지만 차가 거의 안 다니는 새벽 시간인지라 갇힌 채로 자칫 날이 밝을 시간까지 속수무책 기다려야 할지도 모를 일이었다.

그 꿈!
그러니까!

그가 싱크홀에 갇힌 꿈을 꾼 뒤 여러 달이 지났다. 어느 날 오후. 그룹 본사 회의실에서 중역회의를 주재하던 노인은 돌연 말을 멈추고 참석자들을 죽 훑어본 뒤 곧 자리에서 불쑥 일어나 그대로 창가 쪽으로 다가갔다. 잠시 후 창가에 홀로 서서 노인은 말없이 창밖을 내다보았다. 도시... 인간... 그리고 저만치 보이는 하오의 풍경. 또다시 창밖으로 평온하고 익숙한 하루가 어디론가 밀려가고 있었다.

그날 중역회의에 참석한 계열사 사장단은 평소답지 않은 총수의 행동에 다소 의아한 빛으로 그 모습을 지켜보았다. 그러면서 총회장이 뭔가 중대 발표라도 하려는가 보다 짐작하곤 일제히 긴장한 채 숨을 죽였다. 그리고 몇 분인가 지났다. 노인이 그때 마음속으로 중얼거렸다. '어떤 이들에겐 이 사회가 바로 하나의 거대한 싱크홀이야. 그들은 평생 경쟁과 도태라는 비정한 싱크홀에 갇혀 신음하다가 끝내 그렇게 고통 속에서 죽어가는 거야. 바로 그들을 살려내야 해. 바로 그들을 건져내야 해. 이제 우리가 선의의 가슴을 열고 공정과 공의의 손을 내밀어 이 가혹한 자본의 싱크홀에서 무너진 공리와 버려진 공도를 되살려 그들의 현재와 미래를 구원해야 해......'

18. 붕어빵

　은행 건물 귀퉁이에서 천막을 치고 오랫동안 붕어빵을 구워 팔던 노인이 병이 들어 그만 몸져눕고 말았다. 그리고 얼마 안 가 노인은 자신의 끝이 멀지 않았음을 직감했다. 바로 그즈음이었다. 하루는 노인이 하나뿐인 아들을 불러놓고 말했다. "이제 나는 틀린 것 같구나. 어떠냐? 이참에 일을 관두고 붕어빵 장사를 해보지 않겠느냐?"

　아버지가 물었지만 마흔이 넘은 아들은 너무 뜻밖의 제안인지라 뭐라 답을 찾지 못하고 절로 뜨악한 표정을 지었다. 이는 지극히 자연스러운 반응이었다. 비록 변변치는 않았지만 멀쩡히 잘 다니던 직장을 버리고 갑자기 가두에서 붕어빵 장사를 한다는 게 그로서는 일찍이 상상조차 못 해 본 일이었기 때문이다.

　물론 경제적인 논리로만 보면 딱히 거절할 까닭 없는 제법 솔깃한 제안이었다. 일단 통행인이 많고 거의 독점인데다 (가끔은 줄을 서서 대기해야 할 만큼) 찾는 단골도 적지 않아 그런대로 밥벌이하기에는 무난한 일거리였다. 그럼에도 길거리 붕어빵 장수와 멀끔한 사무직 회사원은 서로 그 느낌도 격도 다를 뿐 아니라, 이 둘을 인식하는 일반적인 시각에도 상당한 차이가 있다는 것 또한 엄연한 사실이었다.

　어쨌거나 아들은 결국

아버지의 제안을 수용하기로 했다.

그날부터 아버지는 아픈 몸을 이끌고 집 뒤꼍에서 아들에게 붕어빵 굽는 기술을 가르쳤다. 처음엔 손에 익지 않아 서툴기만 하던 아들은 이윽고 반복된 연습 끝에 또 하나의 능숙한 붕어빵 장수로 거듭났다. 그러면서 앞으로 틈틈이 이런저런 새로운 시도를 해보겠다는 둥 아들은 나름대로의 계획과 포부를 밝혔다. 그런 아들을 보며 병든 아버지는 흐뭇한 미소를 지었다. 드디어 붕어빵 굽는 연습을 마치고 처음으로 실전에 돌입하기로 한 날, 늙은 아버지가 아들을 불러 말했다.

일종의 신념이랄까, 신조랄까.
그것은 아버지가 아들에게 주는
마지막 교육이자 지엄한 당부였다.

"...잘 들거라. 내 마지막으로 일러줄 말이 있단다. 혹, 홀태라는 말을 들어보았느냐? 배가 홀쭉한 생선을 가리켜 홀태라고 부른다. 붕어빵은 절대 홀태처럼 배가 홀쭉해선 안 된다. 마땅히 그래야만 한단다. 허니 더도 덜도 말고 팥소만큼은 아낌없이 듬뿍 넣어 주거라. 그래야 홀태처럼 배가 고픈 사람들이 배가 부른 붕어빵을 먹고 잠시나마 또 배고픔을 잊을 수가 있을 테니 말이다."

19. 벌레

......새로운 시장이 당선되고 취임하자마자 '강도 높은 구조조정과 감원을 단행'하겠다고 선언했다. 그러면서 매달 말 정기적으로 근무를 평가하고 '하위 오 퍼센트'에 해당하는 직원들은 무조건 감원 대상자가 될 거라고 덧붙였다. 그리고 그 오 퍼센트에 해당되는 직원들은 (더는 사람이 아닌) 한낱 벌레에 불과하다며 계속 사람으로 남으려면 누구든 죽기 살기로 노력하라고 경고했다.

이윽고 전달 근무 평정에서 하위 오 퍼센트에 해당된 대상자(벌레)들은 예고한 대로 이달 초에 모조리 자리에서 쫓겨났다. 이어 한 달, 한 달, 또 한 달. 다달이 오 퍼센트의 직원들이 벌레라는 오명을 뒤집어쓰고 외수없이 일터에서 사라졌다. 시장의 조치는 피도 눈물도 일말의 주저나 거리낌도 없었다. 싫든 좋든 원하든 원하지 않든 직원들은 매달 말 근무 평정에 따라 새로이 벌레로 낙인찍힌 동료들을 떠나보내야 했다. 그러면서 아직 사람으로 남은 자신들을 돌아보며 절로 숨죽여 안도감에 젖었다. 간혹 쫓겨난 벌레(동료)들이 떠오를 때면 문득 미안함이 일었지만, 그보다는 지금 이렇게 사람으로 살아남은 저 자신을 되새기며 안심하고 위로하기에 더 바빴다. 그렇게 해가 바뀌고 다시 또 한 해가 지나갔다.

그리고 그럭저럭하는 사이 또다시 여러 달이 지났다. 어느 날 아침, 평소대로 청사에 출근한 시장은 너무도 터무니없는 광경에 그만 덜컥 놀라 눈이 휘둥그레졌다. 시장은 도저히 자신의 눈을 믿을 수가 없었다. 바로 전날까지 멀쩡히 사람으로 남았던 직원들이 하룻밤 새 죄다 벌레로 변한 것이다. 밤새 누가 흉악한 마법이라도 부린 것일까. 거기 어디에도 사람의 형체는 보이지 않았다. 뭔가 잘못돼도 크게 잘못된 듯싶었다. 필시 직원들이 통째로 사악한 주술에라도 걸린 듯했다. 정말이지 있을 수 없는 일이 벌어지고 말았다.

시장은 순간 입술을 꾹 깨물고 고개를 숙인 채로 어떤 생각에 잠긴 듯했다. 아무래도 어찌해야 이 사태를 바로잡을 수 있을지 홀로 고민하는 성싶었다. 그러다 돌연 결심한 듯 다시 고개를 쳐들었다. 다음 순간, 벌레가 된 직원들은 일제히 그 장면을 목도했다. 거기 눈앞에서 인간의 껍질을 벗고 또 하나의 거대한 벌레가 탄생하는 순간을. 그렇게 인간의 형상을 벗어버린 그 물체가, 몹시도 흉측한 그 벌레가 이윽고 시장실로 걸어가는 모습을.

20. 구름

　나무숲에서 사냥꾼에게 쫓기던 사슴 하나가 사방이 탁 트인 높드리에 막 모습을 드러냈다. 사슴은 그 자리에 멈춰 서서 이리저리 주위를 둘러보았다. 늦은 오후의 햇살이 다사롭게 풀 언덕을 어루만졌다. 아직 발자국 소리는 들리지 않았지만 등 뒤로 곧 엽총 든 사냥꾼이 나타나리라. 그 사실을 알면서도 사슴은 그 자리에 우뚝 선 채 더는 한 발짝도 꼼짝하지 않았다. 왜 그랬을까. 예서 그만 죽기로 작정한 걸까. 더는 달아날 곳이 없다고 체념한 걸까. 아니면 어떻게든 살아보겠다고 용쓰며 이 골짝서 저 골짝으로, 이 언덕서 저 언덕으로 천방지방 밟뛰어 도망치던 자신이 아연 비루하고 구차하게 느껴진 걸까. 사슴은 문득 고개를 들고 하늘을 올려다보았다. 저만치 머리 위로 떠가는 구름을 바라보며 사슴은 곰곰 생각에 잠겼다.

　이상한 일이다.

　어쩜 그 구름 때문인지도 모른다.

　그 순간 높푸른 하늘과 포근한 햇살, 삽상한 가을바람, 무심히 떠가는 구름 아래 깜뭇 스스로를 잊고 사슴은 절로 그 어떤 신비로운 느낌에 휩싸이면서 돌연 현기증이 날 듯 아뜩한 아름다움(산정 무한)에 젖고 말았다. 그러면서 사냥꾼에 대한 공포도 죽음에 대한 전율도 따라 씻은 듯이 사그라졌다. 산들바람이 솔솔 나무숲을 스치자 나뭇가지에서 잇달아 이파리들이 살랑거렸다.

그때 나무숲에서 고요한 산언덕을 흔들며 탕 소리가 울렸다. 돌연히 대기를 찢는 단발의 그 총성과 함께 그쪽 나뭇가지에서 푸르르 산새가 날아올랐다. 사슴은 덜퍽 풀밭에 쓰러진 채 버르르 몸을 떨었다.

눈물 젖은 눈동자는 샘물처럼 서늘하고 허공처럼 투명했다. 햇살 비친 눈망울은 이슬 젖은 별빛처럼, 은빛 진주알처럼, 다이아몬드 빛 불꽃처럼 초롱초롱 빛났다. 서서히 경련은 잦아들고 사슴의 고통은 조금씩 신기로운 감동으로 변했다. 한순간 사슴은 자신의 눈망울 속으로 흰 구름 하나가 다가와 곧 방울방울 부서져 하얀 물거품처럼 흩어지는 느낌이 들었다. 그러다 이윽고 경련은 스스로 의무를 다한 듯 완전히 멎었다. 끝내 옹달샘이 마르듯… 흡사 생명의 물방울이 그치듯… 흐르던 눈물도 따라 그 움직임이 멎었다. 그 순간 소리 없는 아우성인 듯 죽은 그 눈동자에서 깊고 우렁찬 침묵이 울려 퍼졌다.

죽은 그 눈동자!
슬픈 그 공허 속으로 저 하늘의 구름이
들어와 한가로이 떠갔다.

우리는 누구나

우리가 모르는 어딘가에

우리가 모르는 누군가를 감추고 있다.

21. 눈사람

　추악하고 잔혹하게 민중을 탄압하며 철권을 휘두르던 독재자가 와병으로 자리에 누웠다. 방금 그를 진찰한 주치의가 무거운 표정으로 나직이 입을 열었다. "각하, 외람된 말씀이오나, 더... 더는 어려울 듯합니다." 그러고는 두려운 듯 움츠러들며 입속으로 꾹 숨소리를 낮추고 고개를 떨어뜨렸다. 방 안은 공기마저 오그라든 듯 작은 숨소리조차 들리지 않았다. 독재자는 잠시 말이 없더니 슬쩍 손을 들어 그만 나가라는 손짓을 했다. 주치의는 내심 안도하면서 공손히 목례하고 가만가만 발소리를 죽여 방을 나갔다. 늙은 독재자는 이윽고 단정학 한 마리가 수놓인 비단 이불을 걷고 침대에서 일어나 펠트 슬리퍼를 발에 꿴 뒤 리놀륨 바닥을 밟고 창가로 다가갔다.

　거기 서서 물끄러미 눈 내리는 창밖을 내다보았다. 너른 정원은 온통 희디흰 눈밭으로 변했다. 좀 전 주치의가 남긴 종적인 듯 옴팍옴팍 눈밭에 찍힌 발자국이 이쪽 현관에서 대문 쪽으로 고르게 나 있었다. 정원수마다 앙상한 나뭇가지 위로 더금더금 눈송이가 내려앉았다. 노인의 착잡한 심사를 투영하는 걸까. 소복소복 눈송이가 내려쌓인 겨울 가지들이 금시라도 툭툭 부러질 듯 위태로워 보였다. 한참 뒤에 눈을 거두고 그는 도로 침대 가로 걸어가 비단 이불에 놓인 단정학의 숫결을 살살 어루만지며 잠시 상념에 젖었다. 그러고는 슬리퍼를 벗고 천천히 비단 이불 속으로, 한 마리 단정학의 깃 속으로 깊숙이 몸을 뉘었다. 그렇게 시간이 가고 어슬어슬 땅거미가 내리는가 싶더니 이내 검푸른 어둠이 대기를 삼키며 밤이 되었다.

독재자는 잠이 들었다.

얼마나 흘렀을까. 식은땀에 젖은 채로 그가 잠을 깬 시각은 새벽두 시쯤이었다. 그는 잠시 후 자리에서 일어나 옷장으로 갔다. 러시아식 털모자와 금단추가 달린 외투를 걸치고 그가 홀로 집을 나온시각은 십오 분쯤 뒤였다. 그렇게 수행원도 거느리지 않고 함박눈을 맞으며 그는 조용히 골목을 걸었다. 이리저리 골목을 서성이다작은 공터에 이른 것은 이십 분쯤 지나서였다. 공터 한쪽에 선 눈사람을 발견하고 그 앞으로 다가가서 그는 발을 멈췄다. 누가 만들다말았는지 눈사람은 한눈에도 허술하고 조잡스러워 보였다. 그저 달랑 눈 두 개만 달렸을 뿐 코도 입도 모자도 목도리도 두 팔도 없었다. 말하자면 단지 보는 것만 가능할 뿐 숨도 쉴 수 없고 말도 할 수없고 심지어 뭔가를 글로 쓸 수조차 없는 참 가엾고도 딱한 눈사람이었다.

독재자는 홀연 회상에 잠겼다.

언제였던가. 그 옛날 어린 시절 겨울이면 그는 앞마당에서 눈덩이를 굴려 자기만의 눈사람을 만들었다. 소년은 눈사람에게 눈, 코,입을 달아주고 두 팔을 만들어서 장갑을 끼우고 머리에는 털모자를 씌우고 목에는 목도리까지 둘러주었다. 그날 밤 자다 말고 번쩍 눈이 떠진 소년은 벌떡 일어나서 후다닥 털 잠바를 챙겨 들고 헐레벌떡 앞마당으로 달려 나갔다. 눈사람이 추울까봐 걱정되어 소년은 좀처럼 깊은 잠을 이루지 못한 것이다. 눈사람한테 다가가 털 잠바를 입혀주고서야 소년은 안심이 되어 도로 방으로 돌아가 잠자리에 들었다.

독재자는 막 회상을 멈췄다.

그는 갑자기 머리에서 털모자를 벗더니 그것을 조심스레 눈사람의 머리에 눌러 씌웠다. 그런 다음 외투를 벗어 가만가만 눈사람의 몸을 감싸고는 금단추 하나를 꾹 채웠다. 그러고서 잠시 지켜보더니 이번에는 자기 목도리를 풀어 그 눈사람의 목에 살살 그것을 둘렀다. 그제야 오싹 추위를 느꼈는지 돌연 그는 어깨를 움츠러뜨리며 아르르 몸을 떨었다. 그러면서 어찔어찔 어질증을 느끼고는 잇달아 넘어질 듯 몸을 회똑거렸다. 이윽고 어지럼이 좀 가시는 듯하자 마지막으로 그는 양손에 낀 가죽장갑을 벗어 두 짝을 가지런히 모아 눈사람 앞에 내려놓았다. 눈사람은 손이 없어 그 장갑을 끼울 수가 없었기 때문이다. 마침내 눈사람 꾸미기를 마치고 그는 막 몸을 돌려 그 눈사람을 등지고 몇 걸음인가 나아갔다. 그러다 순간 휘청하면서 그대로 퍽 소리와 함께 눈밭으로 고꾸라졌다.

앗!

눈사람이 깜짝 놀라 외마디를 지르며 그 독재자를 바라보았다. 하지만 그 소리는 무언의 외침일 뿐, 마음속의 울림일 뿐, 눈사람은 입이 없는 터라 공터에는 아무 소리도 울리지 않았다. 눈밭에 엎드러진 독재자는 아무 움직임이 없었다. 그 어둠의 공포를 어루만지며! 그 겨울의 혹한을 녹이며! 그 시절의 광기를 잠재우며! 포근포근 함박눈이 내려쌓였다. 자꾸자꾸 그렇게 시간이 흘렀다. 눈사람은 까무룩 잠이 들었다. 털모자도 외투도 목도리도 가죽장갑도 그사이 하얗게 물이 들었다. 독재자는 여전히 부동의 물체로 그 자리에 고꾸라진 채였다. 그는 말이 없었다. 눈에 파묻힌 독재자는 이제 숨을 쉬지 않았다. 그렇듯 덧없이! 그토록 허망하게! 그의 세계는 어느덧 아득한 허공 속으로, 새까만 망각 속으로 흩어지고 말았다. 한 걸음! 한 걸음! 새아침이 다가올수록! 독재자는 점점 더 눈송이 속으로 사라져 갔다.

22. 개미

어느 날 지상의 통치자 '금와왕'의 꿈에 하느님이 나타나 말했다. "......내 친히 지상에 내려가 너를 보리라." 그리고 하느님은 지상에 강림할 날짜와 장소와 시간을 일러주었다. 날이 밝자 금와왕은 온 나라에 그 사실을 고하고 그날부터 차근차근 하느님을 맞이할 채비를 시작했다. 하느님이 친히 그를 보려고 지상으로 왕림하신다는 사실만으로 금와왕은 마치 저 자신이 또 하나의 신이라도 된 양 한껏 위광을 떨치며 절로 무한한 자부와 내적 충일감을 느꼈다. 백성들도 저마다 경이로운 눈길로 그런 금와왕을 흠숭하며 우러러보았다. 그리하여 어느덧 하느님이 일러준 그 날 그 시간이 다가왔다. 하느님께 바칠 온갖 금은보화를 잔뜩 쌓아놓고 금와왕은 일찌감치 신하들을 거느리고 약속 장소에 나와 기다렸다. 그 장소는 바로 금와왕의 웅장한 궐문 앞이었다. 유일하게 황금 옷을 두른 금와왕을 중심으로 왕족, 승려, 권문귀족, 고관대작 할 것 없이 그 신분과 서열과 훈공에 따라 호화로운 복색으로 치장한 신하들이 겹겹으로 빠짐없이 도열했다.

"대왕 폐하, 저길 보십시오!"

금와왕의 곁에서 늙은 환관이 불쑥 소리쳤다. 왕은 고개를 들고 환관이 가리키는 곳을 바라보았다. 멀리 하늘가에서 눈부신 광채

하나가 나타나 빠르게 이쪽으로 날아왔다. 사방에서 일제히 탄성이 울렸다. 그 물체는 저만큼 다가오다가 이윽고 공중에서 움직임을 멈췄다. 그 물체는 잠시 후 지상으로 하강하기 시작했다. 그 물체는 지상에 닿자마자 상서롭게 빛나는 사람의 형상으로 변했다.

"창조주 하느님을 맞으라!"

금와왕이 외치자 모든 신하들이 무릎을 꿇고 바닥에 이마를 조아리며 하느님을 영접했다. 하느님이 순간 금와왕을 향해 성큼성큼 걸어오기 시작했다. 하느님은 이윽고 왕 앞으로 다가와서 말했다. "왕은 머리를 들라." 금와왕은 머리를 들고 하느님을 올려다보았다. 하느님은 잠자코 왕을 내려다보더니 곧 눈을 돌려 주위를 둘러보았다. 그러고는 몸을 돌려 저쪽 어딘가로 발을 옮겼다. 왕은 제신을 거느리고 하느님을 뒤따랐다. 얼마 후 하느님은 궁궐 모퉁이를 돌아 한참을 더 나아갔다. 하느님이 발을 멈추었을 때 궁궐 벽 한쪽에 기대앉은 걸인 가족이 눈에 들어왔다. 헐벗고 굶주린 그들의 몰골은 몹시도 고약한 냄새를 풍기며 왕과 신하들의 눈살을 찌푸리게 했다.

"어서 무릎을 꿇어라!"
늙은 환관이 일가족을 향해 외쳤다.

걸인 가족은 어디에 머리를 조아릴지 몰라 하느님과 금와왕을 번갈아 보며 망설이더니 이윽고 황금 옷을 두른 왕을 향해 다 같이 무릎을 꿇고 머리를 숙였다. 걸인 가족은 그 순간 사람의 형상을 잃고 작고 거뭇거뭇한 개미 가족으로 변했다. "저 개미들을 당장 다 밟아 죽여라!" 금와왕이 명하자 젊은 환관 하나가 재깍 그쪽으로 달려들었다. 그리고 막 발을 들어 내려찍으려는 찰나 "멈춰라!" 하고 하느님이 외쳤다.

젊은 환관은 머춤하며 뒤로 물러섰다.

무슨 일인지 몰라 왕과 신하들은 의아한 눈길로 하느님을 바라보았다. 다음 순간 하느님은 스르르 빛을 잃고 스스로 몸집이 줄어들더니 이내 또 하나의 작은 개미로 변했다. 금와왕의 낯빛이 돌변한 것은 그때였다. 불쾌감인지 노여움인지 아니면 수치감인지 왕의 얼굴은 온통 벌겋게 달아올랐고 제신의 표정도 덩달아 얄궂게 일그러졌다. 금와왕은 갑작스레 농락당한 느낌과 함께 고약한 기분이 들면서 신하들 보기가 영 거북스러워졌다. 정말이지 위신이 말이 아니었다.

그는 왕으로서, 한 나라의 통치자로서 도시 체모가 서질 않았다. 그간 온 나라를 볶아치며 일껏 준비했던 호사로운 잔치는 모두 헛고생이 되고 말았다. 결국 그는 신성함에 대한 허욕에 들떠, 존귀함에 대한 과시욕에 눈멀어 그만 뜨르르하게 헛물만 들이켠 셈이었다. '고작 개미 한 마리를 두고 그 난리를 피우다니!' 제가 무슨 신이라도 된 양 기껏 하느님을 들먹이며 무한정 으스대던 자신의 모습이 퍽 열없고 같잖고 우스운 꼴이 되고 말았다. 그 개미는 잠시 주위를 두리번두리번하더니 곧장 같은 개미들한테로 기어가서 그들 가족과 한데 섞였다.

"저 더러운 것들을 당장 다 밟아 죽여라!"

그때 별안간 왕명이 울렸다.
심히 노기 서린, 그러나 꾹꾹 억누른 듯한,
냉엄한 목소리였다.

왕명이 떨어지기 무섭게
젊은 환관이 냉큼 달려들어
그 개미들을 모두 무작스레 밟아 죽였다.

23. 반달

가을걷이 끝난 논에는 고만고만한 짚가리가 군데군데 솟아올랐다. 밤이면 희부연 달빛이 논두렁을 내리비췄다. 아이들은 깔깔대며 짚가리 사이를 누비다가 밤저녁이 되어서야 자취를 감췄다. 논배미를 울리던 아이들의 웃음소리는 어느새 하늘 저 멀리 흩어져 버렸다. 얼마쯤 지났다. 그때 멀리서 누군가의 목소리가 울렸다. "재봉아! 재봉아! 재봉아!" 이윽고 저만치 논둑길에 마을 아낙 하나가 모습을 드러냈다. 잠시 후 아낙은 논바닥에 들어와 이리저리 짚가리 사이를 바장이며 잇달아 또 아들을 불렀다. 동무들은 다 집에 돌아왔는데 여직 말썽쟁이 아들 녀석만 안 돌아왔던 탓이다. "재봉아! 재봉아!" 한참 동안 논바닥을 갈팡질팡하며 목이 아프게 아들을 불렀지만 돌아오는 것은 끝내 자신의 메아리뿐이었다.

아낙은 우뚝 멈춰 서서 후유 한숨을 내쉬었다.
하늘에서 송편 모양 반달이 아낙을 내려다보았다.

아낙은 곧 한쪽 짚가리로 다가가서 거기에 등을 기대고 잠시 생각에 잠겼다. 아낙은 할 수 없이 논바닥마다 널려 있는 짚가리들을 남김없이 죄 뒤져보기로 작심했다. 아들 녀석은 또 짚가리 속에서 혼자 잠이 들었으리라. 저녁녘에 동무들과 숨바꼭질을 하다 몰래 짚가리 속에 숨어 깜박 잠이 들었고 그사이 어둠이 내리자 아이들은 술래잡기를 멈추고 서둘러 우르르 집으로 돌아갔으리라. 아낙은 막 짚가리에서 몸을 떼고는 시원스레 두 팔을 걷어붙이고 그 순간부터 술래가 되어 숨은 아들 찾기를 시작했다. 아낙은 연신 짚단을 들추고 빼내고 휘젓고 하면서 짚가리 안에 누구 숨은 사람이 있는지 일일이 살폈다. 그렇게 무작정 이쪽 짚가리에서 저쪽 짚가리로 옮겨가면서 한밤중이 되도록 쉬지 않고 아들 찾기를 이어갔다.

어느덧 새벽녘이 되었다.

대체 어디로 숨었는지 아들은 도무지 나타날 줄 모른다. 그때까지 논배미를 비추느라 반달은 꼼짝없이 발이 묶였다. 이미 집에 돌아갈 시간이 지났지만 밤새 아들을 찾아 헤매는 아낙을 두고 반달은 차마 발길이 떨어지지 않았다. 마침내 보다 못한 반달은 그 아낙을 도와주기로 마음먹었다. 반달은 분신술을 써서 흰둥이 강아지로 변신해 스르르 논바닥으로 내려앉았다. 강아지는 냉큼 아낙한테 다가가서 멍멍 짖었다. 아낙이 돌아보자 강아지는 잽싸게 몸을 돌려 저쪽으로 내달았다. 아낙이 급히 강아지를 뒤쫓았다. 이윽고 강아지가 멈춘 곳은 아무개네 논배미에 솟은 높다란 짚가리 앞이었다. 강아지가 짚가리를 향해 멍멍 짖었다. 아낙은 얼른 짚가리로 달라붙어 아래쪽의 짚단을 치우기 시작했다. 짚단 몇 개를 치우자 그 자리에 텅 빈 공간이 드러났다. 순간 머춤하더니 곧 아낙은 조심스레 아들을 부르면서 그 안으로 발을 들였다.

"다 왔습니다, 어머니."

　중년의 아들이 차를 세우고 뒷좌석에서 잠든 어머니를 깨웠다. "일어나세요, 어머니. 다 왔습니다. 여기가 바로 예전의 그 자리입니다." 그 시절 논배미였던 그 자리는 어느덧 빈틈없이 공장 단지로 변해 있었다. 아들은 절로 추억에 잠겼다. 오래전 짚가리 속에 숨어 잠들었다가 어머니가 밤새 자신을 찾으려고 거기 논배미의 짚가리를 죄 헤집었던 기억이 났다. 순간 가슴속에서 아스라한 정겨움과 동시에 어떤 아리아리한 서글픔 같은 것이 스멀스멀 피어올랐다. 간밤에 어머니가 뜬금없이 옛날 생각이 난다며 이곳에 다녀오자고 말했을 때 아들은 선뜻 그러자고 대답하지 못했다. 이미 마을도 논도 다 사라진 데다 그전의 이웃들도 죄 떠난 터라 가서 보면 되레 쓸쓸함만 더할 뿐이었기 때문이다. 아들은 잠시 어머니를 바라보다 그대로 주무시게 두고 차를 나왔다. 한동안 주변을 걸으며 아들은 홀로 옛 풍경을 더듬었다.

"……꼭꼭 숨어라, 머리카락 보인다!"
마음속에 문득 동무들의 목소리가 되울려왔다.
(점만, 점숙, 삼식, 영식, 칠봉, 순덕, 복순……)

멀리 서쪽 하늘에 저녁놀이 유난히 붉었다.
낙조에 물든 아들의 새치가 희끗희끗 빛났다.

"어머니, 어머니. 일어나세요, 어머니." 아들은 막 뒷좌석 문을 열고 어머니의 어깨를 흔들었다. "다 왔습니다, 어머니. 다 왔어요. 도착했어요, 어머니……" 어느덧 꾸물꾸물 저녁 어스름이 깔리고 있었다. 그 뒤로 얼마나 흘렀을까. 아들의 차는 그사이 고속도로를 내닫고 있었다. 돌아오는 길이었다. 한밤중이었다. 어머니는 뒷좌석에 모로 누워 아득히 잠이 들었다. 그렇게 오래된 기억을 남겨둔 채 어머니는 홀연 아들 곁을 떠났다. 밤늦은 고속도로는 폐허 속처럼 적막했다.

눈물이 자꾸만 아들의 눈가를 흘러내렸다. 먼먼 기억 속 어딘가에서 구슬픈 접동새 울음소리가 들려왔다. 그 소리를 따라 아들은 절로 기억 하나를 떠올렸다. (어릴 적 한밤중에 뒤가 마려우면 혼자 뒷간 가기가 무서워서 잠든 어머니를 깨워 뒷간 앞에 꼬박 보초 세우고는 간간이 또 확인삼아 엄마, 엄마, 불러가면서 초조하게 볼일을 보곤 하던 그 기억을……) 하늘에서 송편 모양의 반달이 두 사람을 내려다보았다.

24. 다락방

남의 집 지붕 밑 작은 다락방에 세 들어 살던 생쥐가 어느 날 좋은 생각이 떠올랐다. 생쥐는 그길로 제일 좋은 옷(이건 어디까지나 생쥐 자신만의 관점이다. 일테면 상대적으로 덜 해진 양복)을 차려입고 다락방을 나와 멀리 보이는 초고층 아파트 쪽으로 곧장 걸어갔다. 얼마 후 생쥐는 그 아파트 경비실 앞에 다다랐다. 생쥐는 발을 멈추고 신중하게 옷매무새를 매만지고는 마음속으로 한 번 더 생각을 정돈한 뒤 경비실 문을 열고 안으로 들어갔다. 넙데데한 얼굴에 검버섯이 피고 뒤룩뒤룩 살이 쪄서 무겁고 둔해 뵈는 경비대장이 책상에 턱을 괴고 앉아 혼자 생각에 잠겨 있었다.

"잠시 펜트하우스를 방문하려 합니다."

젊은 생쥐가 자신 있게 단도직입적으로 말했다. (이는 순전히 도발적이다!) 나름대로 말쑥한 차림으로 성장한 터라 평소보다 갑절이나 기가 살았다. 그러자 나이 든 경비대장이 턱을 괴고 있던 손을 책상에서 떼고는 흥 콧방귀를 뀌며 받아쳤다. "웃기고 앉았네. 이넋 빠진 생쥐 녀석아, 어디서 같잖은 수작을 부려!" 그는 견장 달린 정복에 큼직한 별무늬가 박힌 정모를 쓴 채였다. "여기 펜트하우스에 옛 친구가 살고 있답니다." 내심 뜨끔했지만 생쥐는 간신히 태연한 얼굴로 점잖게 대꾸했다.

곧 경비대장이 황당한(슬쩍 당황한) 표정으로 생쥐의 품새를 눈여기며 위아래로 쓱 훑어내렸다. '흠! 수수한 거야, 검소한 거야? 꼬챙이같이 깡마른 몸에 행색은 거의 누더기 같은 몰골인데, 저 건방진 의연함은 뭐지? 저 태연자약한 의젓함은 또 뭐고? 하! 아무래도 허접한 외양과는 달리 홑으로 볼 녀석이 아닌 것 같은데. 햐, 요것 봐라. 가만 보자. 으흠, 이제 보니 눈초리가 예사롭지 않군. 허! 제법인데! 생쥐치곤 꽤 쌀쌀맞고 예리한 안광을 지녔어. 다소 방심한 듯 어수룩해 보이면서도 언뜻 총기가 번뜩이고 왠지 주관이 뚜렷해 보이는 게 여간내기가 아닐 거야. 호! 조심해야겠는 걸. 그저 허투루 볼 녀석이 아냐. 필시 무슨 믿는 구석이 있는 게 분명해. 안 그럼 저 따위 초췌한 면상에 저리 위의당당진 못할 테니까……' 그러고는 이를 꾹 깨물고서 손끝으로 톡톡 책상을 두드리며 잠시 더 생각에 잠겼다가 다시 입을 열었다. "좋아, 그렇다고 치자. 근데, 그 사람이 과연 너 같은 생쥐 따위를 만나주기나 할까? 아니! 만나주기는커녕 너 따위 생쥐 녀석을 기억이나 할까?" 그 빈정대는 말투에 벌컥 비위가 상했지만 늘 그렇듯 예상 못한 반응도 아닌지라 보란듯 냉연한 미소를 띠고 생쥐는 더한층 근엄한 빛으로 응수했다.

"그건 경비 따위가 알 바 아닙니다!"

그러고는 이렇게 덧붙였다. "얼른 옛 친구가 찾아왔다 알리기나 하세요." 경비대장은 입술을 삐죽거리면서 잠시 또 생각하더니 별수 없다는 듯 결국 그쪽에 인터폰을 넣었다. 그쪽에서 응답하자 경비대장이 정중한 어조로 '옛 친구라는 분이 지금 귀댁을 방문하고 싶어 한다'고 알렸다. 곧 그쪽에서 옛 친구라면 누구를 말하는지 모르겠다면서 방문자의 존함이 어떻게 되시는지 물었다. 경비대장이 떨떠름한 어조로 성명이 어찌 되느냐고 묻자 생쥐가 대뜸 이렇게 대답했다. "내 이름은 그리 함부로 발설할 수 없으니, 대신 모모 펜트하우스에 사는 미스터 아무아무라고 전해주십시오." 경비대장은 흠! 하고 한숨인지 의심인지 모를 숨소리를 뱉고는 방금 들은 대로 그쪽에 전했다. 그러고서 내심 불쾌하다는 듯 눈썹을 찌푸리고는 생쥐를 빤히 쏘아보며 맘속으로 중얼거렸다. '에이, 재수 없는 녀석! 밥맛없는 자식! 정나미 떨어지는 놈!'

이쪽의 방문 요청을 응낙할지 말지 고민하는 듯
그쪽에선 잠시 동안 말이 없었다.

"뭐, 올라가도 좋소!"

그쪽에서 결국 방문을 허락한다 말하자 경비대장이 허를 찔린 듯 달갑잖은 어투로 툭 내던지듯 말했다. 그러고는 싸늘하게 비웃음을 머금고 생쥐를 흘겨보았다. 곧 생쥐는 경비대장을 향해 씽긋 웃어 보이고는 잔뜩 거드름을 피우면서 그 기분을 한껏 음미하며 느릿느릿 경비실을 나왔다. 잠시 후 생쥐는 승강기를 타고 펜트하우스로 올라갔다. 얼마 후 펜트하우스 응접실에서 사람 얼굴의 주인과 생쥐 얼굴(실은 생쥐보다는 족제비의 낯짝에 더 가깝다)의 방문자가 마주앉았다. 두 얼굴은 터키 와인인지 칠레 와인인지, 막 심장을 쥐어짜서 즙을 낸 듯 검붉은 그 빛깔을, 핏물 같은 그 액체를 홀짝이며 시간 가는 줄 모르고 한참이나 정담을 주고받았다.

둘은 그 진홍빛 와인으로 잇새를 물들이며 흡사 피를 빨아먹는 뱀파이어처럼 잇바디를 드러내고 음험하게 웃으며 잇달아 즐거이 잔을 들었다. 와인 잔은 좀 특이했는데, 바닥은 별 모양이고 줄기는 별스럽게 기름하면서 몸통은 순전히 나팔꽃 모양이었다. 한마디로 화학 실험용 도구로 쓰이는 유리 깔때기 모양이었다. 여하튼 둘은 대화 내내 만면에 미소가 떠나지 않았다. 생쥐는 이윽고 잠깐 실례한다 말한 뒤 그 깔때기, 아니, 그러니까, 그 와인 잔을 내려놓고 자리에서 일어났다.

생쥐는 곧장 화장실로 들어갔다.

먼저 소피를 본 뒤 생쥐는 세면대로 다가가 손을 씻었다. 그러고는 만족스러운 빛으로 세면대 위의 거울을 바라보았다. 곧 거울 속에서 '생쥐 얼굴의 자신'이 아닌 '사람 얼굴의 주인 남자'가 이쪽을 향해 빙긋 미소를 지었다. 다음 순간 그곳은 생쥐가 세 들어 사는 비좁은 그 다락방으로 변했다. 한쪽 벽 상단에는 작은 통풍창(동시에 유일한 채광창)이 하나 나 있었다. 다락방 사내는 막 눈을 뜨고 낮은 천장을 올려다보았다. 그는 또 마음속으로 꿈이 아니라고 중얼거렸다.

어쩌면 정말 그의 생각이 옳은 것인지도 모른다. 그의 꿈은 그러니까 꿈이 아닌 꿈, 말하자면 꿈을 닮은 또 하나의 그 어떤 현실인지도 모른다. 물론 그래봐야 꿈은 꿈일 뿐이고 꿈도 일종의 상상이니까 그건 기껏해야 자기 스스로가 만들어낸 허무하고 허황한 거짓 이미지에 불과하다고 반문할지도 모르겠다. 그러면서 또 이렇게 덧붙여 말할지도 모르겠다. 여하튼 상상 속에서야, 한낱 꿈속에서야, 무언들, 무슨 일인들 가능하지 않은 게 있겠느냐고. 사실 그쪽에서 그런 식으로 따지고 들면, 이쪽에선 딱히 뭐라 반박할 여지는 남지 않는다. 그렇다고 쉬 이쪽에서 자기 말을 번복하리라고 예상한다면 그건 다소 조급한 판단이 아닐 수 없다. 즉 그쪽에서 뭐라 반박하든 이론을 제기하든 이쪽에선 또다시 같은 말을 반복하지 않을 수 없다. 이렇게 말이다. '어쨌거나 그의 꿈은 꿈이 아닌 꿈, 즉 그저 꿈이 아닌, 꿈을 닮은 또 하나의 그 어떤 현실인지도 모른다고......'

그래, 달리 또 무슨 수가 있겠는가.

그렇다고 이쪽에서 그리 말하는 데 전혀 아무 근거가 없는 것은 또 아니다. 언뜻 엉터리없는 허언처럼 들리는 주장이라도 거기에는 또 그 나름의 논리와 명분과 의지를 갖고 있는 법이니까. 그쪽에서 버럭 소리 질러도 좋고 돌연 발끈하며 눈에 벌겋게 핏대를 세워도 어쩔 수 없다. 다시 말해 그것은 너무도 자명한, 너무도 절절한, 차마 부정할 수도 외면할 수도 없는, 더 나아가 치열하기까지 한 사실이었다. 즉 그쪽에서 뭐라 공박하든 역정을 내든 적어도 이쪽에서 보기에는 그리 보였다. 요컨대 거의 매일 밤 어김없이 반복하는 그의 꿈은 그 자체만으로 이미 '또 하나의 엄연한 현실'이었기 때문이다. 그러기에 밤마다 더 나은 미래가 기다리는 그곳, 또 하나의 뚜렷한 실재, 멋진 상상의 세계, 이상적 내면의 영토, 궁극적 동경의 무대, 현실보다 더 현실적인 자기 초극의 공간, 도발적 환상력의 발현, 그 누구도 침범하지 못할 자기만의 꿈속으로 그는 또 홀연 회귀하는 것이다.

희망인지 불행인지 모를 실낱같은
아침 햇살이 바라지창으로 새어 들어와
좁은 다락방을 비췄다.

25. 허수아비

"쉬, 쉬, 후여후여, 훠이, 훠이!"

할머니가 텃밭에서 새를 쫓는 소리가 들렸다. "할머니! 할머니! 할머니!" 시골 할머니 댁에 다니러 온 손자가 새보는 할머니를 불렀다. 할머니가 새를 쫓다 말고 후다닥 달려와 반색하며 덥석 손자를 끌안았다. 할머니와 손자는 잠시 후 콩밭을 뒤로하고 저만치 보이는 돌담집으로 되돌아왔다. 돌아올 때 보니 다른 집 텃밭에는 밀짚모, 벙거지, 민방위 모자, 새마을 모자, 고깔모자, 머릿수건 따위를 쓴 별별스러운 모양의 허수아비가 서 있었다. 그 허수아비를 중심으로 제가끔 쇠 방울, 종, 깡통, 비닐 조각 등을 매단 노끈이나 새끼줄을 사방으로 길게 쳐 놓았다.

"할머니, 할머니! 우리 콩밭에는 왜 허수아비가 없어요?" 제 딴에는 궁금했는지 오는 길에 손자가 물었다. 할머니가 곧 흐뭇이 웃으며 대답했다. "요샌 새들도 눈치가 빨라서 허수아비를 세워도 잘 속지 않는단다." 할머니가 말을 이었다. "준식아, 콩밭을 지키는 파수꾼이 되려면 저렇게 눈 가리고 아웅 하는 허수아비가 아니라, 늘 쉬지 않고 깨어 있는 진짜 눈동자, 진짜 목소리, 진짜 숨소리, 진짜 땀방울, 진짜 몸동작, 진짜 움직임이 되어야 한다."

"준식아! 준식아! 준식아!"

이른 아침 준식이 엄마와 할머니는 온 마을을 골골샅샅이 훑으며 큰 소리로 아이를 불렀다. 밤사이에 준식이가 사라진 것이다. 동구 앞 정자에서 (아직 찬 이슬이 다랑다랑 맺힌) 아침 안개 자옥한 숲정이까지 소리소리 치며 아무리 찾아도 소용이 없자 둘은 그예 혼이 빠진 사람처럼 축 늘어져서 도로 집으로 돌아왔다. 할머니가 들마루에 걸터앉아 폭폭 한숨을 뱉는 사이 준식이 엄마가 방에 들어가 지체 없이 경찰에 신고 전화를 넣었다. 그때였다. 할머니는 번득 생각이 떠올라 그대로 허방지방 집을 뛰쳐나와 단걸음에 텃밭으로 달려갔다. 할머니는 이윽고 콩밭 한가운데 서 있는 준식이를 발견했다. 할머니는 뚝 발을 멈추고 우두커니 서서 손자를 바라보았다. 바로 거기, 콩밭 한가운데 서서 준식이는 두 팔을 벌린 채로 혼자 꾸벅꾸벅 졸고 있었다. 그 쓰개는 또 어디서 났는지, 꼭두 빠진 밀짚모를 비뚜름히 눌러쓴 채였다.

"의장님, 등원하실 시간입니다."

비서실장이 막 국회의장을 깨웠다.
잠시 후 국회의장은, 거기 의장실을 나와
본회의장으로 향했다.

26. 미개인

대략 스무 명의 인간이 죽어서 막 저승 입구에 다다랐다. 망자들은 도착한 순서대로 일렬로 줄지어 저승 문을 바라보고 섰다. 얼마 있자 문이 열리고 그 안에서 염소 머리 인간이 걸어 나왔다. 그러니까 목 아래로는 사람인데, 그 위로는 안쪽으로 굽은 두 개의 우걱뿔과 숱이 적고 끝이 뾰족한 턱수염이 자란 염소 머리통을 달고 있었다. 안경을 쓴 염소 인간이 나오자 금시 문이 닫혔다. 염소 인간의 손에는 짧은 지휘봉이 들렸다. 염소 인간은 숫자를 헤아리듯 망자들을 일일이 지휘봉으로 툭툭 치면서 그 줄의 맨 뒤까지 걸어갔다가 이윽고 다시 제자리로 돌아와 섰다. 망자들은 입을 꾹 다문 채 무표정한 낯빛으로 엄숙하게 서 있었다. 그때 염소 인간이 지휘봉으로 저승 문을 탁탁 두드렸다. 그러자 곧 문이 열렸다. 염소 인간이 망자들을 죽 노려보고는 맨 앞에 선 망자를 지휘봉으로 툭 치며 문 안으로 들어가라는 손짓을 했다.

망자들이 순서대로
그 안으로 들어가기 시작했다.

망자들이 하나하나 안쪽으로 들어갈 때마다 염소 인간은 또 숫자를 헤아리듯 지휘봉으로 툭툭 그들의 어깨를 쳤다. 그리고 얼추 열셋쯤 들어갔을 때였다. 막 그 안으로 들어가려던 망자의 어깨를 지휘봉으로 치려다가 무슨 일인지 염소 인간은 멈칫하더니 다른 손으로 후딱 그의 팔을 붙잡아 그리 들어가지 못하도록 제 곁으로 끌어당겼다. 그러면서 혼잣말로 주워섬겼다. "참, 불쌍하다 불쌍해. 한심하다 한심해. 어리석다 어리석어. 어찌 그리 순진할꼬. 어찌 그리 순해빠졌을꼬. 어찌 그리 미련하게 살았을꼬. 늘 속임수에 넘어가 남 좋은 일만 시키고, 바보마냥 손해만 보고, 그 흔한 사술 한번 안 부리고, 하다못해 제 밥그릇도 한번 못 챙겼으니······" 염소 인간은 쯧쯧 혀를 차고는 다시금 지휘봉으로 맨 앞에 대기하던 망자의 어깨를 툭 치며 문 안으로 들어가라는 손짓을 했다. 그것을 신호로 망자들은 또 잇달아 그 안으로 착착 걸어 들어갔다. 이윽고 마지막 망자가 그 안으로 들어서자 지체 없이 문이 닫혔다.

'고도화된 문명인'
닫힌 문 겉면 상단에 그런 글자가 나타났다.

조금 있자 문 뒤편에서 끔찍한 비명과 함께 귀를 찢는 울부짖음이 들려왔다. 이윽고 염소 인간이 지휘봉으로 문을 두드리자 그 소리는 돌연 스르르 사그라졌다. 그러면서 문에 나타났던 글자도 절로 자취를 감췄다. 잠시 후 염소 인간이 탁탁 문을 두드리자 곧 다시 문이 열렸다. 염소 인간이 지휘봉으로 곁에 섰던 망자의 어깨를 툭 치면서 그 안으로 들어가라는 손짓을 했다. 망자가 묵묵히 그 안으로 들어섰다. 다음 순간 문이 닫히고 그 자리에 다시금 글자가 나타났다.

'덜떨어진 미개인'

조금 있자 즐거운 노랫소리와 함께
문 뒤편에서 행복한 웃음소리가 들려왔다.

27. 고드름

봄소식이 멀지 않은 어느 늦겨울의 오후였다. 따스한 햇볕이 골목골목을 누비며 묵은눈을 녹였다. 집집마다 처마에서 고드름이 녹아 뚝뚝 낙숫물이 떨어져 내렸다. 이따금 간지게 매달린 고드름이 더는 못 참겠다는 듯 바닥에 떨어져 맥없이 퍽퍽 부스러졌다. 집 없는 개 두 마리가 길을 가다가 어느 집 대문 처마 밑에서 방금 발을 멈췄다. 몹시 굶주렸는지 올근볼근 뼈가 드러나도록 둘 다 꼬치꼬치 말랐다. 털빛은 대조적으로 하나는 먹처럼 검고 또 하나는 눈처럼 하얬다. 마치 의좋은 부부인 양, 둘은 늘 찰떡같이 붙어다니면서도 때론 아무것도 아닌 일로 실없이 아옹다옹 입다툼을 벌였다. 털빛 하얀 개가 순간 처마 끝의 고드름을 올려다보며 한껏 주둥이를 벌렸다. 곧 그 개가 뚝뚝 떨어지는 낙숫물을 받아먹었다.

"먹지 마, 바보야!"
검은 개가 말했다.

"아니, 왜?"
하얀 개가 물었다.

"에휴, 멍추같이! 철딱서니 없기는! 넌 여태 그런 것도 모르냐?"
검은 개가 나무라듯 말하자 하얀 개가 무슨 뜻인지 모르겠다는 듯 눈을 껌벅껌벅했다. 곧 검은 개가 목소리를 높이며 말을 이었다. "이 멍텅구리야, 요샌 다 오염이 돼서 뭐든 잘못 먹으면 탈라! 큰일 나! 큰일난다고!" 그렇게 닦달하면서 검은 개가 또 무람없이 비아냥거렸다. "아까는 눈을 먹더니만! 이젠 또 고드름을 먹네! 이 맹추야, 요즘 누가 고드름을 먹냐! 응? 지금이 무슨 고려시대냐? 신라시대야? 삼국시대야? 응? 칠칠치 못하게! 요즘 같은 산업공해 시대에 어떤 빙충이가 속없이 눈 따위를 먹냐고!"

검은 개가 갑갑하다는 듯 혀를 끌끌 찼다.

하얀 개가 고개를 갸웃갸웃하더니 이렇게 대꾸했다. "뭐, 어때. 이게 뭐 어때서. 아무렴 인간들보다 더할까. 고드름이 아무리 오염 됐어도 인간들보단 깨끗할 거 아냐!" 하얀 개가 말하자 검은 개가 곰곰 생각하더니 이윽고 그도 그럴 듯하다는 표정으로 고개를 살살 주억거렸다. 그러고는 냉큼 머리를 쳐들더니 한껏 주둥이를 벌리고 방울방울 낙숫물을 받아먹었다. 하얀 개도 다시금 머리를 쳐들고 고드름을 향해 주둥이를 벌렸다. 잠시 후 두 마리 개가 처마 밑을 떠나자 더는 못 견디겠는지 반쯤 녹아내리던 고드름들이 잇달아 퍽퍽 소리를 내며 바닥으로 떨어져 내렸다.

28. 세탁기

얼마 전 도회지에 가서 대학교 입학시험을 보고 시골집에 돌아온 당나귀가 초조한 마음으로 결과를 기다리고 있었다. '이번엔 꼭 합격해야 하는데…… 그간 열심히 공부했으니 별다른 변수만 없다면 충분히 합격할 거야. 그래, 그래. 자신감을 갖자. 내가 누구냐. 바로 수재 중의 수재라고 소문난 당나귀 천재가 아니더냐. 그래, 까짓것 마음 편히 먹고 기다리자.' 당나귀는 그렇게 자신을 토닥이며 겨우 불안감을 밀어냈다. 당나귀는 이번이 꼭 다섯 번째 도전이었다. 안타깝게도 매번 국어 시험 성적이 너무 낮아 당나귀는 번번이 입학시험에 낙방하고 말았다. 수학이나 과학, 한문, 지리, 세계사, 외국어 등 다른 과목들은 다 점수가 좋았다. 한데 어찌된 건지 국어 시험만 늘 과락을 못 면했던 것이다.

그나저나 요번 시험은 별나게 쉬운 편이었다.
그래서 다른 때에 비해
당나귀는 내심 합격에 대한 기대감이 컸다.

달포쯤 지났다. 그날 오전 당나귀는 조랑말 아저씨한테서 대학교 소인이 찍힌 우편물 하나를 배달 받았다. 조랑말 아저씨는 그 마을의 유일한 집배원이었다. 콩닥콩닥 떨리는 가슴을 억제하며 얼마간 마음을 가다듬고 나서 당나귀는 조심스레 우편물을 뜯어보았다.

잠시 후 당나귀는 푸우! 하고 탄식을 뱉어냈다. 이번에도 낙방이었다. 예외 없이 또 국어 과목이 문제였다. 그래도 전엔 과락에 거의 근접하는 수준이었는데 올해는 말하기도 창피스러우리만치 형편없는 점수를 받았다. 그대로 당장 대학교로 달려가서 출제자든 채점자든 뭐든 누구라도 붙들고서 죽자사자 한번 몽니라도 부리면서 따져 묻고 싶은 심정이었다. 대관절 뭐가 잘못된 건지 당나귀는 아무리 해도 시험 점수 결과가 납득되지 않았다. 당나귀는 이윽고 그날의 기억을 되살려 그때 그 시험 문제와 자기가 적어낸 답을 하나하나 머릿속으로 차분차분히 대조해 보았다.

〈다음의 단어들을 간략히 설명하시오.〉

문1. 세탁기
답: 세탁하는 기계. 주로 돈을 세탁한다.
문2. 세탁소
답: 전문적으로 세탁하는 곳. 은행이라고도 부른다.
문3. 세탁물
답: 세탁할 물건. 수표라고도 부른다.
문4......

29. 새똥

대통령 선거를 며칠 앞두고 여러 당의 쟁쟁한 후보들이 전국을 돌며 막바지 유세에 여념이 없었다. 국민들은 저마다 선호하는 인물에게는 아낌없는 지지와 환호를 보내고 그 외 후보에게는 무관심과 냉소와 야유를 던졌다. 언제나 그렇듯 후보 중에는 단연 돋보이는 유력 주자도 있고 반대로 거의 당선 가능성이 없는 그저 그런 이름도 있었다. 각종 여론 조사 결과를 종합하면 가장 앞서가는 주자는 현 여당 소속의 '김이박' 후보였다. 어쨌거나 일부 인기 있는 후보들의 유세장에는 전례없이 사람들이 몰렸다. 하루는 지방의 한 도시에서 김이박 후보의 선거 유세가 열렸다. 자발적인지 강제적인지 아니면 동원된 건지 모르지만 유세장에는 실로 상당한 인파가 운집했다. 그날도 후보자는 청중을 압도하는 기막힌 웅변술(그야말로 키케로가 울고 갈 매끄러운 언변력!)을 발휘하며 열정적으로 지지와 응원을 호소했다.

이에 화답하듯 사방에서 잇달아
박수와 환호성이 터졌다.

"앗, 이게 뭐야!"
연설하다 말고 별안간 후보자가 외쳤다.

후보자의 정수리에 그만 톡! 새똥이 떨어진 것이다. 그는 잠시 당황한 듯하더니 이내 낯빛을 바꾸고는 이렇게 말했다. "여러분, 기뻐하십시오. 길조입니다, 길조. 제 머리에 방금 새똥이 떨어졌습니다. 한갓 미물인 새들까지도 이 사람의 가치와 능력과 덕성을 알아본 것입니다. 바로 이렇듯 제 머리에 똥을 갈겨 그들의 지지와 응원과 확고한 애정을 보여준 것입니다. 여러분, 어떻습니까? 이야말로 진정 대통령이 되라는 저 하늘의 격려와 칭찬과 승낙이 아니겠습니까. 이야말로 진정 이 나라를 위해 이 사람을 점지하신 저 하늘의 열렬한 감응이 아니고 무엇이겠습니까......" 그가 연설을 마치자 우레 같은 박수와 함성이 창공을 갈랐다. 지지자들은 열렬히 김이박을 연호하며 한껏 축제 분위기를 돋우었다.

　"국민 여러분, 오늘 저는......"
　신임 대통령이 막 취임사를 시작했다.

　"앗, 이거 뭐야!"
　취임사를 하다 말고 갑자기 대통령이 외쳤다.

　바로 국회의사당 광장에서 취임사를 하던 신임 대통령의 정수리에 그만 톡! 새똥이 떨어진 것이다. 대통령은 일순 난감한 표정을 짓더니 이내 안색을 꾸미고는 이렇게 말을 이었다. "친애하는 국민 여러분. 하늘과 신과 새들과 국민께 선택받은 저는......" 그러는 동안 참새 두 마리가 의사당 지붕 앞 난간에 올라앉아 취임식을 지켜보았다. 둘은 나란히 붙어 앉아 잠자코 취임 연설에 귀를 맡겼다. 얼마쯤 지났다. "참, 이상하네. 그치?" 하나가 막 입을 열었다. (이삼 초간 침묵!) "저이는 우리 똥을 좋아하나 봐. 접때도 그렇고 오늘도 그렇고. 하도 뻔뻔하게 거짓말을 잘해... 그만 좀 하라고 똥을 싸질렀더니만......"

"내 말이, 누가 아니래." 다른 하나가 곧 말을 받았다. "참나, 어처구니없어서, 원. 당최 혓바닥만 살아가지고. 저런 사람들이 꼭 나중에 가서 발뺌하고 시침떼고 딴소리를 한다니까. 제 잘못은 생각지도 않고 허구한 날 남 탓이나 하면서 자기들은 전혀 잘못한 게 없다고 한사코 벅벅 우기면서 말이야." 그러고는 곧바로 이렇게 덧붙였다. "하기야 똥을 좋아하는 것도 무리는 아니지, 뭐. 생각해 봐. 유유상종, 초록은 동색이라고... 머리에 똥만 들었으니까 그 똥 위에다 똥을 싸질렀으니 같은 똥이라서 서로 좋아할밖에......"

30. 산토끼

"할머니, 몸조심하세요."

젊은 산토끼 '야토'가 할머니께 작별 인사를 하고 살던 숲을 떠나 청운의 뜻을 안고 멀리 도회지를 향한 여로에 올랐다. 어려서부터 할머니와 단둘이 살아온 야토는 청년이 되자 숲 생활의 갑갑함을 느끼고 날마다 혼잣속으로 새로운 삶과 더 나은 세계로의 도약을 욕망하며 저 멀리 화려하고 은성한 도시로의 탈출을 꿈꾸었다. 도시를 향한 야토의 동경심이란 곧 일종의 이상향을 향한 애타는 목마름과 같았다. 흡사 굼벵이가 허물을 벗고 날개를 달아 매미로 우화하거나, 반룡이 홀연 땅 위로 솟구쳐 올라 마침내 구름을 뚫고 승천하는 것이나 다름없었다. 또한 그것은 이제 막 끓어오르는 혈기에 찬 젊은이의 열정과 그 뜨거움을 대변하는 확연한 증거이기도 했다.

"할머니, 저도 이제 장성했으니 대처로 나가 돈도 벌고 친구도 사귀고 경험도 쌓고 취미 생활도 즐기면서 남부럽지 않게 살고 싶습니다……" 어느 날 야토가 어렵사리 할머니께 말을 꺼냈다. 그러고는 쑥스러운지 뒷머리를 긁적거렸다. 혼자 내내 고민하다가 더는 욕구를 억누르지 못해 결국 속내를 털어놓은 것이다. 할머니는 빙긋이 웃으실 뿐 아무 말이 없었다. 며칠이 지났다. 그날 아침 할머니는 치마 속 쌈지에서 고무줄에 돌돌 말린 돈뭉치를 꺼내 손자 야토에게 건넸다.

"늘 몸조심하거라."
할머니가 말했다.

마침내 야토는 그토록 바라던 화려한 도시에 발을 들였다. 우선 여관방에 여장을 풀고 야토는 살기 적당한 숙소부터 알아보았다. 얼마 후 야토는 할머니가 주신 돈으로 어느 지하철역 인근 도시형 생활주택에 세를 들었다. 그런 다음 아침 일찍 집을 나와 하루 온종일 일자리를 찾아다녔다. 야토는 어떻게든 이곳에 자리를 잡아 뭐든 제구실을 톡톡히 하는 어엿한 도시민의 하나로서 눌러살 작정을 했다. 우선은 제대로 된 직장을 얻기 전까지 당분간 되는대로 삯일꾼으로 버텨볼 심산이었다. 그러면서 도회인들이 혹 어리숙한 촌닭이라 얕잡아볼지 몰라 짐짓 허리를 꼿꼿이 펴고 무슨 목 보호대라도 한 듯 턱을 빳빳이 치켜들었다. 하지만 그런 자세가 원체 익숙지 않은 터라 그 상태를 유지하는 데 퍽 애를 먹었다.

얼마 안 가 결국 그 자세를 포기하고 야토는 도로 목과 허리의 힘을 빼고 자연스러운 자세를 취했다. 날마다 일자리를 구하러 다니면서 자꾸 도시인들과 접촉할수록 야토는 점점 더 그들과 자신 사이를 가로막는 보이지 않는 장벽과 알 수 없는 거리감 같은 것을 느꼈다. 물론 도시인들이 흰 이를 훤히 드러내고 웃으면서 제살붙이 대하듯 반색하며 자기를 맞아주리라 예상한 것은 아니었다. 그렇지만 이리도 냉담한 태도로 듣는 둥 마는 둥 제대로 쳐다보지도 않고 잇새로 겨우 몇 마디를 뱉어내는 투로 홀대를 하리라곤 더더욱 짐작조차 못했다.

가령 이런 식이었다.
– 이런 엉세판에 남 줄 일감이 어딨어!
– 삯꾼은 무신… 품삯 아깝게……
– 날일꾼은 아무나 하는 줄 아나?
– 삽질이나 제대로 하려나……
– 그 어깨로 뭔 짐통을 지겠다고!
……

부전스럽다고 할까, 심악스럽다고 할까. 그 순간 야토는 마치 일자리를 구걸하는 한낱 비렁뱅이가 되어버린 기분이었다. 동시에 울컥 밸이 곤두서면서 야토의 자존심은 졸지에 천길만길 낭떠러지로 끝도 없이 곤두박질치고 말았다. 나름대로 어릴 적부터 할머니의 손에 귀히 떠받들려 자란 야토였기에 그 충격과 모멸감은 더욱더 배가될 수밖에 없었다. 그래서였을까. 도시를 향한 기대감이 컸던 만큼 도시에 대한 실망감과 도시인들에 대한 서운함도 그만큼 더 빠르게 커져갔다. 그럴수록 멍울멍울 서러움이 덩어리지고 모랑모랑 그리움이 피어나면서 야토는 또 부쩍부쩍 할머니 생각이 났다. 그러면서 왜 그런지 꼬박꼬박 끼니를 챙겨먹는데도 금세 또 기근감이 들면서 이상스레 맥이 풀리고 자꾸자꾸 헛헛증만 더해가는 것이었다. 게다가 이젠 잠을 자도 계속 불안스러운 노루잠이서 아침이 되어서도 몸이 영 개운치가 않았다.

　도시는 정말이지 자신이 그려오던 그곳, 그 꿈과 이상과 비상의 세계가 아니었다. 도시는 그저 높고 눈부시게 위장된 하나의 거대한 고독, 상실, 단절, 외면, 얼핏 완전한 세계를 닮은 듯한 보랏빛 미혹의 허울일 뿐이었다. 그리고 얼추 넉 달 남짓 지났을까. 야토는 홀연 도시를 버리고 그길로 곧장 할머니가 계시는 숲속 오두막으로 되돌아왔다. 이번에도 빙긋이 웃으실 뿐 할머니는 아무 말이 없었다.

　그 뒤 여러 날이 지났다.

　"도시인들은 좀 이상해요, 할머니."

　하루는 야토가 아랫목에 누운 채로 할머니를 바라보며 말했다. 흐린 호롱불 밑에서 할머니는 한 땀 한 땀 정성스레 바느질을 하셨다. (젊은 야토는 저번에 도회로 떠났다가 할머니가 계시는 이곳 오두막으로 되돌아온 뒤에야 깨달았다. 비록 윤기 하나 흐르지 않는 단출한 살림에 어느 것 하나 성한 물건이 없고, 어느 곳 하나 온전한 구석이 없는 누추한 공간일망정 이토록 낯익은 포근함과 질박함, 정감 어린 자족감, 근심 없는 편안함이 얼마나 더 값지고 소중한 것인지를......) 할머니가 막 바느질을 멈추고 코에 걸친 돋보기 안경 너머로 손자를 돌아보았다.

　"할머니가 그러셨잖아요."

야토가 말을 이었다.

"가까운 이웃이 먼 친척보다 낫다고요. 그래서 이웃사촌이라고
요. 언제 어디서든 이웃을 보면 붙임성 있게 먼저 인사하고 웃는 낯
으로 친절하게 대하라고요." 할머니는 바느질거리를 내려놓고 두
손으로 돋보기안경을 벗어 들더니 눈을 껌벅껌벅하며 다시금 손자
의 말에 귀를 기울였다. "근데요, 할머니." 야토가 또 말을 이었다.
"왜 그런지 모르지만, 같은 건물에 사는 사람들한테 인사를 할 적마
다... 내가 무슨 실수라도 한 것처럼 다들 이상한 눈으로 쳐다보면
서 자꾸만 슬슬 절 피하지 뭐예요......"

31. 우산

우산을 깜박 전철에 빠뜨리고 나온 민수 씨는 하는 수 없이 지하철 입구에서 파는 비닐우산을 새로 사서 받쳐 들고 회사로 출근했다. 그가 전동차 문가에 기대놓고 나온 체크무늬 우산은 단순히 비를 막는 용도로만 쓰는 흔한 물건이 아니었다. 대략 칠년 전 친구 결혼식에 갔다가 하객 답례품으로 받은 특별한 우산이었기 때문이다. 바로 그날 민수 씨는 신부 들러리 가운데 한 여자와 첫눈에 반해 (이를테면 번갯불이 관통하듯 운명적 마주침을 통해 두 영혼의 불꽃을 터트리며) 사랑에 빠졌다. 하지만 순간적으로 타오른 그 불꽃은 '그리 오래지 않아' 그 뜨거움과 열기가 빠지면서 드디어는 냉정하게 식고 말았다. 물론 누군가는 '요즘 같은 세상에, 즉 사랑도 연애도 만남도 이별도 번갯불에 콩 볶아 먹듯 하는 이 시대에, 그 정도면 꽤 오래 지속된 경우'라고 반박할지도 모를 일이지만 말이다. 어쨌거나 둘은 두 해 남짓 교제를 이어가다가 어느 날 크게 한 번 다투고는 점차 서먹서먹해지더니 언제 화해하고 어쩌고 할 틈도 없이 그예 흐지부지 그렇게 연락이 끊겼다.

'버려야 해, 버려야 해.'

그간 민수 씨는 몇 번이고 우산을 버리려고 맘먹었다가 포기하기를 거듭했다. 꽤 오래 쓰긴 했지만 아직은 살도 천도 우산대도 멀쩡했다. 비가 오는 날이면 민수 씨는 으레 그 우산을 챙겨들고 집을 나섰다. 그럴 때면 그 우산 아래 꼭 팔짱을 끼고 그날 그 거리를 거닐던 그녀와의 추억이 머리를 스쳤다. 어떤 날은 비 소식이 전혀 없는 맑은 날씨에도 부러 그 우산을 집어 들고 문을 나섰다. 그 우산이 곁에 있는 한, 그 우산과 함께하는 한 민수 씨는 늘 향기로운 꽃밭 속을 거니는 듯했다. 그러면서 은밀한 만족 속에 부쩍 자신감이 솟고 심장도 더 활발히 고동쳤으며 혈액도 더 싱싱하게 혈관 구석구석을 달렸다. 그러니까 민수 씨에게는 그 우산이 일종의 마르지 않는 청춘의 샘물, 바래지 않는 추억의 빛깔, 변하지 않는 향기의 원천인 셈이었다. 그랬다. 미련인지 아쉬움인지 민수 씨는 아직도 그 우산을 놓지 못한 채 그처럼 한결같이 그때 그 시절을 그리워했다.

'유실물 센터에 가면 찾을지도 몰라.'
민수 씨는 문득 그런 생각을 떠올렸다.

퇴근 시간이 되자 민수 씨는 서둘러 회사를 나왔다. 회사 정문을 나서자 가랑비가 술술 내렸지만 그는 손에 든 비닐우산을 펴지 않았다. 잠시 후 그는 근처 지하철 입구로 들어갔다. 승하차하는 사람들이 한축 빠져나간 듯 횡한 승강장에 서서 다음 전동차를 기다리며 그는 거기 유실물 센터에 전화를 걸었다. 그러고서 발신음이 울리는 동안 그는 돌연 겁에 질린 아이처럼 입술이 타고 침이 마르면서 가슴이 두근두근 뛰놀았다. 대번 머릿속의 생각들이 뒤엉키고 눈앞이 까매지면서 뭐라 형용할 수 없으리만큼 이상스레 마음이 급하고 조마조마했다. 그래서였을까. 미처 그쪽에서 전화를 받기도 전에 그는 부리나케 전화를 끊고 말았다. 그러고는 무엇을 어찌해야 할지 몰라 부질없이 오락가락 그 자리를 서성이다가 이윽고 저쪽에서 막 전동차가 진입하는 찰나 다급히 승강장을 되돌아 나와 곧장 택시를 잡아타고 집으로 향했다. 그사이 굵어진 빗발이 우두둑우두둑 차창을 후리며 그의 시야를 어지럽혔다. 그러면서 좍좍 아스팔트 노면을 달구는 빗줄기 소리가 채찍처럼 그의 가슴팍을 갈기고 반향처럼 되튀어 듣그럽게 귓속을 때렸다.

도시는 벌써 한밤중처럼 어둑어둑했다.

그는 눈을 지르감고 엄지 끝으로 꾹꾹 관자놀이를 눌렀다. 차는 빗소리와 엔진 소리, 풍절음 따위 소음으로 뒤엉킨 채 격렬히 전조등의 빛살을 내쏘며 쉬지 않고 빗속을 달렸다. 어찌된 일인지 다른 차들은 거의 제자리에 서 있는 듯했고 그 차 한 대만이 오직 전속력으로 도로 한가운데를 질추하는 것처럼 보였다. 흡사 하늘 둑이 터진 듯 억세게 작달비가 퍼붓는 도심을 가로질러 차는 그렇게 부도심의 목적지를 향해 막힘없이 홀로 빗길을 내달았다. 그리고 그렇게 시간이 흘렀다. 방금 승강기에서 내려 그가 막 아파트 현관문에 서자 맘속에서 불쑥 이런 소리가 들려왔다. '보내줘야 해. 보내줘야 해. 이제 그만 보내줘야 해. 스스로는 차마 못할 테니, 제 손으론 차마 못 놓을 테니, 이렇게라도 그 우산을 떠나보내야 해……'

"아니 여보, 우산이 왜 그래요?"

민수 씨가 현관문을 열고 들어서자 아내가 말했다. "왜 비닐우산을 들고 와요. 체크무늬 우산은 어쩌고?" 민수 씨는 순간 씩 웃으면서 짐짓 딴전을 피우며 능청스레 말했다. "당신이 있는데, 뭐가 문제야. 까짓 우산이 뭐 대순가?" 그러자 아내가 어이없다는 듯 피식웃고는 살짝 핀잔하는 투로 말했다. "아니, 뭔 일이래. 애지중지할때 언제고. 별일이네. 언젠 나보다 우산이 더 좋다더니. 암튼 엉뚱하기는......" 그런 아내의 모습에서 '예전 신부 들러리를 서던 날의 그 풋풋함'은 찾아볼 수 없었다. 그럼에도 여전히 민수 씨의 가슴을 흐너뜨리는 그녀만의 신비와 매력을 간직하고 있었다. 방금 아내를 바라보면서 민수 씨는 새삼 그 사실을 깨달았다.

그러면서 언뜻 생각하는 것이었다.

아마도 이것은 오늘 그 체크무늬 우산을
잃어버린 덕분이라고......

32. 동전

　겨우내 움츠렸던 대지가 꾸무럭꾸무럭 잠을 깨는 춘삼월에 현진 씨는 혼자 살던 원룸에서 숨을 거뒀다. 그는 오랫동안 허드렛일을 전전하며 근근이 생계를 꾸려 가다 그마저도 일감이 끊기자 얼마 안 가 가진 돈도 다 들리고 혼자 여러 날을 굶주리다가 끝내 탈진하여 차가운 방바닥에 드러누운 채 눈을 감고 말았다. 같이 막일꾼으로 일했던 승규 씨가 마침 괜찮은 일거리가 생겨 이곳 원룸을 찾았을 때 현진 씨는 이미 숨이 끊긴 뒤였다. 무에 그리 서러웠는지 현진 씨는 마지막까지 눈도 감지 못한 채였다. 보통은 찾아오지 않고 전화를 하는데 이번에는 아무리 해도 전화를 받지 않아 승규 씨는 뭔가 불길한 예감이 엄습했고 그길로 부랴부랴 이리로 내달았던 것이다.

　"잘 가시오, 노형."

　교외 무연고자 공동묘지 한 켠에 현진 씨를 묻고 나서 승규 씨가 묘비 앞에 쪼그리고 앉아 젖은 목소리로 말했다. 망자의 묘비를 어루만지던 승규 씨가 손을 떼자 뒤이어 따사한 봄 햇살이 현진 씨의 묘비를 쓸어내렸다. 그날 승규 씨가 원룸을 찾았을 때 현진 씨의 주머니엔 달랑 십 원짜리 동전 하나만 남아 있었다. 승규 씨는 그 동전을 간수했다가 현진 씨를 입관하기 전 망자의 입에 저승 가는 노자로 물려 주었다. "부디, 잘 가시오, 노형. 고이고이 잘 가시오, 노형. 이런 원망, 저런 설움 다 털어내고 부디부디 편안히 잘 가시오." 승규 씨가 소주병을 집어 들고 묘비 주위에 골고루 술을 흩뿌리면서 말했다.

"강을 건너려거든 뱃삯부터 건네시오."

현진 씨가 이승과 저승을 오가는 사차원의 나루터에 닿은 것은 멀리서 꽃노을이 지는 저물녘이었다. 현진 씨는 입에 물었던 동전을 꺼내 그 사공에게 건넸다. 거친 상투머리에 허연 무명옷을 걸친 늙은 사공은 동전을 받아 고의춤에 넣고는 이렇게 입을 열었다. "잠시만 기다리시오. 곧 하나가 더 올 거외다. 벌써 날이 저물고 있소. 오늘은 이 배가 시공의 경계를 넘나는 끝 배외다. 마지막으로 둘만 더 건네주고 나면 나도 이만 휴식이라오." 조금 있자 노을빛도 스러지고 거뭇거뭇 나루터를 적시며 땅거미가 내리기 시작했다. 그때 나이 지긋한 남자 하나가 나루터로 다가왔다. 누런 삼베옷에 바짝 말라붙어 뼈만 앙상한 현진 씨와 달리 그 남자는 고급 비단 수의에 보동보동 몸이 나고 얼굴빛은 부얼부얼 부였다.

"어서 뱃삯부터 내시오."
늙은 뱃사공이 말했다.

그 남자가 입에서 황금 동전을 꺼내 사공에게 건넸다. 사공이 그것을 건네받아 앞뒤로 잠시 살펴보더니 갑자기 휙 강물에 던져버렸다. 그러고 나서 말했다. "예가 어디라고 황금을 가져왔단 말이오. 예선 황금 따윈 아무 가치도 없소. 이승에선 황금이 귀할지 모르나 예선 단지 구리 동전만 받을 뿐 나머지는 죄 허섭스레기나 다름없소. 이녁은 뱃삯이 없으니 나룻배를 탈 수 없소." 사공은 곧 현진 씨를 나룻배에 태우고는 방금 그 남자를 남겨둔 채 묵묵히 상앗대를 밀어 저만큼 나아갔다.

"허면 난 어찌하란 말이오!"

늙은 사공이 막 상앗대를 내려놓고 대신 노를 잡고 저으려는데 나루터의 그 남자가 소리쳤다. 그러자 사공이 배 뒷전에서 노를 저으며 혼잣말로 중얼거렸다. "그걸 왜 나한테 물어. 내가 뭘 안다고. 날더러 뭘 어쩌라고. 난 그저 뱃삯을 받고 강을 건네주면 그만인 걸. 그렇게 누가 황금 동전을 노잣돈으로 가져오랬나. 쯧쯧, 딱한 양반 같으니라고. 그리도 앞뒤 분간을 못해서야. 잊을 만하면 꼭 그런 축들이 있다니까. 살아서나 황금이 제일이지 죽어서도 황금이 젤인 줄 알았나. 그나저나 이제 어쩌나. 별수 없지, 뭐. 무슨 용빼는 재주라도 있으면 모를까. 이승으로도 저승으로도 못 가고 혼자 천년만년 그렇게 나룻가를 떠도는 게지, 뭐……"

그사이 저녁달이 떠올라 저문 강을 비꼈다.

배 뒷머리에 서서 늙은 사공이 삐걱삐걱 밤물결을 일으키며 노질하는 소리만이 저녁 강을 울렸다. 잠박잠박 배를 젓는 물소리를 따라 강물에 비친 유광이 희번덕희번덕 은색 물고기 비늘처럼 꿈틀거렸다. 두 사람은 침묵했다. 밤빛 수면에 떨어지는 그 달빛이 뱃머리에 홀로 앉은 현진 씨의 눈 속으로 너울너울 은비늘처럼 쏟아져 들어왔다. 오! 그의 입에서 순간 탄성이 흘러나왔다. 아, 아름다운 광경이었다. 끝내 살아서는 못 보았던 휘황한 빛의 홍수였다.

잠

꿈을 꾸는 누군가가
꿈속에서 깨어나지 않으려는 것은
외려 현실보다
그 꿈을 더 욕망하기 때문이다.

꿈을 꾸는 누군가가
그 꿈에서 깨어나려 하는 것은
되레 그 꿈보다
현실을 더 갈망하기 때문이다.

2부

33. 파리

　하루는 꿈속에서 파리로 변한 스님 둘이 큰스님 방 천장에 나란히 달라붙어 있었다. 둘은 아무도 모르는 비밀의 언어로 소곤소곤 법문을 주고받았다. 하나는 이야기를 나누면서 연신 손을 비볐고, 하나는 전연 손을 움직이지 않았다. "자넨 왜 손을 비비지 않는 건가?" 하나가 물었다. "손을 비벼서 뭐하게?" 하나가 되물었다. "우리가 비록 파리로 변했지만 그래도 명색이 스님인데 부처님께 다시 사람이 되게 해달라고 빌어야 옳지 않겠나?" 하나가 그리 말하자 또 하나가 이렇게 응수했다. "퍽이나! 그래봐야 도로 아미타불. 무용한 짓. 한낱 시간 허비. 다 소용없어. 싹 다 공염불이야. 백날 천날 아무리 목탁 치고 경염불하고 손이 발이 되도록 빌어봤자 말짱 헛일이라구."

　"허어, 이 스님 좀 보게!"
　"허사라니!"
　"입정 사납게!"
　"큰일 날 소리를!"

　여전히 두 손을 맞비비며 하나가 말했다.
　"당장 눈에 뵈는 결실이 없다고 그리 물색없이 말하면 안 되지. 부지런히 참선하고 독경하고 수행 정진하여 옥구슬처럼 성정을 도야해도 모자란 터에. 누가 뭐래도 헛된 정성이란 없는 법. 자고로 생불불이(중생과 부처는 그 본성이 하나)라고 했네. 내 속에 부처가 있고, 부처 속에 내가 있단 말일세. 대저 망념과 집착과 번뇌를 떠난 청정심으로 뭔가를 간절히 비숙원하면 어떤 식으로든 끝내 신불의 감응을 받게 마련일세." 그러자 하나가 물끄러미 바라보다 이렇게 대꾸했다. "그리 신심이 좋으면 자네 혼자 열나게 비손하고 근행하고 부처님께 보비위하라구. 미안하지만, 내 그 따위 헛지랄! (애구, 관세음보살! 미안허이! 말이 고만 헛나왔네그려! 용서하시게!) 하여간에 내 그런 헛수고는 사양하겠네." 그때 벌컥 방문이 열리고 큰스님이 성큼 안으로 들어섰다. 파리 두 마리는 냉큼 천장에서 떨어져 사이좋게 윙윙대며 한쪽 벽으로 옮겨 앉았다. 이번에는 천장서와 달리 다붓이 붙어 앉지 않고 서로 간격을 두고 따로 앉았다. 하나는 또 열심히 두 손을 비벼댔고 하나는 또 숫제 손끝도 까딱하지 않았다.

"탁!"

별안간 큰스님의 파리채가 날아와 파리 한 마리를 갈겼다. 순간 다른 한 마리가 죽은 파리를 바라보며 중얼거렸다. "거봐, 내 뭐랬어. 쯧쯧. 세상에 헛된 정성이란 없는 법. 노는 입에 염불하란 말이 괜히 생겼겠어. 공연히 고집을 피우더니만. 이 무슨 황망한 변고냔 말이야. 그러게 진즉 내 말을 들었으면, 그 공덕으로 나처럼 화를 면했을 거 아냐." 그러고는 더 신명나게 경문을 외우며 두 손을 비벼대는 것이었다. "탁!" 이때 또 한 차례 파리채가 날아와 그 파리를 갈겼다. 파리는 깩소리 한번 못 지르고 으깨어져 곤죽이 되고 말았다. 그와 동시에 젊은 스님은 퍼뜩 잠이 깼다. 선방에서 홀로 실눈 뜨고 좌선하다 그만 자울자울 눈이 감긴 터였다. 이번에도 수마(졸음 마귀)를 이기지 못해 입정삼매에 들지 못한 것이다.

"탁!"

다시금 졸다 깬 스님의 어깻죽지를 내리치는
큰스님의 죽비 소리가 울렸다.

34. 낚시

은퇴한 철학자 '금아' 노인은 거의 날마다 낚시로 소일하며 하루 해를 보냈다. 그가 강단을 떠난 지도 벌써 십수 년이 흘렀다. 평생을 철학자로 살며 뛰어난 후학을 기르고 숱한 학생들을 가르쳤지만 그는 여전히 인생이 무언지 알지 못했고 더구나 자신이 왜 철학을 공부하는지조차 선명한 답을 얻지 못했다. 하지만 아직 강단에 섰을 적에는 미처 그 사실을 깨닫지 못했다. 요컨대 그런 것을 생각할 겨를도 없을 만큼 그의 일과는 늘 다사분주했다. (말하자면/적어도 그때까지는 자기 자신과 인생을 알기 위해 혹은 인간에 대한 근원적 물음과 그 해답을 얻기 위해 철학을 탐구한 것이 아니라, 단지 누군가에게 자신의 지식을 전달하기 위해 철학을 섭렵한 일종의 형이상학적 학식 보유자였던 셈이었다. 어찌 보면, 자기 스스로도 이해하지 못하는 무언가를 그저 습관적으로 되풀이하며 가르쳐 온 것인지도 모른다.) 한데 강단에서 물러난 뒤 점차 일상이 느슨해지고 시간의 압박이 흐려지면서 돌연 그는 그 사실을 깨달았던 것이다.

아마 그즈음이었다.
그는 홀연 낚시를 떠올렸다.

어릴 적 몇 번인가 낚시하러 가는 아버지를 따라갔던 기억이 전부였지만 그는 이상하리만치 낚시라는 단어가 친근하게 다가왔다. 며칠 뒤 그는 간단한 도구를 챙겨 처음으로 근처 강가로 낚시질을 나갔다. 홀로 강물에 낚싯줄을 드리우고 꽃물결 일렁이는 강가에 앉아 그대로 꼬박 하룻낮을 보내고 나서 멀리 서녘 하늘에 선홍빛 꽃노을이 물드는 석양녘에 그는 빈손으로 털털 되돌아왔다. 다음 날도 그다음 날도 역시나 빈탕이었다. 다음 날도 낚싯대를 손에 쥐고 일찌감치 집을 나섰다.

그 뒤로 며칠이 가고 몇 주가 가고 어느덧 여러 달이 지나갔다. 그사이 노인은 자기도 미처 몰랐던 새로운 모습의 자신을 발견했다. 강태공이라 할까, 이현보라 할까. 아니면 홀로 거룻배를 흘리띄우고 '이어라, 이어라, 지국총 지국총 어사와……' 무심히 노질하며 어부사시사를 읊조리는 환생한 윤선도라고 할까. 이제 어느 모로 보나 그는 천생 낚시꾼으로 변신해 있었다. 어느새 낚시질이 늘어 나날이 그는 쩌릿한 손맛을 훔치며 곧잘 물고기를 낚아 올렸다.

아, 뉘 능히 그 기쁨을 알쏜가!

저 홀로 강가에서 누리는 방일한(제 맘대로의) 여유. 그 무엇도 침범할 수 없는 표일한(제멋대로의) 자유. 온갖 구속과 제약으로부터 벗어난 홀가분한 심신과 느긋한 소요유의 세계. 그는 종종 혼잣속으로 중얼거렸다. '……시간은 흐르지 않는데, 시간은 늘 그 자리에 있는데, 시간은 늘 현재뿐인데, 시간은 늘 지금뿐인데, 시간은 늘 제자리에 있는데, 시간은 늘 오늘뿐인데, 인간들만 부질없이 과거와 미래라는 환영을 쫓아 갈팡질팡 관념의 허상 속을 헤매 다닌다.'

그렇게 십여 년이 흘렀다.

(고즈넉한 강물 위로 황금빛 잔광이 물드는 늦가을의 어느 황혼녘이었다.) 그날도 노인은 낚싯줄을 드리운 채 홀로 강가에 앉았다.

이상한 하루였다. 오늘은 조황이 영 아니었다. 아직까지 살림망은 물고기 한 마리 없이 텅 비었다. 무슨 영문인지 통 입질조차 없는 게 여느 날과는 판연히 달랐다. 잠시 노을 진 강물을 응시하다가 그는 눈을 거두고 낚싯대를 손에 쥐었다. 어쩐지 이쯤에서 그만 낚시를 마쳐야겠다는 생각이 들었다. 그리고 막 낚싯대를 걷으려는데 별안간 그때 입질이 왔다. 그는 흠칫 놀라 얼른 낚시찌에 시선을 주고 그대로 잔뜩 숨을 죽였다. 이윽고 낚시찌가 막 가라앉는 찰나 그는 펄쩍 뛰듯이 일어나 잽싸게 낚싯줄을 잡아챘다.

'월척이다!'

그는 직감했다. 이내 낚싯줄 끝에서 묵직한 그 물체가 탈파닥거리며 수면 위로 불쑥 따라 올라왔다. 아찔한 순간이었다. 두 손에 움켜쥔 낚싯대가 휘청하도록 힘차게 희번덕대는 팔팔한 그 약동감이 전해졌다. 노인은 턱 숨이 막혔다. 날카로운 황홀감에 전율하며 노인은 순간 얼이 빠진 듯 그 물체를 바라보았다. 거기 석양에 비낀 은비늘이 눈이 시리도록 아름다웠다. 그 순간 노인은 깨달았다. 착시였다는 걸. 아무것도 없다는 걸. 아! 그가 건져 올린 것은 다만 한 줌의 붉은 노을빛이었다는 걸.

35. 대화

밤바람이 스산한 초겨울의 어느 날이었다. 누가 똑똑 창문을 두드리자 독고 씨는 자리에서 일어나 창가로 다가갔다. 방바닥엔 밥상 하나가 놓였고 그 위에는 원고지와 접시에 켠 촛불 그리고 몽당연필 한 자루가 보였다. 바닥 여기저기에 구겨진 원고지들이 너저분하게 뒹굴었다. 독고 씨는 창문을 열고 횅한 눈으로 바깥쪽을 응시하더니 이윽고 조용조용 입을 열었다. "너무하는군. 너무해. 벌써 몇 번째인지 아나? 툭하면 찾아오고. 걸핏하면 불러내고. 이봐, 자넨 왜 그리 눈치코치가 없나? 응? 이젠 염치 따윈 나 몰라라 하겠다는 거야? 대체 내 말을 콧등으로 들은 거야? 발등으로 들은 거야? 어? 내 말했잖나. 오늘은 그만 오라고. 아니, 한두 번도 아니고. 그렇다고 이틀 건너도 아니고, 하루건너도 아니고. 이리 매일같이, 불쑥불쑥, 날이날마다 찾아오면 날더러 어쩌란 말인가?"

독고 씨가 말을 하다 말고 수연한 얼굴로
한숨을 푹 내쉬었다.

"미안하네. 자네도 힘들겠지."
그가 다시 입을 열었다.

"그래. 오죽하면 그럴까. 나도 안다네. 내 그 마음 백번이고 이해하고 남는다네. 뭐랄까. 자발적 은둔 생활이 가져오는, 고립된 자아의 황폐감이랄까. 아니면 야금야금 좀먹어 들어가는, 나약한 영혼의 곤혹감이랄까. 한데 말일세. 그래도 어쩌겠나. 자네나 나나 그 외로움을 벗삼아, 그 자폐적 소외감을 양분삼아 살아가야 할 그러 그러한 운명이 아닌가. 그러니까 뭐랄까. 루소의 고독이랄까, 몽테뉴의 고뇌랄까, 니체의 광기랄까, 스피노자의 사유랄까. 아니면 자기 위안의 철학자 보에티우스랄까. 하니 별수 없지. 달리 무슨 수가 있겠나. 왜 그런 말도 있잖나. 아모르 파티, 제 운명을 사랑하라고 말일세. 하니 모든 걸 그저 숙명이라 받아들이고 참아내는 수밖에. 대신 누군가가 그 삶의 객체로서(손님으로서) 살아갈 때, 우린 외려 그 삶의 주체로서(주인으로서) 살고 있는 건지도 모르잖은가?"

독고 씨는 곧 말을 이었다.

"또한 누군가가 자기 밖의 사물과 소유욕에 꺼둘려 생의 불안과 미혹 속을 방황할 때, 우린 외려 자기 안에 흐르는 냇물의 고요 속에서 샘물처럼 평정히 제 본성을 가꾸며 살아가고 있는 건지도 모르잖은가? 또한 누군가가 눈에 비친 물상과 변화무상한 외물에서 그 자신의 만족과 희락을 찾으려 할 때, 우린 외려 보이지 않는 내면과 달관자적 관조 속에서 제 마음의 영토와 저 자신의 정체감을 지키며 살고 있는 건지도 모르잖은가?" 독고 씨가 말했지만 창문 밖의 그는 아무 대꾸도 하지 않았다. 한차례 휙휙 소리를 내며 밤바람이 싸늘히 둘의 얼굴을 쓸어내렸다. 독고 씨도 상대방도 한동안 아무 말이 없었다.

"자, 이제 그만 돌아가게."

독고 씨가 다시 입을 열었다. "일간 짬을 내서 자네 방에 한번 들르겠네. 하니 이쯤에서 그만 거처로 돌아가게나." 독고 씨가 부드럽게 타이르자 창문 밖의 그는 뭔가 말을 할 듯 주밋주밋하더니 그대로 홱 발을 돌려 횡하니 어둠 속으로 사라져 갔다. 독고 씨는 잠자코 그 어둠을 응시하다가 창문을 닫고 도로 밥상머리에 가 앉았다. 그는 또 스스로를 격려하듯 맘속으로 자기만의 주문을 외웠다.

나는 혼자가 아니다.
고독이 늘 곁에 있으니.
나는 혼자가 아니다.
자아가 늘 곁에 있으니.
나는 혼자가 아니다.
자조가 늘 곁에 있으니.
나는 혼자가......

(주로 잠자리에 누웠다가 이제 막 눈을 뜨고 깨어났을 때 그는 그 주문을 외웠다. 그 순간은 대중없었다. 그가 잠드는 시각에 따라 이른 아침일 수도 늦은 오후일 수도 혹은 백주나 한밤중일 수도 있었다. 바로 그 순간이 외로움의 본질과 맞닥치는 공포의 시간이었다. 그 어떤 방어력도 그 어떤 제어력도 그 순간만은 전혀 힘을 쓰지 못했다. 완전한 무방비상태로 그는 또 속수무책 외로움과 당면할 수밖에 없었다. 그토록 한량없는, 그토록 무자비한 외로움의 맹습 속에서 그는 또 부질없이 혼잣말을 뇌까리는 것이다......) 곧 다시 몽당연필을 집어 들었다. 한동안 영감이 떠오르지 않아 하릴없이 붓방아만 찧다가 이윽고 독고 씨는 막 팔목을 움직여 사각사각 소리 내며 단숨에 원고지의 빈칸을 메우기 시작했다.

진실로 낮은 곳에 다다르면 알리라.

네가 제일 밑바닥이라 생각했던 곳.
그곳이 가장 높은 곳이었다는 걸.

진실로 높은 곳에 다다르면 알리라.
네가 제일 꼭대기라고 생각했던 곳.
그곳이 가장 낮은 곳이었다는 걸.

선득선득 새어드는 외풍에
촛불이 자꾸만 거불거렸다.
독고 씨는 연필심에 침을 묻혀 가며
마치 모심기하듯 잇달아 원고지의 빈칸으로
무언가를 꾹꾹 눌러 심었다.

지난 시절로 되돌아가고 싶거든
지금이 바로 되돌아가고 싶은
그 시절이라 생각하라.
그리고 당장 그 순간부터
그토록 되돌아가고 싶은
바로 그 시절을 살아가라.

낙이 없는 낙이야말로 최고의 낙이다.
굳이 낙을 찾아 헤매는 것은
부러 낙을 얻으려고 애쓰는 것은
하면 할수록 더 큰 갈증에 허덕이지만
낙이 없는 것을 곧 낙으로 삼는 자는
낙이 없는 것이 곧 낙이라 여기는 자는

낙을 찾아 굳이 헤매 다닐 필요도
낙을 얻으려고 부러 애쓸 이유도 없으므로
그 자체로 늘 낙과 함께 살게 되기 때문이다.

그 뒤로 한참이 지났다. 밤이 깊을수록 촛불은 더 간절히 살을 태우고 촛농은 더 두텁게 접시 위로 내려쌓였다. "똑똑! 똑똑!" 그때 또다시 창문을 두드리는 소리가 들렸다. 독고 씨는 손을 멈추고 이를 꾹 깨물었다. 그는 제풀에 찌증이 났다. 대깍 몽당연필을 던지고 그는 벌떡 일어나 창가로 성큼 다가갔다. 곧 달카닥 창문을 열어젖히고 어둠 속의 그를 향해 삿대질을 하며 팩 내쏘았다.

"정말 그럴 거야! 어? 계속 이럴 거냐고! 그놈의 외로움 타령! 그만큼 했으면 됐지! 대체 언제까지 그럴 거야! 자네가 외로우면 외로웠지, 왜 애꿎은 나까지 괴롭히는 거냐고! 정 그리 못 견디겠으면 당장 다 걷어치우고 다른 길을 찾아보든가! 아이, 답답해! 뭐라고 말 좀 해봐! 어? 무슨 돌부처도 아니고! 그러고만 있지 말고 뭐라고 좀 대답이라도 해보라고! 어! 어? 제발! 조닐로! 대관절 이도저도 아니면 날더러 뭘 어쩌라는 거냐고……" 밤바람은 더 을씨년스레 창문을 할퀴었다. 혼자였다. 거기 아무도 없는 텅 빈 어둠을 향해 독고 씨는 그렇게 넋두리를 하고 있었다.

36. 연회

밤이 되자 최고급 호텔 연회장으로 세상에서 가장 고귀한 돼지들이 하나둘씩 차차로 모여들었다. 호텔 정문에는 잇달아 값비싼 승용차들이 다가와 섰다. 온갖 보석과 명품으로 화려하게 치장한 상류층 돼지들이 차에서 내려 제가끔 수행원들의 안내를 받으며 우쭐우쭐 연회장으로 향했다. 으레 그렇듯 오늘 초대객의 숫자는 꼭 아흔아홉이었다. 그들 아흔아홉의 자부심과 우월감은 당장 하늘을 찌르고도 남았다. 당연한 태도였다. 그들의 으스댐도 도도함도 그 도발적 선민의식도 그만한 까닭과 논리와 배경을 지녔다. '지금 이 순간 세계 도처에서 그 얼마나 날고뛰는 무수한 돼지들이 그 아흔아홉 숫자 안에 들기 위해 쿵쿵대고 꿀꿀대며 주야불식 용을 쓰고 있는가.' 오늘 선택받은 그들 아흔아홉만이 오직 귀족 중의 귀족, 성역 중의 성역, 상류 중의 상류, 요컨대 진실로 우아하고 아름다운 최정상의 돼지들인 것이다. 연회장의 자릿수는 오늘도 그 아흔아홉보다 딱 하나가 더 많았다.

그 하나는 바로 '주인석'이었다.

그러니까 그들 아흔아홉에게 매번 초대장을 발송하는 사람, 즉 그 연회의 주재자석이었다. 하지만 아직 그 초청자의 얼굴을 본 손님은 아무도 없었다. 연회 때마다 늘 큼지막한 가면으로 자기 얼굴을 가렸기 때문이다. 그때마다 초청자는 한 손에 상아로 된 단단한 홀을 들었는데 크기는 대략 50센티 정도였고 그 끝에는 둥근 테두리 안에 별모양이 달린 장식물이 붙어 있었다. 홀은 일테면 권위의 징표였다. 누구도 감히 넘볼 수 없는 무소불위의 권능과 독단의 상징물이었다. 초대받은 손님들이 각자의 초대장을 보이며 연회장으로 들어설 때마다 그 초청자는 복면한 심복들을 거느리고 안쪽 문가에 딱 버티고 서서 홀 끝으로 일일이 그들의 어깨를 토닥이며 각별한 우의와 내밀한 친밀감을 표시했다. 그러면서 초대객 본인을 제외한 그 수행원들 누구도 따라 연회장 내로 입장하지 못하도록 초청자의 심복들이 엄격히 단속했다.

얼마쯤 지났을까.

마침내 아흔아홉 번째 초대 손님이 연회장 입구에 나타났다. 그 고상한 돼지 머리가 꿀꿀거리며 인사하자 초청자는 또 홀 끝으로 손님의 어깨를 톡 쳤다. 그렇게 마지막 초대객이 연회장으로 들어서자 그 초청자는 쾅 문을 닫고 이렇게 외쳤다. "자, 시작하자구!" 순간 초청자 손에 들린 상아홀은 가축 방둥이에 낙인을 찍는 쇠붙이 불도장으로 변했다. 그러면서 연회장 정문 위로 이런 글자들이 나타났다.

'일등급 돼지 도축장'

37. 평행봉

한차례 티격태격 아내와 다툰 뒤 우국 씨는 답답한 마음에 뒷산에 올랐다. 오늘은 모처럼 일정을 미루고 집에 남아 느긋이 휴식을 취하던 차였다. 오전까지도 별 기색 없던 아내는 점심을 먹고 나자 또 무슨 오기가 동했는지 슬슬 바가지를 긁기 시작했다. 우국 씨는 또 평소처럼(즉 아내의 그 잔망스러운 잔소리야 어제오늘 겪는 일도 아닌지라!) 인내심을 갖고 입을 꾹 다물었다. 그리고 늘 그렇듯 딱히 틀린 소리도 아닌지라 뭐라 대꾸할 처지도 아니었던 터였다. 게다가 지금 좀스럽게 대거리질 해봐야 당장 상대의 화만 더 부추기는 꼴이어서 괜스레 이쪽의 체면만 자꾸 우스워질 뿐이다. 어쨌거나 잠자코 나 죽었소 하고 한소끔 꾹 참아내면 아내의 투정은 절로 잦아들리라.

이것이 우국 씨만의 대처법이었다.

여태껏 아내가 볼멘소리를 할 적마다 우국 씨는 그렇게 입도 벙긋하지 않고(즉 하다 하다 못해 아내가 제풀에 지쳐 한풀 꺾일 때까지) 혀를 꾹 잡아매는 전략으로 그 상황을 모면하곤 했다. 적어도 어제까진 그랬다. 한데 이날은 좀 달랐다. 이미 한참이 지났건만 아내의 푸념은 아직 멈출 줄을 모른다. 게다가 오늘따라 신경과민증이 도졌는지 아내의 찡찡대는 소리가 유독 표가 나게 더 귀에 거슬린다. 참고 듣기 어렵다. 그럼에도 우국 씨는 지금까지의 경험을 위로삼아 좀 더 이해심을 발휘하기로 했다. 그런데 웬걸. 이참에 아주 몽땅 싸잡아서 한풀이하기로 작정이라도 한 걸까. 무에 그리도 서운했는지! 무슨 일로 그리도 골이 난 건지! 남편을 각치게 하는 아내의 앙칼진 공세는 전혀 그칠 기미가 없다.

그쯤 되면 더는 버틸 재간이 없다.

이건 성가셔도 이만저만 성가신 게 아니다. 하릴없이 딱 궁지에 몰린 생쥐 꼴이었다. 도무지 굽도 젖도 할 수 없는 지경으로 몰리면서 그의 인내심도 기어이 한계점에 부닥치고 말았다. 그야말로 만정이 다 떨어지면서 사는 게 그만 진력이 나고 종당엔 참을 수 없이 역겨움이 일면서 절로 왈칵 욕지기가 치밀어 오르는 것이다. 급기야 더는 듣고 볼 수 없어 입술이 막 달싹거렸지만 그래도 나중 일을 감안해 우국 씨는 한 번 더 제 감정을 안추르며 이를 더 꽉 깨물었다.

그런데 아뿔싸!

"그만 좀 해! 임자만 힘들어?"
참다못해 결국 그리 소리치고 말았다.

한번 말꼬가 터지자 저도 모르게 격분하여 무심결에 연달아 지청구가 쏟아져 나왔다. 둘은 서로 한 치도 물러서지 않고 별의별 갖은소리를 쏟아내면서 거칠게 입씨름을 벌였다. 이제 더는 옳고 그름도 잘잘못도 개의치 않는 감정의 격돌, 사생결단, 즉 끝없이 치고받는 두 자존심의 운명을 건 맹목적 혈투가 되고 말았다. 아내는 그예 분심에 못 이겨 부들부들 몸을 떨며 전신으로 흐느끼면서 바락바락 악다구니를 쳤다. 여기까지다. 이쯤 되면 이미 승부는 결정이 났다. 아내의 완승! 남편의 완패(한껏 곁눈을 치켜뜨고 길길이 솟구치던 반항심의 불길은 돌연 그 기세를 잃고 허망하게 꺼져 내리면서 또 절파되고 만다)! 급기야 안 되겠다 싶었는지 거실 소파에서 벌떡 일어나 우국 씨는 도망치듯 불불이 현관문을 뛰쳐나왔다(소파 뒷벽에는 한자로 '가화만사성'이라 쓴 붓글씨 액자 한 점이 걸려 있었다).

그길로 곧장 뒷산에 올랐다. 애먼 땅에 분풀이하듯 힘주어 꾹꾹 산책로를 밟아 오르면서 우국 씨는 굳은 표정으로 생각에 잠겼다. 속은 속대로 언짢고 후회는 후회대로 밀려오고 골치는 또 골치대로 아팠다. 그렇게 한참을 쉬지 않고 오르다가 문득 뒤돌아서서 저만치 아래 보이는 아파트 단지를 내려다보며 잠시 한숨을 돌렸다. 그러고 무심히 산중턱에 섰다가 몸을 돌려 다시 걸음을 옮기려는데 누가 불쑥 알은체를 했다. "안녕하세요, 의원님." 먼저 뒷산에 올랐다가 내려오는 동네 주민 서민규 씨였다. 그는 배낭을 메고 등산모를 쓰고 한 손에는 알루미늄 등산 스틱을 짚은 채였다. 얼른 낯빛을 바꾸고 짐짓 선웃음을 치면서 우국 씨는 환한 표정으로 악수를 청했다(무릇 정치인이라면 언제 어디서든, 어느 누구 앞에서든, 그 아무리 곤란하거나 난처한 상황에서도 자신의 감정을 거의 사색에 나타내지 않고 천연히 태연스러움을 가장하는 능력이야말로 단연 최고의 자질이자 덕목이 아닐 수 없다). 그러면서 우국 씨는 마지못해 먼저 수인사를 건넸다.

몇 마디 서로 치렛말이 오갔다.

한참 뒤에 우국 씨는 뒷산 정상에 닿았다. 우국 씨는 막 나무 벤치에 걸터앉았다. 벤치 앞쪽에는 주민들을 위해 구청에서 설치한 몇몇 운동 기구가 놓였다. 우국 씨는 눈을 돌려 물끄러미 평행봉을 바라보았다. 잠시 그러고 있는데 참새 한 쌍이 포르르 날아와 평행봉 가로대 위로 살포시 내려앉았다. 둘은 가로대 하나에 바싹 붙어 앉아 살갑게 머리를 맞대고 소곤소곤 귀엣말을 나눴다. 정다운 참새들을 지켜보며 우국 씨는 설핏 미소를 지었다.

그때 우국 씨의 휴대전화가 울렸다.

(아내일까...) 잠바 주머니에서 얼른 전화기를 꺼냈다. 오 보좌관이었다. (웬만큼 중요한 일 아니면 가급적 방해하지 말라고 당부했는데도 이리 전화한 걸 보면 뭔가 급한 용무가 생긴 게 분명했다.) 우국 씨는 푹 한숨을 뱉고는 조만히 언짢은 빛으로 전화를 받았다. 그러면서 얼핏 평행봉 쪽으로 시선이 갔다. 전화기에서 연신 오 보좌관의 목소리가 흘러나왔다. 어딘가 다급한 듯하고 조급한 듯도 한 숨찬 음성이었다. 한데 이상한 일이다. 왜 그런지 자꾸 말소리만 웅웅거릴 뿐 도통 무슨 말을 하는 건지 그 내용도 의미도 전연 귀에 닿지 않는다. 어찌 보면 말소리가 아니라 성난 누군가의 조롱 섞인 웃음소리처럼 들렸다.

'......참새 두 마리는 어디로 갔을까?'

빈 평행봉을 바라보며 그 생각이 문득 머리를 스쳤다. 방금 전 전화벨 소리에 놀라 참새들은 훌훌 날아가고 없었다. 화가 난 듯 아닌 듯 이번에는 전화기에서 웃음 섞인 거친 숨소리가 귓전을 울렸다. 그 소리는 곧 과장스레 킥킥대는 발작적인 웃음으로 변했다. 누군가가 그를 향해 큰 소리로 웃어대며 거칠게 야유하는 것만 같았다. 그리고 몇 초나 지났을까. 한순간 푸르륵하고 날개 치는 소리가 들렸다. 산새 한 마리가 후루룩 날아올라 그 평행봉 너머 저쪽 나무 숲 새로 번쩍 몸을 숨겼다. 시나브로 산정의 오후가 기울면서 감실 감실 하늘 끝을 물들이며 저녁 빛이 피어나고 있었다. 주위는 산객 하나 없이 고요했다. 텅 빈 침묵 사이로 느즈러진 햇살이 대기를 감싸며 담담히 나무 벤치를 내리비췄다. 조금 있자 간들간들 햇살을 간질이며 잔바람이 불어왔고 작은 나뭇잎 하나가 벤치 가장자리에서 꿈틀거렸다. 곧 바람결에 쓸려 나뭇잎은 발랑 뒤집히며 땅바닥으로 하르르 떨어져 내렸다. 그사이 우국 씨는 간데없고 벤치에는 덩그러니 전화기만 남았다.

38. 풋잠

엄마가 부엌 아궁에서 불을 때며
저녁을 짓는 사이……
아기는 엄마 등에 업힌 채로 색색 잠이 들었다.

엄마는 부지깽이로 무심히 아궁 속을 쑤석거렸다. 그러면서 등에 업은 아기가 단잠을 자도록 가만가만 몸을 움직거리며 자장가를 응얼거렸다. 섶나무가 타들어가면서 탁탁 소리가 났다. 조금 있자 엄마는 살그머니 일어나 부엌 구석에 쌓아둔 나뭇단으로 다가갔다. 잠든 아기가 깰세라 조용조용 솔가지에서 삭정이를 분질러 한 움큼 모아들고 엄마는 도로 아궁 앞에 돌아와 앉았다. 곧 엄마는 아궁 속에 땔나무를 넣고 부지깽이 끝으로 쏘삭쏘삭하며 불길을 다독거렸다. 밥이 끓는지 가마솥 뚜껑 밑으로 연신 도르르 밥물이 흘러내렸다. 달궈진 부뚜막에 닿는 순간 밥물은 바지직 비명을 토하며 말라붙었다.

아기는 그리 엄마 등을 타고
포대기에 폭 싸여 꿈나라로 떠났다.

엄마는 또 요람을 흔들 듯 살랑살랑 몸을 흔들며 자장가를 응얼거렸다. 꿈속 어디쯤인가 아기는 나비가 되어 팔랑팔랑 꽃동산을 노닐다 이제 막 날개를 떨며 엄마 품으로 기어들었다. 조금 지났다. 고단함에 못 이겨 엄마는 그새 까무룩 눈이 감겼다. 엄마도 아기도 풍요로운 온기를 안고 향기롭게 잠이 들었다. 달달한 만족감이 부엌 가득 피어올랐다. 어느덧 부엌문 밖 앞마당엔 어스무레한 저녁 빛이 내려앉았다. 낮은 초가집 굴뚝 위로 뭉게뭉게 저녁연기가 솟아올랐다. 별안간 찬장 밑에서 갉죽갉죽하는 소리가 나더니 이윽고 찍찍하는 쥐 소리가 났다. 그 소리에 퍼뜩 놀라 엄마는 눈이 떠졌다. 그 통에 아기가 잠을 깨고 칭얼칭얼 잠투정을 부렸다.

보채는 아기를 재우려
엄마는 또 몸을 저으며 자장가를 불렀다.

자장자장, 우리 아기
잘도 잔다, 우리 아기
……

고새 뚝 칭얼거림이 멎고
아기는 또 소르르 잠이 들었다.

"손님, 손님! 여기서 주무시면 안 됩니다!"

누가 막 동석 씨의 어깨를 흔들었다. 동석 씨는 곧 나른하게 선잠을 깨고 벙한 눈으로 주위를 두리번거렸다. 그제야 동석 씨는 그 상황이 서서히 머리에 들어왔다. 방금 전 동석 씨는 탁자 위에 노트북을 켜 놓은 채 살풋 잠이 든 터였다. 비록 짤막하게나마 진기하리만치 황홀하게 맛본 다시없는 꿀잠이었다. 오후 세 시, 카페 안은 한산했다. 동석 씨는 입가에 흘러나온 침을 손등으로 쓱 훔치고는 절로 쩍 입맛을 다셨다. 그러고서 삼사 초나 지났을까. 왠지 슬쩍 청승맞은 느낌이 들면서 그는 저도 모르게 통유리 밖으로 시선이

갔다. 창밖으로 가늘가늘 이슬비가 내리고 있었다. 동석 씨는 문득 시골에 계신 엄마 생각이 났다.

39. 소나무

 인간이 되고자 십 년을 꼬박 동굴에서 수도하던 반달곰에게 마침내 어느 날 하늘의 음성이 들려왔다. "그간의 정성을 어여삐 여겨 내 너에게 선택의 기회를 주노라." 반달곰은 떨리는 감격을 주체하지 못한 채 그 음성에 귀를 기울였다. "너는 날이 밝는 대로 동굴을 나서 곧장 산 정상에 올라 천년 묵은 노송을 찾아가거라. 가서 인간이 되고픈 소망을 고하고 진정 인간이 된다는 것이 무슨 뜻인지 묻고 그 답을 기다리거라." 반달곰은 꿀꺽 마른침을 삼켰다. "그 답을 들은 뒤...... 한 번 더 자신을 되돌아보고 마지막 선택을 하거라." 하늘의 음성은 계속되었다. "노송을 만나고 돌아와 다시금 인간이 되기를 청한다면 내 곧 너를 잠재우고 너의 뜻대로 인간 세상에 태나도록 은혜를 베풀어 주겠노라."

 어느덧 밤이 가고
 희읍스름하게 새벽이 밝아왔다.

 아직 동트기 전 반달곰은 서둘러 동굴을 나왔다. 동굴 밖은 두텁게 눈이 쌓였다. 반달곰은 산중턱의 동굴을 뒤로하고 산 정상을 향해 눈밭을 기어오르기 시작했다. 발을 떼기가 쉽지 않았다. 한 걸음 한 걸음 나아갈 때마다 눈밭에 푹푹 발이 빠졌다. 조심조심 안간힘을 쓰며 반달곰은 천천히 산비탈을 기어올랐다. 그러다 순간 미끌하면서 아래로 떼구루루 굴러 떨어졌다. 잠시 후 반달곰은 다시 엉금엉금 산비탈을 기어올랐다. 그사이 동살이 잡히면서 주위는 더 희번하게 밝아왔다. 곧 다가올 인간으로서의 삶을 떠올리며 반달곰은 쉬지 않고 발걸음을 재촉했다. 그 뒤로 얼마나 지났을까. 반달곰은 막 산 정상에 올라 천년 묵은 노송 앞에 다다랐다.

"노송님, 인간이 된다는 건 무얼 뜻하는지요?"

노송에게 먼저 인간이 되고픈 소망을 고한 뒤 반달곰이 그렇게 물었다. 그러고는 곧 이렇게 덧붙였다. "진정 그것이 무엇을 뜻하는지 알고 싶습니다." 노송은 잠시 말이 없었다. 사방으로 죽죽 뻗은 가지마다 소복소복 눈송이가 얹혔다. 그 높다란 줄기 끝 상고대 낀 우듬지는 하늘까지 닿았다. "눈을 감아보아라." 순간 노송이 자애로운 목소리로 말했다. 반달곰은 잠자코 눈을 감았다. "뭐가 보이느냐?" 노송이 물었다. "어떤 그림 하나가 보입니다." 반달곰이 다소곳이 답했다. "무슨 그림이 보이느냐?" 노송의 물음에 반달곰이 또 답했다. "열린 문으로 한 사람이 급히 달아나는 형상입니다."

"눈을 뜨거라."

그때 동쪽 하늘에서 사방으로 빛살을 흩뿌리며 눈부신 아침해가 솟아올랐다. 새맑은 첫 빛살이 상고대 낀 우듬지를 내리비쳤다. 반달곰은 눈을 뜨고 공손히 노송을 올려보았다. "인간이 된다는 게 무얼 뜻하는지 물었느냐?" 노송이 곧 말을 이었다. "인간이 된다는 건 바로 그와 같단다. 그 그림은 다름 아닌 '비상구 표지'란다. 이는 바로 인간의 삶을 단적으로 묘사하는 상징적 기호이자 실존적 자화상이란다. 인간은 그렇듯 끊임없이 현실 도피의 비상구를 찾아 이상의 공간으로의 탈출을 꿈꾸지만 끝내 그들은 어디로도 달아나지 못하고 일생토록 갈망의 문턱에서 허둥대다가 일순 모든 것을 잃고 아득한 영겁의 잠 속으로 스러져가는 존재이니라."

　잠시 후 반달곰은 천년 묵은 노송을 뒤로하고 왔던 길을 되짚어 다시 산중턱의 동굴로 향했다. 조금 있자 하늘에서 풀풀 눈발이 흩날리기 시작하더니 이내 온 산을 휘감으며 펄펄 함박눈이 쏟아져 내렸다. 얼마 후 반달곰은 산중턱에 있는 자신의 동굴로 되돌아왔다. 반달곰은 곧장 안으로 들어가지 않고 그 입구에 곧추서서 동굴 안쪽을 응시한 채 곰곰 생각에 잠겼다. '인간이 되느냐, 곰으로 남느냐......' 반달곰은 그렇게 맘속으로 자문해 보았다. 이제 반달곰에게는 최후의 선택만이 남았다. 지난 십 년 간의 고심분투가 섬광처럼 뇌리를 스쳤다. 그러면서 반달곰은 이렇게 생각하는 것이었다. '...어쩜 인간보다 곰이 더 나을지도 몰라. 맞아. 공연히 나를 버리고 동물보다 더 동물적인 인간이 되느니... 차라리 인간보다 더 인간적인 곰으로서의 나 자신으로 남는 게 나을지도 몰라.'

　이윽고 어떤 결심을 굳힌 듯
　반달곰은 동굴 안으로 들어서며 중얼거렸다.

　"에이, 미뤄둔 잠이나 실컷 자야겠다."

40. 구두

"어디 좋은 데 가시나 봐요?"

자칫 파리가 낙상하리만치 반드르르하게 광을 낸 구두를 손님에게 건네며 용식 씨가 말했다. 낡은 라디오에서 뉴스가 흘러나왔다. 말쑥한 정장(그만을 위해 세심하게 재단된 고급 수제 맞춤양복)에 흰머리 성성한 초로의 손님이 빙긋이 웃으며 구두를 건네받아 슬리퍼를 벗고 한 짝씩 자기 발에 꿰었다. 눈에 쏙 띄는 노란 나비넥타이가 제법 근사하니 멋들어져 보였다. 필시 무슨 특별한 소수만을 위한 고급 사교 모임에라도 가는 길인가 보다. '나는 언제 한번 저리 몸치장을 하고 우아한 상류 파티에 참석해볼까. 남보다 주목받는 삶, 우월감, 특수한 자존감, 뭇사람들의 선망의 대상이 된다는 건 어떤 기분일까……'

그 생각을 하자 영식 씨는 살짝 부러움이 일면서 어째 자신의 처지가 좀 변변찮고 궁상맞게 느껴졌다. 그러면서 그 손님이 한층 더 고상하고 신사답고 격조 있게 보였다. 아무래도 이모저모 꼼꼼히 공들여 몸단장을 한, 화사한 차림새였다. 영식 씨는 돌연 남모르는 보람과 함께 가슴 가득 뿌듯함이 차오르면서 입가에 절로 미소가 일렁거렸다. 뭐랄까. 이것은 그러니까 일종의 직업적인 긍지감이었다. 바로 그 패션의 끝마무리 격인 구두 두 짝을 책임짐으로써 자기도 당당히 거기에 일조했다는 생각에 그도 덩달아 기분이 좋았다.

잘 닦인 구두 두 짝을 자기 발에 꿴 그 손님은 굉장히 흡족한 표정이었다. "고맙습니다. 어째 오늘은 윤기가 더 자르르한 게, 제 구두가 세상에서 제일 빛나는 것 같군요. 덕분에 기분도 그저 그만입니다. 아주 가슴까지 상쾌하네요." 그리 말하고 구두 닦은 값으로 선뜻 만 원짜리 석 장을 빼주면서, 나머지는 친절함에 대한 덤이자 고마움의 표시로 건네는 작은 선물이라고 말했다. 그렇게 구두닦이 삯을 치른 뒤, 아직 어리둥절한 표정을 짓고 있는 영식 씨를 뒤로하고 그 손님은 곧 부스 밖으로 나왔다. 한낮이었다. 하늘에는 구름 한 점 없고 햇살은 눈이 시리도록 맑았다.

막 햇살에 비친 구두코가 유난히도 반들거렸다.

그 남자는 이윽고 행인 사이로,
한낮의 그 빛살 속으로 유유히 걸어 들어갔다.

잠시 후 검정 힐을 신은 젊은 여자가 이쪽으로 다가와 구두닦이 부스로 들어갔다. 얼마 후 구두굽을 손본 그 여자가 구두닦이 부스를 나와 저만치 보이는 횡단보도 쪽으로 또각또각 소리를 내며 총총히 멀어져갔다. 한동안 구두닦이 부스에는 부산하게 손님들이 들락거렸다. '이상하다, 이상해. 웬일이냐, 웬일이야. 오늘따라 왜 이리 손님이 밀려올까. 오늘 무슨 횡재수라도 뻗친 걸까......' 거참, 귀신이 곡할 노릇이다. 이런 날이 한 해 몇 번이나 될까. 그야말로 기차게 운수 좋은 날이다. 날마다 오늘만 같으면 작히나 좋을까. 마치 누군가 그를 도우려고 거기로 쉴 새 없이 손님들을 몰아주는 것만 같았다. 그는 무슨 주술에 걸린 듯 흥이 솟고 신바람이 나면서 코타령이 절로 나왔다. 아닌 게 아니라 평소보다 갑절은 더 손님이 많았다.

그 뒤 서너 시간쯤 지났다. 그제야 손님이 좀 뜸해졌다. 그 틈에 용식 씨는 숨도 돌릴 겸 휴대전화를 들고 심심풀이로 게임을 했다.

그는 라디오에서 좋아하는 노래가 흘러나오자 절로 따라 콧노래를 흥얼거렸다.

강물은 흘러갑니다......
제3한강교 밑을......

당신과 나의 꿈을 싣고서
마음을 싣고서......

그때 별안간 노래가 멈추더니 때 아닌 긴급 뉴스가 귀를 울렸다. "오늘 오후 00대교 남단에서 한 남자가 강물로 투신했습니다. 노란 나비넥타이와 잘 닦인 구두 한 컬레를 벗어놓은 채 그 남자는......" 용식 씨는 꿀꺽 침을 삼켰다. 저도 모르게 빠직 식은땀이 돋았다. 그러면서 울컥 후회가 밀려들었다. 용식 씨는 순간 맘속으로 중얼거렸다. '그랬구나. 그런 거였구나. 그럴 줄 알았으면 좀 더 정성껏 닦아드릴걸. 이럴 줄 알았으면 구두약 아끼지 말고 좀 더 듬뿍 발라드릴걸......'

41. 금융가

　하루는 산골 구름 두 뭉치가 나란히 떠서 소곤소곤 이야기를 나눴다. 하나는 새끼 양을 닮았고 또 하나는 아기 코끼리 형상이었다. 오전 10시경이었다. 저만치 아래 울먹줄먹 솟은 산봉우리가 내려다보였다. "아이, 따분해. 뭐, 재밌는 거 없을까? 자꾸 좀이 쑤셔 죽겠네." 양 구름이 말했다. "글쎄, 나도 좀 심심하던 참인데, 뭘 하면 좋을까나." 코끼리 구름이 나른하게 대꾸했다. "아, 그래! 우리 이참에 인간의 도시에 다녀올까?" 양 구름이 문득 외치듯이 말했다. "어, 괜찮은 생각인데! 인간의 도시에 안 가 본 지도 오래인데. 그럼, 그럴까?" 코끼리 구름이 재깍 동조했다.

　둘은 그렇게 첩첩산중 산봉우리를 넘어
　인간의 도시로 길을 떠났다.

　둘은 막 어느 대도시 상공에서 움직임을 멈췄다. 오후 3시경이었다. 저만치 아래 우뚝우뚝 솟은 금융가의 마천루가 내려다보였다. 은행을 비롯한 온갖 금융사가 밀집한 그 거리를 오가며 인간들은 쉴 새 없이 그곳 빌딩을 드나들었다. 조금 있자 뭉실뭉실 살이 오른, 아기 돼지 모양의 도시 구름 하나가 이쪽으로 다가왔다. "너희들 척 보니, 시골에서 왔구나?" 곧 도시 구름이 젠체하며 입을 열었다. "반가워, 꿀꿀. 난 여기 금융가의 골목대장 꿀꿀돼지야." 양쪽 구름은 서로 꿀꿀대며 의례적인 말인사를 주고받았다. 그러고 나자 딱히 서로 할 말이 생각나지 않아 일순 어색함이 감돌았다. 시골 구름 둘은 쭈뼛쭈뼛하며 도시 구름의 눈치를 살폈다. "좋아, 이리 만난 것도 인연인데, 기념으로 내가 마술 하나 보여줄게!" 도시 구름이 불쑥 말했다.

"자, 이제부터 저 아래를 잘 지켜봐."
"그럼, 시작한다."

"꿀꿀, 꿀꿀, 꾸루루 꿀꿀!"
"꿀꿀, 꿀꿀, 꾸꾸루 꿀꿀!"
"꿀꿀, 꿀꿀, 꾸루꾸루 꿀꿀!"

돼지 구름이 연달아 주문을 외웠다.
순간! 괴이한 일이 벌어졌다.

'아니, 어떻게!'
'어쩜 저럴 수가!'

시골 구름 둘은 섬뜩 놀라 그만 눈이 휘둥그레졌다. 동시에 둘의 심장이 거세게 방망이질하기 시작했다. 둘은 도무지 눈에 비친 그 광경이 믿기지 않았다. 바로 금융가를 오가던 사람들이 일시에 개미 형상으로 변한 것이다. 그러면서 곧 금융가 빌딩들은 일제히 개미핥기로 변신했다. 이내 그곳은 차마 볼 수 없는 참혹한 살육장으로 돌변했다. 그 거대한 개미핥기들이 긴 혀를 날름대며 닥치는 대로 개미들을 집어삼키고 있었다. 처참하게 죽어가는 개미들의 비명과 처절한 울부짖음이 단숨에 지상의 오후를 발칵 뒤흔들며 온 대기를 찢어발겼다. 그렇게 개미핥기들이 휘뚜루마뚜루 눈 깜짝할 새 그 개미들을 뚝딱 먹어 치웠다. 그 광경에 질색하여 그만 시골 구름 둘은 질끈 눈을 감고 말았다. (뭐가 그리 즐거운지!) 그런 둘을 바라보며 도시 구름은 당장 숨이 넘어갈 듯 혼자 낄낄거렸다.

42. 우체통

삼십 대 후반의 동배 씨는 십년 차 우편집배원이었다. 방금 그는 우편물을 수거하려고 어느 한길가에 놓인 빨간 우체통을 열었다. 그는 우체통에서 편지 한 통을 꺼냈다. 실로 오랜만이었다. 이 우체통에서 우편물을 본 지가 언제인가. 왠지 반가운 마음마저 일었다. 지난 몇 달 동안 이 우체통엔 전단지 따위의 쓰레기만 차 있을 뿐 우편물은 아예 한 통도 눈에 띄지 않았다. 한데 이상하다. 단지 수신인뿐이다. 발신인의 이름도 주소도 아무것도 없다. 게다가 수신인도 주소는 어디 가고 달랑 '신God 귀하'라고만 씌어 있었다. 장난 편지였다. 동배 씨는 피식 헛웃음을 웃었다. 이런 유의 장난 편지가 처음도 아니었기 때문이다.

열흘이 지났다.

동배 씨는 또 우체통에서 그 편지를 꺼냈다. 겉봉 수신인 자리에 '신God 귀하'라고만 쓰인 똑같은 편지. 지난 열흘 내내 우체통 안에는 변함없이 그 편지가 들어 있었다. 동배 씨는 좀 어이없다는 표정을 짓고는 그 편지를 따로 주머니에 구겨 넣었다. 얼마 후 우체국으로 돌아온 동배 씨는 평소처럼 그 편지를 즉각 폐기 처분했다. 그때마다 불쑥 뜯어보고 싶은 욕구가 일었지만 동배 씨는 애써 그 생각을 억눌렀다.

그 뒤 달포가 지났다.

동배 씨는 오늘도 똑같은 편지 한 통을 손에 쥐었다. 그런데 느낌이 좀 달랐다. 그날따라 유달리 피로감이 엄습했다. 거의 달 반동안 계속된 장난 편지에 그는 그만 지치고 말았다. 그러면서도 그사람의 그 집착과 끈질김에 대한 어떤 가상함이랄까. 그토록 집요하게, 간단없이, 장난 편지를 보내는 그 사람이 되레 안쓰럽고 측은한 마음까지 들었다. 그러면서 일순 뭔가에 홀린 듯 시야가 흐리흐리하더니 이내 환청인지 뭔지 모를 그 누군가의 절박한 외침이 귓전을 흔드는 듯했다.

　동배 씨는 돌연 이런 결심을 했다.

　'더는 편지를 폐기하지 말고 거기 적힌 수신인에게 전달하기로.' 한데 어떻게? 무슨 수로? 그날 밤 동배 씨는 그 방법을 고민하느라 밤새 잠을 설쳤다. 이튿날 오후나절. 동배 씨는 서둘러 일을 마치고 그 편지의 수신인을 찾아 나섰다. 제일 먼저 그는 그 지역의 대형교회를 찾아가 담임목사를 만났다. "이 편지는 우리한테 온 게 아닙니다. 우리가 믿는 신은 그냥 신이 아닙니다. 주님이라든지 여호와라든지 하나님이라든지 뭔가 명확한 실체가 없지 않습니까." 너무 기민하게 받아치는 그 언술에 동배 씨는 슬쩍 비위가 틀렸지만 거의 안색을 다치지 않고 곧장 교회를 빠져나와 근처 성당으로 향했다. "천주님도 아니고 하느님도 아니고 그렇다고 성부님도 아니고... 이건 우리한테 보낸 편지가 아닙니다." 주임신부가 느물느물 웃으면서 반지빠르게 말했다.

　동배 씨는 순간 낭패감에 빠졌다.

한참 뒤에 그는 어느 한적한 포교당으로 들어갔다. "음, 이 편지는 우리한테 쓴 게 아닙니다." 주지 스님이 넉살 좋게 입을 열었다. "누가 쓴 건지는 모르겠지만, 뭔지 좀 얍삽하고 어정쩡한 게, 왠지 썩 얄팍하단 느낌을 지울 수가 없군요. 자, 보세요. 뭔가 부처님이라든가 불타라든가 세존이라든가 석가모니여래라든가 하는 존성대명이 없지 않습니까. 뭐, 그건 그렇다 치고. 하다못해 대자대비하신 분 정도라도 씌어 있어야……" 잠시 후 동배 씨는 주지 스님의 말을 끊고 포교당을 나왔다. 적어도 인내심에 관한 한, 둘째가라면 서러우리만큼 밑이 무겁고 우직스런 그였지만, 그럼에도 불구하고 이미 두 차례나 그런 곤경을 치른 뒤끝이라 그런지 더는 그 상대방의 너스레를 견딜 수가 없었던 것이다.

그 뒤로 여러 날이 지났다.

동배 씨는 그사이 도교 사원, 이슬람 회당, 여러 민간 종교 신당과 신전 등을 방문했지만 엇비슷한 이유로 하나같이 또 편지의 수신을 거절당했다. 그는 결국 알 수 없는 우울감에 젖어 모든 의욕이 저하되면서 자기 스스로에 대한 자발적 비관과 신경질적 무력감에 사로잡혔다. 그가 자진해 편지의 수신인을 찾으러 다니기 시작한 뒤로 그 우체통에서 새로운 편지는 더 발견되지 않았다. 어느덧 또 하루가 저물고 창연한 저녁 빛이 밤의 옷자락처럼 도시 밑자락으로 흘러내렸다. 퇴근 후 동배 씨는 커피 한 잔을 손에 들고 부엌 식탁에 가 앉았다. 그는 커피를 홀짝이며 혼자 생각에 잠겼다. 그러다 커피 잔을 내려놓고 식탁에서 그 편지를 집어 들었다.

'신God 귀하'

(분명 신한테 보내는 편지인데......)

물끄러미 편지를 응시한 채 동배 씨는 혼잣속으로 중얼거렸다. 잠시 후 그는 손끝으로 살짝살짝 겉봉투 가장자리를 뜯고 그 안에서 누렇게 바랜 편지 한 장을 꺼냈다. 잠깐 망설인 뒤 접힌 편지지를 바르게 펴자 '아무것도 씌어 있지 않은 백지'만이 눈에 들어왔다. 그는 왈칵 허무감이 일었다. 하도 어처구니가 없어 헛웃음조차 나지 않았다. '고작 빈 종이를 가지고 그리 설쳐대다니......' 그런 자신이 퍽 우스꽝스러워서 제물로 푹 한숨이 새어나왔다. 그대로 텅 빈 지면을 주시한 채 그는 상념에 잠겼다(그 순간 백지는 그 자체 그대로의 백지일 뿐 더는 비어 있는 것도 비어 있지 않은 것도 아니었다). 한동안 맥락 없는 관념들이 뻗어 나와 얼키설키 뒤엉킨 채 그의 뇌리를 떠돌았다. 그러다 막 머리를 털고 그만 종이를 구겨 휴지통에 버리려고 생각하는데, 홀연 그 지면 위로 글자들이 나타났다.

이런 글자였다.

'TABULA RASA'

"타불라 라사!" 하고 혼잣말하며 그가 언뜻 단어의 뜻을 떠올리려는 찰나, 벌써 스르르 글자들이 사라지기 시작하면서 거의 동시에 다른 글자들이 나타났다. 바로 편지 겉봉투에 없는, 발신인의 이름이었다.

'신God으로부터'

43. 무지개

　심심산골 젊은 다람쥐 '꿈보'가 바다 수평선에 뜬다는 환상의 무지개를 찾아 어느 날 길을 떠났다. 얼마 전 오랜 여행에서 돌아온 '맹보' 아저씨의 말을 들은 게 화근이었다. 어릴 적부터 원체 호기심이 많은 꿈보였기에 그날 맹보 아저씨가 들려준 바다 무지개 이야기는 대번 그의 마음을 홀딱 사로잡았다. 가족이 모두 잠든 어둑새벽 꿈보는 몰래 자리에서 일어나 살그머니 바깥으로 나왔다. 곧 꿈보는 자오록한 안개를 헤치고 몽연한 숲속을 걸어 잠든 새벽이슬을 깨우며 아무도 모르게 혼자 마을을 빠져나왔다. 행여 부모님과 형들에게 들키는 날엔 또다시 온갖 간섭과 충고, 질타가 빗발칠 게 뻔했기 때문이다. 그건 이웃이라고 다르지 않았다. 그들은 노상 시큰둥한 태도로 젊은 꿈보의 생각과 포부와 상상을 비웃곤 했다. 요컨대 딴 다람쥐처럼 도토리나 열심히 주워 모으면 될 일이지 언감생심 제 주제도 모르고 당치 않은 몽상에 빠져 헛꿈을 꾼다는 게 이유였다.

　꿈보는 이윽고 산기슭에 다다랐다. 그사이 희붐하게 동녘이 깨어나고 있었다. 잠시 멈춰 서서 꿈보는 저만치 보이는 산밑을 내려다보았다. 이제라도 되돌아갈까? 별안간 맘속에서 그런 목소리가 귀를 울렸다. 어쩌면 여기가 자신의 선택을 되돌릴 수 있는 마지막 경계선이란 느낌이 들었다. 이제 저 산밑으로 내려가면 쉽사리 발걸음을 되돌리기는 어려울 터였다. 그런저런 생각을 떠올리고 있는데 한쪽 수풀 속에서 순간 꿈보를 향해 몸성히 다녀오라는 듯 숲새 한 마리가 잇달아 우는 소리를 내면서 공중으로 호로록 날아올랐다.

그 뒤로 한 달 남짓 지났다.

꿈보는 막 인간들이 모여 사는 시골 동네에 이르렀다. 저만치 무논에서 바짓부리를 무릎 위로 걷어 올린 촌로 하나가 모심기를 하고 있었다. 노인은 고의적삼을 꿰고 이마에는 질끈 머리끈을 묶었다. 잠시 후 꿈보는 논두렁에 곤추서서 이렇게 물었다. "노인장, 바다를 보려면 어느 쪽으로 가야 합니까?" 노인이 순간 허리를 펴고 저쪽으로 눈을 돌려 거기 지평선 언저리 하늘가를 바라다보았다. 그러고는 도로 허리를 굽히고 논바닥에 푹푹 모를 찔렀다.

꿈보는 곧 노인이 가리키는 방향으로 걸음을 재촉했다. 흰 구름이 문득 가던 길을 멈추고 하늘에서 꿈보를 내려다보았다. 스쳐가던 바람도 따라 멎어서서 돌연 생각에 잠겼다. 꿈보의 발소리에 놀라 청개구리 한 마리가 폴짝 뛰어 풀밭으로 몸을 숨겼다. 얼마 뒤에 꿈보는 저쪽 밭두둑에 오붓이 둘러앉아 오순도순 들밥 먹는 사람들을 보았다. 누군가는 상추쌈을 싸서 입아귀가 터질 듯이 욱여넣고서 우적우적 씹어대는가 하면, 누군가는 탁배기 한 잔을 죽 들이켠 뒤 안주삼아 김치 한 가닥을 쭉 찢어 입에 넣고 어석어석 입가심을 했다. 그쪽에서 막 길손을 발견하고는, 와서 한 술 뜨고 가라는 듯 머릿수건 두른 아낙 하나가 이쪽으로 갈퀴질하듯 손짓을 했다. 안 그래도 꿀찍하던 참이라서 밥밑콩이 든 공밥 한 덩이 요기 생각이 간절했지만(사실 다람쥐 입장에서 이런 맘씨 좋은 아낙을 얻어만나기가 쉬운 일인가?) 꿈보는 애써 그쪽을 외면한 채 헛침을 삼키면서 제 갈 길로 부지런히 발을 놀렸다.

그리고 다시 여러 달이 지났다. 하루는 느닷없이 비구름이 몰려들더니 이내 좍좍 소리를 내며 굵은 소낙비가 퍼붓기 시작했다. 꿈보는 홀로 논둑길을 걷다가 저쪽 짚가리 밑으로 허겁지겁 달려가서 비를 그었다. 이윽고 비가 그치면서 검은 구름장이 물러가자 꿈보는 얼른 짚가리 밑에서 나와 이쪽 논둑길로 되돌아왔다. 바로 그때였다. 멀리 지평선 하늘 위로 또렷이 반원을 그리면서 어여쁜 쌍무지개가 떠올랐다. 꿈보는 순간 넋이 나간 듯 멈춰 서서 그 무지개를 바라보았다. 곱다란 무지갯빛 광채가 신이로운 자태로 일렁이며 그의 눈망울을 적셨다. 그러다 돌연 낯빛이 변했다. 곧 설레설레 고개를 내저으며 꿈보는 중얼거렸다.

"내가 찾는 무지개가 아니야."

꿈보는 애써 마음을 도스르고 다시금 발을 떼어 제가 찾는 바다 무지개를 찾아 묵묵히 길을 떠났다. 한참을 가자 저만치 산자락에 늙은 감나무 한 그루가 보였다. 잠시 후 꿈보는 감나무 가지에 올라 몰랑몰랑 익은 홍시 한 개로 허기를 때우고는 지체 없이 또 길을 나섰다. 가을 들녘에선 어디라 없이 추수가 한창이었다. 어느 밭에서는 탁탁 들깨털이 도리깨질이 시작되었고, 어느 논에서는 털털털 타작마당이 벌어져 있었다. 이제 막 꿈보는 어느 외떨어진 농가 앞에 다다랐다. 가을볕이 무르녹은 오후나절이었다. 자꾸 갈증이 나던 차에 물 한 바가지 얻어 마실까 하는 생각으로 발을 멈췄다. 반쯤 열린 사립문 틈으로 슬쩍 앞마당을 들여다보았다. 베적삼에 무명 치마를 꿴 젊은 아낙 하나가 무슨 곡식을 까부르는지 아래위로 열심히 키질을 하면서 쭉정이인지 검부러기인지를 날리고 있었다.

꿈보는 이윽고 사립문 새로 비죽 얼굴을 들이밀고 이렇게 말했다. "아주머니, 지나가는 과객이온데, 물 한 모금 청하오리다." 아낙이 냉큼 키질을 거두고 이쪽을 돌아보았다. 아낙은 잠시 고민하는 기색으로 고개를 갸웃하더니 돌연 쿵 발을 굴러 으름장을 놓고는 도로 살랑살랑 까붐질을 시작했다. 꿈보는 이미 저만큼 멀어진 뒤였다. 비록 곡진한 대접을 바란 건 아니었지만 그럼에도 꿈보는 저도 모를 실망과 굴욕감을 느끼면서 방금 그 어이없는 상황을 어찌 해석해야 좋을지 몰라 그만 어리둥절할 따름이었다. 한참 뒤에 꿈보는 저만치 돌개울에서 개구멍바지인지 풍차바지인지를 꿴 꼬맹이들이 조잘대며 물장난하는 광경을 보았다. 넝큼 조르르 달려가서 같이 놀고 싶은 마음이 간절했지만 꿈보는 또 바다 무지개를 떠올리며 못내 들뜬 가슴을 갈앉히고 아쉬움을 달랬다.

그렇게 가을이 가고 어느덧 겨울도 지나 사월 하순으로 접어들었다. 그즈음이었다. 어느 햇살이 따사한 오후나절 꿈보는 마침내 그토록 바라던 그곳 (맹보 아저씨가 말하던 그곳) 무지개 뜨는 바닷가에 닿았다. 그날부터 꿈보는 바닷가에 우뚝 곧추서서 밤이고 낮이고 꼬박 그 자리서 꼼짝하지 않았다. 무작정 그렇게 먼먼 수평선을 바라보며 어서 빨리 바다 위로 무지개가 떠오르기만을 손꼽아 기다렸다. 하루하루가 모여 며칠이 가고 열흘이 가고 어느덧 훌쩍 달포가 지났다. 하지만 어쩐 일인지 기다리는 무지개는 아직 그 깃털조차 형태를 드러내지 않았다. 꿈보는 자꾸만 기대감이 누실되면서 나날이 조금씩 무기력한 상태로 빠져들었다. 그러는 사이 바다거북 하나가 몰래몰래 그 모습을 지켜보았다.

하루는 바다거북이 다가와서 말했다.

"누굴 그리 기다리는 거니?"

"무지개. 바다 무지개를 기다려."

"그럼 먼저 비가 오기를 빌어야지."

"비? 비라니? 무슨 비?"

"무지개는 비 갠 뒤에 떠오르니까."

꿈보는 후딱 하늘을 올려다보았다. 저만치에 흰 구름 몇 뭉치가 떠 있을 뿐 먹구름은 한 덩이도 안 보이는 것이 아무래도 비가 올 날씨는 아니었다. 꿈보는 절로 푸 한숨이 새어나왔다. 냉큼 요술이라도 부려 저 흰 구름을 당장 매지구름으로 바꿔놓고만 싶었다. "바다 무지개는 왜 그리 기다리는데?" 순간 바다거북이 물었다. 꿈보는 곧 맹보 아저씨한테 들었던 그 바다 무지개 이야기를 들려주었다. 잠자코 이야기를 듣던 바다거북이 이윽고 다시 입을 열었다. "그러고 보니 기억이 난다. 전에 너랑 닮은 다람쥐를 만난 적 있어. 그때 그 다람쥐가 네가 말하는 그 다람쥐인지는 모르겠어." 바다거북이 말을 이었다. "한데, 그 다람쥐도 무지개를 찾아왔다고 말했어. 그리고 얼추 반년쯤 기다렸을까. 마침내 그는 비 갠 뒤 떠오른 바다 무지개와 맞닥뜨렸지."

바다거북은 잠시 말을 멈췄다.

"그는 무아경에 빠진 듯 넋을 잃고 무지개를 바라보았어." 바다거북이 또 입을 열었다. "그날따라 무지개는 실로 여느 때 없이 아름다웠지. 무슨 색동 띠라도 두른 듯 그 물색이 정말 어찌나 찬연하던지. 내 그때껏 수도 없이 무지개를 보았지만 그처럼 신비로운 자태는 처음이었어. 한데 잠시 후, 그 무지개는 홀연 신기루처럼 사라지고 말았어. 그야말로 순식간이었어. 뭐랄까. 방금 내가 헛것을 보았나 싶으리만큼 무지개는 감쪽같이 자취를 감췄어. 허망감이랄까, 허탈감이랄까. 아니면 무망감이랄까, 무상감이랄까. 그는 몹시도 낙담하는 눈치였어. 정말이지 보기 안쓰러울 만큼 낯빛이 어두워졌어. 순간 얼마나 실망을 했는지 무슨 얼빠진 허떡개비 같더라니까. 아닌 게 아니라 그럴 만도 했지, 뭐. 아! 왜 아니겠어. 그토록 갈망하던 바다 무지개였는데, 그토록 열망하던 꿈의 무지개였는데, 그저 한순간 번쩍하고 나타났다 그리도 허무히, 눈 깜짝할 새 사그라져 버렸으니까."

바다거북이 말을 멈췄다.
그리고서 넌지시 꿈보를 바라보았다.
"바로 그때였어!"
곧 바다거북이 말을 이었다.
"갑자기 그가 이렇게 중얼거렸어."

바보같이 이제야 깨닫다니……
영원히 지지 않는 내 안의 무지개를 두고
한낱 찰나의 신기루를 찾아다녔구나.

44. 풍선

　살찐 암소 한 마리가 들판에서 우썩우썩 풀을 뜯다가 밀룽밀룽 배가 부르자 바닥에 퍽석 주저앉아 한가롭게 새김질을 거듭하며 혼자 먼 산을 쳐다보았다. 먼먼 지평선까지 길게 뻗어나간 들판 위로 나지막한 언덕들이 두둑두둑 불거지며 이랑이랑 초록 물결처럼 일렁이고 있었다. 방금 막 그린 수채화처럼 가을 하늘은 높푸르게, 끝 간 데 없이 펼쳐져 있었다. 거기 뭉치뭉치 떠가는 뭉게구름 사이로 금시라도 뚝뚝 소리 내며 젖은 물감이 흘러내릴 듯했다. 암소는 게으르게 이마를 들어 머리 위의 천장을 쳐다보듯 무심히 그 하늘을 올려다보았다.

　임자 없는 소였는지
　코뚜레도 고삐도 워낭도 보이지 않았다.

　잠시 후 파리 한 마리가 앵앵대다가 자기 꽁무니 쪽에 달라붙자 암소가 성가시다는 듯 꼬리를 탁 쳐서 쫓아버렸다. 파리가 재빨리 몸을 피해 날아올랐다가 이번에는 머리 쪽으로 날아가서 한쪽 쇠뿔 위로 사뿐 내려앉았다(양쪽 뿔은 공히 옆으로 꼬부라진 송낙뿔이었다). 거기 앉아 잠시 암소의 반응을 살피는가 싶더니 계속 아무런 움직임이 없자 파리는 다시 쇠뿔에서 날아올라 이번에는 암소의 이마 쪽으로 이동하여 거기 한가운데 착 달라붙었다.
　(미리 말하자면, 이 파리는 흔해빠진 보통 파리가 아니었다. 괴짜랄까, 별종이랄까, 돌연변이랄까. 즉 파리치곤 꽤 줏대 있고 논리적이면서 사색적인 녀석이었다. 그런 사변적 성격 탓에 다른 파리

들에게 썩 환영받지 못하는 자존성 강한 독불장군이자 사실상 같은 파리 공동체에서 소외된 독립적 기질의 외돌토리였다. 한마디로 어떤 일에도 쉬 섭슬리지 않고 사사건건 꼬치꼬치 캐묻고 미주알고주알 따지고 드는 비사교적 아집으로 똘똘 뭉친 유난히 별쭝맞고도 까탈스러운 녀석이었다. 이를테면 파리 일족의 파스칼이라고 할까.)

그제야 암소가 또 반응을 보였다. 암소는 냉큼 혓바닥을 늘여 빼고 혀끝을 할쭉대며 그 파리를 쫓으려다 안 되자 곧 신경질적으로 홱홱 머리통을 내저었다. 그래도 녀석이 떨어지지 않자 연방 콧잔등을 씰룩이며 한차례 쉭쉭 콧김을 뿜어내곤 그새 손들었는지(뭐, 암소도 암소 나름이겠지만 다른 암소에 비해 이 암소는 유독 승부욕이 덜했다), 더는 힘 빼고 싶지 않으니 거기 앉든 말든 맘대로 하라는 듯 다시 오물오물 주둥이를 놀려 되새김질을 계속했다.

"암소님, 암소님!"
그 파리가 불쑥 입을 열었다.

"왜? 왜? 왜? 왜 불러, 귀찮게!"
암소가 버럭 역정을 냈다.

파리는 잠시 암소의 심기를 살피며 입을 다물었다. "저기... 제가 궁금해서 그러는데요." 파리가 조심스레 다시 입을 열었다. "인간들은 욕심이 엄청 많다면서요?" 그러고는 너그럽게 봐달라는 듯 연신 손바닥을 비비댔다. "한데... 그 말이 무슨 뜻인지 알기 쉽게 설명을 좀 해주세요." 파리가 말하자 암소는 벌컥 짜증이 났다. '나 참, 기도 안 차서. 가소로워서, 원. 고작 파리 주제에 무슨 가당치도 않게......' 그러다 번득 이런 생각이 들었다. '아니, 아니. 아니지, 아니지. 그래. 마침 배도 부르고 시간도 남아돌고 할 일도 없어 무료하던 참인데, 이야기 좀 나눈다고 해될 것도 없지, 뭐. 그럼, 그럼. 아무렴, 그렇고말고. 뭐든 그저, 좋은 게 좋은 거 아니겠어. 뭐, 솔직히 뼈대 굵은 암소 체면에 이깟 파리 따위와 주책없이 말 상대를 한다는 게 약간 거슬리긴 하지만, 그래도 사정이 사정이니만큼 지루한 것보단 낫지 않겠어. 그래, 시대가 시대이니만큼, 상황이 상황이니만큼, 뭐니 뭐니 해도 그저 실속을 차리는 게 제일이니까 말야. 게다가 그깟 체면이 무슨 밥 먹여주는 것도 아니고 말이지……'

"좋아. 말해줄 테니 잘 들어."
암소가 이윽고 입을 열었다.

"그니까 이런 거야. 인간이 욕심이 많다는 건 이런 것과 같은 거야. 사실, 인간들이 좀 몽짜스럽긴 하지. 자, 들어 봐. 지금 여기 고무풍선 하나가 있어. 그리고 이 풍선을 인간들에게 불어보라 시켰다고 쳐 봐. 그럼 대부분의 인간들이 풍선이 거의 터질 때까지 불지. 그리고 나아가서 풍선이 팡 터질 때까지 불어대는 인간도 있지. 근데 말이야. 인간의 욕심은 이게 다가 아니야. 어떤 때는 아무리 불어도 풍선이 터지지 않을 때가 있어. 그럼 응당 풍선 부는 걸 멈춰야 할 거 아냐. 근데 아니야. 절대 그러지 않지. 인간들은 도통 만족하는 법이 없어. 즉 거기서 그만두지 않고 이참에 아주 끝장을 보겠다는 식으로 한도 끝도 없이 불어대는 거야. 그러다 결국……"

암소는 곧 이렇게 덧붙였다.

그 풍선이 아니라 지가 펑 터져 죽고 말지!

45. 질화로

　밤이 깊었다. 할머니는 이야기를 멈추고 아랫목에서 잠든 손자를 건너다보았다. 가물대는 등잔불이 흐릿하게 방을 비췄다. 등잔 밑엔 대나무 반짇고리가 놓였고 덮개 위엔 헝겊으로 누덕누덕 기워놓은 손자의 양말 한 켤레가 보였다. 옛날이야기 해달라고 졸라대더니 녀석은 막상 이야기를 시작하자 첨에 반짝 귀 기울여 듣나 싶더니 어느새 콜콜 잠이 들고 말았다. 녀석에겐 할머니가 들려주는 옛이야기가 바로 포근포근 들려오는 자장가인 셈이다.

　바깥에는 폭폭 함박눈이 내렸다.

　초가지붕에도 앞마당에도 어느새 하얀 솜털 이불이 내려앉았다. 마루 밑의 멍멍이도 외양간의 누렁소도 처마 끝의 고드름도 아스라이 꿈나라로 떠났다. 할머니는 부젓가락으로 화롯불을 살살 되작거렸다. 질화로에 넣어둔 불돌 덕에 불김은 아직 사위지 않고 뭉근히 살아 있었다. (콜록콜록!) 순간 곁방에서 애아범의 기침소리가 들렸다. 할머니는 부젓가락을 질화로에 꽂고 바스스 일어나 낡은 반닫이 위에 개켜둔 솜이불을 내려 잠든 손자를 덮어주었다. 그러고서 할머니는 손자 곁에 가만히 몸을 뉘었다. 할머니는 베개를 베고 한쪽 팔을 뻗어 조심조심 손자의 뒷머리를 괴었다. 할머니의 팔베개를 한 채 녀석은 꼼질꼼질 몸을 뒤척였다. 그러면서 옹알옹알 잠꼬대를 하더니 이윽고 이쪽으로 돌아누우며 할머니 품속으로 폭 안겨들었다. 할머니는 지그시 손자를 감싸 안았다. 고새 한쪽 팔이 자리자리 저려왔다. 할머니는 설핏 그 생각이 들었다. '인제 욘석에게도

제 베개를 마련해 줘야겠구나.'

드라마가 끝나자 강의실에 불이 켜졌다.

학생들이 우르르 자리에서 일어나 일제히 출입문 쪽으로 몰려들었다. 좁은 출입문 앞에서 한차례 웅성웅성 소란을 일으키며 학생들이 속속 강의실을 빠져나갔다. 이윽고 캥거루에 이어 마지막으로 목이 긴 기린 학생이 강의실 출입문을 나섰다. 마침내 동물대학 인간학과 제3 강의실은 학생 하나 없이 텅 비었다. 저만치 앞쪽에서 강의용 영상물 재생을 멈춘 하얀 영사막만이 홀로 강의실을 지켰다. 그때 하얀 영사막을 물들이며 검은색 글씨로 된, 드라마 제목이 나타났다.

'인간의 본성에 대한 탐구'

46. 시선

너른 바다 위에 작은 나뭇잎 하나가 동동 떠 있었다. 태양은 싱그럽고 쪽빛 수면은 잔잔했으며 흰 구름은 둥실둥실 하늘가를 떠돌았다. 멀리 물마루 위로 아물아물 허공을 노니는 바다제비 한 무리가 바라보였다. 잠시 후 살랑살랑 바람이 불어오자 나뭇잎은 한 척의 조각배처럼 미끄러지며 둥실둥실 물 위를 떠갔다. 이윽고 저만큼 나아갔을 때 홀연 나뭇잎 끄트머리에 개미 한 마리가 나타났다.

그사이 바람이 거칠어지고 잠든 해면이 잠에서 깨나 꿈틀꿈틀 기지개를 켰다. 나뭇잎 끝자락에 덩그러니 서서 개미는 애써 불안감을 누르고 너울대는 바다를 지켜보았다. 얼마 후 바람살이 잦아들면서 파도가 누그러지나 싶더니 이내 또 물결을 일으키며 사납게 불어대기 시작했다. 후딱 고개를 들고 하늘을 쳐다보니 어느새 머리 위로 먹구름이 다가와 있었다. 이리저리 눈을 돌려 아무리 둘러봐도 외딴섬 하나 보이지 않는 망망대해였다.

그 뒤 얼마나 흘렀을까.
바람은 더 거세어졌다.

당장이라도 확 뒤집힐 듯 성난 파고 속에서 나뭇잎은 위태롭게 흔들리고 있었다. 그럼에도 희망을 부여잡고 '어서 빨리 뭍에 닿아 지친 몸을 부리게 해달라'고 개미는 마음속으로 기도했다. 그런 개미의 기도가 마침 하늘의 신께 가닿은 것일까? 아니면 되레 그의 노염을 산 걸까? 느닷없이 그때 뇌성벽력이 치고 소낙비가 퍼붓기 시작했다. 그 서슬에 나뭇잎은 뒤집히고 개미는 폭 바닷물에 잠겼다. 조금 있자 물 위로 불쑥 개미 머리가 솟아올랐다. 곧 세찬 풍랑과 빗줄기를 뚫고 먼먼 수평선을 향해 개미는 기를 쓰고 헤엄쳐 나아갔다. 그렇게 죽음의 공포와 맞서 싸우며 홀로 운명의 격랑을 헤치고 나아가 마침내 개미는 바다 끝에 다다랐다. 이윽고 기엄기엄 뭍으로 기어 올라온 개미는 바닥에 퍽 얼굴을 묻고 기진맥진 가쁜 숨을 몰아쉬었다.

그사이 비가 멎고
다시금 하늘에서 싱싱한 햇살이 돋아나
땅바닥을 내리비췄다.

얼마간 숨을 고른 뒤 개미는 겨우 몸을 뒤쳐 저만치 하늘을 올려다보았다. 하늘에서 순간 미지의 시선 하나가 개미를 내려다보았다. 개미는 그것이 자신을 응시하는 신의 눈동자일 거라고, 이제 막 운명의 시련을 이겨낸 키 작은 피조물을 굽어보는 조물주의 그윽한 미소일 거라고 생각했다. 그러면서 개미는 그런 자신이 못내 대견스러웠다. 그제야 두려움이 흩어지면서 피로는 곧 성취감으로 변했고 개미는 절로 더듬이가 달달해지도록 통쾌감이 들면서 자연 신의 품에 안긴 듯이 안착감에 젖었다. 바로 그때였다. 별안간 개미는 몸이 착 까라지면서 시야가 부옇게 흐려지더니 이내 사르르 눈이 감겼다. (그러고는 무념무상, 무사무려, 무욕염담의 세계였다.) 그리고 막 의식이 멀어지는 찰나 개미의 귓가에 신의 음성이 들려왔다.

"얘들아, 이 개미 죽었나봐!"
(한 아이가 물웅덩이 가에서 외쳤다.)

47. 소라

1. 민호 씨는 죽음을 결심하고 외딴 바닷가를 찾았다. 텅 빈 해안선이 푸른 눈망울 같은 바닷물을 따라 아랫눈시울처럼 느슨하게 곡선을 이루며 양편으로 길게 그어져 있었다. 그는 모래톱에 홀로 앉아 저만치 석양빛에 물든 바다를 바라다보았다. 주위는 고요했다. 멀리 수평선 위로 갈매기가 넘놀고 그 너머로 뉘엿뉘엿 햇덩이가 기울고 있었다. 이따금 잔파도가 밀려왔다 밀려가며 부드럽게 그의 귀를 간질였다. 그는 눈을 감고 미미한 바람결에 실려 온 파도의 숨결을 맡으며 감미로운 고독에 젖었다.

몇 날 며칠 밤을 하얗게 지새우며 고심 끝에 내린 결정이었기에 그의 내면은 지금 냉혹하리만치 평온했다. '이만하면 잘 살다 가는 거야.' 그는 눈을 뜨고 가늘게 한숨을 지으면서 맘속으로 중얼거렸다. 아직은 살아갈 날이 적지 않은 사십대 초반의 한창나이였다. 문득 지난 생을 돌아보니 그래도 후회보단 행복이, 불운보단 행운이, 절망보단 희망이 더 많았다. 그럼에도 단 한 번의 실패로 모든 것이 무너져 내리면서 그는 그만 낙백하고 말았다. 그에게는 오직 쓰디쓴 추락과 침울한 조락과 황량한 열패감만 남았다. 이제는 흐릿해진 기억, 좋았던 그 시절의 무늬들이 아스라한 꿈처럼 점점이 엮이면서 아롱아롱 머릿속에 어른거렸다.

"노을이 참 아름답다."

민호 씨는 혼잣말로 중얼거렸다. 잠시 후 그는 신발을 벗고 뒤미처 양말도 벗어 신발 속에 각각 양말을 한 짝씩 끼우고는 그 신발

두 짝을 자기 곁에 가지런히 모았다. 그러고서 막 엉덩이를 떼고 일어서려는데 한쪽에서 불쑥 목소리가 들려왔다. "잠깐! 잠깐 기다려 봐!" 그는 앉은 채로 멀뚱멀뚱 주위를 둘러보았다. '환청이었나?' 모래톱은 처음부터 내내 인적 하나 없이 텅 비었다. "나야 나. 나라구. 나 몰라? 어릴 적 네 친구, 소라 껍데기야." 순간 그의 발치에 놓인 소라 껍데기가 눈에 들어왔다. "뭐해, 얼른 귀에 대지 않고."

대뜸 소라 껍데기를 집어 한쪽 귀로 가져갔다.

2. 둘은 이런 대화를 주고받았다.

"왜 죽으려고 하니?"
"그것 말고 할 수 있는 게 없어."
"네 맘대로 할 수 있는 게 없다는 거야?"
"응. 내 맘대로 할 수 있는 게 하나도 없어."
"그렇지 않아. 아직 하나가 남았잖아."
"아니, 없어. 이제 하나도 안 남았어."
"그럼, 죽음은 뭐야?"
"죽음이 왜?"
"그건 네 맘대로 할 수 있잖아."
"그래. 그래서 죽으려는 거잖아."
"할 수 있는 게 하나도 없다면서?"
"그래. 그렇다니까!"
"하지만 넌 죽을 수 있는 권리가 있잖아."
"그래. 그래서 죽으려고 한다잖아!"

"그러니까 넌 죽으면 안 돼."

"안 된다니. 무슨 소리야?"

"아직 네 맘대로 할 수 있는 게 남았으니까."

"그러니까 네 맘대로 죽을 거라니까!"

"좋아. 그럼 죽어."

3. 그는 소라 껍데기를 떼고 일어서려 했다.

"잠깐, 잠깐만!"

민호 씨는 소라 껍데기를 또 귀로 가져갔다.

"왜 그래?"

"지금 네게 죽을 수 있는 권리가 있지?"

"그래. 그렇다니까!"

"좋아, 그럼 죽어!"

"자꾸 같은 소리 할 거야?"

"대신...... 3년 뒤에 죽어."

"그게 무슨 말이야?"

"죽는 건 네 권리니까 언제든 할 수 있잖아."

"그야 그렇지!"

"그럼 굳이 지금 죽을 게 뭐야?"

"지금 아니면?"

"내 말은...... 죽는 건 네 권리라서 언제든 할 수 있으니까 조금 미뤘다가 그때 가서 죽어도 늦지 않을 거란 거야. 그니까 딱 3년만 뒤로 미뤘다가 그래도 정 죽어야겠으면 그때 다시 나를 찾아와. 여기 걱정은 말고. 아무 일 없을 테니까. 바다도 나도 아름다운 저 노을빛도 그때까지 꼼짝 않고 기다리고 있을 테니까……"

4. 민호 씨는 막 자리에서 일어섰다. 무슨 일인지 갑자기 왈칵 겁이 나면서 전신에 오싹 전율감이 일었다. 그러면서 동시에 억제할 수 없는 분기가 치밀었지만, 그건 차라리 돌발적 자괴감을 숨기려는 자기변명에 가까웠다. 그 어떤 자신에 대한 환멸과 불쾌감으로 그는 돌연 발가벗겨진 내면의 자아와 맞닥뜨리면서 제 영혼의 밑바닥까지도 온통 벌게지는 느낌이었다. 그제야 다시금 제 자신을 확연히 의식하면서 순간 뜬금없게도 극심한 공복감을 느꼈다. 그러고 보니 아침부터 이때껏 물 한 모금도 입에 대지 않았다. 이윽고 그는 아직 모든 것을 잃은 건 아니라는 걸, 아직 아무것도 남지 않은 건 아니라는 걸, 여전히 그의 곁에 자기 자신이 번듯이 남아 있다는 사실을 홀연 자각했다. 그는 눈을 들어 먼먼 바다 끄트머리로 시선을 던졌다. 한없는 슬픔과 밀려오는 고독 그리고 저 깊은 회한 속에서 솟구치는 자기 연민. 어느 결에 눈동자 저 밑뿌리에서 눈물 비슷한 무언가가, 뜨뜻미지근한 그 액체가 제멋대로 크렁크렁 치밀고 올라왔다. 추적추적 눈시울을 적시는 회오의 눈물 너머로, 멀리 수평선 끝자락을 물들인 저녁놀이 심장처럼 붉었다.

'노을이 참 아름답다.'

그는 그렇게 일몰의 바닷가에 서서 조용히 맘속으로 중얼거렸다. 하지만 똑같은 표현임에도 불구하고 아까와는 분명 그 느낌이

달랐다. 이를테면 아까의 그 느낌은 조금 잘 익은 오렌지 껍질 같은 옐로였고 지금의 그 느낌은 알맞게 숙성된 와인의 혈색 같은 레드였다. 사륵사륵 울리는, 낮은 파도 소리가 가벼이 귓가를 스쳤다. 그의 눈망울은 눈물을 머금고 함초롬히 노을빛에 젖었다. 이윽고 멀리 수평선 가녘으로 마지막 석양빛도 스러지면서 이곳 모래톱엔 시나브로 어둑발이 깔렸다. 곧 저문 대기를 적시며 이른 밤이슬이 내려앉았다. 밤이 되자 여린 달빛 아래 이쪽 모래알들은 알알이 밤이슬에 젖고 저쪽 바다는 또 제 얼굴에 까맣게 먹물을 풀었다. 문득 어둠의 저편에서 바다 갈매기 울음소리가 들려온 것은 그때였다. 그사이 민호 씨는 가뭇없고 그의 신발이 놓였던 자리에는 다만 소라 껍데기만 남았다.

48. 선택

몇 해 전부터 삼각산 어딘가에 영험한 바위가 있다는 소문이 떠돌았다. 그 소문의 진원지가 어디인지는 추측만 분분할 뿐 아직 명확하지 않다. 그럼에도 유력한 풍설을 하나 꼽자면 이랬다. 그러니까 소문은 일평생 그 산과 더불어 살다간 죽은 심마니로부터 시작됐다는 것이다. 임종을 앞둔 어느 날, 늙은 심마니가 문병 온 친구에게 말했다. "...그 바위는 온 우주의 흐름과 섭리에 통달하여 모르는 게 없다네. 이제야 고백하겠네. 지난날 아무리 해도 산삼이 안 보일 때면, 내 어김없이 또 바위를 찾아가 머리를 조아리고 응답을 희구하며 치성을 드렸다네. 그리고 그때마다 산삼이 움트는 신비의 장소를 일러주는 바위의 음성을 들었다네."

그 심마니가 죽은 뒤 그날 그 문병객의 입을 통해 금세 소문이 퍼지면서 세상에는 일대 소동 아닌 소동이 벌어졌다. 날마다 꼬리에 꼬리를 물고 너도나도 바위를 찾아 수도 없이 삼각산을 오르내렸지만 여직 누구도 그 뜻을 이루지 못했다. 그건 그 심마니의 자식들도 마찬가지였다. 무슨 까닭인지 그 심마니 노인은 가솔에게조차 끝내 그 바위터를 발설하지 않았던 것이다. 그건 그렇다 치고 사람들은 과연 그 바위를 찾아 무엇을 묻고 무엇을 얻고 또 무엇을 누리려던 것일까? (...주식정보, 건강비법, 유망사업, 취업시험, 직업선택, 결혼상대, 산삼 나는 장소, 복권번호?) 그러는 사이 바위를 찾으려는 이는 갈수록 줄어들고 그렇게 자연 소문은 전설 비슷한 무엇으로 탈바꿈하며 점차 가물가물 사람들의 기억에서 흐려져 갔다. 또한 그 과정에서 성질 급한 몇몇은 그만 감정을 못 이기고 그 죽은 심마니 노인이 얼토당토않은 거짓부렁을 씨불였다며 대놓고 욕설을 섞어가며 심히 빈정거리기까지 했다.

그러나저러나...
죽은 심마니 노인은 말이 없었다.

(저만치 산중턱에 젊은 부부 한 쌍이 바라보였다.)

둘은 등산을 마치고 보스락보스락 낙엽 밟는 소리를 내며 산길을 내려오다가 잠시 무릎을 접고 앉아 땀을 들이는 참이었다. 접때 다녀가고서 꼭 3주 만에 다시 나온 가을 산행이었다. 둘은 보온병에 담긴 커피를 나눠 마시며 무심히 주위를 둘러보았다. 산은 어디라 없이 가을색이 완연했다. 이따금 사운사운 가랑잎 떨어지는 소리가 들렸다. 볼을 붉힌 단풍잎마다 아록다록 추억이 일렁이고 익어가는 산열매마다 망울망울 그리움의 때깔이 깃들었다. 숲속 어딘가에서 발그레한 산빛을 터트리는 산새 울음소리가 들려왔다. 이윽고 둘은 다시 무릎을 세우고 몸을 일으켰다. 그때 발밑에서 꿍 하는 소리가 울렸다. 둘은 깜짝 놀라 발밑을 내려다보았다. 곧 남자가 쭈그려 앉아 주변의 낙엽을 헤치고 그 자리를 살펴보았다. 그제야 그곳이 커다란 너럭바위 위였음을 깨달았다. 수북수북 낙엽이 내려앉은 데다 그 밑에는 온통 이끼와 지의류가 덮인 터라 미처 바위라는 인식을 못 했던 것이다.

"이 바위가 혹시......"
여자가 불쑥 말했다.

남자가 순간적으로 여자를 올려다보았다. 둘 사이에 서로 짧고도 유의미한 눈길이 교차했다. 남자가 급히 몸을 일으켰다. 곧 둘은 두어 발짝 물러서서 합장하고 바위를 향해 온순히 머리를 조아렸다. 조금 있자 그 바위한테서 음성이 들려왔다. "한 가지만 물어보아라. 답을 해주리라." 둘은 합장한 채 말없이 서로를 돌아보며 은근한 눈빛으로 생각을 교환하다 이윽고 여자가 막 입술을 뗐다. "신령하신 너럭바위님. 제 의문에 대한 답을 구합니다. '나이가 들면 제 얼굴에 책임을 지라'는 말의 참뜻이 무엇인지요?" 그러고는 다소곳이 머리를 숙였다. 혹 바위의 음성을 한 마디라도 놓칠세라 부부는 침묵 속에 온 신경을 자신들의 귓바퀴에 끌어모았다.

다람쥐인지 숲들쥐인지 두더지인지,
한쪽 푸나무서리에서 바스락바스락 소리가 났다.

"잘 들거라. 답은 이와 같단다."
곧 바위가 다시 입을 열었다.

"허면, 예를 하나 들어보자. 자, 지금 여기 열 사람이 나란히 각각의 의자에 앉아 있단다. 그 열 사람 가운데 하나는 바로 너란다. 그때 지나가는 걸인을 불러 세우고 이렇게 물어본다. '자, 기회는 딱 한 번뿐이오. 두 번은 없소. 저들 열 사람 중에 당장 동냥을 빌면 적선을 할 것 같은 사람을 하나만 골라보시오.' 바로 이렇게 걸인 열 명에게 한 번씩 기회를 주었을 때 그 가운데 과연 몇이나 너를 선택했을지 스스로 그 수를 헤아려 보아라. 이제 알겠느냐. 그것이 바로 너의 얼굴에 책임을 지라는 말의 본뜻이니라......"

둘은 막 산자락에 다다랐다.
멀리 서녘 하늘에 저녁 해가 기울고 있었다.

49. 쪽지

　일평생 학문에 매진한 '태두' 옹은 지난달 아흔둘의 나이로 생을 마감했다. 아버지를 여읜 뒤 장녀 한순례 여사는 고인의 서재에서 유품을 정리하다 반으로 접힌 글쪽지 한 장을 발견했다. 그 쪽지는 생전에 아버지가 쓰시던 작은 종이상자에 들어 있었다. 한 여사가 아버지의 상자를 열어본 건 그때가 처음이었다. 이제껏 숱하게 서재를 드나들었지만 한 번도 그 상자를 열어볼 생각은 하지 않았다. 물론 아버지의 사적인 물품이란 인식도 작용했지만 그보다는 사실 상자가 워낙 낡은 탓에 보나마나 내용물이 보잘것없으리란 지레짐작으로 그 덮개를 열어볼 필요성을 못 느꼈던 것이다. 상자에는 쪽지 말고도 오래된 조부모님 사진 한 장과 평소 당신이 아끼던 돋보기안경이랑 공방(옛날 엽전) 몇 개도 같이 들어 있었다.

　한 여사는 쪽지를 손에 든 채 눈을 들어 가만가만 방 안을 훑어보았다. 그렇게 낡은 의자에 걸터앉아 여사는 새삼 애정 어린 눈길로 서재 구석구석을 어루만졌다. 서재 벽은 아버지의 저서와 온갖 장서들로 빈틈 하나 없이 꽉꽉 들어찼다. 언제나 그랬듯 비좁은 공간에 비해 너무 많은 서책으로 인해 금방이라도 턱 숨이 막힐 지경이었다. 여사는 순간 가슴 한편이 먹먹해지면서 절로 씁쓸한 미소를 지었다. 여사는 막 눈길을 거두고 손에 든 쪽지를 폈다. 거기에 대구로 된 한시 구절과 함께 붓펜 글씨로 이렇게 적혀 있었다(쪽지 말미에 적힌 날짜를 보니 그가 운명하기 전전날이었다. 말하자면 이 글은 그가 마지막으로 남긴 일종의 '사세구'였다).

假作眞時眞亦假

가짜가 진짜가 되면 진짜도 가짜가 되고

無爲有處有還無

없는 게 있는 게 되면 있는 것도 없는 게 된다.

"공허하고 헛되다. 허울뿐인 명예도, 평생 모은 장서도, 차고 넘친 학식도. 너무 늦어서야 알았다. 일생을 바친 학문의 성취보다 내 곁의 이웃에게 건네는 따뜻한 미소 한 번, 잔잔한 위로 한 번, 소소한 관심 한 번이 보다 더 아름답고 가치 있고 영예로운 일이라는 걸."

50. 무능

칠십 대 중반의 반도 씨는 지난 선거에서 낙선하기까지 7선의 무소속 국회의원이었다. 비록 8선에 실패했지만 그는 전혀 낙담하지 않고 묵묵히 그 시간을 인내하며 착실히 다음 선거를 준비하고 있었다. 따로 무슨 거창한 욕심이 있어서라기보다 아직 한 가지 마무리하지 못한 일이 남았기 때문이다. 그는 사실 언론기관 등의 공식적인 평가에 의하면 역대 최악(최하위)의 국회의원이었다.

한마디로 이 나라 의정사를 통틀어 가장 일 못하는(안 하는) 국회의원 순위 1위였던 것이다. 그도 그럴 것이 지난 30년 가까이 의원직에 있는 동안 그가 발의한 법안은 단 한 건도 본회의를 통과하지 못했다. 그러니까 장장 7선의 임기를 거치는 동안 본회의에서 가결된 법안이 하나도 없는(가히 독보적인 기록을 달성한), 즉 세세연년 무궁토록 헌정사를 빛낼 독일무이한 국회의원이었던 것이다.

여하튼 회기를 넘기거나 임기만료로 법안이 자동 폐기될 적마다 그는 또 때를 기다려 중단 없이 되풀이해 동일한 조문의 법안을 발의하곤 했다. 즉 이제껏 그가 발의한 법안은 매번 '자구 하나 다르지 않은 한결같은 내용'이었다는 말이다. 자신의 법안에 대한 그의 집념은 실로 어처구니없으리만치 악착같았다. 그건 일종의 절대적 신앙심이나 맹목적 숭배심 또는 광신적 발악 행위와 다르지 않았다. 어찌나 눈에 불을 켜고 덤비는지(거의 편집증적 착란상태에 가깝다) 누구도 감히 그를 막을 엄두조차 못 냈다. 그야말로 고집도 예사 고집이 아니고 집착도 그냥 집착이 아니었다.

바람 끝이 쌀쌀한 늦가을의 어느 날.

길바닥엔 쓸쓸히 마른 잎이 뒹굴었다.

반도 씨는 오늘도 사무실 책상에 앉아 새로 출력한 법안 서류를 조목조목 꼼꼼히 살펴보았다. 이윽고 검토를 마치고 나자 저도 모르게 강렬한 자부심이 솟구쳐 올랐다. 순간 뿌듯함을 넘어 일종의 희열감마저 느꼈다. 아무리 생각해도 그렇게 완벽할 수가 없었다. 그는 절로 회심의 미소를 지으며 다시 한 번 마음속으로 불굴의 의지를 다졌다. 그는 어떻게든 다음 선거에 당선해서 득달같이 또 법안을 발의하여 기필코 자신의 눈으로 본회의를 통과하는 걸 보고야 말 작정이었다. '더는 물러설 수 없다. 시간이 없다. 이번이 마지막 기회다. 이것이 나에게는 최후의 도전이리라……' 그런저런 일을 떠올리며 그는 꾹 이를 악물었다. 그러면서 새삼 결의에 찬 눈빛으로 법안 서류 표지에 박힌 법률명을 응시했다. (……몇몇 사정을 고려하여 맨 앞 두 글자는 부득불 블라인드 처리했으니 이점 널리 혜량을 구한다.) 어쨌거나 그 법안 서류 표지에 박힌 법률명은 다음과 같다.

'＊＊민국 국회 폐지법'

51. 심부름

햇발이 보드라운 어느 가을날 오후였다. 서울 변두리 삼식 씨네 농장에서 포동포동 살진 돼지들이 우리에 모여 한가롭게 잡담을 나눴다. 삼식 씨는 그때 건초 더미에 등을 기대고 드렁드렁 코를 골며 낮잠을 잤다. 뒷머리에 팔베개를 하고 햇볕에 그을린 얼굴을 밀짚모자로 푹 가린 채였다. 비록 해지고 먼지투성이인 작업복을 걸쳤지만 그건 외려 추레한 모습이 아닌 소탈하고도 정겨운 느낌을 주었다. 닭장을 나온 암탉 한 마리가 군입거리로 벌레 사냥이라도 하는지 그의 발치를 서성이며 땅바닥을 콕콕 쪼아댔다. 저만치 허공에서 암갈색 솔개 한 마리가 날개를 편 채 늠름하게 주위를 맴돌았다.

"아, 심심해. 배부르고 할 일도 없고 자꾸자꾸 졸음만 쏟아지네."

돼지1이 말했다.

"그러게. 주구장창 하품만 나오네. 뭐, 시간 때울 거라도 있으면 좋으련만." 돼지2가 선하품을 하며 말을 받았다. "그나저나... 삼식 아저씬 오늘도 세상모르고 낮잠만 자네. 참 나, 이거야 원. 뭐가 어찌 돌아가는 판인지. 대체 누가 주인이고, 누가 가축인 거야? 집구석이 잘 돌아가든 말든 농장 관리는 우리한테 다 일임해놓고 이제 죽이 되든 밥이 되든 알아서 하란 식으로 농장 일은 아예 안중에도 없다니까. 참, 팔자 좋은 양반이야. 어찌 그리 세상사에 무신경할 수 있는지. 이래도 흥 저래도 흥. 어제는 여유작작... 오늘은 유유자적... 상팔자도 그런 상팔자가 없어."

돼지1이 잇달아 또 말했다. 그러고는 내심 주인의 흉을 본 게 마음에 걸렸는지 돼지1은 얼른 혼잣속으로 생각했다. '설마 우리가 무슨 짓을 하는지 살펴보려고 저리 잠든 척하면서 엉큼스레 헛코를 골고 있는 건 아니겠지?'

얼마쯤 지났다.

"인간들은 무료할 때 잡지 같은 걸 보던데. 뭐, 광고잡지 같은 거말야." 돼지3이 불쑥 말했다. "그런 거나 있으면 시간도 죽이고 눈요기도 되고 좋을 텐데……" 돼지3이 덧붙여 말했다. "그럼 좋겠지만, 무슨 수로 잡지를 구해? 그런 건 저기 저 도시 한복판에 있는 잡지 가판대에서나 팔 텐데. 예전에, 선데이 뭔가 하는 게 꽤 인기 있었지, 아마. 아닌 게 아니라 그런 거라도 보면 심심파적은 될 거야, 그치?" 돼지4가 말을 받았다. 때마침 허공을 날던 솔개가 귓결에 대화를 엿들었다. 잠시 후 솔개는 부리를 돌려 이곳 농장을 뒤로 한 채 저만치 보이는 늪지대를 지나 하늘 저 멀리 도시 중심가를 향해 날아갔다.

그 뒤 한참이 흘렀다.

삼식 씨는 여태 꿈속이었고 암탉은 할 일 없이 구구거리며 돼지우리 주변을 오락가락했다. 해질 무렵 느른해진 햇살이 농장 전체를 간질이듯 살살 쓰다듬었다. 그때 저만치 구름 뒤에서 그 솔개가 다시 모습을 드러냈다. 아까 도시 중심가로 떠날 때와 달리 솔개는 제 부리에 무언가를 꾹 물고 있었다. 이윽고 이쪽 농장으로 날아온 솔개는 곧장 돼지우리로 다가오더니 제 부리에 문 무언가를 거기에

툭 떨어뜨렸다.

　　암탉이 지레 화들짝 놀라
　　푸드덕푸드덕 날개를 치고
　　꼬꼬댁꼬꼬댁 소리치며
　　꽁지가 빠지게 달아났다.

　　"자, 가져왔어! 광고잡지야!"
　　솔개가 돼지들한테 말했다.

　　돼지1이 냉큼 달라붙어 살펴보았다. 그러다 대뜸 안색이 굳어지며 잔뜩 골이 나서 불퉁거렸다. "야, 솔개! 지금 장난해? 너 누구 놀려? 지금 우리 놀리는 거야? 이게 뭐야? 누가 너한테 심부름을 시켰어? 누가 너더러 이딴 거 물어 오래? 왜 주제넘게 시키지도 않은 짓을 해! 하려면 제대로나 하든가! 날개만 있으면 다야? 이게 무슨 광고잡지야, 신문이지!" 그 말에 동조하며 다른 돼지들이 불쾌하다는 듯 소란스레 꿀꿀거렸다. 순간 솔개가 다소 의아하단 표정으로 눈알을 껌벅껌벅하며 혼잣속으로 중얼거렸다. '어, 이상하다. 왜들 그러지? 광고잡지 맞는데. 틀림없이 맞는데. 분명 들었는데. 삼식 아저씨가 그랬는데. 아침마다 그러셨는데. 어제 아침에도 그제 아침에도. 그리고 또 오늘 아침에도……'

　　'내가 잘못 들었나?'

　　이게 신문이야 잡지야?
　　이게 기사야 광고야?

이건 신문이 아니라!
광고잡지야 광고잡지!

52. 간이역

1. 봄빛이 한창 무르익은 사월의 어느 날이었다. 오래된 단선철도 앞으로 작고 허름한 목조 건물 하나가 보였다. 낮은 지붕 아래 달랑 출입문 하나만 달려 있는, 이름 모를 간이역이었다. 조금 있자 철로 저만치서 기차 한 대가 모습을 드러냈다. 점차 속도를 늦추면서 기차는 서서히 간이역으로 다가왔다. 이윽고 덜커덩 소리와 함께 기차는 역사 앞에서 움직임을 멈췄다. 잠시 후 드르륵 자동문이 열리고 안쪽에서 벌거벗은 한 사람이 기차를 내렸다. 곧 덜컹하는 소리를 내며 기차는 지체 없이 다음 역으로 출발했다. 그렇게 벌거숭이 승객 하나를 토해내곤 기차는 곧장 철로 저편으로 미끄러졌다. 그는 눈을 돌려 떠나가는 기차를 지켜보았다. 그러다 먼빛으로 기차가 사라지자 그는 시선을 거두고 역사 출입문으로 걸어갔다. 그는 막 출입문 손잡이를 잡으려다 일순 멈칫거렸다. 그는 또 눈을 돌려 먼발치로 보이는 철로 끝을 응시한 채 생각에 잠겼다. '……기차는 어디쯤 가고 있을까.' 그러다 이윽고 손잡이를 돌려 그는 출입문으로 들어섰다. 그가 들어서고 출입문이 닫히면서 역사는 순간 산부인과 병원으로 변했다. 그는 이제 갓난이가 돼 신생아실 바구니에 담겨 있었다.

2. 가을바람이 스산하게 역사 지붕을 훑고 지나갔다. 주위는 적막했다. 얼마쯤 기다리자 멀리서 기차 한 대가 모습을 드러냈다. 잠시 후 기차는 이쪽 간이역에 다가와 섰다. 곧 드르륵하고 자동문이 열렸다. 한데 어찌된 일인지 이번에는 하차하는 사람도 승차하는

사람도 없었다. 주위는 다시 정적에 잠기고 여전히 문이 열린 채로 기차는 잠연히 서 있었다. 조금 있자 어디서 나뭇잎 하나가 날아와 역사 출입문 가에 내려앉았다. 나뭇잎은 바람에 불려 맥없이 바닥을 뒹굴었다. 그때 잘칵 출입문이 열리고 벌거벗은 한 사람이 역사를 나와 기차로 다가왔다. 그는 자동문 앞에 멈춰 서서 어깨 너머로 흘끔 역사를 돌아보았다. 언제 다가왔는지 그의 발밑에서 가지 말라 떼쓰는 아이처럼 아까 그 나뭇잎이 데굴데굴 바닥을 구르고 있었다. 그가 발판을 밟고 기차에 오르자 금시 자동문이 닫히고 덜컹하며 기차가 출발했다. 그대로 스륵스륵 역사를 밀어내며 기차는 무심히 철로 저편으로 멀어져 갔다. 이윽고 기차가 멀리 한 점의 자취로 소멸하는 순간 역사는 어느 장례식장으로 변했다.

3. 포슬포슬 가랑눈이 날리는 초겨울의 어느 날이었다. 이제 막 기차 한 대가 다가와 간이역에 멈춰 섰다. 하지만 승하차하는 손님이 없는지 자동문은 열리지 않았고 역사 출입문도 아무 기척 없이 잠잠했다. 기차도 역사도 고스란히 가랑눈을 맞으며 한동안 침묵을 지켰다. 갑자기 바람이 거칠어지고 눈발이 사나워졌다. 마침내 덜컹하는 소리와 함께 기차가 다시 철로 위로 미끄러지기 시작했다. 그리고 대략 삼사십 미터나 갔을까. 기차는 불쑥 앞머리를 쳐들고는 허공으로 번쩍 솟구쳐 올랐다. 그대로 훌훌 공중을 날아올라 기차는 빠르게 하늘 저편으로 사라져 갔다. 그때 간이역사 출입문 위로 이곳 역명이 나타났다.

'행성C108 지구별'

53. 대리인

1. 어느 날 '선신'이 자신의 거소를 마련하라는 임무를 줘 천사를 지상으로 내려보냈다. 천사는 지상으로 내려와 밤낮으로 열심히 집을 구하러 다녔다. 천사는 적어도 중대형 아파트나 고급 빌라, 너른 정원이 딸린 개인 저택 정도는 돼야 선신의 위신에 맞으리라 여겼다. 그리고 그에 걸맞은 매물을 찾아 온종일 부동산소개소를 들락대며 도시 전역을 훑고 다녔다. 하지만 선신의 처소를 구하는 게 그리 만만한 일이 아니었다. 우선 눈에 맞는 집은 하나같이 너무 비쌌다. 이번에 처음 지상에 내려온 터라 인간 세상의 집값이 그처럼 비싼 줄 천사는 미처 몰랐다. 그래서 어림짐작으로 (시세의 십분의 일에도 못 미치는) 얼토당토않은 액수를 지니고 지상으로 내려왔던 것이다. 그나저나 수중의 돈으로는 그만한 집을 매입할 수 없다는 걸 깨닫고 천사는 궁리 끝에 전세라도 얻어 볼까 했지만 그도 실상 매매가와 별 차이가 없는 터라 그 또한 결코 용이한 일이 아니었다. 그렇다고 사글세로 얻자니 주인님의 체면을 떨어뜨리는 것만 같아 선뜻 내키지 않았다.

이러지도 저러지도 못하는 사이
홀쩍 석 달이 지났다.

얼마 후 천사는 임무 완수를 단념하고 결국 지상을 떠나 방금 막 선신 곁으로 되돌아왔다. 그 천사가 지상으로 내려온 지 꼭 백 일째 되는 날이었다. "어서 오너라. 돌아왔구나. 그간 고생 많았다. 그래, 맡긴 일은 어찌되었느냐?" 선신이 물었지만 천사는 머리를 조아린 채 입술만 자꾸 달싹일 뿐 아무 말이 없었다. 선신의 옥좌 아래 좌우 벽기둥을 따라 길게 도열한 천사들이 다소 긴장한 빛으로 그 동료 천사를 바라보았다. "어째 그러느냐? 왜 답이 없는고?" 선신이 재차 물었다. 그제야 천사는 어름어름 기어드는 소리로 입을 열었다. "그... 그러니까... 가... 가격이 너무... 비... 비싸서......" 천사가 말끝을 도사리며 고개를 떨어뜨렸다. 선신은 나직이 한숨을 내쉬고는 물끄러미 천사를 내려다보았다.

"괜한 수고를 했구나."
이윽고 선신이 다시 입을 열었다.
"그저 몸을 부릴 방 한 칸이면 족한 것을."

2. 하루는 '악신'이 자기가 살 집을 구하라는 명과 함께 마귀를 지상으로 내려보냈다. 마귀는 지상에 내려오기 바쁘게 도시 곳곳을 누비며 악신의 거처를 알아보았다. 그 뒤 열흘이나 지났을까. 그새 볼일을 마치고 마귀는 지상을 떠나 악신 곁으로 되돌아왔다. "맡은 일은 잘 처리했느냐?" 악신이 묻자 마귀가 냉큼 대답했다. 몹시 자신만만한 태도였다. "물론입죠, 주인님! 더할 나위 없습죠! 여부가 있겠습니까요! 일사천리, 속전속결, 전광석화! 소인 분부 받자와 단방에 처리했습죠!" 젠체하는 그 모양이 아니꼽다는 듯 다른 마귀들이 시샘 어린 눈초리로 그 마귀를 쳐다보았다. '염병. 급살 맞아 죽을 놈. 아주 꼴값을 하네, 꼴값을 해. 아주 지랄을 하네, 지랄을 해. 떡을할, 꼴같잖은 놈이 재수 없게시리. 정말 눈꼴사나워서 못 봐 주겠네......' 그들의 시기를 모를 리 없는 그 마귀는 짐짓 여봐란듯이 더 방자하게 우쭐거리면서 한껏 자만감을 만끽했다. 그럴수록 마귀

들은 더 부레가 끓어올라 독살스럽게 눈초리를 흘겼다. 악신이 곧 흡족한 얼굴로 고개를 주억이고는 자못 기대감이 섞인 은근한 어조로 다시 물었다. "오냐, 그래. 시원시원하구나. 잘했다, 잘해. 자, 말해 보거라. 어떤 집이더냐? 어떤 집을 마련했느냐?"

마귀는 또 의기양양한 빛으로 대답했다.

"단 한 푼이라도 비용을 아끼려고 소인이 동네방네 구석구석 사방팔방으로 알아보다 마침 방 두 칸에 앞뒤 마당도 딸려 있는 변두리 농가를 발견하고 그 자리서 재깍 매매계약을 체결하고 돌아왔습죠!" 그러자 대번 실눈을 뜨고 악신은 입을 꾹 다문 채 마귀를 빤히 내려다보았다. 그것이 무엇을 뜻하는지 표정만으론 아직 짐작하기 어려웠다. 다른 마귀들도 불안스러운 눈길을 교환하며 서로서로 숨을 죽인 채 흘깃흘깃 악신의 기색을 살폈다. 그러면서 내심 시기심에 못 이겨 당장 그 마귀를 향해 호된 불벼락이 떨어지기를 은근히 바랐다. 그런 바람이 통한 것일까.

"이놈을 당장 옥에 가둬라!"
이윽고 악신이 노기등등한 기세로 외쳤다.

'옳거니!'
'잘코사니!'
'쌤통이다, 쌤통!'

그것 참 고소하다는 듯 다른 마귀들이 속으로 쾌재를 부르며 일제히 미소를 흘렸다. "이런 발칙한 놈을 봤나!" 악신이 또 성난 어투로 쩌렁쩌렁 호통을 쳤다. "고얀지고! 괘씸한지고! 그 심보 한번 고약한지고! 네 이놈, 네 죄를 네가 알렷다! 감히 제 주인을 우롱하다니! 이 악신을 어찌 보고! 이 악신을 뭐로 보고! 이 악신의 체통을 어찌 보고! 그 따위 형편없는 거처를! 그 따위 거지같은 발상을! 네 이놈, 천하에 무엄한 놈 같으니! 천하에 막돼먹은 놈 같으니! 네놈이 정녕 실성을 한 게로구나! 여봐라! 뭣들 하느냐! 어서 이놈을 끌고 가렷다......"

54. 저울

행성Q의 여행자 보야(Voya)는 대략 20억년 동안 천체 곳곳을 여행하고 이제 막 고향으로 되돌아왔다. 아직 집에 계신 부모님을 뵙기도 전에 그를 보려고 몰려드는 군중에게 그는 겹겹으로 둘러싸였다. 이곳 행성Q의 주민들은 누구나 마두인신(말의 머리에 어깨 아래로는 인간)의 형상을 하고 있었다. 물론 보야도 마찬가지였다. 다만 그는 다른 이에 비해 한 뼘쯤 키가 더 컸다. 그래서 군중 사이로 그의 머리통만 우뚝 솟아 있었다. 뭐가 그리 궁금한지(하기야 그럴 만도 하지만) 너도나도 사방에서 온갖 질문을 쏟아냈다. 금방이라도 머릿골이 빠개질 듯 광장은 혼란스러웠다. 마침내 한 손을 번쩍 쳐들어 보야가 군중의 열기를 가라앉혔다. 별안간 숨소리마저 멎은 듯 주위는 고요해졌다.

"딱 한 가지 질문만 받겠습니다."
보야가 군중을 향해 말했다.

그러자 주위는 다시 술렁거리기 시작했다. "오늘은 한 가지 질문만 받고 차차 여러분의 호기심을 충족해 줄 공식적인 자리를 마련하겠습니다." 그제야 다소 웅성거림이 잦아들었다. 그때 군중 속에서 누군가가 외쳤다. "그럼, 지구별 얘기를 해 주세요! 오늘은 그 얘기 하나로 만족할게요!" 말이 채 끝나기도 전에 여기저기서 잇달아 힝힝거리며 동조의 함성을 내질렀다. 그런 그들의 반응을 보야는 십분 이해하고도 남았다. 그 반응은 또한 오래전 자신의 모습이기도 했다. 일테면 이곳 행성민들이 가장 궁금해 하는 것은 바로 지구별 이야기였다. 천체 공식 명칭 '행성C108'로 불리는 지구별은 늘 이곳 주민들의 꿈과 상상과 미지에 대한 갈망을 지배하는 동경의 대상이었다. 평균 30억년 안팎의 생존기간 동안 단 일회라도 지구 별을 방문하는 행운을 잡는 이는 고작 1억 분의 1도 되지 않았다. 즉 일생토록 지구별에 한 번 다녀오는 것이 거의 유일한 소망이라 해도 결코 지나치지 않았다.

"좋습니다! 그럼 그러지요!"
보야가 그렇게 이야기를 시작했다.

보야가 들려준 지구별 이야기는 어느 접시저울에 관한 내용이었다. 그러니까 지구에는 다른 행성에선 볼 수 없는 괴상한 용도의 접시저울이 있다는 것이다. 지구인들은 그것을 '공평무사한 전자 접시저울'로 불렀다. 매번 중대한 결정을 할 때마다 지구인들은 어김없이 그 접시저울을 활용하곤 했다. 법원, 국회, 검찰, 경찰, 학교법인, 정부부처, 관공서, 공기업, 지방자치단체, 금융기관, 언론기관, 교육기관, 방송사, 군부, 정보기관, 노동조합, 시민 단체, 기타 이익 단체 할 것 없이 거의 모든 권력기관들이 그 접시저울을 무슨 신줏단지처럼 떠받들었다.

그 접시저울은 곧
'공정과 진실의 무게를 측정하는 도구'였다.

그런데 그 측정 방식이 좀 독특했다.
말하자면 이런 식이었다.

법원 판결을 예로 들어보자. 만약 누군가가 유죄인지 무죄인지 알기 위해선 먼저 그 접시저울에 그의 진술을 얹고 진실의 수치를 재고 그 무게를 달아보아야 했다. 한데 이상한 점은, 그의 진술 자체를 저울판에 얹는 게 아니라 돈이라고 불리는 종이 뭉치를 대신 그 자리에 얹는다는 것이다. 그러니까 실제로는 그의 진술이 아닌 돈이라고 부르는 대용물로 진실의 무게를 측정한다는 말이다. 다시 말해 그 접시저울에 돈을 얹으면 잠시 후 그 액수에 따라 앞면에 어떤 숫자가 나타나는데 바로 그 아라비아숫자만큼 그의 진술은 진실의 무게를 갖게 되는 것이다. 한마디로 그 돈이라는 대용물을 얼마만큼 얹느냐에 따라 그가 얻어 갖는 진실의 무게 또한 달라진다는 뜻이다. 그런고로 가난한 누군가의 진술은 그 진실의 무게가 몇 그램도 채 안 되는 반면, 부유한 누군가의 진술은 실로 어마어마한 진실의 무게를 획득하곤 하는 것이다.

이쯤에서 보야는 이야기를 멈췄다.
갑자기 미칠 듯이 여독이 몰려왔다.

55. 훈수

　도시 광장 한편에 늙은 걸인 하나가 맥없이 팔짱을 낀 채 등을 웅크리고 앉아 있었다. 그의 발치에는 찌그러진 동냥 깡통이 놓였고 그 속은 아직 동전 한 닢 없이 텅 비었다. 오늘로 꼬박 사흘을 굶은 터라 그의 눈은 퀭하니 꺼지고 주름이 자글자글한 얼굴에 낯가죽을 뚫고 나올 듯 광대뼈만 툭 불거져 있었다. 사람들이 그 앞을 스칠 적마다 걸인은 깡통을 집어 들어 으레 그 불쌍한 표정을 하고 짐짓 구슬픈 목소리로 한 푼의 자비와 동정을 구걸했다. "한 푼 줍쇼! 한 푼 줍쇼!" 하지만 사람들은 단지 곁눈으로 슬쩍 흘겨볼 뿐 하나같이 별 관심을 두지 않았다.

　걸인은 또 누군가 다가오자 그를 향해 대뜸 깡통을 들이밀고는 '불우하고 허기진 이웃에게 자선을 베풀어달라'고 애걸했다. 하도 뱃가죽이 달라붙어 목소리조차 제 소리로 울려 나오지 않았다. 그 사람은 주춤 걸음을 멈추고는 바지 주머니에 절로 손을 찔러 넣었다. '오, 오, 오!' 이게 얼마 만인가! 드디어 주린 배를 달랠 수가 있겠구나! 걸인은 감격에 겨워 그만 부르르 손을 떨며 꼴까닥 마른침을 삼켰다. 그 사람은 막 주머니에서 뭔가를 꺼내려다 걸인과 눈이 마주치자 일순 머뭇하더니 돌연 고개를 털며 잰걸음으로 힁허케 지나쳐 가 버렸다. 그예 실망감을 못 이긴 나머지 걸인의 눈가에는 그렁그렁 눈물이 솟아나왔다.

　그사이 누군가가 걸인 곁으로 다가왔다.

　말쑥한 정장에 산뜻한 넥타이를 하고 두꺼운 은테안경을 낀 백

발의 노신사였다. 그 노신사는 바로 서울 모 대학의 명예 철학교수 조언동 박사였다. 그는 짤막한 파이프 담배를 입에 물고 뻐금뻐금 빨아대며 아까부터 몰래 걸인의 행동을 관찰하고 있었다. 그가 다가온 것을 아는지 모르는지 걸인은 힘없이 고개를 떨군 채로 꼼짝도 하지 않았다. 공연히 헛심만 팽겨 더는 깡통을 들어 올릴 기력조차 없었다. 땡그랑! 갑자기 동냥 깡통이 비명을 질렀다. 조 박사가 막 동전 하나를 깡통에 던진 것이다. 그 바람에 번뜩 정신을 차리고 걸인은 냉큼 눈을 들어 조 박사를 쳐다보았다. 피우다 만 담배 파이프의 대통을 손에 쥐고 조 박사가 걸인 앞에 쭈그리고 앉더니 곧 그의 귀를 빌려 소곤소곤 귀엣말을 했다. 잠시 후 조 박사가 일어나서 다시 파이프 담배를 입에 물고 뻑뻑 물부리를 빨며 자리를 떴다.

걸인은 또 혼자 남았다. 그 뒤 몇 분인가 지났다. 그때 저만치서 이쪽으로 걸어오는 한 사람이 보였다. 이윽고 그 사람이 몇몇 걸음 안짝까지 다가왔을 때 걸인은 후딱 동냥 깡통을 집어 들었다. 그러고는 짐짓 앞 못 보는 사람처럼 실눈을 뜨고 고개를 약간 비낀 채로 마치 그 사람의 발소리에 잔뜩 귀를 기울이는 듯한 몸짓을 했다. 그러면서 혼잣말로 "적선합쇼! 적선합쇼!" 하고 중얼거렸다.

"땡그랑!"

'얼씨구! 이럴 수가!'

걸인은 그만 격정에 휩싸여 저도 모르게 혼잣속으로 외쳤다. 하마터면 마음속이 아니라 진짜로 입 밖으로 소리를 지를 뻔했다. 아까 그 노인의 말이 옳았다. 정말이었다. 그 노인의 말마따나 서로 눈을 보지 않으니까 진짜로 이만큼 동냥질이 수월해진 것이다. 너무

기쁜 나머지 걸인은 번쩍 눈을 떴다가 제풀에 깜짝 놀라 도로 꾹 눈을 감았다. 그런 뒤에 슬그머니 또 가는눈을 떴다. 그러고서 내심 그 노인의 기지에 감탄하면서 쿡쿡 소리 죽여 남모르게 키득거렸다.

56. 여왕개미

　어느 날 여왕개미가 수개미들을 한데 모아놓고 이렇게 말했다. "이제부터 문제 하나를 내겠어요. 그리고 이 문제에 가장 적절하고 재치 있는 답을 하는 분과 둘이 혼인비행을 하고 짝짓기를 하겠어요. 그러니 제가 내는 문제를 잘 듣고 각자 신중하게 대답하길 바랄게요." 여왕개미는 말을 멈추고 한차례 죽 수개미들을 훑어보았다. 수개미들은 잔뜩 긴장한 빛으로 무슨 문제가 나올까 하는 초조감을 안고 여왕개미의 입술에 온 신경을 그러모았다.

　"제가 드릴 문제는 이거랍니다."
　이윽고 여왕개미가 다시 입을 열었다.

　그 뒤 상당한 시간이 흘렀다. 여왕개미는 차례로 돌아가며 마지막까지 빠짐없이 답을 들었다. 하나하나 답을 들을 적마다 여왕개미는 맘속으로 점수를 매기고 그때까지 최고점을 받은 수개미 하나만을 계속 머리에 남겼다. 답을 끝낸 수개미들은 애써 긴장감을 감추고 짐짓 담담함을 드러낸 채 여왕개미의 판단을 기다렸다. 최종 결정을 앞두고 여왕개미는 알쏭달쏭한 미소를 머금은 채 두루두루 번갈아 수개미들을 눈여겨보았다. 그러고서 마침내 수개미 하나를 지목한 뒤 둘이 함께 공중으로 날아올라 혼인비행을 떠났다. 그토록 치열한 각축 속에서 단독으로 선택받은 그 행운의 수개미는 과연 어떤 답으로 여왕개미의 마음을 사로잡았을까. 그럼, 여왕개미가 낸 문제를 알기 전에 우선 그 수개미의 답부터 들어보자. 자, 여왕개미의 물음에 대한 그 수개미의 답은 이랬다.

낮이면 대나무 사다리를 타고
하늘 높이 올라가 뜬구름을 잡는다.
밤이면 붓을 타고 날아올라
달나라를 떠돈다.

그렇다면 이날 여왕개미가 낸 문제는 무엇이었을까. 뜻밖에도 그것은 개미들 자신이 아닌 우리 인간에 관한 물음이었다. 본래부터 여왕개미가 우리 인간에게 관심이 있었는지, 아니면 그저 즉흥적으로 그런 문제를 생각해냈는지, 그건 화자인 나로서도 알 도리가 없다. 다른 건 다 제쳐두고 일단 서로 말이 잘 통하지 않기 때문이다. 여기서 말이 통하지 않는다는 것은, 나는 거의 그쪽의 말을 알아듣는데(그래서 지금 이렇게 그들의 이야기를 들려줄 수 있는 게 아니겠는가? 다만, 어떻게 내가 그들의 말을 알아들을 수 있게 되었는지는 극비사항이므로 임의대로 발설할 수 없다!), 그쪽에선 내 말을 전혀 알아듣지 못 한다는 뜻이다. 아니, 열두 번을 양보해서 피아간에 즉각 말이 통한다고 치자. 설사 그렇다고 해도 화자인 내가 굳이 그걸 알아보겠다고 정식으로 격식을 갖춰 그쪽에 공문(취재요청서 등)을 보내고 그렇게 취재 승인을 득한 뒤에 일대일로 직접 여왕개미를 알현한다는 것 또한, 어째 좀 채신없고 적이 모양 빠지는 일이 아니겠는가?

하기야 막상 따지고 보면 인간사회와 개미사회는 실로 놀라우리만치 유사성이 많다는 것 또한 의심할 바 없는 명명백백한 사실이다. 성서에서 말했다. '게으른 자여, 개미에게로 가서 그가 하는 것을 보고 지혜를 배우라!' 인간도 기실 조금 높은 곳에 올라서서 내려다보면 그 형체가 여지없이 개미들을 닮았다. 그러니 누군가가

(예컨대 창조주 같은 분 말이다) 하늘에서 내려다본다면 인간은 또 얼마나 작아 보일까? 아! 더 말해 무엇하리오! 애고, 어쩌다 보니 말이 그만 삼천포로 빠졌다! 자, 각설하고 이제 결론을 말해야겠다. 그날 그 자리에서 여왕개미가 낸 문제는 이것이었다. 좌우지간 여왕개미는 그날 수개미들을 향해 이렇게 말했던 것이다. (어떤가? 가히 여왕개미다운 문제의식이 아니던가?)

……
현대 인간사회에서 멸종되고 없는
오래전 '선비'라는 부류에 대해
논리적으로 재량껏 묘사해보세요.

57. 열창

　인기 가수 보미 씨가 열창을 마치자 객석에서 곧 환호성과 기립 박수가 터졌다. 동시에 사방에서 잇달아 앙코르를 외쳤다. 보미 씨는 환한 웃음으로 팬들의 함성에 화답하곤 다시 입가로 마이크를 가져가 자기 히트곡 가운데 한 곡을 이어 부르기 시작했다. 넓은 객석을 빈틈없이 메운 팬들은 이내 또 보미 씨의 폭발적인 가창력에 열광하며 깜빡 몰아지경으로 빨려들었다. 그럴수록 보미 씨는 더욱더 열정에 휩싸여 아낌없는 기교와 활력과 열기를 발산했다. 공연장은 또 한 번 격정의 폭풍이 일고 팬들의 심장은 대번 거대한 용광로처럼 뒤엉기며 혈관에서 혈관으로 펄펄 쇳물이 끓고 눈망울서 눈망울로 정열과 정열이 불타올랐다. 그러다 마침내 관객도 가수도 객석도 무대도 반주자도 스태프도 죄 한데 어우러져 당장이라도 펑 하고 터져버릴 듯 한도 끝도 없이 마냥 부풀어 올랐다.

　"엄마! 엄마!"

　갑자기 딸애의 목소리가 울렸다. "시끄러워 숙제를 못 하겠잖아!" 딸애가 짜증 섞인 어조로 일갈했다. 그 소리에 보미 씨가 노래를 멈췄다. 딸애는 식탁에서 숙제를 하고 있고 보미 씨는 거실에서 진공청소기를 돌리던 중이었다. 그렇게 보미 씨의 무대는 막을 내렸다. 딸애는 도로 숙제 속에 푹 코를 박는다. 보미 씨는 이제 딸애 눈치를 슬슬 보며 나직나직 콧노래를 흥얼거린다. (사실 보미 씨에게 진공청소기를 돌리는 순간의 의미는 단지 거실 바닥의 먼지만을 닦는 단순한 동작이라기보다 어쩌면 묵은 감정의 청소, 즉 마음 밑바닥에 내려쌓인 그간의 심적 얼룩과 티끌을 닦아내는 청결의 행위, 바로 자기 정화를 위한 스스로의 처방전이자 치유책인지도 모른다......) 그러다 문득 눈을 돌려 베란다 쪽을 바라보았다. 벌써 해가 지고 어슬어슬 땅거미가 물들고 있었다. 보미 씨는 왠지 모르게 빙긋 웃음이 났다.

어딘가 미묘한 느낌이었다.
무언가 기이한 순간이었다.

(달콤한 듯 씁쓸한 듯, 가득 찬 듯 텅 빈 듯, 낯선 듯 익숙한 듯, 가까운 듯 먼 듯, 꿈인 듯 아닌 듯, 실제인 듯 가상인 듯, 오늘인 듯 아닌 듯, 삶인 듯 아닌 듯, 멎은 듯 흐르는 듯, 단단한 듯 무른 듯, 씩씩한 듯 연약한 듯, 평범한 듯 특별한 듯, 명랑한 듯 아닌 듯, 행운인 듯 아닌 듯, 행복인 듯 아닌 듯, 선명한 듯 흐릿한 듯, 기억인 듯 망각인 듯, 과거인 듯 미래인 듯, 충만한 듯 결핍된 듯, 평온한 듯 소란한 듯, 불안한 듯 아늑한 듯, 완벽한 듯 누락된 듯, 넘치는 듯 결여된 듯......) 보미 씨의 열창은 이제 끝났지만 진공청소기는 여전히 팬들의 함성인 양 웅웅거린다.

58. 조약돌

시골 냇가에서 한 소년이 잠방잠방 물수제비를 뜨며 놀았다. 냇가에 흩어진 작은 돌들은 햇볕에 시달리고 물바람에 씻긴 듯 희멀끔히 색이 바랬다. 조금 위쪽에는 삐뚤빼뚤 가로놓인 징검다리가 보였다. 징검다리 새새 반작반작 물비늘을 되쏘며 졸졸졸 잔물살이 흐르고 큼직큼직 울퉁불퉁한 징검돌엔 검퍼런 물이끼가 끼었다. 뉘에게 보여주려는지 소금쟁이 한 마리가 꾹꾹 지문을 찍듯 수면에 살살 물주름을 일구며 혼자 표표히 떠놀았다. 소년이 또 물 위로 돌멩이를 튕겨 퐁퐁퐁 도르륵 물수제비를 떴다. 아까부터 그 모습을 지켜보던 조약돌1이 조약돌2에게 말했다.

"저 앤 딴 애들과 달라."

그 말에 새삼 소년을 눈여기며
조약돌2가 물었다.

"그래? 왜? 뭐가 다른데?"
"난 잘 모르겠는데⋯⋯"

냇가에서 노상 아이들을 봐 온 조약돌2의 눈에 애들은 다 그 애가 그 애였고 누구 하나 특징 없이 그저 그렇고 그렇게만 보였다. 왜 아니겠는가. 기껏해야 촌동들인 것을, 다르면 또 서로 얼마나 다르겠는가. 동네 아이들은 종종 냇가에 모여 이러저러한 놀이를 하며 시간을 보냈다. 돌팔매질, 물수제비, 가재 잡기, 붕어 잡기, 물방개

잡기, 참개구리 잡기, 돌 쌓기, 발씨름, 닭싸움, 엄지 씨름, 물속에 코를 박고 꾸륵꾸륵 물방귀를 뀌며 오래오래 숨 참기, 종이배 띄우기, 가위바위보로 편을 갈라 물속에서 벌이는 기마전 등등. 조약돌 2에겐 이 소년도 단지 그런 아이들 중 하나일 뿐이었다.

"저 앤 우리 얘길 알아들어!"
조약돌1이 불쑥 또 말했다.

그 말에 조약돌2는 눈이 번쩍 뜨였다. 그게 무슨 소리냐는 듯 조약돌2가 벙한 눈으로 조약돌1을 쳐다보았다. 뜸들이지 말고 재깍 알기 쉽게 설명해보라는 눈빛이었다. 이를테면 살다 살다 별 희한한 얘기를 다 들어본다는 듯, 대체 어떻게 저 애가 우리 얘길 알아듣느냐고, 놀라 되묻는 듯한 표정이었다. 둘의 대화를 엿들었는지, 하늘에서 슬몃슬몃 흰 구름이 다가오더니 짐짓 안 보는 척하며 넌지시 돌서덜을 내려다보았다. 그사이 물잠자리 한 마리가 건너편 냇가에서 날아와 두 조약돌 위를 빙빙 돌며 앉을락 말락 하더니 아무래도 제자리가 아니라는 듯 도로 윙윙 냇물 위로 날아가서 건너편 물풀 위로 사뿐 내려앉았다.

"저 앤 어쩜 시인이 될 거야."

잠시 침묵이 흐른 뒤 조약돌1이 다시 입을 열었다. 그 말에 뭐가 뭔지 모르겠다는 듯 조약돌2가 눈을 껌벅껌벅하며 물었다. "잉? 뭐라고? 그런 걸 네가 어찌 알아? 그리고 시인은 또 뭐하는 건데?" 소년은 자갈밭에서 물수제비뜨기 좋은 동글반반한 잔돌을 고르고 있었다. 조약돌1은 흘끔 소년을 돌아보고 나서 말을 이었다. "야, 바보야. 넌 것도 모르니? 시인이라는 건... 음, 그니까... 저 하늘의 하느님을 대신해서 우리 같은 무생물에게도 영감 어린 생명력을 불어넣는 신비로운 영혼들이야." 그런 설명을 듣고도 조약돌2는 얼른 이해가 안 돼 자꾸만 고개를 갸웃갸웃했다. 그 모습을 한심스레 바라보다가 조약돌1이 이윽고 이렇게 덧붙였다.

정말 모르겠니? 진짜 모르겠어?
야, 우리가 지금 살아 있는 것도
이렇게 숨을 쉬는 것도
이렇게 대화를 나눌 수 있는 것도
다 시인들 덕분이잖아!

'쉿!'

누가 우릴 엿듣고 있어!

돌연 조약돌1이 소곤소곤 외쳤다.
순간 하늘에서 흰 구름이 뜨끔 놀랐다.

59. 남새밭

　노랑나비 한 마리가 팔랑팔랑 날아와 채마밭 한켠 장다리꽃에 내려앉았다. 그러고서 꼼짝하지 않으니 영락없이 장다리꽃인지라 벌인들 잠자리인들 감쪽같이 속을 수밖에. 바람인들 구름인들 무당벌레인들 노랑나비 정체를 어찌 알리오. 잠시 후 고추잠자리 한 마리가 날아오더니 앉을까 말까 망설이면서 노랑나비 주위를 빙빙 맴돌았다. 그러다 이윽고 노랑나비 위로 막 내려앉으려는데, 꿀벌 한 마리가 앵앵 날아들어 훼방을 놓았다. 잠자리는 냉큼 날아올라 저쪽으로 윙윙 날아가 버렸다.

　"이제 가면을 벗을 시간이야!"
　"그만 본색을 드러내시지!"

　꿀벌이 그렇게 나비를 향해 내쏘았다.
　나비는 못 들은 척 미동도 하지 않았다.

　"체, 쇼하고 있네! 이번에도 속을 줄 알아?"
　꿀벌이 붕붕 날개를 치며 말을 이었다.

　"넌 무얼 닮아 그리 영악하냐? 그렇게 장다리꽃인 양 가장한 채 누굴 또 속여먹으려고? 어디서 못된 것만 배워가지고! 그런 가식적 위장술로 남들 속이는 게 그리도 좋냐?" 그러나저러나 나비는 숫제 무반응이다. 문득 나비가 아니라 진짜 장다리꽃인가 하는 생각이 머리를 스쳤지만 꿀벌은 곧 그럴 리 없다고 자신을 다잡고는 더욱

더 유심히 그것을 쏘아보았다. 그대로 잠시 침묵이 흘렀다. "너 자꾸 그럼 동네방네 다 소문내서 더는 채마밭에 얼씬도 못하게 할 거야!"

갑자기 톡 쏘듯 꿀벌이 또 말했다.

"한번 불신감이 싹트면 웬만해선 되돌리기 어렵다는 거 몰라?" 그제야 파르르 날개를 떨며 나비는 스스로 기적을 냈다. "전엔 안 그러더니... 어쩌다 그리 나쁜 물이 든 거야!" 꿀벌이 또 팩 쏴붙이자 나비는 팔랑 날아올라 어쩔 줄을 모른 채 애먼 날개만 파들파들 떨었다. 마음 같아선 당장 이렇게 맞받아치고 싶었다. '......이것도 다 생존을 위한 필수 기술이야! 뭘 좀 알고 말을 해! 이게 다 스스로를 보호하기 위한 최소한의 방어책이라고! 알아! 이토록 살벌한 야만의 세계에서! 이토록 비정한 극단의 사회에서! 이토록 냉혹한 경쟁의 시대에서! 이토록 잔인한 욕망의 각축장에서! 이토록 음험한 모략의 복마전에서! 애오라지 강자만이 살아남는 아귀다툼의 혈전장에서! 우리 같은 약자가 살아남기 위한 궁여일책! 일종의 보호색 같은 거라고!' 한데 왜 그런지 나비는 왈칵 자신이 서지 않았다.

순간 이때다 싶었는지,
마냥 듣고만 있던 장다리꽃이 풀쑥 내뱉었다.

잘한다! 잘해!
내 그럴 줄 알았다니까!
그러게 조심하랬지!
자꾸 인간들 주변을 기웃대더니!

60. 화분

간밤 꿈속에서 구두쇠 공 노인의 품으로 작은 화분 하나가 안겨들었다. '얼씨구, 이게 웬 공짜 화분이냐!' 하고 좋아하면서 공 노인은 덥석 화분을 끌안았다. 아침 일찍 잠을 깬 공 노인은 지난밤 화분 꿈이 떠올라 못내 서운한 나머지 자꾸 아쉬움이 일었다. '에구, 참. 그게 꿈이었다니. 감쪽같이 속았네. 이리도 섭섭할 때가. 괜스레 좋아했잖아. 난 또 참말 공짜 화분이 생긴 줄만 알았네⋯⋯' 왠지 입맛이 써서 숟갈질을 하는 둥 마는 둥 하다가 뒤 번 쩝쩝 헛입만 다시고는 뭔가 맞갖잖은지 공 노인은 미간을 찌그리면서 내박치듯 탁 밥술을 놓았다.

"어째 그라유, 영감? 와유? 찬이 없어 그라유? 와 벌써 숟갈을 놔유?" 할멈이 무슨 일인가 하고 눈치를 살피면서 물었다. 평소 밥 한 톨도 안 남기고 아귀같이 닥닥 그악스레 밥그릇을 긁어대는 노랑이 영감이 멀쩡히 아침밥을 다 마다한다는 게 아무래도 의심쩍었던 것이다. 오늘도 역시 공 노인이 즐겨 먹는(즉 고루고루 밥밑을 두고 약간의 웁쌀을 얹어 지은) 잡곡밥이었다. 더구나 그 좋아하던 간고등어조림조차 손도 안 댄 터였다. 계속 밥술질을 해야 하나 말아야 하나 망설이면서 할멈은 넌지시 영감 쪽을 건너다보았다. 공 노인은 입도 달싹 않고 골똘히 혼자 생각에 잠겼다. 턱에 잔뿌리처럼 비죽비죽 돋은 몽당수염을 만작대면서 할멈한테 화분 얘기를 할까 말까 고민하다가 어째 좀 생뚱맞은 짓이라는 생각에 공 노인은 절로 고개를 털었다.

오전 10시 30분쯤 공 노인은 집을 나왔다.

혼자 생각에 잠겨 무작정 이리저리 길을 오갔다.

공 노인이 문득 발을 멈췄을 때 저만치 앞쪽에 아담한 꽃집 하나가 눈에 들어왔다. 공 노인은 저도 모르게 그쪽으로 걸음을 옮겼다. 잠시 후 가게 앞에 멈춰 서서 공 노인은 무심코 거기 진열된 화분들을 훑어보았다. 그러다 퍼뜩 놀라 그만 절로 어깨를 움찔했다. 바로 그 화분이었다. 꿈속에서 본 그 화분이 틀림없었다. 그때 마침 꽃집 주인이 문을 열고 서붓서붓 걸어 나왔다. 좀 야윈 듯하면서 얼굴이 초강초강한 스물 두셋 나이의 앳된 아가씨였다. 긴 생머리를 뒤로 묶고 차분한 빛깔의 원피스형 앞치마를 몸에 둘렀다.

얼마 후 공 노인은 그 화분을 사서 들고 집으로 돌아오고 있었다. 팔십 평생 공 노인이 돈을 주고 화분을 산 것은 이때가 처음이었다. (어찌 화분뿐이랴. 즉 그가 자기 돈을 주고 뭔가 새로운 물건을 사들인다는 것은 거의 기적이라 할 만큼 드문 일이었다. 그렇듯 그의 쌈지에서 돈이 나오기란 실상 불가능에 가깝다 해도 지나침이 없었다. 이를테면 수십 년도 더 된 손땟그릇 하나도 벌벌 떨며 좀체 내버리지 못하는 지독한 자린고비인지라 한 번 그가 돈을 주고 산 물건들은 그것을 쓰다 쓰다 못해 아주 닳고 닳아 없어져버리기 전까지는 결코 새것으로 바뀌는 법이 없었다……)

한참 뒤 공 노인은 아파트 단지로 들어섰다.

왜 그랬는지 곧장 집으로 아니 가고 공 노인은 단지 내 공원으로 가서 이윽고 한쪽 벤치에 걸터앉았다. 입주민 몇몇이 애견을 거느리고 초여름의 햇살을 받으며 한가로이 산책로를 거닐었다. 공 노인은 양손으로 화분을 받쳐 든 채 멍히 시선을 흩뜨렸다. 아침을 뜨는 둥 마는 둥 건입맛만 다신 탓인지 속이 자꾸 허출한 느낌이 들었다. 왜 그런지 그 순간에 공 노인은 누룽지 주먹밥이 떠올랐다. 오래전 코흘리개 시절, 어머니가 솥에서 누룽지를 박박 긁어내 동그랗게 뭉쳐 건네주시던 그 주먹밥이었다. 그것은 뭐랄까. 단지 밥알도 아닌 것이 그렇다고 완전히 눌어붙은 누룽지도 아닌 것이, 그러니까 그냥 밥풀들과 적당히 탄 누룽지가 한데 어우러진 별식으로 그렇게나 구뜰하니 맛날 수가 없었다. 그런 생각들을 떠올리며 공 노인은 한동안 꿈쩍하지 않았다. 그러다 번뜩 생각이 난 듯 새삼 손에 든 화분을 바라보며 쓸쓸히 미소를 머금었다. 곧 가만가만 화분에 코를 대고서 그는 냄새를 맡아보았다.

그가 눈을 감자 거기서 곧
꽃과 흙과 풀과 잎과 어떤 뿌리 냄새가 뒤섞인
독특한 향내가 훅 코를 적셨다.

이상했다. 틀림없는 그 냄새였다.
향긋한 흙내와 함께
엇구수한 땅김이 그를 감쌌다.

마치 그는 지분지분 흙 알갱이가 씹히는 쌉싸름한 고들빼기김치를 아작아작 씹어 먹고 있는 듯한 기묘한 미감에 젖었다. 잠시 그러고 있다 공 노인은 고개를 들어 공허한 눈으로 허공 저편을 바라다보았다. 그러면서 문득 이런 생각을 떠올렸다. '화분에 물을 주려면 작은 물뿌리개도 하나 사야겠구나.' 곧이어 그는 물뿌리개를 씰긋대며 화분에 물을 주는 자신의 모습을 그려보았다. 그러자 저도 모르게 쓴웃음이 배어나왔다. 그리고 십여 분쯤 지났을까. 저쪽에서 푸들 강아지를 품에 안은 여자가 이쪽으로 다급히 걸어왔다. 여자가 벤치로 다가서자 푸들 강아지가 공 노인을 향해 잇달아 멍멍 짖어댔다. (공 노인은 반응이 없다.) 살아평생 처음 사 본 그 화분을 끌어안고 공 노인은 벤치에 모로 누워 숨져 있었다.

61. 우물

어느 아침나절.
무르익은 봄 햇살이 산자락을 빗질하고 있었다.

오후가 되자 낮은 산언덕에 어린 염소들을 모아 놓고 늙은 염소가 또 옛날이야기를 들려주었다. 하나같이 털빛 검은 어린 염소들과 달리 콧부리에 돋보기안경을 걸친 늙은 염소는 흡사 눈송이로 빚은 듯이 머리에서 발끝까지 온통 하얬다. 늙은 염소의 이야기는 늘 귀맛이 당기도록 색다르고도 흥미진진했다. 제아무리 밋밋하고 심상한 이야기라도 늙은 염소의 목소리를 통해 전해지는 순간, 전혀 다른 느낌과 흥분과 긴장감이 도는 새로운 줄거리로 뚝딱 둔갑하는 것이다.

늙은 염소는 그러니까 어린 염소들이 금세 쏙 빨려들도록 재미나고 천연스레 이야기를 꾸며서 들려주는 자기만의 재주와 능력을 지녔다.

이윽고 늙은 염소의 이야기가 끝나자 어린 염소들은 또 매매 울며 이야기를 더 해달라고 막무가내로 졸라댔다. 지금 한껏 귀맛이 오른 터라 어린 염소들은 좀처럼 늙은 염소의 이야기가 주는 그 달콤한 유혹을 뿌리칠 수 없었던 것이다. 그러자 늙은 염소는 하는 수 없다는 듯 으레 한쪽 뿔을 긁적긁적하더니 곧 턱수염을 쓱쓱 쓸어내리고는 "에헴, 에헴! 으음, 으음! 옛날, 옛날, 아주 먼 옛날! 에헴, 에헴! 음냐, 음냐……" 하고 잔뜩 거드름을 빼면서 다시 또 야슬야슬 얘깃주머니를 풀었다.

그 이야기의 내용은 대략 이랬다.

어느 깊은 산마을에 진귀한 우물이 하나 있었다. 이 우물은 대대로 선조들이 물려준 이 마을의 보배로운 선물이었다. 우선 물맛이 천상의 감로처럼 달콤하고 흡사 신비의 영액인 듯 이 우물물을 마시고 나면 이상스레 힘이 솟고 부쩍부쩍 생기가 돌았다(그런고로 마을 선조들은 이 우물물을 일러 '금정옥액'이라 했다). 부락민들은 대대손손 이 우물을 보살피며 사이좋게 몫몫이 우물물을 나눠 마셨다. 요컨대 달포에 딱 한 번 우물 덮개를 열고 촌장의 지도하에 집집마다 똑같은 양만큼 고루고루 분배했다. 워낙 용출량이 적어 달포를 꼬박 기다려야 집집이 겨우 한 바가지 정도나 돌아갈 만큼 우물물이 다시 고이기 때문이었다.

단지 그것만으로도 부락민들은 충분히 만족감에 젖었고 어느 누구도 그 이상의 욕심을 내지 않았다. 그러던 어느 날, 낯선 부부 한 쌍이 새로 이사를 왔다. 둘은 오십 세 가량의 나이로 여자는 작달막하고 남자는 껑충하니 큰 키였다. 꽤 푼더분한 얼굴에 다소 웃음이 헤프고 무람없이 너스레를 떨며 껍죽대는 여자와 달리 남자는 삐쩍 마른 몸에 얽죽얽죽 얼굴이 얽고 왠지 과묵한 듯하면서도 그 눈빛 어딘가에 언뜻 의뭉스러운 구석이 엿보였다. 부락민들은 반갑게 부부를 맞이하고 그 둘에게도 즉각 그 특별한 우물물을 마실 수 있는 권리를 부여했다.

그 뒤로 석 달쯤 지났다.

마침내 지난번 우물 덮개를 연 뒤로 다시 달포가 지났다. 아침 일찍 부락민들은 빈 물독을 손에 들고 그 우물집 앞으로 몰려나왔다. 잠시 후 관행대로 촌장이 직접 우물 덮개를 열었다. 한데 어찌 된 일인지 우물물은 거의 고이지 않고 우물 안은 달포 전 그대로 움푹 비어 있었다. "아이고, 아이고! 이를 어째! 이를 어째! 큰일이 났어요, 큰일! 마을에 큰 변고가 났어요!" 마을 아낙 하나가 그때 숨이 턱에 닿게 우물가로 달려오면서 외쳤다. 얼마 후 사람들은 그 아낙을 따라 석 달 전에 새로 이사 온 그 부부의 집마당으로 들어섰다.

촌장이 혼자 토방으로 다가가 방문을 열자 부부는 나란히 방바닥에 드러누운 채로 숨져 있었다. 놀란 집쥐 한 마리가 허둥대더니 한쪽 쥐구멍으로 잽싸게 숨어들었다. 촌장은 토방에 서서 주검 쪽으로 살짝 머리를 들이대고는 차마 손을 댈 엄두가 안 나 눈으로만 후딱 두 사자의 상태를 살펴보았다. 얼핏 보아서는 정말 죽었는가 싶을 만큼 둘은 낯빛이 반드르르하니 생기로워 보였다. 곧 눈을 돌려 이리저리 방 안을 둘러보자 한 귀퉁이에서(방금 집쥐가 숨어들어간 그 쥐구멍 쪽이었다) 낯익은 물건 하나가 눈에 들어왔다. 바로 부락민에게 우물물을 도를 적마다 이들 부부가 들고 나오던 그 막치기 물독이었다.

마을에선 죽은 부부를 위해 사흘간 상을 치르고 정성껏 예를 갖춰 두 시신을 양지바른 산언덕에 고이 합장했다. 그 뒤로 여러 달이 지났다. 그러던 어느 날이었다. 아침나절 늙은 탁발승 하나가 우연히 이 마을에 닿았다. 손엔 죽장을 짚고 머리엔 삿갓을 쓰고 등엔 바랑을 지고 발엔 미투리를 꿴 남루한 형색이었다(스님의 도호 또한 대나무 지팡이를 뜻하는 '죽장'이었다). 마침 그날이 우물 덮개를 여는 날이어서 부락민들은 또 각각의 물단지를 들고 우물가로 몰려나와 있었다. 노스님이 그쪽으로 다가가자 나이 든 촌장이 냉큼 다가와 공손히 합장하며 손님을 맞았다. 잠시 후 촌장은 목을 좀 축이시라며 우물물이 든 물바가지를 노스님께 건넸다. 노스님은 곧 꿀꺽꿀꺽 다디달게 우물물을 마시고는 잠시 생각에 잠겼다가 이렇게 말했다.

"이 우물에는 독이 들어 있군요."

부락민들은 순간 심장이 철렁하며 눈이 휘둥그레졌다. '에구머니나! 독이라니! 이게 뭔 소린가! 그럼 이때껏 우리가 독이 든 물을 마셔왔단 말인가! 에이, 그럴 리가! 설마 그럴 리가! 에이, 아닐 거야! 그럴 리 없어! 그럼, 그럼! 말도 안 돼! 독이라니! 만에 하나 진짜 독이 들었다면 여태 우리가 멀쩡할 리가 없잖아……' 그렇듯 본능적으로 노스님의 말을 부정하는 자기방어적 기제(논리)를 통해 사람들은 간신히 내적 불안감을 밀어내고 있었다.

"허지만……"
그때 노스님이 다시 입을 열었다.

너무 자주 마시거나
한꺼번에 몰아 마시지만 않으면
외려 약이 되는 독이랍니다.

62. 안경

여러 달 상사병을 앓다가 거의 다 죽게 된 청년이 있었다. 죽어가는 아들을 살리려고 어머니는 백방으로 애를 썼지만 아무 소용이 없었다. 큰 병원의 권위 있는 신경정신과 교수, 심령술사, 최면술사, 이름난 한의원, 몇몇 종교의 성직자, 각종 부적과 양법, 비방, 용하디 용한 무녀들을 불러와 떠들썩한 굿판까지 벌였지만 그야말로 백약무효였다. 이제 남은 방법은 한 가지 뿐이었다. 바로 그 상사병의 대상을 직접 만나 아들을 살려달라고 울며불며 하소연을 하는 것이었다. 하지만 아무리 다그쳐도 아들은 끝내 그 처녀가 누구인지 입을 열지 않았다. 그도 그럴 것이 아들 자신도 정작 그녀가 누구인지 그 실체를 알 수 없었던 것이다. 이를테면 그녀는 오직 그의 꿈에서만 등장하는 정념의 환영이자 결핍된 욕망의 또 다른 형체였기 때문이다.

그러던 어느 날.
그 청년의 집 초인종이 울렸다.

잠시 후 청년의 어머니가 대문을 열고 밖으로 나왔다. 헌데 대문 앞엔 아무도 없고 주먹만 한 크기의 웬 비단주머니 하나가 바닥에 떨어져 있었다. 알록달록 수를 놓은 곱디고운 빛깔의 비단주머니였다. 혹여 그것을 떨어뜨린 누군가가 다시 찾으러 올지 몰라 어머니는 주위를 주시하며 잠시 그 자리에 서 있었다. 그러다 아무도 나타나지 않자 어머니는 그것을 주워 들고 곧장 집으로 들어왔다. 어머니가 비단주머니를 열자 그 안에 두 번 곱접은 쪽지 한 장이 들어 있었다. 그 쪽지를 펴자 정갈하고 아담한 글씨로 이렇게 씌어 있었다. "한밤중에 아들의 안경을 가져다가 물비누로 깨끗이 씻은 다음, 잠든 아들의 얼굴에 몰래 씌워라." 그 쪽지를 되접어 어머니는 도로 비단주머니에 넣었다. 그날 밤 어머니는 쪽지의 내용을 행동으로 옮겼다.

날이 밝자 아들은 일찌감치 잠에서 깨어나 자리를 털고 일어났다. 마치 영혼의 세수라도 한 듯 아들의 얼굴은 전에 없이 맑고 싱그러웠다. 어느덧 상사병은 씻은 듯이 나았다. 그날 이후 아들은 두 번 다시 꿈속의 그 처녀를 떠올리지 않았다. 그날 밤 잠든 아들에게 다가가 어머니가 몰래 안경을 씌웠을 때, 아들은 또 꿈속에서 욕망 속의 그녀와 단둘이 대면하고 있었다. 늘 그렇듯 바로 눈앞에 서 있었지만 어찌된 까닭인지 아무리 손을 뻗어도 그녀의 얼굴에 닿지 않았다. 그럴수록 아들은 있는 대로 몸부림을 치며 어쩔 줄을 모른 채 더욱더 애욕의 진창 속에서 허우적거렸다.

금방이라도 녹아내릴 듯 그의 심혼은 더 무섭게 발광하며 끝없는 정욕으로 끓어올랐다. 그러다 이윽고 그가 막 음욕의 절정으로 치달으며 헤까딱 까무러치려는 찰나 그의 어머니가 아들의 얼굴에 물비누로 깨끗이 씻은 그 안경을 씌웠다. 그 순간 아들은 꿈속에서 번뜩 정신을 차리고는 버르르 몸을 떨며 절로 주춤 뒷걸음질했다. 그제야 아들은 자신의 영혼에 낀 정념의 이끼가 걷히면서 새로운 눈을 뜨고 오롯이 그녀의 실체를 바라보았다. 방금 전까지도 그토록 아리땁던 그녀의 자태는 간데없고 그 머리통은 홀연 추하디추한 해골바가지로 변해 있었다.

어떤 그리움은
돌아갈 수 없는 것에 대한
돌아올 수 없는 것에 대한 낯선 깨달음이다.

63. 양말

엄마와 단둘이 남의 집 문간방에 세 들어 사는 '포포'는 성탄 전야가 되자 머리맡에 구멍 난 양말 한 짝을 고이 접어두고 잠자리에 들었다. 어느 부잣집 가정부로 일하는 엄마는 오늘도 야근하고 새벽녘이 되어서야 돌아오실 터였다. 올해 아홉 살인 포포는 이제껏 한 번도 산타 할아버지에게 성탄 선물을 받지 못했다. 작년에도 포포는 양말 한 짝을 머리맡에 놓아두고 잠을 청했다. 하지만 아침 일찍 눈을 떴을 때 머리맡의 양말은 또 그대로였다. 이번에도 산타 할아버지는 다녀가지 않은 것이다. 대신 새벽녘에 들어오신 엄마가 구멍 난 양말에 새로 헝겊을 비껴 얌전히 꿰매놓았다. 그렇게 아들의 양말을 기워놓고 엄마는 고단함에 겨워 윗목에서 콜콜 등걸잠이 들었다. 포포는 조용히 일어나 자기가 덮었던 이불로 잠든 어머니를 덮어주었다.

저녁 8시쯤 잠들었다가
포포는 새벽 3시경 눈이 떠졌다.

얼른 머리맡을 돌아보니 양말은 또 그대로이고 엄마는 아직 돌아오지 않았다. '올해도 산타 할아버지는 안 오시려나보다' 하고 포포는 생각했다. 작은 접시에 켠 촛불 하나가 파리하게 단칸방을 비췄다. 차고 눅눅한 잠자리에 누운 채 눈을 깜박깜박하다 이윽고 눈두덩이 푹 꺼져 내리면서 포포는 또 소르르 눈이 감겼다. 그리고 얼마쯤 지났을까. 포포는 고새 꿈을 꾸었다. 홀연 방문이 열리고 누군가 살며시 포포의 머리맡으로 다가왔다. 한데 어쩐 일인지 그 사람의 몸뚱이는 안 보이고 무릎 아래로 목이 긴 검정 양말을 신고 있는 두 정강이만 선연히 드러나 보였다. 거기 두 정강이 부분에 각각 흰색 선으로 그린 (머리가 아래로 향한) 물고기 문양이 박혀 있었다. 그 사람은 포포의 머리맡에서 한동안 꼼짝하지 않았다. 그러다 한순간 무릎 아래로 양손이 내려오더니 곧 양말 한 짝을 벗은 다음 두 번 가지런히 곱접었다. 잠시 손길이 멈췄다가 그는 이윽고 포포가 놓아둔 구멍 난 양말 속에 자신의 그 양말을 집어넣었다.

그때 갑자기 눈이 떠졌다.
순간 문밖에서 노랫소리가 들려왔다.

고요한 밤... 거룩한 밤...
어둠에 묻힌 밤......

(포포는 막 눈을 떴다!) 흰색 제의를 걸친 교황은 성탄절 공식 메시지를 발표하기 위해 추기경들을 거느리고 바티칸 성 베드로 대성당 중앙 발코니에 서 있었다. 그는 멀리 허공으로 시선을 던져 평화롭게 떠가는 뭉게구름을 바라보았다. 그 뭉게구름 너머로 한순간 어머니의 얼굴이 보이는 듯했다. 낡고 투박한 노동복에 거친 머릿수건을 두른 그녀의 얼굴에는 홀어머니로서의 고뇌와 삶의 곤고함이 켜켜이 새겨져 있었다. 그러면서도 그녀는 교황이 된 아들을 향해 하늘빛처럼 선한 눈으로, 함박꽃처럼 환한 미소로 기쁨의 눈물을 머금고 있었다. 아들의 눈가에도 설핏 이슬이 맺히면서 아스라한 그리움의 미소가 일렁거렸다. 어느 결에 폴폴 눈송이가 흩날리기 시작했다. 저 아래 광장에 모인 군중을 향해 성탄절 메시지를 전하기 전, 교황은 잠시 눈을 감고 어릴 적 회상에 젖었던 것이다.

64. 소

　오십 줄의 중노인 둘이 늙은 당나귀를 타고 벌써 여러 해째 세상 곳곳을 두루두루 여행하는 중이었다. 둘의 행색은 초라하고 반백의 머리칼에 턱수염이 덥수룩한 얼굴에는 지친 기색이 역력했지만 그러면서도 그 눈초리만은 날카롭게 번득이고 있었다. 둘은 도란도란 얘기를 주고받으며 굽이굽이 산굽이를 돌고 돌아 이윽고 어느 너른 개울가에 다다랐다. 늙은 당나귀 두 마리는 여윈 몸에 꼬리를 축 처뜨린 채 얼굴에는 잔뜩 신경질적인 짜증이 붙어 있었다. 성질 같아서는 당장 팔딱팔딱 몸을 튕겨 두 사람을 퍽퍽 바닥에 내동댕이치고 그대로 쌩하니 달아빼고 싶은 심정이었다. 그렇지만 미운 정도 정이라고 그간 함께한 의리 때문에 차마 실행은 하지 못하고 애먼 땅바닥만 툭툭 발질하면서 둘은 헛되이 화풀이를 하고 있었다.

　거기 개울 위로 건너지른 섶다리 아래로 맑고 푸른 개울물이 수얼수얼 물소리를 내며 흘러내렸다. 두 남자는 나란히 시선을 던져 개울 건너편을 바라다보았다. 개울 너머 먼발치로 초가집 여남은 채가 모여 있는 작은 산마을이 바라보였다. 곧 둘은 다리쉼하던 당나귀를 다시 몰아 터덕터덕 섶다리를 건너 얼마 후 산자락에 폭 싸인 그 마을에 다다랐다. 오래전에 버려진 마을인 듯 허술한 지붕들은 마른 버섯갓처럼 퇴색한 채 배딱배딱 기울어지고 누르칙칙한 흙담들은 푸석푸석 얇아지다가 폭삭 허물어졌으며 사방은 온통 잡풀만 무성한 채 인적 하나 없이 괴괴했다.

　마을길은 이미 풀덤불로 뒤덮인 지 오래였다.

주민들이 모두 떠난 폐촌이어서 개 짖는 소리도 암탉이 골골하는 소리도 집돼지가 꿀꿀거리는 소리도 들리지 않았다. 음울하리만치 퇴락한 풍경이었다. 그래도 혹 몰라 둘은 집집마다 앞마당에 들어가서 인기척을 내고 주인장을 불렀지만 끝내 아무런 응답이 없었다. 물론 부질없는 짓이었다. 공연히 헛된 희망으로 허기증만 더한층 부각시키는 꼴이었다. 거기 아무도 없으리란 걸 번히 알면서도 배 속에서 하도 쪼르륵대는 통에 그만 가망 없는 기대감일망정 쉽사리 탁 털어내질 못했던 것이다. 즉 기대할 수 없다는 걸 알면서도 그것을 기대하는 허튼짓이었고, 바라서는 안 되는 걸 알면서도 그것을 바라는 무익한 행동이었다. 뭐, 하기야 집주인이 아예 없다고 말하는 건 좀 편협한 시각인지도 모른다. 단지 사람에서 들쥐나 뱀, 좀벌레, 곰팡이, 덩굴풀, 왕거미 따위로 집주인이 새로 바뀐 것뿐이니까 말이다.

둘은 결국 마지막 폐가를 되돌아 나와
곧장 마을 뒷산 언덕길로 올라갔다.

이미 풀덤불로 뒤덮인 마을길과 달리 뒷산 언덕길은 시시로 누군가가 오르내리는지 다소 거칠게나마 그 형태를 아직 유지하고 있었다. 늙은 당나귀 두 마리는 힘에 부치는지 잇달아 훅훅 가쁜 숨을 토해내며 허위허위 언덕길을 더위잡듯 하면서 죽을 둥 살 둥 언덕바지를 향해 걸어 올라갔다. 한참을 악전고투한 끝에 당나귀 두 마리는 막 언덕바지에 닿았다. 얼마나 진을 뺐는지 당장 그 자리에 고꾸라질 듯이 당나귀 두 마리는 숨을 할딱거렸다. 거기 한쪽에 작은 돌무덤 하나가 보였다. 그 돌무덤 한가운데에는 나뭇가지 두 개를 엉성하게 엮어 만든 수수한 십자가가 꽂혔다. 두 남자는 그쪽으로 다가

가서 잠잠히 돌무덤을 내려다보았다. 두 남자가 침묵하는 사이 웬만치 숨을 돌린 당나귀 두 마리가 이렇게 소곤소곤 대화를 나눴다.

"오, 평화로운 정경이군그래. 소박한 나무 십자가 아래 영원한 안식이라. 사랑과 위안과 희생의 나무 십자가 그리고 돌무덤. 언제 봐도 숙연하고 목가적인 풍경이야. 힘들게 언덕길을 톺아 올라온 보람이 여기 있었군." 당나귀1이 먼저 입을 열었다. "물론 십자가는 평화와 안식과 희생과 사랑을 상징하지만, 또 정반대로 피와 공포와 독단과 억압을 상징하기도 하지." 당나귀2가 재깍 말을 되챘다.

그때 저쪽 오솔길에서 누렁소 등에 올라탄 백발노인 하나가 모습을 드러냈다. 배리배리 마른 두 당나귀와 달리 누렁소는 투실투실 보기 좋게 살이 올랐다. (누렁소의 뿔은 좀 기이한 형태로, 하나는 위로 뻗고 하나는 아래로 뻗은 이른바 천지각이었다.) 두 늙은 당나귀는 대화를 멈추고 그쪽을 바라보았다. 누렁소 한 마리와 당나귀 두 마리의 탐색하는 듯한 눈동자가 일시에 소리 없는 충돌음을 일으키며 서로 딱 맞부딪쳤다. 노인은 형형하게 이글거리는 눈빛에 푸르스름한 빛깔의 두루마기를 걸치고 이마에는 연자색 비단 띠를 둘렀으며 한 손에는 기름한 대나무 피리를 쥔 채였다. 길고 풍성한 백발이 양 어깨를 타고 두 줄기 폭포처럼 가슴 아래로 흘러내렸다. 노인은 곧 이쪽으로 다가오더니 한 손으로 쓱쓱 채수염을 쓸어내리면서 당나귀 등에 올라탄 두 남자를 번갈아 찬찬히 뜯어보았다.

"누가 돌무덤의 십자가를 뽑아 보시오."
노인이 불쑥 말했다.
두 남자는 흠칫 놀라 서로의 눈을 바라보았다. 그러는 찰나 당나귀2가 절로 돌무덤 곁으로 바짝 더 다가섰다. 이제 당나귀2에 올라 탄 그 남자는 손만 뻗으면 즉각 돌무덤의 십자가에 닿을 만큼 가까워졌다. 그는 십자가에 눈길을 준 채 주먹으로 살살 턱수염을 문지르며 뭔가 생각에 잠긴 듯했다. "뭐해! 뭐하고 있어! 뭘 꾸물대는 거야! 어서 썩 뽑지 않고!" 당나귀2가 그때 자기 등에 올라탄 그 남자를 다그치듯 연이어 버럭 소리를 질렀다. 자기 당나귀가 갑자기 거친 울음소리를 내자 그는 덜컥 놀라 몸을 움찔하고는 한쪽 손을 쥐었다 폈다 하면서 그 십자가를 뽑아야 할지 어째야 할지 몰라 자꾸 우물쭈물 망설이는 기색을 보였다. 그러면서 그가 당나귀1에 올라탄 남자를 흘금 돌아보자 그쪽에서 곧 이쪽의 과감한 행동력을 부추기는 듯한, 적극 동조의 눈짓이 되돌아왔다.

"일단 뽑았다가 다시 꽂으면 될 거 아냐!"
당나귀2가 눈을 흡뜨고 거듭 그를 재촉했다.

그제야 그는 머뭇머뭇 눈치를 보며 그쪽으로 슬며시 손을 뻗었다. 그러다 십자가가 손에 닿자 돌연 결심한 듯 단번에 힘껏 잡아당겨 그것을 쑥 뽑아들었다. 순간 십자가는 섬뜩하게 번뜩이는 양날의 칼로 변했다. 칼날에 부딪는 빛살이 섬광처럼 튀어 오르며 예리하게 공기를 갈랐다. (그는 문득 그 장면을 떠올렸다. 여행 도중 어느 고대 도시 중심가에 있는 낯선 광장에서였다. 광장 중앙에는 큼지막한 바로크식 분수대가 터를 잡았다. 한 남자가 사람들에 둘러싸인 채로 광장 한옆에서 묘기를 선보였다. 그 남자의 손에는 날카로운 양날검이 들렸다. 그 남자는 잠시 주위를 둘러보며 긴장감을 조성한 뒤 곧바로 고개를 젖히고는 그 양날검의 날끝을 거꾸로 세워 자신의 목구멍 아래로 깊숙이 푹 꽂아 넣었다. 그렇게 순식간에 칼날을 집어삼키자 돌연 칼자루만 달랑 입 밖으로 튀어나왔다……)
그는 제풀에 놀라 그만 그 시퍼런 칼끝을 도로 돌무덤에 푹 내리꽂
았다. 그러자 양날검은 대번 나뭇가지 십자가로 되돌아왔다. 그때
홀연 대나무 피리 소리가 들려왔다.

두 남자가 홱 고개를 돌렸다.
그사이 백발노인은 가뭇없고
누렁소만 덩그러니 그 자리에 남았다.

사다리

그 아무리
욕망의 사다리가 높다 해도
그 끝은 고작
제 자신의 머리끝에 이른다.

그 아무리
사랑의 사다리가 낮다 해도
그 시작은 곧장
다른 이의 가슴까지 닿는다.

3부

65. 왕관

　늙은 왕이 병이 깊어 마침내 최후가 다가왔음을 예감하고 여러 왕자들을 한데 불러놓고 말했다. "내 지금껏 후계를 논하지 않았으나 오늘 너희 가운데 하나를 왕세자로 삼아 이 자리서 즉시 보위를 물려주고자 한다." 하루빨리 이런 날이 오기를 기다려온 터라 왕자들은 내심 기대감을 안고 서로서로 넌짓넌짓 눈치만 살필 뿐이었다. 왕은 잠시 침묵에 잠겼다가 다시 입을 열었다.

　"내 너희에게 묻겠다."

　"지금 너희 앞에는 드넓은 바다가 펼쳐져 있다. 자, 답해 보아라. 이제 너희는 또 무엇이 보이느냐?" 그리 묻고서 왕은 찬찬히 번갈아 가며 왕자들을 하나씩 눈여겨 바라보았다. 왕의 침상을 중심으로 좌우에 셋씩 나뉘어 선 왕자들은 저마다 눈길을 떨구고 골똘히 생각에 잠겼다. 궁정의 넓은 홀을 가득 메운 문벌 귀족과 대신들이 다소 긴장한 빛으로 그들 왕자들을 지켜보았다. 만일의 사태를 대비해 창검으로 무장한 친위대가 집요한 눈초리로 그들의 일거수일투족을 빈틈없이 경계하고 있었다. 이윽고 왕자들은 맏이부터 순서대로 그 물음에 대한 답을 내놓았다.

　왕자1 - 돛단배가 보입니다.
　왕자2 - 뜬구름이 보입니다.
　왕자3 - 파도가 보입니다.
　왕자4 - 갈매기가 보입니다.

왕자5 - 폭풍이 보입니다.
왕자6 - 왕관이 보입니다.

그리하여 왕은 왕자1을 즉각 왕세자로 봉하고 동시에 그에게 자신의 보위를 물려주었다. 그로써 여섯 왕자 가운데 맏이가 부왕에 이어 새로운 왕으로 등극했다. 얼마 후 왕자3이 몰래 반역을 꾀하다가 발각돼 단칼에 처형당했다. 이듬해 왕자5가 반란을 일으켜 폭풍 같은 기세로 말을 몰아 단숨에 왕궁을 점령하고 그날로 맏형의 왕위를 찬탈했다. 왕자5는 왕좌에 오르자마자 그길로 전왕과 그를 붙따르던 왕자2와 왕자4를 가차 없이 처단하고 일거에 모든 세력을 장악했다. 어느 날 신왕은 왕자6을 불러 이렇게 물었다. "전날 부왕의 물음에 왕관이 보인다고 대답한 연유가 무엇이냐?" 그 물음에 대한 대답에 자신의 생사가 걸렸음을 왕자6은 직감했다.

잠시 후 왕자6은 이렇게 답했다.

"그날 저는 전하의 머리에 얹힌 왕관을 보았습니다." 그러자 왕은 한차례 너털웃음을 터뜨리곤 왕자6의 술잔에 술을 가득 부어주며 말했다. "제법이구나. 그 재치 있는 혓바닥이 네 목숨을 구했구나. 허나 조심하거라. 피에 굶주린 칼날이 춤을 추고 있으니 말이다. 광란의 칼이 혓바닥을 날름대며 한껏 독이 올라 있으니 말이다. 짐의 칼끝이 늘 너의 피를 향하고 있으니 말이다." 왕자6은 짐짓 비굴함을 가장하며 아부 어린 낯빛 뒤에 표독과 경멸과 업신여김을 감추고 맘속으로 중얼거렸다. '내 눈에는 여전히 그 왕관이 보입니다, 전하.' 며칠 뒤 신왕을 독살하고 왕자6은 그에 그 왕관의 진정한 주인이 되었다.

66. 사다리

어느 번화한 도시에 괴짜 사내 하나가 살았다. 오래도록 다듬지 않아 머리털과 수염은 텁수룩하고 군데군데 맨살이 다 드러나도록 너덜거리는, 기름때가 짜르르한 누더기를 몸에 걸쳤다. 누가 보더라도 영락없는 미치광이 거지꼴이었다. 하지만 그는 누구한테도 구걸하지 않았고 다만 자기 키의 세 배는 됨직한 나무 사다리를 하늘 높이 우뚝 쳐들고서 사방으로 길거리를 헤매 다녔다. 그때마다 사람들은 혀를 끌끌 차며 안됐다는 표정을 지었지만 그러면서도 그에게 다가가 말을 건네려고 시도하는 이는 거의 찾아보기 어려웠다. 어쩌다 겨우 용기를 내 다가가다가도 막상 눈이 마주치는 순간 더럭 겁이 나서 되돌아서곤 했다. 그래서 그가 왜 그런 행동을 하는지 사람들은 무척 궁금해 하면서도 정작 그 이유를 아는 이는 아무도 없었다. 어쨌든 그는 그 기다란 사다리를 어깨에 메고 밤낮없이 그렇게 도시 거리를 어슬렁거렸다. 그러다 혹 졸음이 오면 아무 데나 사다리를 기대놓고 그 자리에 털썩 헤뜨리고 앉아 꾸벅꾸벅 한뎃잠이 들었다.

그러던 어느 날이었다.

새벽녘에 그는 어느 집 담장에 사다리를 기대어 놓고 그 아래 벽에 기대앉아 깜박 잠이 들었다. 어느새 어둠이 옅어지면서 희읍스레하게 날이 새고 있었다. 그때 저만치 골목 끝에서 푸르스름한 빛깔의 순찰차 한 대가 나타났다. 순찰차는 곧장 그가 잠든 이쪽 담장으로 다가왔다. 그 순찰차가 너덧 걸음 앞쪽까지 다가왔을 때 그는 절로 눈이 떠졌다. 곧 그 자리에 순찰차가 멈춰 서더니 이제 막 시동이 꺼지면서 전조등의 불빛도 사그라졌다. 그러고는 또 하루가 서서히 잠을 깨는 은미한 그 움직임 사이로 문득 긴장감이 어리는 호젓한 정적이 내려앉았다. 잠시 후 딸깍 소리가 나면서 차문이 열리고 곧 경관 둘이 차를 나와 동시에 저벅저벅 그에게로 걸어왔다.

경관 둘은 막 발을 멈췄다.

몇 초간 침묵이 흐른 뒤 경관 하나가 자못 의심스럽다는 투로 말했다. "지금 예서 뭐하는 거요? 당신 누구요? 뭐 하는 사람이오? 이 사다리는 뭐요? 대체 뭘 하려던 거요? 왜 남의 집 담벼락에 사다리를 기대놓았소?" 그 상황에 익달한 듯 그 남자는 동요치 않고 말없이 눈을 들어 그 경관을 올려다보았다. 경관 둘은 순간 본능적으로 허리께의 권총집으로 손을 옮겼다. 하나는 벌써 권총집의 똑딱단추를 끄르고 있었고 또 하나(검문자)는 끄를까 말까 주저하면서 그것을 만작거렸다. 그 경관이 대번 실눈을 뜨고 양미간을 찡그리며 잔뜩 경계하는 눈초리로 그 남자를 째려보았다. 그때 어디선가 새소리가 나더니 이윽고 참새 한 마리가 포르르 날아와 그 사다리 맨 위쪽 가로대 위로 살짝 내려앉았다.

"그거 아시오?"
그 남자가 문득 입을 열었다.

당신과 나 사이에 보이지 않는 담장이 있소.
나는 이 사다리를 타고 그 담장을 넘어
당신과 나를 서로 이어주고 싶을 뿐이오.

67. 옹알이

　방금 목욕을 끝낸 갓난아기를 보드라운 쌀깃으로 감싼 뒤 엄마는 아기를 조심조심 요람에 누였다. 아기는 기분이 좋은지 자꾸 방글방글 배냇짓을 했다. 그런 아기를 내려다보며 엄마는 눈빛 가득 행복한 미소를 짓는다. 그러자 아기는 뭐라고 뭐라고 엄마한테 소곤거리듯 잇달아 옹알이를 했다. 잠시 후 놀소리하는 아기를 재우려는지 엄마는 나직나직 자장가를 부르며 살랑살랑 요람을 흔들었다. "자장자장, 우리 아기. 잘도 잔다, 우리 아기. 자장자장, 자장자장. 우리 아기, 얼뚱아기. 자장자장, 자장자장. 잘도 잔다, 우리 아기......" 엄마가 얼러 주자 아기는 앙글앙글 웃으며 귀엽게 입가를 실룩이다가 어느새 소르르 눈을 감고 색색 나비잠이 들었다. 곧 엄마는 잠든 아기를 혼자 두고 조용히 몸을 돌려 방을 나갔다.

　그 뒤로 한참이 지났다.
　아기는 문득 잠을 깼다.

　아기는 덜컥 두려움에 사로잡혔다. 그래서 후딱 엄마를 부르려고 한바탕 자지러지게 울려는 찰나 "쉿! 조용히 해!" 하고 숨죽여 외치는 소리가 들렸다. 그 바람에 아기는 울려던 생각을 뚝 그치고 말똥말똥 주위를 둘러보았다. 그러자 요람 테두리 난간에 내려앉은 파리 한 마리가 눈에 들어왔다. 파리가 연신 양손을 비벼대며 요람 속의 아기를 내려다보았다. 잠시 후 그 파리를 올려다보며 아기가 뭐라 뭐라 옹알이를 했다. 잠자코 그 소리를 듣고 있던 파리가 이렇게 입을 열었다.

"알아, 알아!"
"알지, 그럼! 알고말고!"

잠시 침묵하다 파리가 다시 입을 열었다. "너도 알다시피 지금 네 말을 알아듣는 건 나밖에 없어. 나 아니면 누가 그 밑도 끝도 없는 옹알거림을 알아들을 수 있겠니? 엄마라도 별수 없어. 다 똑같아. 네 말을 못 알아듣기는 매일반이야. 그러니까 실은 잘 모르면서 그저 너 좋으라고 알아듣는 척 연기하는 거야. 마치 네가 속은 근심으로 까맣게 타들어가면서 겉으론 아무것도 모르는 양 천진스레 방긋거리는 것처럼. 그니까 나라도 있어 다행인 줄 알아. 안 그럼 누가 있어 그 속을 헤아리겠니?" 그 말에 화답하듯 아기가 또 뭐라고 옹알옹알했다. "그래, 알아. 그럴 거야. 알아, 알아. 너도 심란하겠지. 왜 아니겠어."

파리가 또 말을 이었다.

"왜 하필 이렇게 삭막하고 각박한 시대에 태어났을까. 앞으로 어찌 이토록 험난한 삶을 헤쳐 나갈까. 그래, 그래. 생각하면 할수록 가슴은 답답하고 머릿속은 어지럽고 한숨만 또 폭폭 새어나올 테지. 언뜻 보면 이만치나 문명한 시대에 태어난 게 무슨 행운이나 축복처럼 보일지 모르지만 그건 진짜 뭣도 모르고 나불대는 소리지. 쳇! 제아무리 세상이 발달했으면 뭐해. 제아무리 기술이 진보했으면 뭐해. 제아무리 사회가 풍요로우면 뭐하냐고. 아닐 말로 갈수록 인간은 더 강퍅해지고 인심은 더 박절해지고 인성은 더 피폐해지고 빈부격차는 더 늘어만 가고……"

그때 빠끔 문이 열리고
엄마가 슬쩍 방안을 들여다보았다.

파리는 그새 천장으로 날아올랐고
아기는 도로 눈을 감고 새근새근 잠든 척했다.

참된 용기란
습관적 공포심을 격퇴하는
돌발적 단순함이다.

68. 용기

어느 저녁나절 소년은 혼자 강둑에 서서 연신 씩씩대며 돌팔매질을 하고 있었다. 그러다 한 번씩 목이 터져라 고함을 내질렀다. 어느새 뒤따라온 멍멍이가 멀찌감치 떨어져 충분히 안전거리를 확보한 채 이쪽을 바라다보았다. 괜히 더 가까이 다가갔다가 성미 급한 주인에게 된통 봉변을 당할 지도 모르기 때문이었다. 소년의 이름은 '태산'으로 학교서나 동네서나 이미 알 만한 사람은 다 아는 지독한 말썽쟁이였다. 무슨 욕구불만이 그리 많은지 그 행동은 사사건건 비딱하고 어긋나고 막무가내였고 그 심사는 도통 갈피를 잡지 못할 지경으로 잔뜩 얼크러져 있었다. 그런 까닭에 소년의 집은 단 하루도 조용할 날이 없었다.

소년의 어머니는 시시때때로 학교로 어디로 불려 다녔고 이 집 저 집 아들 대신 찾아가 '제발 한 번만 용서해 달라'고 사정하며 손이 발이 되도록 발발 빌어야만 했다. 그러던 어느 날, 어머니는 문득 이런 결심을 했다. 일종의 궁여지책이었다. 다름 아닌 마을 교회를 찾아가 목사님을 만나 뵙고 소년이 교회를 다니도록 설득해 달라고 간곡히 부탁하기로 한 것이다. 교회라도 다니다 보면 소년의 그 난폭성도 차츰 수그러들지 모른다고 판단했기 때문이었다. 그러면서 아들을 위해서라면 자신도 기꺼이 교인이 되리라 어머니는 다짐했다. 그때까지 어머니는 교회의 '교'자만 떠올려도 오스스 몸소름이 끼칠 만큼 그쪽에는 격심한 거부감을 느껴온 터였다. 그런 만큼 제 발로 교회를 찾아가 그리 목사님을 청하려는 생각을 떠올린 것만으로도 아들에 대한 그녀의 근심이 어떠했을지 능히 그 속내를 측량하고도 남으리라.

며칠 뒤 어머니의 부탁을 받은 마을 교회 강 목사가 몸소 소년의 집을 방문했다. 마침 소년은 학교에서 막 돌아온 참이었다. 소년이 귀가하자 혹여 발부리에 차일라 멍멍이는 냉큼 개집으로 피해 들어가 납작 숨을 죽인 채 소년의 동태를 살폈다. 나이 지긋한 강 목사는 소년 태산과 나란히 앞마루에 앉아 조용조용 이야기를 나눴다. 한데 이상한 일이었다. 대체 어찌된 일일까. 혹여 무례한 행동을 하면 어쩌나 바싹바싹 타들어가는 어머니의 마음과 달리 소년은 마치 순한 양처럼 잠자코 강 목사의 말에 귀를 기울였다. 그분에게서 스며 나온 그 어떤 신성한 감화력이라도 작용한 걸까. 아니면 긴 세월 숙련된 그분만의 절묘한 설복력이 발휘된 걸까. 무슨 기적이라도 일어난 듯 소년은 돌연 고분고분 말 잘 듣는 착한 순둥이로 변한 것이다.

목사님께 대접할 음식을 준비하느라 정지에서 석둑석둑 재료들을 다듬던 어머니는 몰래몰래 잠깐씩 문밖으로 고개를 내밀고 그 모습을 지켜보았다. 그러다 그만 울컥 눈물이 솟구치며 그 어떤 격렬한 감동이 가슴 가득 벅차올랐다. 정말이지 꿈만 같았다. 바로 눈앞에서 일어나는 그 상황이 도무지 현실 같은 느낌이 들지 않았다. 어머니는 꾹꾹 눈물을 훔치고는 후딱 도마 앞으로 되돌아가 다시금 정지칼로 남은 재료들을 석둑대며 마저 다듬었다. 그 순간 소년의 모습에서 강 목사는 절로 자신의 어린 날을 떠올렸다. 그러면서 자꾸만 소년에게 애정이 갔다. 그랬다. 소년은 누구보다 지난날의 자신을 꼭 빼쏘았다. 아마도 소년은 자신과 똑같은 운명을 (결코 피할 수 없는 신의 의지를) 따르게 될 터였다.

'먼 훗날 너는 나를 대신해 이 마을의 목자가 되리라!' 강 목사는 그렇게 맘속으로 중얼거렸다. "하나님은 다 아신단다." 이윽고 강 목사가 다시금 입을 열었다. "하나님은 다 보신단다. 그분은 모든 걸 보고 계신단다. 네가 어디에 있는지, 무엇을 하는지, 무엇을 말하는지, 무슨 맘을 먹는지, 무슨 생각을 하는지……" 소년은 입을 꾹 다물고서 강 목사의 말에 얌전히 귀를 기울였다. 소년의 표정은 알 듯 모를 듯 미묘했다. 눈빛에는 어딘가 진지함이 깃들었고 입가에는 언뜻 미소마저 감돌았다. 강 목사가 순간 생각을 다듬느라 말을 멈추자 돌연 침묵이 흘렀다. 잠시 후 강 목사가 또다시 말을 시작하려는데 갑자기 소년이 발딱 일어나서 소리쳤다.

"무슨 하나님이 그 따위야!"
"병신같이!"
"할 줄 아는 게 그것밖에 없어!"
"고작 한다는 게 남들 훔쳐보는 거야!"

그러고는 냅다 문밖으로 뛰쳐나가 버렸다.

69. 휴대전화

봉기 씨는 평범한 직장인으로 이제 갓 서른을 넘긴 견실하고 조용한 젊은이였다. 그는 항상 검약과 근면을 삶의 신조로, 온건하고 중립적인 태도를 사회생활의 척도로, 절도와 절제를 통한 올바른 가치관의 정립과 전인적 인격의 함양을 일상적 가치의 표준이자 자기 행동의 규범으로 삼았다. 아직 사귀는 여자는 없었지만 언제고 그는 마음 맞는 상대를 만나 믿음직한 가장으로서 단란한 가정을 꾸리고픈 진지한 소망을 품었다. 그러면서도 그것이 좀처럼 수월치 않다는 사실을 모르지 않았기에 그의 바람은 어쩜 막연한 기대감이나 가능성에 더 가까웠다.

어쨌거나 그런저런 미래를 눈앞에 그리면서 그는 결코 체념하지 않고 하루 또 하루 자신에게 주어진 일과 삶과 시간에 충실했다. 그러던 어느 날, 자정이 얼추 사십 분쯤 지난 한밤중에 그는 줄줄 식은땀을 흘리면서 호된 악몽에 시달렸다. 그는 본디 꿈을 잘 꾸지 않는 데다 혹여 꾸었다고 해도 그저 자기의 소망을 무의식적으로 대리만족하는 것, 일테면 장래의 신붓감이 될 만한 어느 단아하고 어여쁜 여자가 등장한다든가 하는 내용이 대부분이었다.

하지만 이날은 전혀 달랐다.

한마디로 꿈이라는 도구를 이용한 어느 고약하고 삿된 심령에게 제 영혼을 통째로 붙들린 채 그는 속수무책으로 된통 농락을 당하고 있었다. 그의 자아는 이미 그 자신의 통제를 벗어나 그의 머릿속에서 홀연 사라지고 없었다. 그러면서 그는 혼잣말로 연신 무언가를 응얼거렸다. 단지 부지중에 뇌까리는 잠꼬대인 터라 도시 무슨 말을 하는 건지 짐작조차 할 수 없었다. 따르릉! 따르릉! 그의 휴대전화가 울린 것은 바로 그때였다. 잠시 후 그는 겨우겨우 손을 더듬어 침대맡 탁자 위에 놓인 휴대전화를 집어 들었다. 자기가 지금 눈을 뜬 건지 아닌지, 이게 잠결인지 꿈결인지 모른 채로 그는 얼결에 전화를 받았다.

"네......"

그가 말하자 저쪽에서 곧 누군가의 묵직한 음성이 들려왔다. "현봉기 씨. 여기는 지옥의 염라대왕 비서실입니다. 다름 아니라, 염라왕께서 방금 현봉기 씨를 지옥으로 소환하셨습니다. 바꿔 말하면, 현봉기 씨는 이제 이승을 하직하고 저승객이 된다는 뜻입니다. 이르면 이 밤 안으로, 늦어도 다음 자정까진 지옥의 사자가 당신을 데리러 갈 겁니다. 아무튼 너무 놀라지 마시고 미리미리 알아서 마음의 채비를 하시기 바랍니다......" 전화기 너머에서 그 남자가 말하는 동안 봉기 씨는 묵묵히 귀를 기울였다. 그러다 이윽고 그쪽에서 말을 마치려는 찰나 봉기 씨가 전화기에 대고 벌컥 성을 내며 분연히 소리쳤다. "이런, 얼어 죽을! 지옥은 개뿔이 지옥이야! 제기랄! 여기가 지옥이다, 인마! 거기 저승이 아니라! 바로 여기! 이승이 지옥이라고! 알아!"

70. 개구리

　냇가에서 개구리 몇 마리가 울음주머니를 볼록거리며 잇달아 개골개골 울었다. 한 아이가 와락 달려들어 잽싸게 개구리 한 마리를 덮쳐쥐었다. 다른 녀석들은 화들짝 놀라 폴짝폴짝 뛰며 사방으로 달아났다. 아이의 얼굴은 더덕더덕 땟국이 흐르고 몸은 비리비리 마른 데다 옷은 해질 대로 해져 꼴사납게 너덜거렸다. 얼마 후 아이는 사립문을 밀고 자기 집 앞마당으로 들어섰다. 한 손에는 개구리를 움켜쥔 채였다. 엄마는 또 오도카니 쪽마루에 걸터앉아 서럽게 울먹이고 있었다. 그런 엄마를 보자 아이는 울컥 감정이 복받치며 이내 눈가에 그렁그렁 눈물이 차올랐다. 곧 굵은 눈물이 야윈 볼을 타고 흘러내렸다. 금방이라도 앙하고 울어버릴 듯 아이는 자꾸만 입가를 삐죽거렸다. 이윽고 아이는 이를 꾹 깨물고 울음을 삼키면서 쭈뼛쭈뼛 앞마루로 걸어가더니 흘깃 한 번 엄마를 곁눈질하고는 그 곁에 슬며시 걸터앉았다. 그러고는 고개를 푹 떨군 채로 땅바닥을 내려다보았다.

　"어찌 이리도 사는 게 팍팍하다니!"
　엄마가 뚜벅 말을 뱉었다.

　"하늘도 참 무심하시지. 어찌 이리 세상이 불공평하다니. 무슨 놈의 세상이 그래 옳고 그름도 없이 거꾸로만 흘러간다니. 강한 자는 늘 떵떵대고 잘만 사는데, 약한 자는 늘 당하고만 살아야 하잖니. 무슨 놈의 세상이 그래 착한 자는 더 괴롭게 하고, 악한 자는 더 즐겁게 한다니……" 엄마는 말을 멈추고 한숨을 푹 내쉬었다. 한동안 침묵이 흘렀다. 아이 손아귀에서 갑자기 개구리가 꿈틀거렸다. 아이가 개구리를 바라보자 녀석이 손아귀를 빠져나오려고 안간힘을 쓰며 꼼지락거렸다. 그 모습이 안쓰러웠는지 아이가 살짝 손아귀의 힘을 풀고 개구리의 압박감을 덜어주었다. 순간 녀석이 움직임을 멈추고 눈을 끔벅끔벅하더니 곧 개골개골 입을 열었다.

"너무 슬퍼하지 마. 뭐든 다 이유가 있으니까. 신은 그리 무모한 분이 아니야. 지금 이 세상에서 착한 자보다 악한 자가 더 잘되는 것도 그만한 이유가 있어. 그게 다 신의 섭리이자 은총이란 말이지. 왜냐고? 자, 생각해봐. 이 세상에서 착한 사람이 더 잘되면 나중에 죽어서 따로 심판할 게 없잖아. 요컨대 악한 사람은 이미 불이익을 당했으니 죽은 뒤에 딱히 벌을 줄 수가 없을 테고, 착한 사람 또한 이미 충분한 이로움을 얻었으니 죽은 뒤에 따로 보답이나 보호나 선물을 받을 이유가 없을 거란 말이지. 이를테면 천국도 지옥도 별 의미가 없어진단 말이지. 그니까 내 말은... 이 세상은 어차피 불공평(불합리)할 수밖에 없다는 거야. 즉 선한 자가 더 괴롭고 악한 자가 더 즐거워야만 나중의 심판이 의미가 있고 나아가서 천국과 지옥도 그 나름의 정의와 권위와 논리가 선다는 말이지......"

애써 위로삼아 그리 말은 했지만 개구리는 그것이 얼마나 허망한 논리인지 누구보다 잘 알고 있었다. 왜냐하면 자기 자신조차도 그 같은 논리를 전혀 수긍할 수 없었기 때문이다. 요컨대 그 누가 사후의 보상을 기대하고 스스로 화창한 날들을 외면한 채 궂은비 내리는 음울한 날들을 맞이하겠는가. 다시 말해 죽고 나서 나중에 여하한 심판과 처벌이 뒤따를지라도 우선은 좋은 집, 좋은 배경, 좋은 환경에서 잘 먹고 잘 입고 잘 자고 그렇게 보란 듯이 남부럽지

않게 잘 살고 싶은 것이 우리 누구나의 한결같은 바람이자 소망일
터이기 때문이었다.

71. 주유소

고등학교 윤리 교사인 영숙 씨는 아침 출근길에 단골 주유소에 들러 자기 차에 기름을 채웠다. 마흔 살가량의 남자 직원이 주유구에 주유건을 꽂고 차에 기름을 넣는 동안 영숙 씨는 운전석 차창을 내리고 멀거니 밖을 응시한 채 생각에 잠겼다. '세월 참 빠르기도 하지. 교사 생활 시작한 게 바로 엊그제 같은데, 손에 막 분필 가루 묻히기 시작한 게 바로 며칠 전 같은데, 그새 퇴직이라니......' 그랬다. 올해가 영숙 씨에겐 삼십여 년 교사 생활을 끝맺이하는, 마지막 해였던 것이다.

영숙 씨는 또 새삼 그 사실을 곱씹으며 씁쓸히 회상에 젖었다. 그러면서 또 할 수 없이 울적한 기분에 사로잡혔다. 안 그래도 요사이 부쩍 인생의 허전함과 세월의 무상함을 실감하던 차였다.

방금 또 영숙 씨는 무망중에 한숨을 내쉬었다. 이렇게 혼자 있을 때면 무시로 풀쑥풀쑥 한숨이 새어나왔다(어느 결에 그것은 버릇처럼 굳어버렸다). 그러면서도 영숙 씨는 그런 자신의 심경을 다른 누구에게도 투사하지 않고 겉으로는 늘 학생들을 배려하는 마음으로 밝고 명랑한 태도를 잃지 않았다. 잠시 후 주유소를 떠나면서 영숙 씨는 어떤 생각 하나를 떠올렸다. 그 뒤로 시간이 흘렀다. 점심시간이 지나 오후 수업에 든 영숙 씨는 출근길에 주유소에서 떠올렸던 그 생각을 실행에 옮겼다.

영숙 씨는 학생들에게 이렇게 말했다.

"여러분. 다들 알다시피 사람이 만든 기계는 윤활유... 그러니까 제때제때 적절히 기름칠을 해줘야 뻑뻑하지 않고 본래대로 잘 맞물려 순조롭게 돌아갑니다." 그렇게 운을 떼고서 영숙 씨는 대뜸 질문 하나를 던졌다. "자, 그럼. 바로 이 세계, 바로 우리, 사람과 사람이 서로 맞물려 살아가는 이 공간, 바로 이 복잡다단한 인간 사회를 신이 만든 또 하나의 기계라고 가정한다면, 이 거대한 기계는 과연 무엇으로 기름칠을 해야 서로 간에 마찰(갈등)을 빚지 않고 부드럽게 잘 돌아갈까요?" 다소 엉뚱해 보이는 질문이었지만 학생들은 저마다 진지한 표정으로 생각에 잠겼다. 그러다 하나씩 손을 들고 그 질문에 대한 답을 내놓았다.

그들의 답을 간추리면 이랬다.

1. 사랑과 배려
2. 관심, 관용, 용서
3. 양보, 나눔, 도움
4. 절제, 협력, 토론
5. 희망, 공감, 소통
6. 평등, 기회균등, 차별금지
7. 상호존중, 칭찬......

학생들의 거침없는 대답에 영숙 씨는 절로 흡족한 미소를 지었다. 그러면서 뭔지 모를 성취감과 동시에 뿌듯한 충족감을 느꼈다. 영숙 씨는 애정 어린 눈길로 학생 하나하나를 모두 의미심장하게 바라보았다. 마치 오늘이 마지막 수업이라도 되는 양, 다시는 못 볼 것처럼 절실함이 서린 눈빛이었다. 학생들은 숨을 죽인 채 선생님이 다시 입을 열기를 기다렸다. 영숙 씨는 기꺼운 마음에 이쯤에서 수업을 접고 종료 종이 울릴 때까지 학생들에게 자유 시간을 주기로 결정했다. 그러고서 막 그 사실을 알리려는데 영숙 씨의 등 뒤에서 "에헤! 대답들이 왜 그래! 무슨 대답들이 그 모양이야!" 하고 칠판이 불쑥 입을 열었다.

"아니, 영숙 씨! 차 선생님!"
곧 칠판이 말을 이었다.

"대체 어떻게 된 거야! 여태까지 뭐한 거야! 응? 이날 이때껏 내내 뭘 가르친 거냐고! 사람이 왜 그래? 어째 사람이 그 모양이야! 어찌 사람이 삼십 년이 넘도록 첫 모습 그대로 변한 게 없어! 무슨 사람이 그래! 어찌 그리 무신경해! 무던해도 이만저만 무던해야지! 뭔 사람이 시종일관 원자세 그대로냐고! 정말 중요한 게 빠졌잖아! 제일 적나라한 거! 가장 현실적인 거! 보다 실질적인 거! 그런 빈껍데기 말고! 진짜 필요한 알맹이 말이야!" 마지막으로 칠판은 쐐기를 박듯 이렇게 덧붙였다.

"바로 돈! 돈! 돈! 돈 말이야!"

72. 갈림길

　한 지역구에 각각 국회의원을 꿈꾸는 두 사람이 있었다. 둘 다 서른 중반의 젊은 나이로 더 나은 세상을 만들겠다는 뜨거운 열의와 굳은 신념을 지녔으며 어렵고 소외된 이웃을 향한 봉사와 희생 정신 또한 남달랐다. 둘 중 누구를 더 칭찬하고 격려해야 좋을지 모를 만큼 그들의 성실과 충직함은 한결같고 모범적이었다. 그래서 새로 선거철이 다가오자 지역민들은 둘 중 누구를 선택할지 고민하느라 때 아닌 골머리를 앓았다. 이는 뭐랄까. 요컨대 난감하면서도 기껍고, 안타까우면서도 행복스러운 고민이었다. 사실이었다. 무엇 하나 손색없는 젊고 훌륭한 후보가 한 선거구에 둘씩이나 있었으니 말이다. 예상대로 이번 선거에서 둘은 저마다의 당적을 달고 같은 지역구에서 동시에 국회의원 후보로 나섰다. 지난 몇 해 동안 그야말로 밤낮 안 가리고 둘은 지역 사회를 위해 온갖 관심과 노력과 헌신을 아끼지 않았다. 어느 날 두 후보는 지역민들을 한데 모아 놓고 합동 유세를 하기로 합의했다. 그리고 지역구의 한 고등학교 운동장을 유세 장소로 정했다.

　마침내 그날이 왔다. 유권자들 대다수는 운동장에 마련된 흰색 플라스틱 의자에 편안히 자리를 잡고 앉았다. 나머지는 군데군데 모여 서서 이쪽 다리서 저쪽 다리로 번갈아 무게중심을 옮겨가며 진득하게 단상 위의 후보들을 지켜보거나 아니면 운동장 한 편에 보이는 계단식 관람대로 올라가서 그 지붕 밑 그늘에 흩어져 앉아 진지한 빛으로 유세를 지켜보았다. 관람대 맨 위쪽에는 두꺼운 철망이 쳐져 있고 그 뒤로는 덤불숲이 우거진 나지막한 동산이 솟아 있었다.

　둘은 차례로 돌아가며 각각의 주제별로
　유세를 반복했다.

　둘은 되도록 인신공격성 비방이나 소모적인 공방전을 자제하고 각자의 포부와 공약을 알리고 그것의 실천을 위한 구체적 청사진을 전달하는 데 자신들의 온 연설력을 집중했다. 그때 운동장 관람대에 앉아 후보들의 연설을 듣고 있던 노인이 말했다. "말 그대로 백중지세가 따로 없군그래. 이리도 난감할 때가 있나. 대체 누구를 찍어줘야 할지 모르겠구먼. 누구 하나 빠지는 데가 있어야 말이지. 그나저나 이래도 서운, 저래도 서운하게 생겼어. 맘 같아선 그저 두 사람 다 똑같이 당선하면 쓰겠구먼......" 그러자 곁에 앉은 노인이 말을 받았다. "그러게나 말일세. 이거야 원. 인물이면 인물, 언변이면 언변, 리더십이면 리더십, 그 뭐 하나 당최 우열을 가릴 수가 없으니......" 그러고 있는데 관람대 뒤편 숲속에서 다람쥐 한 마리가 막 철망 틈새를 비집고 나와 둘의 곁으로 다가왔다.

　"다시 한 번 잘 보세요."
　"분명 다른 점이 보일 거예요."

　다람쥐가 불쑥 입을 열었다. 노인 둘은 다람쥐의 말대로 다시 한 번 유심히 단상 쪽을 바라다보았다. 다람쥐도 뒷발로 버티고 선 채 그쪽으로 같이 시선을 던졌다. 후보 둘은 각자 연설을 마치고 단상에 나란히 붙어 서서 지역민들의 박수에 화답하며 연신 머리를 조아리고 있었다. "언뜻 보면 서로 차이점이 없지만, 좀 더 신중히 들여다보면 둘은 확연히 다른 점이 있어요." 그렇게 다람쥐가 다시 입을 열었다. "자, 저기를 좀 보세요." 다람쥐가 가리킨 곳은 저쪽 단상 위의 허공이었다. 곧 그 공간에 브이 자로 갈라진 갈림길이 나타났다. 한쪽 길은 좁고 거칠고 오래전에 인적이 끊긴 듯 잡풀만 무성한 비포장도로였고, 다른 쪽은 넓고 매끄럽고 한시도 사람들의 발길이 끊이지 않는 듯 시원스레 죽 뻗은 포장도로였다.

"자, 뭐가 보이나요?"
다람쥐가 다시 말을 이었다.

"두 후보는 지금 하나의 갈림길 앞에 나란히 서 있어요. 하지만 두 사람이 바라보는 방향은 정반대이지요. 하나는 그 욕망의 길을, 하나는 그 양심의 길을. 그래요. 둘은 전혀 다른 곳을 바라보고 있어요. 한 사람은 자신에게 다가올 척박한 그 운명의 가시밭길로 들어서기 위해, 다른 한 사람은 자기 앞에 펼쳐질 탄탄한 그 출세의 성공가도를 질주하기 위해 저 자리에 서 있는 거지요. 일테면 한 사람은 더 많이 누리고 더 많이 가지고 더 많이 그러쥐기 위해, 한 사람은 더 많이 베풀고 더 많이 나누고 더 많이 내어 주기 위해 저 자리에 서 있는 거예요."

"자, 이제 두 분은 누구를 선택하겠어요?"
다람쥐는 계속 말을 이었다.

"어느 쪽인가요? 이쪽인가요, 저쪽인가요? 누구인가요? 어느 길인가요? 이제 곧 다가올 호화로운 삶, 향기로운 꽃길, 그 마법의 구름길을 걸어가기 위해 그토록 애쓰고 그토록 힘쓰고 그토록 진력한 후보인가요? 아니면 앞으로 마주할 그 모진 여정, 그 숱한 압박과 냉소와 좌절, 나아가면 갈수록 더 외롭고 수고로운 길, 그 고난의 가시밭길로 뛰어들기 위해 마침내 저 자리에 선 후보인가요?”

73. 층층대

방금 지하철 승강장에 전동차가 다가와 서더니 곧 출입문이 열렸다. 열린 출입문마다 일제히 우 사람들이 쏟아져 나오고 그만큼 또 우르르 밀려들어 갔다. 잠시 후 출입문을 닫는다는 안내방송이 울렸다. 이십대 후반의 신학대 복학생인 영광 씨는 몇 정거장 전부터 졸음이 쏟아져 그만 깜박 선잠이 들었다. 그러다 막 출입문이 닫히려는 찰나 번쩍 눈을 뜨고는 벼락같이 일어나 전동차를 빠져나왔다. 그 통에 닫히려던 출입문이 도로 활짝 열렸다가 닫혔다. 영광 씨는 절로 안도의 숨을 내쉬었다. 하마터면 제때 못 내리고 무한정 달려가다 뒤늦게 잠을 깨고 거꾸로 한참을 되돌아올 뻔했다. 한낮이었다. 영광 씨는 오후 강의를 들으려고 학교에 가는 길이었다. 먼저 내린 승객들은 이미 역사를 빠져나가고 다음 전동차를 기다리는 손님도 거의 없어 승강장은 돌연 휑뎅그렁했다.

영광 씨는 서둘러 껑충껑충 계단을
뛰어올라 갔다.

영광 씨가 다니는 '00신학대'는 지하철역에서 그리 멀지 않았다. 쉬엄쉬엄 걸으면 십분 안짝이었고 열심히 걸으면 삼사 분으로 족했다. 역사 계단은 상당히 높았다. 따로 에스컬레이터가 있었지만 공교롭게도 점검중이었다. 진녹색 항공 점퍼를 걸친 남자 둘이 점검 알림판을 세워두고 한창 작업중이었다. 영광 씨는 뛰다시피 성큼성큼 발을 놀려 단숨에 계단 중간을 오르다가 절로 우뚝 발을 멈추고 뒤를 돌아보았다. 몇 걸음 아래쪽에 허리가 구부정한 노인이 층계를 오르다 말고 멈춰 서서 거칠게 숨을 헐떡이고 있었다. 곧 노인은 다시 발걸음을 떼고 어렵게 어렵게 계단을 밟아 오르기 시작했다. 한쪽 다리가 불편한지 걸음을 뗄 적마다 노인의 몸은 비슬비슬 흔들거렸다.

영광 씨는 후딱 손목시계를 보았다.
이제 거의 강의 시간이 임박했다.

지금부터 전속력으로 달려가도 제 시간에 닿을까 말까 했다. 잠시 고민에 잠겼다가 영광 씨는 도로 계단을 내려가 그 노인을 부축하고 천천히 층계를 오르기 시작했다. 노인은 흘끔 영광 씨를 바라본 뒤 헐헐 가쁜 숨을 내쉬면서 묵묵히 그의 부축을 받았다. 그렇게 둘이서 열두 계단쯤 올랐을 때였다. 눈앞에서 갑자기 계단이 녹아내리면서 동시에 그 자리에 높다란 돌층계가 나타났다. 꽤 오랜 시간 사람의 발길이 거의 닿지 않은 듯 돌층계 곳곳에는 수북수북 잡풀이 자라 있었다. 얼른 아래쪽을 되돌아보니 그사이 계단은 간데없고 텅 빈 허공만이 눈에 들어왔다. 마치 넓게 펼쳐졌던 아코디언 주름상자가 도로 딱 접혀진 것처럼 바로 발밑 층계 하나만을 남기고 계단은 형적도 없이 사그라져 버렸다.

영광 씨는 그 순간 겁이 나거나 아찔하기보다는 외려 기묘하리만큼 신비감에 휩싸이면서 이내 몽롱한 득의와 환희에 도취되는 듯한, 낯선 흥분감을 느꼈다. 둘은 다시 한 걸음 한 걸음 발을 옮겨 돌층계를 걸어 올라갔다. 말없이 영광 씨의 부축을 받으면서 노인은 허덕허덕 된숨을 토해내며 가까스로 한 발씩 발걸음을 옮겨 디뎠다. 힘겹게 노인을 곁부축하고 거친 숨을 식식대면서 한참을 걸어

올라가 영광 씨는 마침내 돌층계 꼭대기에 닿았다. 다음 순간 돌층계도 노인도 표연히 자취를 감추고 영광 씨는 홀로 구름 위에 우뚝 서 있었다.

영광 씨는 번뜩 잠을 깼다.
순간 안내방송이 울렸다.

"이번 역은 00대입구, 00대입구역입니다."

74. 학

올해 초등학교에 들어간 '순심'이는 어느 날 같은 반 동무 해미 때문에 속이 상했다. 쉬는 시간에 해미가 순심에게 물었다. "넌 어떤 집에 살아? 아파트야, 빌라야? 방은 몇 개야? 몇 평짜리야? 난 ○○아파트에 살아. 우리 집은 방이 네 개고......" 그리 종알대는 해미가 순심이는 정말이지 그렇게 밉살스러울 수가 없었다. 그날 밤에 순심이가 엄마한테 물었다. "엄마, 우린 언제 아파트로 이사 가? 우린 왜 이런 곳에 살아? 우린 왜 아파트에 안 살아? 응?"

엄마는 멍하니 순심이를 바라볼 뿐 아무 말도 하지 못했다. 그녀는 눈뿌리가 시큰하도록 서러움이 차오르지만 딸애 앞에서 차마 그 속가슴을 드러내지 못한다. 엄마가 말이 없자 순심이는 더 바짝 한 무릎 다가붙으며 이제 제풀에 달아올라 짱알짱알 떼를 쓰기 시작했다. "엄마! 우리도 아파트로 이사 가자! 응! 응! 이사 가자! 나도 아파트에 살고 싶어! 나도 아파트로 이사 가고 싶어!" 그리고 일주일쯤 지났다. 방과 후 집에 돌아온 순심이는 책가방을 팽개치고 갑갑한 단칸방을 나와 혼자 털털 뒷동산에 올랐다. 얼마 뒤에 순심이는 뒷산 마루턱에 닿았다. 한쪽 풀밭에 털썩 주저앉아 순심이는 허공 저 멀리 시선을 던졌다. 그러자 먼발치로 하늘 높이 우뚝 솟아오른 고급 아파트촌이 바라다보였다.

"넌 어떤 집에 살아?"
순간 또 해미의 목소리가 되살아왔다.

'저기가 해미가 사는 아파트일까?'

순심이는 맘속으로 중얼거렸다.

순심이는 같은 반 동무들이 해미네 아파트로 놀러가자는 걸 번번이 핑계를 대고 일부러 비슥비슥 피했다. 아무래도 샘이 났던 탓이다. 해미네 아파트가 어찌 생겼는지 너무나 궁금하면서도 순심이는 끝내 자기 속마음을 물들인 그 시새움의 색채를 지워내기 어려웠던 터였다. 산 아래 저만치에 순심이가 사는 달동네와 초라한 마을 집들이 바라보였다. 순심이는 부러 달동네를 외면하고 고집스레 그 아파트촌을 응시하고 있었다. 마치 구름에 닿을 듯, 낮은 주택가 사이로 위풍당당하게 솟아오른 그 아파트단지를! 그때 어디선가 이런 목소리가 귀를 울렸다.

"순심아. 종이학을 접으렴. 종이학 천 개를 접으면, 네 소원이 이뤄질지도 몰라." 순심이는 깜짝 놀라 주위를 둘러보았다. 조금 있자 한쪽 풀숲에서 소시락소시락 소리가 나더니 그쪽에서 곧 털빛 누런 산토끼 한 마리가 불쑥 모습을 드러냈다. 잠시 그 자리에 섰다가 녀석은 폴딱폴딱 뛰어 순심이 쪽으로 다가오더니 서로 1미터쯤 사이를 두고 발을 멈췄다. 그러고는 대뜸 뒷발로 곧추서서 귀를 쫑긋하고 예민하게 청각을 곤두세우며 잔뜩 경계심에 찬 눈으로 주변을 두리번거렸다. 그런 뒤에야 안심이 되었는지 얼마간 경계심을 늦추고 이렇게 입을 열었다. "순심아. 오늘부터 종이학을 접으렴. 그리고 소원을 빌어보렴." 순심이는 잠자코 산토끼의 말에 귀를 기울였다.

"자! 저길 바라보렴, 순심아!"
산토끼가 또 입을 열었다.

순심이는 얼른 산토끼가 가리키는 쪽을 바라보았다. 거기는 방금 그 아파트촌에서 그리 멀지 않은 초고층 아파트 신축 공사장이었다. 얼마 전 기초공사를 끝내고 이제 막 골조공사를 시작한 단계여서 아직 건물은 보이지 않고 공중으로 올연 솟아오른 거대한 타워크레인만 바라보였다. "이제부터 종이학을 접으렴. 매일매일 소원을 빌면서 하루에 한 개씩 꼬박꼬박." 산토끼가 또 말을 이었다. "마침내 종이학 천 개를 다 접으면, 저 아파트단지도 다 완성될 거야. 그럼 소원대로 저 아파트단지로 이사 갈지도 모르잖니." 순심이가 문득 산토끼를 돌아보았을 때 녀석은 이미 사라지고 없었다. 그날부터 순심이는 종이학을 접기 시작했다. 알록달록 색종이로 날마다 소원을 빌면서 하루에 한 개씩 꼬박꼬박. 하루 또 하루. 한 마리, 한 마리. 투명 플라스틱 사탕통 속으로 가지가지 빛깔의 종이학들이 쉬지 않고 날아들었다. 그렇게 한 달이 가고 두 달이 가고 어느덧 석 달이 훌쩍 지나갔다. 그리고 또 시간이 흘러 마침내 종이학 접기를 시작한지 꼭 백 일째가 되었다.

그날 밤 순심이는 꿈을 꾸었다.

방과 후 순심이는 홀로 뒷산 마루턱에 앉아 바로 그곳 아파트 공사장의 타워크레인을 바라보고 있었다. 단지 그곳을 바라보는 것만으로 순심이는 한가득 가슴이 부풀어 올랐다. 순심이는 내심 산토끼가 나타나지 않을까 귀를 기울였지만 끝내 아무 기척도 들리지 않았다. 처음 그날 이후 순심이는 아직 산토끼와 재회하지 못했다. 순심이의 마음속엔 여전히 그날 그 산토끼의 목소리가 생생히 들려왔다. 그럼에도 산토끼를 다시 만나 꼭 한 번 그날 그 목소리를 되새기고 싶다는, 억지하기 힘든 충동심이 일었다. 날마다 그 목소리를 떠올리며 자기 자신을 다독이면서도 왜 그런지 자꾸만 의심증에 사로잡혔다.

바로 그 의심증을 불식하는 유일한 방법은 그날 그 산토끼를 다시 만나 그때 그 목소리를 통해 스스로 자신의 믿음을 재확인하는 것뿐이었다. 이윽고 순심이는 부스스 몸을 일으켰다. 시선은 계속 타워크레인 쪽에 둔 채였다. 바로 그때였다. 갑자기 타워크레인이 하늘 위로 번쩍 솟아오르더니 그대로 활짝 날개를 펼치며 한 마리 거대한 학으로 변신했다. 곧 너울너울 날개를 저어 학은 순심이 쪽으로 날아왔다. 얼마 후 순심이는 그 거대한 학을 타고 그곳 아파트 공사장으로 날아갔다. 그렇게 학을 타고 빙글빙글 아파트 공사장 위를 맴돌았다.

"순심아! 순심아! 순심아!"

엄마가 잇달아 순심이의 어깨를 흔들었다. 무슨 악몽을 꾸는지 순심이는 식은땀을 흘리며 연방 잠꼬대를 응얼거렸다. 엄마가 계속 어깨를 흔들자 이윽고 얼핏 잠을 깬 순심이가 혼잣말처럼 중얼거렸다. "어지러워. 나 어지러워, 엄마. 미안해, 엄마. 내가 잘못했어. 이제 안 그럴게. 이제 안 물어볼게. 이제 안 조를게, 엄마. 바보같이. 너무 높이 올라갔나 봐. 이렇게 어지러운 줄도 모르고……"

75. 등대

하루는 섬마을 분교에서 선생님이 전교생을 데리고 야외수업을 나갔다. 선생님은 아이들과 함께 먼빛으로 보이는 바닷가 언덕 위에 올랐다. 그 언덕배기 한쪽에 무인등대 하나가 우뚝 솟아 있었다. 얼마 후 아이들은 등대 주위에 모여 앉아 선생님 말씀에 귀를 모았다. 언덕 아래 저만치 게으르게 넘실대는 푸른 해원이 펼쳐져 있었다. 아이들에게 환영 인사라도 하듯 풀밭 여기저기서 청징한 대기를 읊조리는 열띤 풀벌레 울음소리가 들려왔다. 이날 선생님은 이 세상을 빛낸 여러 위인들 이야기를 들려주었다. 그런 뒤에 선생님은 이렇게 말씀하셨다. 이들은 바로 '지혜와 자비, 사랑과 믿음, 봉사와 헌신, 이성과 의지, 희망과 약속을 통해 이곳 지상의 어둠을 걷어내는 인류의 영원한 등대와 같다'고. 그러면서 등대를 가리키며 '너희들도 앞으로 이들을 본받아 세상의 어둠을 비추는 등대 같은 사람이 되라'고.

성철은 선생님의 말씀을 되새기며 새삼 경이로운 눈으로 그 등대를 쳐다보았다. 열한 살이 되도록 지금껏 수도 없이 이 등대를 보았지만 이때처럼 신비롭고 불가사의한 느낌을 받기는 처음이었다. 방금 선생님의 말씀을 듣기 전만 해도 등대는 늘 그 자리를 지키는 일상적인 풍경의 하나일 뿐이었다. 간혹 외지인의 눈에 자못 신선하고 독특한 감상을 일으키는 등대일지라도 예서 나고 자란 성철에겐 한낱 전신주와 다름없는 단순 조형물에 불과했던 것이다.

방과 후 성철은 혼자 몰래 등대를 찾았다.

성철은 말없이 서서 사뭇 진지한 빛으로 등대를 올려다보았다. 잠시 후 성철은 등대 곁에 호젓이 앉아 저 멀리 수평선 쪽으로 시선을 던졌다. 그러면서 다시금 선생님의 말씀을 떠올렸다. 바람은 잠잠하고 석양빛에 물든 저물녘의 바다는 아늑하고 너그러운 미소로 성철의 눈망울을 적셨다. 저만치 뭉게구름 아래 바닷새 몇 마리가 한가로이 날며 이따금씩 해면을 자맥질했다. 성철은 왠지 선생님의 말씀처럼 자신이 자라나 이 세상의 어둠을 비추는 등대 같은 사람이 될지 모른다는 막연한 기대감이 피어올랐다. 어느덧 스름스름 땅거미가 들면서 점차 대기가 어두워지고 그사이 푸른 강철빛 바다도 따라 검퍼런 무쇳빛을 띠기 시작했다.

성철은 몸을 일으켰다. 더 어두워지기 전 그만 돌아가야겠다는 생각이 들었다. 저녁 해가 이울면서 짙어가는 어스름 사이로 축축한 바닷바람이 불어왔다. 언덕에는 시나브로 밤이슬이 내리고 물기 젖은 풀잎들은 향기롭게 침묵하며 몸을 떨었다. 잠시 서서 등대를 쳐다본 뒤 성철은 곧장 발을 돌려 어스레한 언덕길을 걸어 내려갔다. 얼마 후 집 앞에 다다랐을 때 마을 저편 언덕배기에서 무인등대가 막 눈을 뜨고 빛의 혀를 불쑥 내밀어 해무 서린 밤바다를 할짝할짝 핥았다. 한동안 등댓불을 바라보며 생각에 잠겼다가 성철은 대문을 열고 마당으로 들어섰다. 성철은 저녁을 먹고 초저녁에 일찌감치 잠자리에 들었다. 그리고 어느 순간 성철은 문득 눈이 떠졌다.

이제 갓 자정을 넘긴 한밤중이었다.

"날 따라오너라."
(어떤 목소리가 순간 귀를 울렸다.)

성철은 절로 몸을 일으켜 바깥으로 나갔다. 달도 별도 사라진 밤. 그 미지의 목소리를 따라 대문을 나온 성철은 얼마 후 마을 저편 언덕배기에서 빛나는 그 등대 곁에 다다랐다. "잘 지켜보아라." 다시 목소리가 들리더니 홀연 눈앞에 한 사람이 나타났다. 그의 얼굴은 보이지 않고 단지 두 개의 눈동자만 반짝반짝 빛났다. 그때 느닷없이 등댓불이 훅 꺼졌다. 주위는 돌연 암흑 속에 갇혔다. 어디까지가 언덕이고 어디부터가 바다인지조차 구분하기 어려웠다. 성철은 왈칵 두려움이 솟았다. 그토록 까만 어둠 속에서 그 사람의 두 눈동자만 별빛처럼 반짝거렸다.

잠시 후 그는 제 손으로 한쪽 눈을 꺼내 머리 위 등명기 쪽으로 휙 던졌다. 그의 눈이 빛을 발하며 등명기 안으로 쏙 빨려들었다. 그러자 대번 번쩍하고 등댓불이 켜졌다. 얼마 안 가 또 등댓불이 꺼지자 그는 지체 없이 남은 눈을 꺼내 머리 위로 던져 올렸다. 그러자 다시금 등댓불이 켜졌다. 그렇게 자신의 빛을 내어 주고 그는 스스로 깊은 어둠 속에 갇혔다. 다음 순간 그에게서 목소리가 울렸다. "나를 보거라. 등대 같은 사람이 되고 싶으냐? 세상의 어둠을 비추는 등대 같은 사람이 된다는 건 바로 이런 거란다. 세상이 온통 칠흑같이 어두워질 때 너는 주저 없이 세상을 위해 너의 빛을 내어 줘야 한단다."

76. 놀이터

　나른한 햇살이 떨어지는 초가을의 오후였다. 공원 한옆 애견 놀이터에서 크고 작은 품종의 개들이 끼리끼리 모여 신나게 뛰어놀았다. 주인들은 주인들대로 애견들은 애견들대로 서로서로 제가끔 그들만의 재미와 여유를 즐겼다. 아까부터 놀이터 한쪽에선 몸피 작은 친구들이 따로 모여 이야기를 나눴다. 포메라니안, 푸들, 치와와, 몰티즈, 요크셔테리어 등이었다. 이윽고 몰티즈가 말을 마치자 포메라니안이 곧 이야기를 받았다. "난 얼마 전에 우리 집사 미순 씨를 데리고 이탈리아 로마에 다녀왔어." 그렇게 슬쩍 운을 떼고는 잠시 뜸을 들이며 친구들을 둘러보았다. 친구들은 잔뜩 호기심에 찬 눈길로 '포미'를 바라보았다. 누구 할 것 없이 어서 빨리 계속 이야기를 해달라는 표정들이었다.

　"로마가 어떤 곳인지 알지?"
　하고 포미가 다시 말문을 열었다.

　"한마디로 역사와 종교, 예술과 미학, 사랑과 욕망, 쾌락과 탐욕, 전쟁과 살육, 피와 광기와 절규, 번영과 추락, 칼과 한숨과 고독 그리고 시적인 영감과 더불어 권력을 향한 끝없는 열망과 추접한 암투가 한데 어우러진 곳이지." 그리 말하고 포미는 잠시 멈췄다가 이렇게 다시 말을 이었다. "그리고 다들 한 번쯤 들어봤겠지만, 바로 거기 로마 중심부에 '진실의 입(Bocca della Verita)'이란 명소가 있어. 하루는 미순 씨를 데리고 산타 마리아 인 코스메딘 성당 입구에 있는 그 진실의 입을 보러 갔지 뭐야. 그러니까 4박5일 여행 기간

중 사흘째 되는 날이었어. 우리 미순 씨가 말하길, 만약 거짓말을 하는 사람이 거기 진실의 입에 손을 넣으면 손이 싹둑 잘린다는 전설이 있다나 뭐라나. 근데, 있잖아. 뭔가 내심 켕기는 구석이 있었는지, 미순 씨는 아예 손도 넣어보려 하지 않고 난데없이 불쑥 질문을 던지는 게 아니겠어.”

진실의 입아. 진실의 입아.
정신병원과 사이비종교의 차이점이 뭐니?

“참 나, 얼마나 황당하던지. 내가 다 무안해서 그만 얼굴이 확 달아올랐지 뭐야. 아닌 게 아니라 꿀밤 한 대 쿡 쥐어박고 싶은 심정이었다니까. 암튼 말이지, 미순 씨가 좀 엉뚱한 면이 있긴 해. 나한테도 종종 그런다니까. 어떤 때는 진짜 말도 안 되는 요구를 한다니까. 아니 글쎄, 한번은 나더러 세탁기 다 돌아가면 자기 대신 건조대에 빨래 좀 널어 달래지 뭐야. 자기는 벌써 몇 시간째 휴대폰을 붙들고 친구랑 실컷 수다를 떨면서 말이야. 한번은 또 어떤 줄 알아? 참 나! 있잖아! 아니 글쎄, 무슨 드라마를 보는지 영화를 보는지 아까부터 줄곧 거실 소파에 퍼질러 앉아 깍지 낀 손으로 양쪽 무릎을 번갈아 들어 올려 감싸고는 으레 그 맹한 눈으로 티브이를 쳐다보면서 날더러 불쑥 이러는 거 있지. ‘포미야, 미안한데, 밖에 나가서 간식거리 좀 사다줄래?’ 참 나! 미안하긴 쥐뿔! 누굴 모지리로 보나. 내가 자기 심부름꾼이야, 뭐야. 그 무슨 되지도 않을 소리냔 말야. 그나저나. 그건 그렇고. 뭐, 아무튼. 그런 일이 하루 이틀도 아니고. 미순 씨야 늘상 그러니까 말야. 근데, 있잖아. 조금 있으니까 그 진실의 입이 돌연 혼잣말을 중얼거리지 뭐야.”

꽤나 궁금했나 보군.

예까지 와 질문을 하는 걸 보니.

"그러고는 곧 이렇게 덧붙이지 뭐야."

음... 정신병원과 사이비종교의 차이점이 뭐냐? 그야 뭐 간단하지. 말하자면 이런 거야. 알기 쉽게 설명하면 이런 거지, 뭐. 요컨대 정신병원은 '정상인인 의사가 비정상인인 환자들을 치료하는 곳'이지만, 사이비종교는 '비정상인인 교주가 정상인인 신도들을 치유하는 곳'이지.

77. 풀잎

　아직 이름조차 없는 갓난아기가 인공호흡기를 달고 어느 산부인과 병원 '신생아 중환자실 인큐베이터' 안에 누워 있었다. 아기는 그러니까 두 주 전쯤 태어난 팔삭둥이 조산아였다. 한순간 아기는 가녀린 풀잎처럼 몸을 떨었다. 그것은 어쩜 연약한 생명을 포기하지 않으려는 절실한 의지의 표현이자 치열한 투쟁의 몸부림이었다. 그러면서 아기는 마음속으로 생각했다. '나는 왜 정상아로 태어나지 못하고 이런 미숙아로 태어난 걸까. 나는 왜 남들처럼 건강한 태아로 다부지게 잘 자라지 못한 걸까. 나는 왜 산소호흡기를 꼽고 혼자 인큐베이터 안에 갇혀 있는 걸까. 신은 너무 불공평해. 신은 너무 불합리해. 신은 왜 나만 미워하는 걸까. 내가 무슨 잘못을 했다고. 내가 무슨 죄가 있다고 나한테만 벌을 주는 걸까……' 잠시 후 간호사가 곁으로 다가오자 아기는 뚝 생각을 멈추고 아무 짓(푸념)도 안 했다는 듯 시침을 떼며 냉큼 숨을 죽였다. 이것저것 아기의 상태를 체크한 뒤 간호일지에 뭔가를 적고 나서 곧장 몸을 돌려 간호사는 중환자실을 나갔다.

　'난 불행한 운명을 타고난 거야.'
　아기가 다시 마음속으로 말했다.

　'그래. 틀림없어. 이제 난 살아도 불행, 죽어도 불행인 거야. 하지만 별수 없지. 그래도 죽는 것보단 사는 게 더 나으니까. 누가 뭐래도 그게 더 가치 있으니까. 할 수만 있다면 차라리 나를 죽여 새로 멀쩡한 상태로 태어나고 싶지만, 어디 마음대로 그럴 수가 있어야 말이지. 좋든 싫든, 원하든 원치 않든, 마음이 내키든 내키지 않든 사람은 한 번 태어나면 끝인 거야. 결코 두 번은 없어. 어느 누구도 다시는 같은 자신으로 태어나지 못하니까. 그래. 같은 꽃나무에서 꽃이 핀다고 그 꽃들이 결코 같은 꽃은 아닐 테니까. 한 번 흩어진 구름이 되뭉친다고 그 구름이 결코 같은 구름은 아닐 테니까. 같은 풀잎에 물방울이 되맺힌다고 그 이슬이 결코 같은 이슬은 아닐 테니까. 같은 연잎에 물구슬이 되고인다고 그 구슬이 결코 같은 구슬은 아닐 테니까. 처마 끝에서 날마다 풍경 소리가 되울린다고 그 울림이 결코 같은 울림은 아닐 테니까. 그러니 견뎌내야 해. 이겨내야 해. 극복해야 해. 한 번 태어난 이상 어떡하든 이 악물고 살아남아야 해. 그래. 무슨 수를 써서라도 야무지게 살아남아 한 번뿐인 그 인생을 가꾸어야 해. 비록 그 운명이 불길하고 불운하고 불안정할지라도. 비록 그 생명이 풀 끝에 서린 이슬처럼 잔약할지라도……'

순간 누군가의 숨결이 아기의 귓가를 스쳤다.

'엄마일까?'

아기는 문득 그런 생각을 했다. 그러면서 아기는 온 신경을 자신의 귓가에 그러모았다. 한동안 잔잔하고 향기로운 숨결이 아기의 귓가를 간질였다. 아기는 순간 엄마 품에 안긴 듯, 어느덧 자궁 속 태아로 되돌아간 듯 안락감에 젖었다. 그와 동시에 아기는 두려운 마음도 따라 일었다. '이것이 혹 죽음의 전조는 아닐까? 이렇게 서서히 죽음의 미혹에 빠져드는 건 아닐까? 이렇게 가물가물 죽음의 품속으로 기어드는 건 아닐까?' 그때 홀연 미지의 음성이 아기의 귓가를 울렸다.

　"아가야, 아가야, 사랑스런 아가야. 너는 결코 불운아가 아니란다. 너는 실로 누구보다 소중하고 특별한 존재란다. 아가야, 아가야, 사랑스런 아가야. 네가 조숙아로 태어난 건, 너 자신의 용기 있는 결단이자 선택이었단다. 너는 죽지 않기 위해 네 스스로 너를 조숙아로 만든 거란다. 너는 너를 살리기 위해, 네 스스로의 판단과 결정으로,　다른 태아보다 그렇게, 더 빨리 태어난 거란다. 네가 만약 겁보처럼 결단하지 못하고 끝내 만삭이 되도록 주저했다면 너는 필경 살아 있는 몸으로 태어나지 못했을 거란다. 아가야, 아가야, 사랑스런 아가야. 너는 그렇게 사산아로 태어나지 않기 위해 결연히 위험을 무릅쓰고 서둘러 세상의 문을 두드린 거란다......"

78. 주정꾼

어느 일요일 오후.

영국 런던 하이드 파크 북동쪽 '스피커스 코너(Speaker's Cor-ner)'에는 으레 사람들이 모여 서서 어느 무명씨들의 자유 발언을 듣고 있었다. 일부는 카페 앞 테이블에 앉아 커피를 마시면서, 일부는 발언자를 중심으로 겹겹이 둘러서서 진지한 태도로 그들의 주장을 경청했다. 두 명의 발언자가 지금 접이식 사다리 의자에 올라서서 제 나름의 주제로 열변을 토하는 중이었다.

하나는 평범한 차림새를 한 중년의 여자였고 또 하나는 세련된 복장의 나이 지긋한 노신사였다. 그들의 언설을 들어보니 중년 여자의 요점은 '가정에서의 남녀 역할에 대한 문제 제기와 더불어 그 해결책을 모색하기 위한 제안 또는 호소'였고, 노신사의 요지는 '세상이 갈수록 품위도 멋도 낭만도 없는 무미건조한 공간으로 변해가는 것에 대한 안타까움과 우려와 불만'을 토로하는 내용이었다. 유창한 말솜씨에도 불구하고 여자는 다소 산만하여 두서없는 느낌이었고, 남자는 그리 능변은 아니었지만 그런대로 조리가 서고 그 나름의 연륜과 분별력을 갖추었다.

그 뒤로 한참이 지났다.

두 무명씨가 각자 발언을 끝내고 돌아가자 그들을 둘러쌌던 사람들도 슬렁슬렁 주변으로 흩어지기 시작했다. 그러고서 한동안 자유 발언대에 오르는 사람은 없었다. 사람들은 여기저기 무리 지어 한가로이 잡담을 나눴다. 그러다 마침내 한 남자가 나무로 된 사과 박스를 손에 들고 그 자리에 나타났다. 그는 적당한 자리를 찾느라 이리저리 주위를 두리번거리더니 이윽고 한쪽 바닥에 사과박스를 뒤집어놓고 냉큼 그 위로 올라섰다. 그의 행색은 남루했고 텁수룩한 수염에 눈두덩은 퉁퉁 부었으며 두 눈동자는 술에 취한 듯 거슴 츠레했다. 흔들흔들 불안스레 몸을 움직거리면서 그는 멀거니 주위를 둘러보았다. 벌써 그의 주위로 사람들이 몰려들고 있었다. "너희 가운데 누가 진정한 평화를 보았는가!"

그가 느닷없이 큰 소리로 외쳤다.
그에게서 훅 술 냄새가 끼쳤다.

그를 에워쌌던 사람들은 대번 인상을 찌푸리곤 절로 투덜투덜 볼멘소리를 뱉으며 그에게서 발을 돌렸다. 순식간에 주위는 텅 비었고 그만 홀로 사과박스 위에 덩그러니 남았다. 잠시 후 그는 입을 쑥 내밀고는 뒷머리를 북북 긁어대더니 한쪽 주먹으로 졸린 눈을 쓱쓱 문질렀다. 갑자기 청중이 사라져서 흥이 식었는지 그는 부루퉁한 얼굴로 고개를 떨구고 골똘히 생각에 잠겼다. 몇 분쯤 그러고 있는데 어디선가 흰 비둘기 한 마리가 날아와 그의 사과박스 앞쪽으로 사뿐 내려앉았다. 곧이어 청회색 비둘기 떼가 우르르 날아들어 흰 비둘기 뒤로 반원을 그리며 일제히 바닥으로 내려앉았다. 그제야 대뜸 기운이 솟는지 그는 번쩍 고개를 쳐들고는 가슴이 들먹이도록 숨을 깊게 들이마시고 나서 다시 말문을 뗐다.

"여러분! 나는 보았소!"
"지난밤 나는 진정한 평화를 보았소!"

그에 호응하듯......
비둘기들이 연신 머리를 주억거렸다.

그는 그렇게 간밤에 꾼, 꿈 이야기를 시작했다.

(그는 꿈속에서 이런 광경을 보았다.)

어느 순간 그는 브라질 리우데자네이루 코르코바도산 정상에 우뚝 솟은 '거대한 그리스도상(Cristo Redentor)'앞에 서 있었다. 자신의 머리로 하늘을 떠받치고 두 팔을 활짝 벌린 채로 그리스도는 말없이 그를 굽어보았다. 그 어떤 성스러운 외경과 장엄함에 압도되어 그는 절로 경탄의 눈길로 그 조각상을 올려다보았다. 그런데 잠시 후 그 조각상은 홀연 자취를 감추고 거의 동시에 높다란 미너렛(이슬람 첨탑) 한 개가 그 자리에 솟아올랐다. 첨탑 꼭대기에는 '초승달 모양의 조형물'이 박혀 있었다. 초승달은 그렇게 밤하늘에 홀로 떠서 고요히 이 세계를 비췄다.

그러고는 순식간에 장면이 바뀌었다.

그는 이제 (미국 뉴욕 항으로 들어오는 허드슨 강 입구의 리버티 섬에 솟아오른) '자유의 여신상' 앞에 서 있었다. 오른손에 햇불을 치켜들고 왼손에는 독립선언서 석판을 안은 채로 여신상은 멀리 허공의 끄트머리로 시선을 던졌다. 조금 있자 그 여신상 왼손에 들린 독립선언서가 한 권의 커다란 성경책으로 변했다. 그러면서 여신상의 왕관도 따라 가시 면류관으로 바뀌었다. 그러다 그 성경책은 이윽고 코란경으로 바뀌었고 동시에 가시 면류관도 따라 검은색 터번으로 변했다. 얼마 안 있어 그 코란경은 도로 독립선언서 석판으로 변했고 그 검은색 터번도 이내 왕관으로 되돌아왔다. 여신상은 이제 오른손에 든 횃불로 왼손에 들린 독립선언서 석판에 불을 붙였다. 이어 확 하고 불이 붙자 여신상은 불타는 석판을 공중으로 훌쩍 날려 보냈다. 다음 순간 타오르는 불꽃 속에서 흰 비둘기 한 마리가 푸드덕 날개를 치며 하늘로 날아올랐다.

79. 샴페인

(푸른 달빛이 은밀히 밤바다를 비끼는 한여름의 어느 날!) 인기 절정의 톱스타 '금백'은 까다롭게 고른 몇몇 초객과 함께 자신의 호화 요트에서 진탕만탕 먹고 마시며 그들만의 일탈적 선상파티를 즐겼다. 무엇 하나 부족할 게 없는 더없이 질펀하고도 호사스러운 여름밤이었다. 밤이 깊을수록 흥취는 더 붉게 달아오르고 관능의 열기는 더 뜨겁게 무르익었다. 그 순간 그들이 느끼는 자만과 우월감이란 오직 성공한 자만이 누릴 수 있는 고귀한 특권이자 저 멀리 정상에 오른 자만이 맛볼 수 있는 신성하고도 황홀한 금단의 액즙이었다. 밤새 화려한 폭죽과 축배의 샴페인을 터트리며 그들은 내내 자축의 전율과 승리의 희열에 함뿍 젖었다. 동틀 무렵이 되자 이리저리 아무렇게나 흐트러져 그들은 되는대로 잠이 들었다. 얼마 후 수평선 너머로 천억 개의 빛살을 흩뿌리면서 서서히 아침의 태양이 용틀임하며 이마를 쳐들기 시작했다.

곧 휘황한 빛살이 바다를 할퀴고
푸른 수면을 거침없이 써레질하면서
이윽고 저편으로 우뚝 그 물체가
그 황금 바퀴가 솟아올랐다.

금백은 홀로 갑판 바닥에 널브러져 잠이 들었다. 그의 발치에서 샴페인 잔 한 개가 나뒹굴고 있었다. 잇달아 날카로운 햇살이 그의 얼굴을 찔렀다. 무슨 꿈을 꾸는지 그는 자꾸만 잠꼬대를 응얼거렸다. 조금 지나자 태양이 돌연 커다랗게 입을 벌리고는 그대로 푹 해면에 얼굴을 처박고 벌컥벌컥 바닷물을 빨아들이기 시작했다. 흡사 목마름에 불타는 야수처럼 태양은 쉬지 않고 바닷물을 들이마셨다. 그 서슬에 바닷물이 줄어들면서 시시각각 눈에 띄게 수위가 내려앉았다. 이윽고 바닷물이 거의 태양의 목젖으로 빨려들면서 절로 훤히 바다 밑이 드러나 보였다. 그제야 태양은 얼굴을 한 번 번쩍 쳐들었다가 도로 푹 입을 담그고 더한층 게걸스럽게 바닷물을 들이켰다. 마침내 바닷물이 완전히 사라지고 바다 밑바닥이 숫제 뭍처럼 드러나고서야 태양은 물켜는 동작을 멈추고 제 얼굴을 쳐들었다. 그사이 금백의 요트는 마치 좌초한 배처럼(흡사 불의의 사고로 침몰한 조난선처럼) 바다 밑바닥에 쿡 처박히고 말았다.

금백은 번뜩 눈을 떴다.
눈부신 햇살이 그의 얼굴을 훑었다.
요트는 고요히 바다 위에 떠 있었다.
바다는 태양 아래서 상서롭게 빛을 발했다.
금백은 이윽고 혼잣말처럼 중얼거렸다.

모두 신기루였어.
부도 명예도 그토록 화려한 인기도.
아무리 찬란한 배도 바닷물이 빠지고 나면
그저 한낱 쇳덩이일 뿐인걸.

80. 칵테일

데모대 선두에서 시위를 이끌던 영수는 저만치 바리케이드 건너편으로 힘껏 '몰로토프 칵테일(화염병)'을 던졌다. 민중을 무자비하게 탄압하는 독재정권에 저항하는 대학생들의 반정부 시위는 연일 더 격화되고 있었다. 법과대학 졸업반인 영수는 이번 시위를 주도하는 리더 그룹의 일원이었다(하지만 흔히 말하는 좌경, 용공, 이적이니 하는 것과는 좀 거리감이 있었다. 다만 그는 독재를 타도하고 불의한 억압에 항거하란 내면의 외침, 바로 그 양심의 명령에 충실했던 것이다).

바리케이드 저쪽에서 시위대 공격을 무력화하려 연거푸 최루탄을 쏘아대자 이쪽 대열은 삽시간에 무너지고 학생들은 대번 눈물범벅, 콧물범벅이 된 채 뿔뿔이 흩어지며 그대로 엉망진창 통제 불능상태에 빠졌다. 그 순간 바리케이드가 열리면서 헬멧과 방호복, 진압봉 따위로 무장한 전투경찰이 그쪽에서 우르르 쏟아져 나와 일제히 시위대를 향해 달려들었다. 도로는 단숨에 폭력과 비명이 난무하는 고통의 아수라장으로 변했다. 얼마 후 영수는 군홧발에 밟히고 진압봉에 머리통이 깨져 피범벅이 된 채로 무슨 짐짝처럼 바닥에 질질 끌려 바리케이드 쪽으로 붙들려 갔다.

"왈왈! 왈왈!"
별안간 개 짖는 소리가 들렸다.

그 소리에 떠밀려 영수는 절로 눈이 떠졌다. 어느 칵테일파티에 참석했다가 갑자기 피로가 몰려와 한쪽 구석에 놓인 소파로 가서

앉은 채로 설핏 눈을 붙인 터였다. 소파 앞에 놓인 탁자 위에 그가 마시다 만 칵테일 잔이 놓여 있었다. 그가 즐겨 마시는 러스티 네일이었다. 그는 한쪽 손을 뻗어 칵테일 잔을 집어 들고 멍하니 파티장을 바라보았다. 아직 잠결인 듯 꿈결인 듯 시야가 몽몽하니 자잘하게 바스러진 사물들만 어른거릴 뿐 좀체 어느 것 하나도 갈피를 잡을 수가 없었다. 몽실몽실 피어오르는 담배 연기 속에서 교수, 관료, 정치가, 기업가, 법조인, 언론인, 금융인 등 다양한 경륜과 식견을 지닌 각계각층의 명망가들이 파티장을 가득 메우고서 화기로운 웃음과 흥그러운 방담에 취해 한창 즐거운 시간을 보내고 있었다.

"멍멍! 멍멍!"
그때 다시금 개 짖는 소리가 들렸다.

조금 있자 저쪽에서 흰색 진돗개 한 마리가 나타나 이쪽으로 곧장 다가왔다. 진돗개는 이윽고 소파 앞 탁자 곁으로 와 발을 멈췄다. 그가 웃는 낯으로 상체를 기울이며 손을 내밀어 진돗개의 머리를 만져주려 하자 녀석은 대번 경계심을 드러내며 사납게 으르렁거렸다. 그는 멈칫 놀랐다가 곧 정색하며 손을 거두고 자세를 바로잡았다. 그런 다음 손에 든 칵테일 잔을 도로 탁자에 내려놓았다.

"왜? 내가 싫으니?"
그가 먼저 말을 건넸다.

"네 모습을 한번 되돌아봐!"
진도가 툭 쏘듯 말을 받았다.
"그때 그 시절을 떠올려 봐!"

진도가 말을 이었다.

"지난날 몰로토프 칵테일을 던지며 독재정부와 맞서 싸우던 그 시절의 기억을 돌이켜 봐! 그때 그 시절! 그날 그 추잡한 권력자들을 되씹어 봐! 우리가 몰로토프 칵테일을 던지며 저항할 때 그들은 밤마다 최고급 호텔 연회장에 모여 달콤한 칵테일을 마시며 한껏 권력의 향기에 도취해 있었지! 한데 이젠 너 자신이 그 자리를 꿰어차고 상류적 위선과 타성에 젖어 값비싼 칵테일을 홀짝이며 그때 그들과 똑같이 권력의 단맛에 취해 있잖아! 고새 잊은 거야? 고새 망령이 난 거야? 고새 혼망이 든 거야? 고새 치매가 온 거야? 고새 저항의 뇌가 권력의 뇌로 변질된 거야? 고새 평등의 피가 권위의 피로 변색된 거야? 고새 헌신의 손이 자만의 손으로 변형된 거야? 고새 청렴의 도가 욕념의 도로 변성된 거야? 고새 겸양의 덕이 오만의 덕으로 변이된 거야? 고새 희생의 삶이 향유의 삶으로 변개된 거야? 그때 그 시절! 그때 그 순간! 우리 행동 강령 어느 조항에도 그러라는 문언은 없었어! 알아?"

그때 저쪽에서 한 남자가 파티객 사이를 헤치고 곧장 이쪽으로 다가왔다. 그 남자를 의식했는지 진도는 잽싸게 몸을 돌려 한쪽으로 홀연 모습을 감췄다. 곧 그 남자가 이쪽 탁자 곁으로 다가서며 말했다. "대표님! 눈 좀 붙이셨어요? 다른 귀객들이 기다립니다. 이만 자리를 옮기시죠?" 현 여당 대표이자 6선 의원인 영수는 뒤 번 큼큼 군기침을 하고는 개신개신 자리에서 일어나 탁자에서 다시 칵테일 잔을 집어 들고 앞서가는 비서실장을 따라 느적느적 파티장으로 걸어 들어갔다.

81. 서신

정년을 몇 달 앞둔 김치수 박사는 모처럼 편지지를 앞에 두고 서재 탁자에 홀로 앉았다. 그는 모 국립대 정치외교학과 교수였다. 이미 자정이 지난 깊은 밤이었다. 전엔 심심찮게 펜을 들어 편지글을 쓰곤 했지만 이젠 편지지와 멀어진 지도 한참이나 되었다. 아무리 손수 꾹꾹 눌러쓴 편지글이 주는 심상이나 정감이 유별하다 해도 이미 메일이나 문자 메시지가 일상화된 요즘 부러 펜을 옮겨 편지를 쓰는 것은 어딘가 시대를 이탈한 듯 생경함을 주는 것도 사실이었다. 어쨌거나 그는 다시 편지지를 앞에 두고 그 자리에 앉았다. 사실 손 편지가 아닌 메일이나 전화, 문자 메시지를 보낼까도 생각해 보았다. 하지만 상대에게 전하려는 내용이 내용인지라 그는 차마 그리할 수가 없었다. 몇 번을 생각해도 그건 너무 저열하고 얄팍하단 느낌을 지울 수 없었던 것이다. 결국 그는 자신의 손으로 직접 쓴 편지글을 보내기로 결정했다.

김 교수가 쓰려는 것은 절교장이었다.

그 절교장의 상대는 모 사립대의 철학 교수 서인수 박사였다. 두 사람은 근 삼십 년을 알고 지낸 막역지우였다. 글자 그대로 목성하는 사이, 즉 눈빛만 봐도 서로 뜻이 통하는 그런 관계였다. 예서 굳이 김 교수가 왜 서 교수한테 절교장을 보내려고 하는지에 관해서까지 시시콜콜 설명할 필요는 없으리라. 다만 말하지 않더라도 그토록 절근한 벗에게 절교장을 쓰려고 마음을 먹기까진 둘 사이에 필시 예사롭지 않은 감정(논리, 사상, 소신, 혹은 이념)의 상치와 충돌이 있었음을 족히 짐작코도 남으리라.

　김 교수는 만년필을 집어 들고 한 글자 한 글자 꼭꼭 눌러가며 서걱서걱 편지지의 살갗을 적시기 시작했다. 어떤 식으로 내용을 전개할지 자못 고민이 되었지만 아무래도 정중함을 내포하면서(가령 직접적 지탄의 표현은 최대한 에두르면서) 너무 장황하지 않고 간명직절한 것이 제일 무난할 것 같았다. (피차간에 관계회복의 가능성은 이미 물건너간 마당에 허튼 논담이나 객설을 늘어놓아 무에 쓴단 말인가?) 이를테면 되도록 저쪽의 체면을 손상치 않으면서도 (아무리 절교장의 대상이라도 그만한 배려는 필히 염두에 두는 것이 온당하다) 이쪽의 뜻과 결의를 단호히 아로새기는 촌철살인의 방법으로 말이다.

　그는 절교장을 마무리 짓고 펜을 내려놓았다.

　탁자에 놓인 휴대전화를 보니 새벽 1시가 좀 지난 시각이었다. 잠시 꼼짝하지 않고 그는 물끄러미 편지지를 응시했다. 그때 별안간 휴대전화가 울렸다. 모르는 번호였지만 이 시간에 누구일까 하는 궁금증이 일어 그는 전화를 받았다. 한데 전화를 건 사람은 뜻밖에도 절교장의 수신인인 서 교수의 부인이었다. "조금 전에 남편이 운명했습니다......" 무서우리만치 건조하고 절제된 음성이었다. 그랬다. 방금 저쪽에서 들려온 것은 바로 서 교수의 부음이었다. 전화를 끊고 나자 머릿속이 텅 비어버린 듯 그는 아무 생각도 나지 않았다. 하도 맥이 풀려 놀라고 어쩌고 할 겨를도 없이 그대로 한참을 바보처럼 앉아 있었다.

　이상한 순간이었다.

뭐라 설명하지 못할 기이한 불안감이 피어나 그의 심장을 휘감았다. 그러다 점점 불안감이 심장 속으로 파고들어가 마침내 심장 자체가 온통 불안의 핏덩이가 되고 말았다. 그는 이윽고 탁자에서 절교장을 집어 들어 그 형체를 낱낱이 분쇄하기라도 할 듯 한없이 작디작은 부피로 조각조각 찢어발겼다. 그러고 나자 미처 생각지도 못한 공허와 어떤 상실감이 엄습하면서 그만 왈칵 눈물이 솟았다. 그 감정이 죽은 친구를 향한 애석함인지, 아니면 돌연 갈 곳을 잃어버린 절교장 때문인지 스스로도 잘 분간되지 않았다. 그는 맥없이 고개를 떨구고 뭔지 모를 착잡한 심정으로 하염없이 뚝뚝 눈물을 흘렸다. 그러다 별안간 숨이 턱 막히면서 잇달아 가슴을 콱 옥죄는 통증이 밀려왔다. 마치 누군가가 가슴팍에 조각칼을 대고 우물각으로 마구 새김질을 하는 것만 같았다. 그는 한 손을 가슴에 대고 어깨가 들썩이도록 연거푸 숨을 크게 들이마셨다. 그러고 나자 가슴의 압통이 좀 누그러지는 듯했다. 순간 서재 문이 스르륵 열리면서 집고양이 팬지가 슬쩍 머리를 들이밀고 가만가만 이쪽으로 다가왔다.

그의 곁으로 다가서는 찰나
팬지는 홀연 아내의 모습으로 변했다.

그의 아내가 세차게 남편의 어깨를 흔들었다.
그 서슬에 번뜩 눈이 떠졌다.

아마 가위에 눌렸었는지 그의 이마에는 뽀직뽀직 식은땀이 돋았다. 탁자에는 펜과 편지지와 휴대전화가 놓였다. 검정 파커 만년필의 뚜껑은 씌워진 채였고 고급 한지로 된 편지지엔 아무것도 씌어 있지 않았다. 낡은 휴대전화는 배터리가 다 돼 꺼져 있었다. 그제야 정신이 들면서 그 상황이 선명히 눈에 들어왔다. 그는 친구에게 절교장을 쓰려고 앉았다가 잠시 눈을 감고 어리어리 겉잠이 들었던 것이다. 그러니까 서 교수 앞으로 보내려던 절교장은 아직 작성하기 전이었다.

'아, 꿈이었구나!'

얼핏 그 생각이 스치면서 그는 사뭇 서 교수가 그리워졌다. 그러면서 혼잣속으로 이렇게 중얼거렸다. '참, 옹졸하기는! 그만 일로 데설궂게 절교장이라니! 참 내! 낯부끄러워서, 원! 몇 번 승강이 좀 했기로서니 그게 무에 대수라고 이런 작태를! 내 원! 이미 환갑 진갑 다 지난 터에 심술 사납게시리! 좀살궂게시리! 우리 사이에 그깟 체면 따위가 뭐라고! 그간 우여곡절 함께하며 간담상조해 온 그 세월이 얼만데! 그놈의 알량한 자존심 지키려다 자칫 30년 지기를 잃을 뻔했잖은가! 그래, 내 생각이 짧았어! 암, 짧았고말고! 우리네 인생, 살면 또 얼마나 산다고! 당장 오늘 죽을지, 내일 죽을지도 모르는 판에……' 그때 문득 고양이 울음소리가 들렸다. 그 바람에 뚝 생각을 멈췄다. 언제 들어왔는지 집고양이 팬지가 탁자 밑에 앉아 그를 빤히 올려다보았다.

82. 고인돌

　어느 시골 중학교의 국어시간이었다.

　새뜻한 봄기운이 포근포근 교정 위로 피어올랐다. 화단에선 울 긋울긋 봄꽃들이 만개한 채 햇살 가득 꽃향기를 풍겼다. 오늘은 바 깥 수업으로 반 전체가 교실을 나와 운동장 끝자락에 있는 쉼터에 서 시 짓는 시간을 가졌다. 이제 막 피어나는 청춘의 꽃기운이 물컥 물컥 형향을 흩뿌리며 봄빛 눈망울 사이로 출렁거렸다. 쉼터 한가 운데에는 오래된 느티나무 한 그루가 뿌리를 박고 그 주위로는 등 받이 없는 둥근 돌의자가 촘촘히 놓였다. 한쪽 가장자리에는 작은 굄돌 위에 큼지막한 덮개돌을 얹은 남방식 고인돌이 터를 잡았다. 그 쉼터 뒤편으로 학교 담장을 지나 저만치 아래로 섬진강이 흐르 고 그 건너 강둑길 너머에는 너른 논배미가 드러누웠다.

　바로 전해까지만 해도 은빛 단추 달린 검은색 일색의 교복과 절 도 있는 학생모를 썼던 학생들은 올부터 시행되는 정부의 교복 자 율화 조치에 따라 이제 저마다의 개성을 드러내는 다양하고 캐주얼 한 복장을 하고 있었다. 학생들은 제가끔 돌의자에 걸터앉아 곰곰 시상을 떠올리며 생각에 잠겼다. 몇몇은 웅얼웅얼 입속말로 시구를 가다듬고 몇몇은 그새 시작을 끝마치고 맘속으로 자작시를 암송하 며 이미 발표 연습에 돌입했는가 하면 몇몇은 여태 시제조차 못 정 하고 뒷머리만 연신 긁적거렸다.

　얼마쯤 지났다.

마침내 여기저기서 손을 들어 발표 의사를 표한 뒤 선생님의 지목을 받아 한 사람씩 고인돌 앞으로 걸어 나왔다. 그렇게 차례차례 돌아가며 저저마다 낭랑한 목청으로 자작시를 발표했다. 노천수업 때면 으레 그렇듯 선생님은 고인돌에 기대서서 학생들의 자작시를 감상한 뒤 이내 흐뭇한 표정으로 일일이 시평을 해주었다. 선생님은 서른 중반의 나이로 갸름한 얼굴에 갈대처럼 애처로운, 가냘픈 몸매를 지녔다. 선생님은 교단생활 틈틈이 시를 쓰고 몇몇 정평 난 문학지에 발표도 하는 꽤 이름 있는 여류시인으로 이미 여러 권의 시집과 더불어 다양한 색채의 에세이집도 펴냈다. 늘 푸짐한 선물 보따리를 풀어놓은 듯 선생님의 감상평은 더할 수 없이 풍족하고 너그러웠다. 제아무리 미숙하고 설익은 작품일지라도 언제나 그 안에서 장점과 개성을 발견하곤 아낌없는 격려와 칭찬을 베풀었다. 그래서일까. 잘 지었거나 못 지었거나 학생들은 누구 눈치 보지 않고 너도나도 마음껏 시 낭송을 즐겼다.

한참이 지났다.
벌써 수업시간이 끝나가고 있었다.

“자, 누가 해볼래?”
방금 선생님이 말했다.

“오늘 수업 마치기 전에 누가 마지막으로 ‘사랑의 시작과 끝’을 시적으로 한번 표현해 볼 사람?” 아무도 선뜻 나서지 않고 학생들은 서로서로 눈치를 보며 머뭇거렸다. 너무 갑작스러운 요구인데다 이제 곧 종이 울릴 시간이어서 다들 맘이 들떠 내키지가 않았던 탓이다. 그러다 이윽고 한 친구가 손을 들었다. 선생님이 자기를 지목

하자 그 친구는 냉큼 자리에서 일어났다. 그 친구는 곧 이렇게 말했다. "사랑의 시작은, 내 안에서 번쩍 부싯돌이 부딪치는 순간이고! 사랑의 끝은, 망각의 정원에 뿌리내린 푸른 불꽃의 기억입니다!"

선생님이 웃으시며 앉으라는 손짓을 했다.

그때 마침 수업 종료 종이 울렸다. 수업을 마친다는 선생님의 말이 떨어지기도 전에 학생들은 우르르 자리에서 일어나 서둘러 쉼터를 버리고 운동장으로 흩어졌다. 곧 선생님도 학생들도 떠나고 쉼터에는 이제 늙은 느티나무와 텅 빈 돌의자와 커다란 고인돌만 남았다. 주위는 돌연 침묵에 잠겼다. 언제나 그렇듯 느티나무는 또 말없이 혼자 생각에 잠겼다. 그러다 이윽고 혼잣속으로 중얼거렸다. '아마도 이런 게 아닐까. 사랑의 시작은, 끓는 심장의 바다에 들뜬 감각의 돛을 올리고 눈먼 갈망의 순간을 항해하는 것. 사랑의 끝은, 꺼진 심장의 바다에 식은 감각의 닻을 내리고 죽은 욕망의 잔해를 걷어내는 것.'

"사랑의 시작과 끝을 시적으로 표현하라?"

문득 정적을 깨고 고인돌이 입을 열었다.
(고인돌은 곧 이렇게 읊조렸다.)

사랑의 시작은
그 사람이 없으면
살 수 없다고 믿는 것이고

사랑의 끝은

그 사람이 있으면

살 수 없다고 믿는 것이다.

83. 소외

해 질 무렵 늙은 걸인 둘이서 공원 벤치에 앉아 조용조용 대화를 나눴다. 벌써 여러 날을 주린 터라 둘은 거의 아사 직전의 몰골이었다. 한 걸인은 신심 깊은 불자였고, 한 걸인은 독실한 기독교 신자였다. 먼저 불교도인 걸인의 말부터 들어보자. 오늘 그는 어느 집 대문으로 다가가 초인종을 누른 뒤 이렇게 물었다. "혹, 절에 다니시는지요?" 저쪽에서 그렇다고 답하자 걸인은 얼른 들뜬 목소리로 말했다. "향기로운 불자님! 불자님의 가정에 광명을! 자애로운 신도님! 이 사람도 불자랍니다! 대자대비하신 부처님의 이름으로 청하오니! 다니시는 사찰에 시주한다 여기시고 가난한 불자에게 보시를 베풀어 주십시오!"

"에이, 재수 없게! 썩 꺼져!"
(대뜸 그런 답이 돌아왔다.)

자, 이번에는 기독교도인 걸인의 말을 들어보자. 오늘 그는 어느 집 초인종을 누른 뒤 이렇게 물었다. "혹, 교회에 다니시는지요?" 저쪽에서 그렇다고 답하자 걸인은 얼른 상기된 얼굴로 말했다. "할렐루야! 신자님의 가정에 평화를! 축복을! 신실하신 성도님! 선량하신 성도님! 다 같은 하나님 자녀끼리 사랑과 나눔을 베풀어 주십시오! 거룩하고 순결하신 우리 주 예수그리스도의 이름으로 청하오니! 다니시는 교회에 헌금한다 여기시고 배고픈 형제에게 은혜를 베풀어 주십시오!"

"이런, 얼어 죽을! 은혜는 무슨!"
(대번 그런 답이 날아왔다.)

두 걸인은 말을 멈추고 씁쓰레한 미소로 서로의 눈을 바라보았다. 둘은 나직이 한숨을 내쉬고는 각각 고개를 떨어뜨린 채 소연히 침묵에 잠겼다. 얼마 후 어스름이 깔리고 하늘에는 희부연 저녁달이 떠올랐다. 여전히 고개를 숙인 채로 둘은 으스름달 아래 미동도 없이 앉아 있었다. 둘의 침묵이 깊어갈수록 어둠도 따라 더욱더욱 짙어져갔다. 그렇게 시간이 흘러 밤이 이슥해지자 둘은 자리에서 일어나 말없이 포옹한 뒤 곧장 몸을 돌려 정반대 방향으로 스르르 멀어져 갔다. 그사이 달은 스러지고 하늘에는 드문드문 별빛이 반짝거렸다.

조금 있자 텅 빈 벤치 위로
별 하나가 톡 떨어져 내렸다.

별은 벤치에 닿는 순간 절로 두 개의 별로 나뉘어졌다. 두 개의 별은 나란히 앉아 반짝반짝 빛을 발했다. 이윽고 두 개의 별은 동시에 두 명의 늙은 걸인으로 변했다. 두 걸인은 곧 젊은 예수와 나이든 부처의 형상으로 변했다. 둘은 서로 마주보며 의미 깊은 눈길을 주고받았다. 둘의 눈동자 속에서 작은 별빛들이 반짝거렸다. 잠시 후 둘은 다시 두 개의 별이 되었다가 곧바로 한데 어우러지며 원래대로 하나의 별로 되돌아왔다. 순간 그 하나의 별 속에서 이런 목소리가 울렸다.

"한번 두고 봅시다!"

"언제까지 우릴 외면하는지!"

다음 순간,
별은 번쩍 밤하늘로 날아올랐다.

84. 부화

　사람들이 모두 잠든 한밤중에 베란다 구석에 놓인 스티로폼 상자에서 동글동글한 달걀 세 개가 동시에 알까기를 시작했다. 은근한 전구불 아래 병아리 세 마리가 이윽고 앞서거니 뒤서거니 경쟁하며 알을 깨고 나왔다. 비악비악, 비악비악, 비악비악! 갓 태어난 병아리들이 잇달아 우는 소리를 냈다. 아직 솜깃털이 젖고 눈도 채 뜨기 전이었다. 그 소리에 스티로폼 상자 맞은편 구석에서 잠든 고양이가 눈을 뜨고 냉큼 몸을 일으켜 살금살금 상자 쪽으로 걸어왔다. 곧 관찰용으로 뚫려 있는 창구멍으로 다가가 고양이가 슬며시 상자 안을 들여다보았다. 고양이가 상자 안의 솜병아리들을 발견하곤 덜컥 놀라 움찔하더니 그대로 꼼짝 않고 서서 가르랑가르랑 소리를 내며 낯선 생명체를 지켜보았다. 그러면서 뭔가 신묘하면서도 심오한 느낌에 사로잡혔다.

　그때 느닷없이 병아리들이 번쩍 눈을 떴다.

　고양이가 화들짝 놀라 잽싸게 베란다 구석으로 달아났다. 녀석은 질겁하여 그만 온 몸의 털이 다 곤두서는 것만 같았다. 그 뒤로 오륙 분쯤 지났다. 떨리는 마음을 겨우 진정시키고 고양이가 다시금 가만가만 일어나 잔뜩 발소리를 죽이면서 병아리 상자 쪽으로 다가갔다. 어스레한 밤빛 속에서 고양이의 두 눈동자가 요기스럽게 빤득거렸다. 다시 창구멍으로 다가섰지만 아직 겁이 채 가시지 않아 고양이는 선뜻 상자 안을 들여다볼 엄두가 나지 않았다. 그러면서도 한번 밀려든 호기심을 억누르고 부러 그들 생명체에 대한 관심을 떨쳐내며 담담히 되돌아설 의지 또한 일지 않았다. 이미 자신도 어쩌지 못할 만큼 돌발적 호기심이 파상적으로 전신을 사로잡고 있었기 때문이다. 그래서 고양이는 생각다 못해 그 자리에 바짝 엎드린 채 그대로 숨기척도 없이 상자 안의 동정에 몰래 귀를 기울였다.

상자 안은 마치 진공 속처럼 고요했다.
그러다 이윽고 비악비악하는 소리와 함께
그 햇병아리들의 대화가 들려왔다.

병아리1 – 인간이 왜 날개가 없는지 알아?
병아리2 – 아니, 모르겠는데!
병아리3 – 왜 없는데?

그러자 병아리1이 말했다.

"날개가 없어도 그리 오만한데, 하물며 날개까지 있으면, 어떨 거 같냐?" 병아리1이 말하자 상자 밖에서 몰래 이야기를 엿듣던 고양이는 저도 모르게 대뜸 이런 생각을 떠올렸다. '거참, 자다가 봉창 두드린다더니 뜬금없이 웬 인간 이야기람. 그나저나 답답한 녀석일세그려. 아직 애송이라 그런가. 인간을 몰라도 한참 모르는구먼그래. 그런 피상적 지식으로 인간을 판단하다니. 아니, 오만이니 자만심이니 허영심이니 하는 것들이 없다면 인간들이 대관절 무슨 재미로 인생을 살아가겠나? 바로 그런 것들이야말로 인간을 인간이게 하는... 인간을 인간답게 하는... 인간을 인간으로 유지시켜 주는 필수불가결한 요소이거늘. 바로 그런 것들이야말로 인간의 참다운 본령이자 진정한 요체이며 유일한 정체성이거늘......'

셋의 대화는 계속된다.
병아리1(신은 완전할까, 불완전할까?)
병아리2(당연 완전하지! 그럼! 신이니까!)
병아리3(맞아! 맞아! 신은 늘 완전무결해!)

그러자 병아리1이 말했다. "야 이 바보들아, 신이 그리 완전하다면, 신이 만든 인간들이 왜 그리 불완전하겠냐?" 대화는 또 이어진다. 병아리1(여자가 강할까? 남자가 강할까?). 병아리2(당연 남자가 강하지! 그럼! 남자니까!). 병아리3(맞아! 맞아! 두말하면 숨차지!). 그러자 병아리1이 말했다. "어휴, 속 터진다, 속 터져! 야, 니들은 왜 그리 생각이 없냐? 왜 그리 영혼이 없어? 그러고도 니들이 내 형제냐? 지껄이면 다 말인 줄 알아! 주워대면 다 말씀인 줄 아느냐고!"

병아리1은 곧 잡도리하듯 말을 이었다.

"어휴, 진짜! 좀 머리를 써라, 머리를! 그리도 무지를 까발리고 싶냐? 그 머리는 폼으로 달았냐? 그 머리는 장식으로 달았어? 그러니까 인간들이 우릴 깔보고 막보고 무시하는 거야. 그러니까 우리가 자꾸 업신여김을 당하는 거라고. 생각 없는 닭대가리, 덜 떨어진 새대가리, 영혼 없는 돌대가리라고 말이야. 얼마나 고지식하고 외곬이고 융통성이 없으면 닭고집, 똥고집, 땅고집이라고 놀리겠냐고. 어! 엉? 야 이 맹추들아, 이 데퉁맞은 까막바보들아, 이것저것 가릴 것 없이, 남녀는 그저 매한가지야. 누가 더 강하고 말고 할 것도 없단 말이지. 단지, 여자는 좀 더 약한 척하는 남자이고, 남자는 좀 더 강한 척하는 여자일 뿐……"

(콜콜! 다르랑다르랑!)

그사이 고양이는 도로 잠이 들고 말았다.

85. 승차권

바닥에 인조 대리석이 깔린 플랫폼을 사이에 두고 그 양쪽에 따로 하나씩 선로가 나 있었다. 하나는 (단단한 콘크리트 침목이 깔린) 잘 관리된 깔끔한 선로였고, 하나는 (거의 관리되지 않는) 썩은 나무 침목이 깔린 오래된 선로였다. 세계 도처에서 밀려든 승객들로 좁은 플랫폼은 오늘도 복작복작 발 디딜 틈조차 없을 지경이었다. 승객들의 표정에는 약간의 긴장과 설렘 그리고 조급증 섞인 활기와 어떤 기대감 따위가 빈번히 교차하고 있었다. 플랫폼 중앙 바닥에는 흰 대리석과 대비되는 검고 굵은 글씨로 '남을 위해 주는 일엔 북두칠성도 굽어본다'라는 경구가 새겨져 있었지만 지금은 박신대는 승객들의 발바닥에 가려 한 글자도 알아볼 수 없었다. 머리 위 높고 푸른 하늘에는 뭉게구름 몇 뭉치가 점점이 흩어져 둥실둥실 떠갔다. 잠시 후 저만치서 뭉게구름 한 덩이가 이쪽으로 다가오더니 돌연 움직임을 멈추고 이게 무슨 일인가 하고 자못 호기심 어린 눈으로 플랫폼을 내려다보았다.

얼마 안 가 뚜뚜 기적 소리가 울리더니 뒤이어 알록달록 빛나는 천국행 열차가 식식 김빠진 한숨소리를 뱉어내면서 이쪽 플랫폼으로 미끄러져 들어왔다. 저마다 승차권을 손에 쥔 채 승객들은 한껏 희망감에 부풀었다. 애오라지 이날 이 순간을 위해, 즉 구원받은 자들만을 위한 천국의 연회(득승지회)를 꿈꾸며 그들은 지금껏 온 마음을 다해 치열히 신앙생활에 매진했다. 그토록 지난한 노력 끝에 가까스로 그들은 천국행 승차권을 손에 쥐었다. 이제 막 열차가 멈춰서더니 뒤미처 드르륵하고 일제히 승강문이 열렸다. 서로가 먼저 타려고 승객들은 마구대고 밀치닥질하며 한꺼번에 우르르 승강구로 몰려들었다. 플랫폼은 대번 천산지산 난장판으로 변했다. 그야말로 싸개통! 얼마나 복대기질 하며 악장을 쳐대는지 난리도 숫제 그런 난리가 따로 없었다. 한마디로 끓는 가마솥 안의 개미떼처럼 뒤죽박죽 서로 먼저 살겠다고 아우성치며 발버둥질하는 꼴이었다. 거기에는 이미 양심도 질서도 양보도 체면 따위도 남아 있지 않았다. 그리 서두르지 않아도 될 만큼 아직 승차 시간이 넉넉한데도 행여 열차에 오르지 못할까 불안한 나머지 하나같이 발을 동동거리며 제풀에 안달복달 생야단을 떨었다.

그때 한 노파가 서럽게 울먹이기 시작했다.

얼금얼금한 얼굴에 눈매가 사납고 깨깨 마른 몸에 왠지 음산한 기운이 감도는 난쟁이 노파였다. 와글와글 끓어대는 혼잡 속에서 노파는 더 큰 소리로 목 놓아 울부짖었다. 하지만 누구 하나 그 노파에게 관심을 둘 여유조차 없었다. 그 소리에 놀라 한 남자가 급히 노파 곁으로 다가왔다. "왜 그러세요, 할머니? 왜 그렇게 우세요?" 그 남자가 물었다. 곧 노파가 훌쩍훌쩍 울먹이는 소리로 '천국행 승차권을 잃어버렸다'고 말했다. 방금까지 분명 손에 쥐고 있었는데 사람들이 하도 법석을 떨며 온갖 소리를 까지르는 통에 그만 놓쳐버렸다는 것이다. 그사이 승객들은 모두 열차에 오르고 이제 플랫폼엔 달랑 그들 두 사람만 남았다. 그제야 플랫폼 중앙 바닥에 새겨진 그 경구가 고스란히 눈에 들어왔다. 그 경구에서 반걸음쯤 떨어진 채 둘은 플랫폼 중앙께에 마주하고 서 있었다. 곧 그 남자가 혹시나 하고 저쪽 끝에서 다른 쪽 끝까지 플랫폼 바닥을 천천히 오가며 걸음걸음 샅샅이 발밑을 훑었지만 결국 승차권을 찾지 못하고 그 노파한테로 되돌아왔다.

　그때 '열차가 곧 떠난다'는 안내방송이 울렸다. 급기야 천국에 가지 못한다는 생각에 노파의 얼굴은 완전히 사색이 되고 말았다. 노파의 표정은 그대로 지옥행을 향한 공포와 반감 그리고 영원히 타는 유황불에 대한 끔찍한 혐오를 내발리는 듯했다. 노파의 쪼글쪼글한 주름들은 순간 지렁이처럼 꿈질거렸고 거뭇거뭇한 검버섯들은 순간 흉측한 벌레처럼 꿈틀거렸다. 당장이라도 얼금얼금 얽은 곰보 자국 속으로 파고들어 갈 듯 그 검버섯들은 구무럭구무럭 쉴 새 없이 움직거렸다. 이내 또다시 열차의 출발이 임박했음을 알리는 안내방송이 울렸다. 그 소리와 동시에 노파의 낯빛은 그만 흙빛으로 질렸고 그 목구멍에선 그예 딸꾹질이 일어났다. 이에 보다 못한 그 남자가 제 주머니에서 승차권을 꺼내더니 그것을 선뜻 노파에게 내밀었다. 노파가 일순 반신반의하는 표정을 짓는가 싶더니 어느새 덥석 승차권을 낚아채곤 구르듯이 조르르 달려가 열차에 올랐다.

　열차 객실은 이미 통로까지 탑객들로 가득 들어찬 터라 노파는 겨우 발판을 딛고 올라 승강구 벽에 등을 기댔다. 미처 객실에 들지 못한 승객들이 거기 계단참은 물론이고 반대편 승강구 발판까지도 빈틈없이 점거하고 서 있었다. 그제야 승강문이 닫히고 천국행 열차는 다시금 스릉스릉 선로 위를 미끄러지기 시작했다. 그 자리에 혼자 덩그러니 서서 그 남자는 망연히 떠나가는 열차를 바라다보았다. 열차는 빠르게 플랫폼을 벗어나 이내 가물가물 시야 끝으로 멀어져 갔다. 아까 그 뭉게구름도 달리는 열차를 따라잡기라도 할 듯 그쪽으로 두둥실 머다랗게 밀려가고 있었다. 그 뒤로 얼마나 지났을까. 난데없이 뚜뚜 기적 소리를 울리면서 맞은편 오래된 선로 위로 또 다른 열차 한 대가 미끄러져 들어왔다. 아까와는 달리 무늬도 요란치 않고 다소 낡은 듯하면서 왠지 편안하고도 수수한 느낌을 주는 열차였다. 잠시 후 열차가 다가와 서고 지체 없이 승강문이 열렸다.

열차 칸칸이 열린 승강구가 무색하게
플랫폼은 휑하니 정적만이 감돌았다.

그 남자는 이제 열차 쪽으로 돌아선 채
잠자코 서 있었다.

"어서 열차에 오르세요, 손님."
문득 안내방송이 울렸다.

하지만 그 남자는 승차권이 없었기에 넁큼 발을 떼지 못하고 머뭇거렸다. 그러자 또 안내방송이 울렸다. "어서 열차에 오르세요, 손님. 승차권은 필요치 않습니다. 말하자면, 천국행 열차는 따로 승차권을 받지 않습니다. 아까 그 열차는 천국행 열차가 아니라 천국행 열차를 탈 수 있는 자격을 심사하는 가상의 열차입니다. 다시 말해 진짜 천국행 열차는 승차권을 가진 사람이 아니라 언제든 남을 위해 자신의 승차권을 내어줄 수 있는 사람에게만 승차할 자격이 주어집니다." 그 남자는 이윽고 눈앞의 승강구로 다가가 홀로 디딜판을 밟고 천국행 열차에 올랐다. 곧 열차가 떠나고 휑하니 빈 플랫폼 바닥에는 그 경구만이 오롯이 제자리를 지켰다.

86. 리포트

지도 교수님이 내준 연구 과제를 수행하기 위해 홀로 비행접시를 타고 지구로 날아온 젊은 외계인 '르포'는 약 한 달간의 관찰학습을 마치고 자기 별로 귀환하기 전 그간의 느낌을 정리한 임시 보고서 하나를 작성했다. 보고서의 제목은 '인간의 구걸 행위에 대한 소고'였다. 방금 전 그는 보고서 작성을 끝내고 천천히 한쪽 가장자리로 다가가서 비행접시 창밖으로 보이는 달빛을 내다보며 한동안 멍히 생각에 잠겼다. 그의 생김새는 이랬다. 몸은 바짝 마른데다 복장은 머리에서 발끝까지 회백색 통옷을 내려 입었으며 얼추 메추리알 모양의 얼굴에는 투명하고 푸른빛이 감도는 사파이어 같은 두 개의 큼직한 마름모형 눈동자가 박혀 있었다.

그 보고서를 요약하면 이렇다.

〈하나의 예를 들어본다. 어떤 지구인이 남의 집 대문 앞에 와서 구걸할 때 다른 지구인의 반응은 크게 네 가지로 나뉜다. 첫째는 무시주의 유형이다(즉 걸인이 초인종을 눌렀을 때 그들은 단지 인터폰의 화면만 확인하거나 아니면 한두 마디 겨우 주고받다 대뜸 화를 내며 인터폰을 꺼버린다). 둘째는 분리주의 유형이다(즉 그들은 절대 집 밖으로 나오지 않고 대신 마당이나 창문가에 서서 그 너머로 휙 무언가를 던져준다. 그것은 돈일 수도 물품일 수도 음식일 수도 있다). 셋째는 체면주의 유형이다(즉 그들은 집 밖으로 걸어 나와 직접 걸인을 마주하고 잠시 의례적인 대화를 나눈 뒤에 일종의 동정의 표시로 약간의 금품을 건네준다). 넷째는 이상주의 유형이다(즉 그들은 집 밖으로 걸어 나와 직접 걸인을 데리고 실내로 들어가 여느 손님처럼 마주앉아 식사하고 격의 없이 대화를 나누다가 마침내 애정 어린 선물로 참된 성의를 표하고는 다시 걸인을 데리고 대문 밖까지 배웅을 나온다). 작성자/르포. 신분/선임 연구원. 소속/안드로메카별 아카데무리 대학원 지구윤리 전공.〉

　붙임. 〈위와 같은 형태의 구걸 외에 지구인은 대부분 다양한 방식의 구걸 행위를 일상적으로 습관화하고 있다. 요컨대 기본적 형태의 구걸이란, 일방이 다른 일방에게 얼마간의 금품 따위를 간청하는 행위인데 반해 그 외의 구걸이란 정반대로 일방이 스스로 다소간의 금품을 제공하면서 다른 일방에게 무언가를 청탁하는 행위를 말한다. 예를 들면 다음과 같다. 즉 누군가는 힘 있는 개인이나 단체에 갖은 명목의 금품을 갖다 바치면서 뭔가를 구걸하고/누군가는 절이나 점집, 신당, 교회, 성당, 기타 종교 단체의 성직자나 교주에게 갖은 명목의 금품을 갖다 바치면서 뭔가를 구걸하고/누군가는 또 직장이나 학교......〉

87. 엉덩방아

(대개 좋은 기억은 잊고 싶지 않으므로 외려 기억하려 할수록 더 흐릿해지고, 반면 나쁜 기억은 애써 잊고 싶기 때문에 되레 잊으려고 할수록 더 두드러진다. 인간의 불안은 거의 미래에서 온다. 과거의 불안은 이미 지나간 것이므로 더는 현재의 불안이 아니다. 한데 현재의 불안도 실은 현재의 불안이 아니다. 현재의 불안 또한 매 순간 지나가는 것이므로 어김없이 또 과거의 불안으로 변하기 때문이다. 그러므로 미래의 불안만이 오직 현재의 불안이다. 미래의 불안은 아직 다가오지 않았으므로 딱히 실체가 없으면서도 늘 현재를 지배하고 그러면서도 결코 과거의 불안으로 스러지지도 않는다. 요컨대 오늘 누군가가 죽기로 결심했다면, 그는 과거의 불안도 현재의 불안도 아닌 막연한 그 공포, 즉 아직 다가오지도 않은, 단지 닥쳐올지도 모르는, 미래의 그 불안 때문에 죽는 것이다.)

......정말이지 사는 게 진저리가 났다. 살아 있다는 게 죽음보다 못한 수치이자 더럽고 구차한 목숨의 연장일 뿐이라는 자괴감이 들었다. 삶이 실패와 좌절과 고뇌의 연속이라면, 죽음은 차라리 평안과 정돈과 안식을 가져오리라. 이제는 명백하다. 삶은 졸렬하고 비열하고 몰염치하며, 죽음은 정결하고 우월하며 믿음직스럽다. 그렇다. 지금 우보 씨에게 남은 것은 단 하나, 자기 스스로가 자기 자신을 죽여 없애야 한다는 내면의 절급한 당위와 통절한 그 엄령뿐이었다. 이젠 죽음을 통한 제 육신의 치밀한 부패와 사멸만이 그 자신의 존엄과 고결함을 지키는 마지막 선택이리라.

몇 날 며칠 밤을 불면으로 지새우며 고심한 끝에 우보 씨는 일말의 의심도 없는 완전한 결론에 도달했다. 그것은 이미 되돌릴 수 없는 궁극의 결단이 되고 말았다. 그러면서 죽음에 대한 두려움도 거부도 죄악감도 깡그리 사그라져 버렸다. 더는 꺼려할 것도 거리낄 것도 어떤 심리적 불안이나 방애물도 남아 있지 않았다. 우보 씨는 한밤중에 집을 나와 눈 내리는 거리를 걸었다. 헐벗은 가로수들이 가지마다 희끗희끗 눈송이를 얹고 길 가장자리를 따라 죽 늘어서서 저마다의 생각에 잠겨 있었다.

나무들은 지금 무슨 생각을 하고 있을까.

아마도 나무들은 싱그러운 봄 생각에 빠졌으리라. 어떤 나무들은 시간을 되돌려 지난봄의 추억을, 어떤 나무들은 시간을 앞서가 다가오는 새 봄을. 나무들은 누구 하나 이 겨울을 사색하지도, 이 순간을 음미하지도 않으리라. 그러나 겨울은 또 겨울대로 충분히 싱그럽고 풋풋하고 향기로운 것을. 겨울은 또 그 자체만으로 더없이 따사하고 은혜롭고 풍요로운 것을. 왜 그랬는지 우보 씨는 그 순간에 그 겨울의 학창시절을 떠올렸다. 그때 그 시절. 조개탄을 피운 난로 위에 미리미리 층층으로 쌓아둔 양은도시락. 우보 씨는 그 생각(벤또밥)을 떠올리자 저도 모르게 막 속가슴이 달뜨면서 대번 훈훈한 온기가 전신으로 번졌다. 한겨울의 추위가 연신 살갗을 파고들었지만 그마저도 부드럽게 스며드는 봄바람처럼 느껴졌다. 그리 무작정 발길 가는 대로 거닐면서 그는 이제 죽을 방법을 모색하기 시작했다.

'아마도 그게 좋겠지……'
우보 씨가 맘속으로 중얼거렸다.

그는 방금 액사, 즉 '목매 죽는 방법'을 떠올렸다. 그는 또 속으로 중얼거렸다. '그래, 돌아가자마자 즉각 결행하는 거야. 더는 미룰 이유가 없어. 이것저것 따지고 자시고 할 것 없이 단박에 거행하는 거야. 어차피 작정한 거 실행은 빠를수록 좋은 거 아니겠어. 그래, 쇠뿔도 단김에 빼랬다고 자칫 결심이 흔들리기 전에 번개 치듯 뚝딱 해치우는 거야. 아! 드디어 해방이구나! 이놈의 지긋지긋한 인생, 이놈의 징글징글한 불행에서 마침내 탈출이구나! 그래도 약간 서운하긴 해. 뭐, 나 하나 죽는다고, 나 같은 째마리 하나 사라진다고, 누구 하나 놀라지도 슬퍼하지도 눈썹조차 까딱하지도 않을 테니 말이야.'

  우보 씨는 계속 두서없이 주절거렸다.

  '하지만 꼭 그렇게만 생각할 것도 아니지. 나는 나고 그들은 또 그들이니까 말야. 게다가 조금 더 일찍 죽는다고 서운해 할 필요도 없어. 왜냐면 말이지. 내가 오늘 죽더라도 그들이 결코 나보다 일각도 더 오래 사는 것이 아니거든. 말이야 바른 말이지. 내가 살아 있어야만 그들도 살아 있는 게 아니겠냐 말야. 요컨대 내가 죽는 그 순간에 그들의 삶도 똑같이 끝장이 나버린단 말이지. 이미 내가 없는데, 이제 그들의 삶을 바라보는 내 의식이 사라졌는데, 더 이상 그들의 삶이 내게 무슨 의미가 있어. 더는 볼 수가 없는데 부럽고 자시고 할 게 어디 있냐 말이야. 말인즉슨 내가 살아 있을 때만이 그들 또한 죽지 않고 살아 있는 거라는 말이지. 그런즉슨 내가 죽는 그 순간에 그들의 삶도 즉각 끝장이 나고 만다는 말이지.'

  우보 씨는 그렇게 생각의 꼬리를 이어갔다.

'…따지고 보면 인간의 일생도 사계절과 같은 거야. 나로 말하면, 이제 막 중추에서 만추로 넘어가는 길목이라 할까. 그러니까 하루살이로 치면 오후 다섯 시쯤 되었다고 할까. 사실 말이지, 지금 죽는다고 딱히 서운할 게 또 뭐야. 아직 겨울이란 이름의 마지막 여로, 오랜 인내 끝에 다다르는 미지의 그 계절이 남아 있다지만, 비록 예서 내 인생의 계절이 멈춘다한들 뭐 그리 아쉽고 섭섭하냔 말야. 누군가의 계절은 봄으로 누군가의 계절은 여름으로 누군가의 계절은 가을로 누군가의 계절은 겨울로 끝이 나는 것일 뿐. 그게 뭐 그리 중요하냔 말이지. 춘하추동 사계절. 그저 그렇게 그 자신의 계절까지 머무르다 그저 그렇게 또 떠나가면 그만인 것을.'

무슨 속생각이 그리도 많은 건지,
우보 씨는 쉬지 않고 줄곧 속엣말을 내생겼다.

'봄은 봄대로 여름은 여름대로 가을은 가을대로 겨울은 겨울대로 그 어디쯤에서 그 인생의 계절이 끝난다 해도 그것은 또 그대로 아름답고 충실하고 빈틈없이 충만한 또 하나의 일생이 아니겠냐 말이야. 뭐, 어쨌든 그건 그렇다 치고. 그나저나 사후세계란 게 정말 있기는 있을까. 아마도 없겠지. 아니, 없어야만 해. 없을 거야. 그래야만 해. 난 그저 죽음과 함께 완전한 무의 세계로 소멸하는 그런 나의 최후를 소망하니까. 또 설사 있다 한들 그게 뭐 대수인가. 나한텐 오직 지금 이 순간이 있을 뿐 더는 아무것도 의미가 없을 테니까. 그래. 그 무슨 지옥의 고통도 그 무슨 천국의 권태도 그 무엇도 싸그리 다 거부하니까. 뭐, 아무튼. 신후에 어떤 일이 기다릴지는 두고 보면 알 터. 일단 죽어보면 알겠지. 한데, 왜 그랬을까. 왜 그리 바보처럼 망설였을까. 막상 결정하고 나니 이리 담담하고 차분하고 평화로운데. 여하튼 다행한 일이야. 좌우간 잘된 일이야. 이제라도 의혹을 털고 죽음을 향한 확고부동한 신념이 생겼으니까……'

그런저런 종작없는 생각에 잠겨
우보 씨가 막 길모퉁이를 돌아섰을 때였다.

골목에서 돌연 길고양이 한 마리가 튀어나와 섬광처럼 번쩍 그의 곁을 스쳤다. 그는 소스라치게 놀라 그만 으악! 외마디를 토하면서 그 자리에 털썩 엉덩방아를 찧고 말았다. 그의 심장이 덜컥하며 격렬히 두방망이질했다. 순간 죽느니 사느니 하는 관념들은 이미 까마득히 멀어지고 없었다. "이거 실망인데! 순 겁쟁이였잖아! 아니, 어떻게 된 거야? 더는 두려울 게 없다며?" 그사이 고양이가 다가와서 말했다. "아니, 죽기로 한 마당에 그만 일로 기겁해서 나자빠지는 건 또 뭐야! 방금 전의 그 용기는 다 어디로 가고?" 고양이는 잠시 침묵하더니 그대로 뒤돌아서 너덧 걸음쯤 떼다가 멈춰 섰다. 그러고는 살짝 고개를 틀고 이렇게 중얼거렸다.

"그니까 죽지 마. 그러니까 살아. 자, 들어 봐. 그 소리를 들어 봐. 다시 한 번 네 심장을 느껴 봐. 네 안에서 울부짖는 북소리, 굽이치는 전율감에 너를 맡겨 봐. 그토록 강렬하게 솟구치는 본능의 맥박. 그토록 치열하게 고동치는 생명의 펌프. 이는 네 심장의 함성. 네 혈관의 외침. 삶을 향해 포효하는 네 영혼의 열망. 그 숱한 세포와 원자들의 아우성. 그니까 살아. 그러니까 죽지 마. 과거는 그저 지나버린 과거로써 받아들이고... 현재는 그저 지나가는 현재로써 받아들이고... 미래는 그저 다가오는 미래로써 받아들이면 돼.

한번 가버린 과거는 되돌릴 수 없지만, 지금 지나가는 현재는 어찌할 수 없지만, 남은 미래는 오직 너의 손에 달렸으니까. 다가올 미래는 온전히 너 자신을 위한 거니까. 장차 도래할 미래는 분명 너의 삶을 위한 거니까. 그러니까 살아. 그니까 죽지 마.”

(이삼 초간 침묵!)
고양이는 또 말을 이었다.

“왜 그런 말이 있잖아. 누군가 그랬잖아. 성공과 쾌락은 권태와 안일을 낳지만, 고난과 시련은 인내와 철학을 낳는다고. 있잖아. 사람은 누구나 그늘이 있어. 아니, 그늘이 있어야만 사람이야. 그늘은 또한 그림자야. 그림자가 있어야만 사람이야. 그림자가 없는 것은 사람이 아니야. 그건 단지 실체 없는 허상일 뿐. 그림자가 없는 삶은 한낱 삶의 표면일 뿐 진정한 삶의 심층이 아니야. 또한 그림자 있는 사람만이 다른 이에게 위안을 주고... 그늘 있는 삶만이 다른 이에게 안식을 주는 거야. 사람은 때로 타인의 그림자로부터 혹은 타인의 그늘로부터 문득 삶의 위로와 영혼의 안식을 얻기도 해. 즉 누군가로부터 처절히 위안을 갈구해야 할 막다른 처지에 몰려본 사람만이 진정으로 또 다른 누군가에게 위안을 베풀어 줄 수가 있는 거야. 그러니까 다른 누군가가 지친 삶을 기댈 수 있는, 다른 누군가가 고된 심령을 쉬어갈 수 있는, 바로 그것이 너의 그늘이 지닌, 너의 그림자가 주는 최고의 선물이자 더없는 가치인 거야......”

88. 최후진술

......이번 재판(결심공판)은 어딘가 예사롭지 않은 분위기를 풍겼다. 검사와 판사 그리고 피고인 측 변호인은 보이는데 정작 피고인석에 있어야 할 그 피고인은 보이지 않았다. 그렇다고 오늘 공판이 아예 피고인도 없이 진행하는 결석심리는 아니었다. 즉 이 사건 피고인은 아직 재판정에 등장하지 않았을 뿐, 정외 모처에 따로 억류된 채 벌써 몇 시간째 줄곧 재판장의 출두 명령이 떨어지기를 기다리는 중이었다. 재판정은 전에 없이 엄숙하면서도 무거운 공기가 감돌았다. 이미 검찰 측의 구형과 피고인 측 대리인의 최후변론도 끝났다. 이제 공식적으로 남은 절차는 검찰에 의해 '조련사 살해 혐의'로 기소된 피고인 자신의 최후진술뿐이었다.

검사는 예상대로......
법정 최고형인 사형을 구형했다.

검사의 논고에 의하면, 이 사건은 명백한 고의적 살인이며 그 범행 수법이 극도로 잔인한데다 그 어떤 반성이나 죄과에 대한 뉘우침의 기색 또한 전혀 없다는 게 구형의 이유였다. 요컨대 이 사건 피고인은 자신의 범행에 대한 일말의 후회나 가책도 없을뿐더러 비명에 죽은 피해자를 향한 속죄나 미안함은커녕 뭐가 그리 당당한지 하루 종일 허옇게 이를 드러낸 채 미친 듯이 몸을 흔들며 킥킥대고 있다는 것이다(결론적으로 검사 측의 주장은 정량적 접근 방식에 더 가깝다).
반면 변호인은 논리적이고 체계적인 변론을 통해(일테면 교묘하게 검사 측의 논점을 흐리는 꽤 의뭉스럽고 어벌쩡하면서도 퍽 고차원적인 대응전략이었다) 피고인의 무죄를 극력 주장했다. 피고인이 비록 살인이라는 돌이킬 수 없는 범죄를 저지른 건 사실이나 그 책임이나 비난은 애초에 원인을 제공한 쪽에 있다는 반론이었다. 이를테면 피고인은 배운 대로 본 대로 그저 호기심을 충족키 위해 그 자신의 능력을 적극 시험해본 것일 뿐 그로 인해 발생한 불측의 결과(사고)에 대해서는 실상 아무런 책임도 없으므로 논죄의 대상이 될 수 없다는 설명이었다(결론적으로 변호인 측의 주장은 정성적 접근 방식에 더 가깝다).

"피고인을 대령하세요!"
재판장이 경위들에게 지시를 내렸다.

얼마 후 법정 경위들이 외부에서 피고인을 잡아끌고 재판정으로 들어왔다. 피고인은 흰색 우주복을 입고 상체는 포승줄로 단단히 결박당한 채였다. 워낙 키가 작아 피고인의 머리가 경위들의 허리께에도 못 미쳤다. 머리에 쓴 헬멧으로 인해 그 얼굴은 전혀 알아볼 수 없었다. 대번 방청석이 술렁이고 사방에서 감정들이 들끓으면서 정내가 몹시 혼란스러워졌다. 곧 피해자의 친척들로 뵈는 방청객들 입에서 개 패듯 패 죽이라는 둥, 인정사정없이 밟아죽이라는 둥, 피떡이 되도록 흠씬 두들겨 패라는 둥, 당장 그 머리통을 박살을 내버리라는 둥, 무자비하게 쳐 죽이라는 둥, 죽사발이 되게 짓이기라는 둥, 아예 분쇄기에 넣고 가루가 되도록 박박 갈아버리라는 둥, 잇달아 상스러운 욕설들이 튀어나왔다.

"조용! 조용! 조용히 하세요!"

"조용히 해요! 조용히!"
"정내에서 질서를 유지하세요!"

재판장이 즉각 법봉을 두드리며 엄히 정숙을 명했다. 법정은 곧 콸콸 쏟아지던 물줄기가 줄어들 듯 여러 목구멍에서 터져 나오던(그들 주둥아리 파이프에서 뿜어져 나오던) 욕세례가 수그러들면서 잠시 조르륵조르륵하다가 일순 딱 그치면서 홀연 정적에 잠겼다. 그 사이 피고인은 무장한 경위들에게 붙들린 채 판사석 정면으로 보이는 피고인석으로 다가와 섰다. 경위 넷이 잔뜩 긴장한 얼굴로 빈틈없이 피고인을 둘러쌌다. 그중 둘은 피고인의 등 뒤를 떡 막아섰고 다른 둘은 좌우에 딱 달라붙어 일시도 경계의 눈을 거두지 않았다.

"피고인, 최후진술 하세요!"
재판장이 이윽고 정적을 깼다.

재판장은 곧 법정 경위를 호명한 뒤 슬쩍 한번 눈신호를 보냈다. 뒤미처 피고인의 왼쪽에 섰던 경위가 알았다는 표시로 고개를 끄덕였다. 그러고는 지체 없이 몸을 돌려 강제로 피고인의 헬멧을 벗겨 들고서 다시금 정면을 응시했다. 그제야 피고인의 머리가 사람들의 시야에 들어왔다. 이내 또 방청석이 웅성거리기 시작했다. 재판장이 땅땅땅 법봉을 두드려 즉각 소란을 잠재웠다. 그러면서 또다시 소리를 지르거나 욕설을 하는 경우 지체 없이 법정 모욕죄를 적용하겠다고 권위적으로 무뚝뚝하게, 공식적인 엄포를 놓았다.

헬멧을 벗자 피고인은 냉큼 이빨을 드러내며 씩 웃더니 연달아 품위 없이 요란스레 킥킥거렸다. 언뜻 방심한 듯하면서도 어딘가 간특하고 희극적인 분노가 섞인 웃음소리였다. 그러다 돌연 웃음을 뚝 그치고는 입을 꾹 다물고서 절망을 예감하는 건지, 희망을 피력하는 건지, 공정하고 불편부당한 재판을 호소하는 건지 모를 모호하고 희미한 표정으로 재판장을 빤히 쳐다보았다. 뭔가 악의적인 비밀을 감춘 듯한, 어찌 보면 고의적인 통렬함이 서린, 보일락 말락 심히 불명료한 미소로, 그러면서도 방금 키득거릴 때와는 전혀 다르게 그 모습은 어딘가 한결 더 고양된 의식과 성숙된 자아상을 드러내는 듯한 느낌을 주었다.

그 표정은 마치 재판장을 향해 "그래, 그래서, 그러니까, 이제 넌 어떻게, 어떤 논리로, 어떤 근거로, 어떤 변설로, 어떤 방식으로 판결할 건데?" 하고 그의 의향을 타진하면서 능글능글 변모없는 태도로 은근슬쩍 묻고 있는 것도 같았다. 그랬다. 피고인은 다름 아닌 시립대공원 동물원에서 붙잡혀온 아프리카 태생의 늙은 원숭이였다. 잠시 후 재판장은 이번 재판이 선고공판이 아니었음에도 따로 선고 기일을 두지 않고 그 자리서 즉시 판결을 선고했다. 모든 예상을 뒤엎고 재판장은 검찰 측이 아닌 변호인 측의 손을 들어주었다. 즉 검찰에 의해 조련사 살해 혐의로 기소된 이 사건 피고인 아프리카 원숭이는 '무죄'였다. 이렇듯 피고인의 무죄가 선고되자 외려 검찰 측보다 변호인 측이 더 당황했다. 그들로서도 정말 천만뜻밖이었다. 피고인에 대한 그 어떤 질문과 답변도 없는 상태에서 전심력을 다해 애써 무죄를 주장하긴 했지만 다른 때와 달리 재판장의 의중을 통 파악하지 못한 터라 그저 운에 맡길 뿐 설마 그대로 되리라곤 전혀 짐작조차 못했기 때문이다.

재판장은 다만 조건 하나를 명시했다.
— 피고인은 동물원으로 복귀하는 대신

– 피고인의 고향인 아프리카 평원으로

– 영구 추방한다.

어쨌거나 피고인 아프리카 원숭이는 무죄였다.

그나저나......

이날 재판장이 무죄를 선고한 논거는 이랬다.

(...피고인은 날카로운 과도로 잔인하게 사육사를 찔러 죽였다. 그것도 피해자가 잠든 틈을 노려 온몸을 무참히 난자해 살해했다. 하지만 그럼에도 불구하고 그것의 원인은 피고인이 아닌 피해자에게 있다. 첫째, 피고인은 본디 찬찬치 못한 성격에다가 금세 또 어디로 튈지 모르는 예측 불가형 돌발성 행동 기질을 타고났다. 그럼에도 이 점을 방과하고 피해자가 조심성 없이 피고인에게 과도 다루는 법을 가르친 점. 물론 바나나를 자르거나 사과를 쪼개거나 하는 단순 기술을 습득시키려는 의도에서였다. 그렇지만 결과적으로 그것은 사육사 살해라는 비극적 결과를 낳고 말았다. 둘째, 피해자가 피고인에게 무자비한 폭력이 난무하는 영상물을 반복적으로 보여준 점. 셋째, 피고인인 원숭이에게 칼을 다루는 기술을 가르치면, 그 칼이 대번 사람을 해치는 흉기로 돌변할 수 있다는 사실을 간과한 점......)

89. 독즙

다양한 소셜 네트워크를 통해 돈 자랑 또는 자신의 재력을 스스럼없이 과시하는 이들이 적지 않다. 일부는 이러저러한 이유(윤리, 도덕, 겸손, 절제, 과소비, 위화감 조성 따위)로 냉랭히 비난하기도 하지만 정반대로 이들을 열렬히 선망하거나 추종하면서 사사로이 대리만족을 누리려는 현실주의적 사고를 지닌 누리꾼들도 상당하다. 어쨌거나 황금만능 자본주의 사회에서 가진 것이 적은 쪽보다는 좀 더 여유롭고 풍요로운 쪽이 숭배되고 각광받는 것은 지극히 마땅하고 자연스러운 현상이 아닐 수 없다.

그래서인지 본래 그래서는 안 되는 게 아닐까 하는 곳에서도 지나치리만큼 가시적인 규모와 장려함에 치중하는 풍조가 만연해 있다. 바로 불교나 기독교, 가톨릭 같은 주요 종교 단체에 관한 이야기다. 그들은 갈수록 더 많은 재화와 더 많은 신도와 더 많은 세력을 추구한다. 그들은 날마다 더 높은 건물과 더 넓은 땅덩이와 더 높은 시세와 더 많은 이윤을 갈망한다. 더 작고 더 낮고 더 간소하고 더 소박한 곳에서 더 진실한 기쁨과 즐거움과 만족을 찾던 순결한 그 경건함과 종교심은 다 어디로 갔는가. 어느덧 그들의 사명감은 사행심으로 변하고 그들의 눈동자는 급기야 권력과 이기와 탐욕의 서치라이트로 바뀌고 말았다.

몇 해 전 김사월 목사는 도시 변두리에 작은 개척교회를 열었다. 신도 수는 처음이나 지금이나 별반 차이가 없다. 그러니까 여태 쉰 명이 채 될까 말까 했다. 그럼에도 교회의 분위기는 퍽 아늑했다. 모두 견결한 믿음 안에서 신도들은 친동기처럼 서로서로 의지하고 보살펴주며 간솔하고 담박한 신앙생활을 영위했다. 그나저나 김 목사는 요사이 남모르는 고민에 잠겨 있었다. 지난 몇 년간의 헌신과 고전분투에도 불구하고 교회 사정은 갈수록 더 어려워졌기 때문이다.

(여기에는 사실 그럴 만한 이유가 따로 있었는데 그 원인은 이랬다. 즉 김 목사는 늘 신도들에게 이렇게 말하곤 했다. 사랑하는 신도 여러분, 교회에 헌금을 하실 때에는 절대 자신들의 처지와 형편을 외면하고 과도한 금액을 헌금하고자 욕심을 부려서는 아니 됩니다. 물론 교회를 위하고 하나님을 받드는 그 선량한 믿음은 감사하지만 그럼에도 교회의 번성보다 더 중요한 것이 신도님 각각의 가정과 그 가정의 평화와 안녕이기 때문입니다. 또한 하나님은 결코 자신들의 상황을 돌아보지 않고 무턱대고 무리하게 갖다 바치는 헌금을 바라시지도 그 같은 행위를 가상히 여기시지도 않기 때문입니다. 진정 하나님이 어여삐 보시는 것은, 여러분이 마련한 헌금액의 다과가 아니라 바로 저마다의 사정과 형편에 따라 십시일반 성의껏 준비해온 여러분의 그 순수한 마음과 선의 그리고 진실한......)

어떤 날은 문득 우울감에 젖어 무심중에 그만 자조 섞인 한숨이 새어나왔다. 패배감인지 열등감인지 모를 그 감정은 그처럼 불시에 그 자신을 엄습해왔다. 실로 어마어마한 자산과 신도 수를 자랑하는 대형교회들. 바로 이것이 그의 한숨과 번뇌와 남모르는 시름의 근인이었다. 그는 사실 몇몇 경로를 통해 그동안 대도시의 큰 교회로부터 더러 영입 제의를 받아왔다. 모두 일생에 한 번 올까 말까 한 귀중한 기회였다. 한마디로 좋은 대우와 넉넉한 보수가 보장된 매우 실리적이고 안정적인 제안이었다. 그럼에도 그는 자신의 양심과 신념에 따라 그때마다 번번이(즉 의연히 초심을 견지하고 한눈

팔지 않으며 곁길로 빠지는 우를 범하지 않기 위해) 그들의 제안을 물리쳤다. 비록 아쉬움이 남더라도 그 순간에 단호히 돌아서지 않고 한순간 섣불리 그쪽으로 발을 들인다면 끝내 다시는 헤어나지 못할 만큼 한도 끝도 없이 빠져들게 되리란 걸 그로서는 너무도 잘 알고 있기 때문이었다. 그러다 요즈막 모 대형교회에서 또다시 영입 제의가 들어왔다.

김 목사는 눈이 때꾼하도록 몇 날 밤을 내처 지새우며 홀로 고심을 거듭했다. 그러는 사이 몸은 더 수척해지고 낯빛은 더 창백해졌다. 이제 그만 생각을 누르고 어느 쪽으로든 결론을 내려야만 했다. 안 그러면 얼마 못 가 그대로 무맥하여 쓰러지고 말 터였다. 육신이든 정신이든 영혼이든 신앙심이든 더는 한 순간도 지탱하기 어려울 지경이었다. 그러다 결국 지난밤 자정이 막 지났을 때 그는 그 제안을 수락하기로 마침내 결심했다. 이제는 개척교회를 딛고 일어나 더 넓은 세상으로 나아가 더 장엄한 방식으로 더 미려하고 빛나는 형식으로 하나님의 나라에 더 큰 영광을 돌려야만 한다는 새로운 인식에서였다(하지만 엄밀히 말해 그건 새로운 인식이라기보다 그저 스리슬쩍 스스로를 정당화하기 위한 그럴듯한 구실거리, 즉 긴 시간 마음 한구석에 잠자던 인간 본연의 욕망과 본능이 알맞추 제 때 눈을 뜬 것에 불과했다). 그간 자신을 믿고 따라와 준 신도들에게 인간적인 연민과 미안함도 일었지만 이 또한 자신이 감내해야 할 운명이자 사명이란 생각이 더 앞섰다.

어느덧 하루해가 가고 다시 또 밤이 되었다.

김 목사는 밤 11시쯤 잠자리에 누웠지만 이런저런 사념으로 내내 궁싯거리다 새벽 2시가 다 되어서야 겨우 눈을 붙였다. 그 상태로 잠이 든 듯 만 듯 뒤척거리다 그가 다시 눈을 뜬 건 얼추 두 시간쯤 지난 4시경이었다. 곧 침상에서 일어나 앉았다가 몇 분 뒤 그는 거처방을 나왔다. 그는 따로 사택을 두지 않고 이제껏 교회 한 귀퉁이에 가져다 놓은 낡은 컨테이너 박스를 거처로 썼다. 그는 가만가만 걸음을 옮겨 교회 정문 쪽으로 다가갔다. 잠시 후 그가 교회 정문에 다가섰을 때 거기 바닥에서 한 노인이 눈에 들어왔다. 남루한 행색의 노인 하나가 교회 정문 앞에 쪼그리고 앉아 오들오들 몸을 떨었다. 혹 교회 신도일지 모른다는 생각에 김 목사가 이모저모 찬찬히 살펴보았지만 전혀 본 적 없는 낯선 얼굴이었다.

김 목사가 한 발 더 가까이 다가가자
노인은 벌떡 몸을 일으켰다.

"한 모금 들이켜게."
대뜸 술잔을 내밀면서 노인이 말했다.

(두툼하고 묵직한 청동 술잔이었다.) 김 목사는 절로 술잔을 건네받아 한 모금 꿀꺽 들이켰다. "맛이 어떠한가?" 노인이 물었다. "달콤합니다." 김 목사가 답했다. "한 모금 더 들이켜게." 노인이 말하자 김 목사는 또 한 모금 꿀꺽 들이켰다. 처음보다 더 향기롭고 그윽한 단맛이 났다. 노인이 또 맛이 어떠냐고 묻자 김 목사는 '꿀맛 같다'고 답했다. "이제 한 모금씩 잇달아 통째로 들이켜게." 김 목사는 홀짝홀짝 술잔을 기울이며 모금모금 마지막 한 방울까지 남김없이 비웠다. "이제 그 잔을 돌려주게." 노인이 또 말했다. 김 목사가 술잔을 건네자 노인은 그것을 받아들고 말없이 주의 깊게 그

의 눈을 응시하더니 이윽고 발을 돌려 천천히 교회 뒤편으로 걸어
갔다.

　　잠시 후 노인이 막 교회 뒤로 사라지는 찰나
　　이런 음성이 귀를 울렸다.

　　그것이 그대의 육신에는
　　더없이 달고 향긋한
　　행운의 과즙일지라도
　　그대의 영혼에는 도리어
　　돌이킬 수 없는 올무이자
　　불운의 독즙이 된다는 걸 왜 모르는가?

......
유한한 삶을 살면서
무한의 세계를 숨 쉬는
순간의 욕망에 붙들린 채
초월적 이상을 꿈꾸는
찰나의 공간에 갇힌 채로
영원의 시간을 사유하는
인간이야말로 가장 슬기로우면서
진실로 어리석은 존재이다.

90. 넋두리

검푸른 어둠 사이 아스라한 적막이 깃든 어느 야심한 시각, 달과 지구가 몰래 대화를 나눴다. 소곤소곤 주고받는 둘의 대화는 주로 지구가 말을 던지고 달은 간혹 맞받아치는 형국이었다. 무에 그리 불만이 많은지 벌써 몇 시간째 볼멘소리로 지구는 오만 가지 푸념을 늘어놓았다. "아, 기구한 이내 팔자! 개나 물어가라지! 열불난다, 열불나! 이놈의 개미 같은 인간들 땜에 여태 우주여행 한번 못 가고 허구한 날 하릴없이 얽매여 같은 자리만 뱅뱅 돌고 도는 내 신세가 너무너무 처량하고 한심해!" 하고 지구가 또 투덜거렸다.

"야, 야! 그만! 그만! 그 우는소리 좀 그만해라! 그 배부른 소리 좀 작작 해라! 우주여행은 개뿔! 누구 약 올리는 거야, 뭐야? 그래도 넌 개미 같은 인간들이라도 있지. 날 봐, 날. 인간이고 개미고 뭐고 아무것도 없이 이렇게 천년만년 쓸쓸히 혼자 살고 있잖아. 하기사 네가 어찌 내 속을 알겠냐. 말해봐야 내 입만 아프지. 아, 외로운 이내 운명. 고달픈 이내 심사. 기박한 이내 팔자. 이 슬픈 탄식과 설움과 억만 가지 시름을 누가 알리오." 하고 달이 또 대꾸했다. "그나저나……" 달이 곧 말을 이었다. "왜 그리 넌 인간들을 미워하는 거냐? 그리고 기왕 말이 났으니 말이지, 정 그리 우주여행을 하고 싶으면 이제라도 훌쩍 태양계 밖으로 떠나 자유롭게 훨훨 천체를 유랑하며 살면 되잖아!"

"내 말이!"
"누가 아니래?"
지구가 냉큼 말을 받았다.

"아닌 게 아니라. 백 번 천 번! 아니, 골백번, 천백번 그러고 싶지! 한데 어디 그럴 수가 있어야지. 만에 하나 내가 태양계를 벗어나면 인간들은 미처 새로운 환경에 적응할 새도 없이 맥도 못 추고 당장 질식해서 죽고 말 거야. 그렇다고 개미 떼처럼 하고많은 인간들을 죄 우주복을 입혀 데려갈 수도 없고 말이야." 잠시 침묵. "그건 그렇고... 왜 그리 인간들을 미워하냐고?" 지구가 또 입을 열었다. "정말 몰라서 묻는 거야? 그럼 말해주지. 난 말이야, 인간들이 너무 멍청하고 또 너무 이기적이라서 싫어. 인간들은 말이지, 도대체 말도 안 되는, 얼토당토않은 신념에 갇힌 족속들이라니까. 자기들이 무슨 온 우주의 중심이고 신이 만든 최고의 피조물이자 그 어떤 생명체보다 뛰어난 만물의 영장이란 해괴망측한 망상에 빠져 있다고......"

지구가 말을 멈추자 달이 곧 뒤를 이었다.

"근데 솔직히, 인간들이 멍청하다는 건 수긍키 어려운데. 그건 좀 어폐가 있어. 아니, 혀는 비뚤어져도 말은 바로 하랬다고, 그동안 인간들이 이룩해 온 눈부신 그 문명들을 한번 생각해 봐. 얼마나 찬란하고 숭고하고 위대하냐 말야. 안 그래? 그게 어디 쉬운 일이야? 그게 어디 병아리들 소꿉장난이야? 그게 어디 멍청한 머리로, 노둔한 감각으로, 어설픈 재주로, 무슨 구렁이 담 넘어가듯 얼렁뚱땅 엄벙뗑 엉너릿손으로 되는 일이겠냐고? 단언컨대 절대로 쉬운 일이 아니지! 그 하나만 보더라도 인간들이 얼마나 지혜롭고 슬기로운지 미루어 족히 짐작코도 남는 게 아니겠어? 게다가 때때로 우주선을 타고 날아오는 인간들이 있어, 나로서는 얼마나 위안이 되는데. 그나마 잊지 않고 찾아주는 인간들이라도 있었기에 망정이지, 안 그랬으면 어땠을지 생각만 해도 아찔하다니까. 얘긴즉슨 얼마나 고맙고 가상하고 갸륵한 마음새냔 말야. 안 그래? 요는 인간들이야말로 날 보러 찾아오는 유일무이한 생명체란 말이지……"

"에! 모르는 소리! 모르는 소리!"
돌연 지구가 외쳤다.

"자, 들어봐. 인간이 왜 멍청한지. 그래, 얼마나 머리가 나쁘면 밤에 너한테서 비치는 빛을 보고 달빛이라고 부르겠냐? 그건 달빛이 아니라 단지 햇빛이 너한테서 반사된 것일 뿐이잖아. 안 그래? 어디 그뿐인가. 인간들은 늘 하늘을 우러러보며 저 높디높은 곳에서 무슨 위대한 존재가 굽어본다느니 뭐니 하면서(독백: 우라질! 위대한 존재는 무슨! 있긴 뭐가 있다는 거야! 빌어먹을! 위대한 존재 좋아하시네! 개떡이나! 보긴 뭐가 본다는 거야! 넨장, 아무것도 없구만!) 연신 머리를 조아리고 밤낮으로 앙모하고 찬양하며 떠받들잖아. 하지만 하늘은 기실 머리 위에만 있는 게 아니라 상하좌우, 즉 바로 자기들 발밑에도 있는데 말이지. 안 그래? 내 말 틀려?"

달은 가타부타 말이 없더니
이윽고 이렇게 물었다.

"근데, 인간들이 이기적이란 건 또 뭐야?"

지구는 잠시 침묵한 뒤 다시 입을 열었다.
"말을 하자면 끝도 없지만, 이제 곧 아침이 다가올 테니 그걸 예로 들어볼게. 자, 인간들은 있잖아. 밤이 가고 아침이 오면 다들 뭐라 말하는지 알아? 바로 태양이 떠올랐다고 말하지. 참 나! 그게 말이 돼? 그게 말이야 소야 방구야? 염병할! 젠장맞을! 기도 안 차서, 원! 대체 무슨 놈의 태양이 떠올랐다는 거야! 매번 아침과 밤을 맞바꾸느라 나 혼자 죽어라 끙끙대며 회전운동을 하는 것도 모르고. 좌우지간 내 말은... 인간들은 너무 이기적이라 만사를 자기네 중심으로, 자기네 입맛대로, 자기네 시각만으로 사고하고 판단한다는 거야. 그래서 아침이 되면 '지구가 돌았다'고 하지 않고 애꿎은 태양이 떠올랐다 말한다는 거지......"

91. 모기

　길수네 집 작은방에서 각 고을을 대표하는(즉 행세깨나 하는) 원로 모기 몇 마리가 따로 모여 긴급회의를 열었다. 말하자면 분기마다 한 번씩 열리는 정례적인 원로회의는 아니다. 이번 회의는 갈수록 오만무도해지는 인간들을 효과적으로 억제하고 단속하기 위한 특단의 방법을 모색하고자 특별히 최고위급 원로들만 모인 극히 비밀스러운 자리였다. 처음에는 평소처럼 천장과 벽을 옮겨가며 회의를 하다가 한 원로의 제안으로 지금은 모두 방바닥으로 편히 내려앉은 터였다. (사실인즉 내로라하는 가문의 존경받는 저명인사인 원로 모기들이 이처럼 낮은 데로 내려앉는 것은 무척이나 이례적인 일이다). 그사이 난만한 토론과 주론을 거쳐 이런저런 의견이 제시됐지만 딱히 만장일치를 이끌어 낼만한 탁월한 발상이나 득책은 아직 나오지 않았다.

　"이런 방법은 어떨까요?"
　마침내 원로1이 침묵을 깼다.

　"어떤 방법 말이오?"
　원로2가 물었다.

　"말하자면 바이러스를 퍼트리는 겁니다." 원로1이 말을 이었다. "그러니까 기존 바이러스 말고 이참에 아주 새롭고 강력한 바이러스를 개발하는 겁니다." 그러자 원로3이 물었다. "새로운 바이러스라 하시면?" 곧 원로1이 답했다. "일테면 인간의 생각과 사고를 중지시키는 혁명적 바이러스 말입니다." 원로2가 말을 받았다. "거참, 기발한 착상입니다. 훌륭합니다. 현책입니다, 현책. 인간이 저토록 기고만장하는 것도 알고 보면 다 사고력의 우위와 특수성 때문이 아니겠습니까. 허니 당장 생각과 사고가 멈춘다면 인간은 한낱 영혼 없는 살덩이요 또 하나의 둔팍한 세포덩어리에 불과할 테지요. 아무튼 인간은, 아무것도 아닌 것들을 그럴듯하게 포장하고, 아무 의미도 없는 것들에다 그럴싸한 의미를 부여하는 거의 유일한 종족 이지요. 요컨대 신학이니 철학이니 사상이니 형이상학이니 하는 것들도 실상 인간의 그런 특수한 사고력이 빚은 일종의 지적 유희물, 다시 말해 과잉적 사유가 낳은 기형적 부산물의 일종이지요. 전에 어떤 인간이 그런 말을 했다지요. '나는 생각한다. 고로 존재한다' 고요. 또 어떤 인간은 이렇게 말했다지요. '인간은 생각하는 갈대 다!' 그만큼 인간에겐 생각과 사고가 중요하다는 의미겠지요. 허니 실제로 생각과 사고가 중단된다면 인간은 대번 존재하나 존재하지 않는 존재, 즉 일종의 정신적 무뇌아로 전락하는 거지요."

원로3이 뒤를 이었다.

"헌데 무슨 수로 인간의 생각과 사고를 중단하게 만든다는 말입니까. 과연 말 그대로 그런 효과를 발휘하는 바이러스의 개발이 가능할까요?" 잠시 후 원로1이 말을 이었다. "물론입니다. 가능합니다. 충분히 가능합니다. 자, 들어보세요. 말하자면 이렇습니다. 무릇 인간이 생각하고 사고할 수 있는 건, 바로 그들이 사용하는 언어 덕분입니다. 다시 말해 인간에게 언어가 없다면 그들이 무어로 생각하고 또 무어로 사고한단 말입니까. 한마디로 인간에게 언어가 없다면 그들의 뇌는 이제 있으나마나 한 장식물, 그저 하나의 호두

알과 다를 바 없겠지요. 그러니 차제에 인간의 언어를 마비시키는 혁신적 바이러스를 개발해서 퍼트리는 겁니다.”

“거참, 기막힌 전략입니다!”
원로2가 감탄했다.

“그보다는 차라리……”
원로4가 불쑥 입을 열었다.

“단어를 먼저 제거해야 된다고 봅니다. 대저 생각이든 사고든 언어든 모두 단어가 있어야 가능하지 않겠습니까. 설혹 언어가 마비된다 해도 단어가 남아 있다면 생각이나 사고는 얼마든지 가능할 겁니다. 그러니 아예 단어 자체를 싹그리 죽여 없애는 바이러스를 개발해서 퍼트린다면 그 즉시 방방곡곡 온 세계로 전파되어 인간은 돌연 머릿속이 뻥 뚫린 공허의 껍데기로 변하고 말겠지요. 다들 생각해 보세요. 자, 이제 단어가 없는데 무슨 수로 언어가 가능하며, 무슨 수로 생각이 가능하며, 무슨 수로 사고가 가능하겠습니까. 물론 단어가 없더라도 단지 어떤 감각이나 감정 등을 느끼는 건 가능하겠지요. 비록 단어나 언어로써, 또는 말로써 그 느낌을 표현하는 것은 불가능하겠지만요. 또한 손짓, 발짓, 몸짓, 입술 모양 따위로 의사표현을 할 수도 있겠지만, 그 역시도 실은 거의 무의식적으로 인식할 수 있는 아주 간단하고 즉각적인 의사표현이 아니라면, 즉 저마다 일정량의 사고과정을 거쳐야만 이해할 수 있는 내용이라면 의심할 여지없이 반드시 단어가 있어야만 제대로 된 의사소통이 가능할 것입니다. 여하간에 단어가 사라진다면, 인간은 그야말로 의식의 뿌리마저 상실한 일종의 살아 있는 통나무나 매한가지인 셈이지요......"

　유독 주의 주장이 강한 성격답게 원로4는 자기감정에 자기가 압도되어 일장 언설을 늘어놓았다. 다소 장황스러운 논변에도 불구하고 그 당당하고 거침없는 역설이 순간적인 설득력을 발휘했는지 원로들은 공히 그의 논지에 찬동한다는 듯 고개를 주억거렸다. (그러거나 말거나 본디 과묵한 성품으로 이런 유의 토의와 논구에는 별 취미가 없는 원로5는 회의 초반에 겨우 한두 마디 거드는가 싶더니 아직까지 줄곧 한 마디도 더 보태지 않고 그저 '음! 아! 아하! 오! 오호!' 하고 남의 이야기에 적절히 추임새를 넣으면서 간간이 고개만 끄덕끄덕했다.) 그때 벌컥 방문이 열리면서 모기들이 미처 피하기도 전에 길수 엄마가 칙칙 사정없이 홈키파를 뿌려댔다. 그 서슬에 바닥에서 막 날아오른 원로 모기들은 일시에 살충제를 뒤집어쓰고 주둥이가 홱 뒤틀리면서 맥없이 바닥에 떨어져 죽고 말았다.

92. 구슬

박 노인은 십 년여의 형기를 마치고 오늘 교도소를 나왔다. 전과 달리 이번에는 하루도 앞당기지 않고 제 날짜를 꼭꼭 채운 만기 출소였다. 잠시 주위를 두리번거렸지만 출감하는 그를 맞이하는 이는 아무도 없었다. 평생 입소와 퇴소를 반복하며 살아온 그였기에 더는 마중하는 이가 없는 것도 무리는 아니었다. 그는 이제 침침한 눈에 허리가 굽고 머리숱이 거의 빠져 몇몇 흰머리만 겨우 성깃성깃한 칠십 줄의 노인이었다. 그는 슬슬 심기가 비틀어지면서 미묘하게 불유쾌한 기분을 느꼈다. 애써 그 느낌을 털어내려는 듯 그의 입가에 언뜻 작위적인 조소가 스쳤다.

얼마 후 박 노인은 길가 편의점으로 들어가 온장고에 든 캔 커피 한 개를 사서 들고 밖으로 나왔다. 곧 그는 가게 앞 파라솔 의자에 걸터앉았다. 목구멍으로 홀짝홀짝 커피를 흘러 넘기며 그는 생각에 잠겼다. 왜 그런지 모르게 전에 없이 착잡한 심경이었다. 처음이었다. 나이 탓일까. 정말이었다. 눈에 비치는 것 하나하나가 이전과는 사뭇 다른 생경한 느낌이었다. 후회랄까, 자책이랄까. 어쩜 그 감정은 너무 늦어버린 뭔가를 향한 아쉬움 혹은 안타까움일 터였다.

이제껏 단 한 번도 이런 감정에 젖은 적 없었기에 그런 자신의 모습이 그는 자못 계면쩍고 거북스럽게 느껴졌다. 일평생 허세와 허풍과 한탕주의를 무기로 돈과 물욕과 잇속만을 좇아 그는 인두겁을 쓴 철면피로 피도 눈물도 없는 각다귀 같은 삶을 살았다. 정말이지 수치라든가 염치라든가 양심의 가책 따위는 아예 느낄 줄도 모르고 더할 나위 없이 능숙하고 자연스럽게 온갖 거짓과 감언이설을 한도 끝도 없이 줄줄 늘어놓을 수 있었다.

(...타의 추종을 불허하는 그런 발군의 기만술과 아금받은 유인책으로... 대부업, 사채업, 고리대금업, 금융사기, 투자사기, 대출사기, 환전사기, 신용사기, 보험사기, 토지개발사기, 부실채권 매매사기, 보이스피싱, 권력층 사칭사기, 허위자격증 발급사기, 피라미드사기 등등 그 명칭이야 어쨌든 일단 돈이 되는 일이면 냅떠 물불 안 가리고 덤벼들었다. 그야말로 부라퀴도 그런 부라퀴가 없었다.)

어느 날 갑자기 사기당한 사실을 알고 난 뒤 허탈감에 못 이겨 입속말로 연신 욕설을 중얼대는 사람들. 당장 찢어죽일 듯이 눈을 부릅뜨고 발광하듯 날뛰면서 콩팔칠팔 가시 돋친 험구를 쏟아내는 사람들. 더러운 마수에 걸렸다며, 악마의 함정에 빠졌다며, 악령의 저주에 홀렸다며 바락바락 소리치고 죽네 사네 울부짖는 사람들. 너무 충격을 받은 나머지 그 자리서 벌렁 까무러치며 입에 부걱부걱 게거품을 품어내는 사람들. 그 어떤 난감한 상황에서도 그 아무리 지독한 사태에서도 그는 결코 눈썹 하나 흩트리지 않고 누가 뭐라 해도 자신과는 전연 상관없는 일이라는 듯이 그저 또 을밋을밋 예사로이 받아넘기면서 한결같은 미소와 여유와 담담함을 유지하곤 했다.

그는 문득 고개를 들어 가을 하늘을 올려다보았다. 거기 옥빛으로 한껏 씻긴 그 허공을 바라보며 그는 또 상념에 젖었다. 얼마쯤 지났다. 그때 저만치서 흰 구름 하나가 이쪽으로 다가왔다. 흰 구름은 이윽고 움직임을 멈추더니 빙그레 웃으면서 박 노인을 내려다보았다. 흰 구름과 눈이 마주치는 순간 박 노인은 깜박 졸음이 왔다. 절로 눈꺼풀이 감기면서 제 머리의 무게를 못 이기고 이마를 떨어뜨렸다. 곧장 잠 속으로 빠져들면서 그는 언뜻 꿈을 꾸었다. 그는 이제 네댓 살 먹은 어린아이로 변했다. 다사로운 봄 햇살이 떨어지는 어느 고즈넉한 오후 나절이었다.

아이는 앞마당에서 혼자 구슬을 가지고 놀았다. 바닥에 작은 땅구멍을 파고 이만큼 떨어져서 그 구멍 안으로 구슬을 굴려 넣는 놀이였다. 조금 있자 한 신사가 열린 대문으로 들어와 아이 곁으로 다가왔다. 신사는 대뜸 양복 주머니에서 지폐 한 장을 꺼내 아이에게 건네며 말했다.

"아가, 이 돈하고 그 구슬하고 바꾸지 않을래?"

아이는 슬쩍 지폐를 바라보더니 이내 이맛살을 찡그리며 고개를 내저었다. 아이로선 당연한 반응이었다. 그 구슬이 아이에게 둘도 없는 보물이었던 반면 그 지폐는 한낱 쓸모없는 종이쪽에 불과했던 것이다. 신사는 절로 흐뭇한 표정을 짓고는 곧장 대문간으로 발을 돌렸다. 구슬을 손에 쥔 채 아이는 우두커니 서서 그 신사의 뒷모습을 바라보았다. 이윽고 대문을 나온 신사는 별안간 펑 소리와 함께 흰 구름으로 변했다. 흰 구름이 막 공중으로 날아오르는 찰나 박 노인은 번뜩 눈이 떠졌다.

93. 지혜

　모모 사이비 종교 교주가 늙고 병들어 임종을 목전에 두었다. 그 얘길 시작하기 전에 우선 그가 누구인지부터 소개하면 이렇다. 젊은 시절 그는 강가 자갈밭에서 우연히 특이한 돌(일종의 수석) 하나를 발견했다. 공교롭게도 그것은 사람의 얼굴을 닮은 돌이었다. 그는 대번 기발한 생각이 떠올랐다. 그는 대담하게도 몇몇 모리배, 즉 언구럭이 특출난 모사꾼들과 작당하여 그 돌의 얼굴이 바로 '신의 용안'이라는 괴소문을 퍼뜨리기 시작했다. 그러면서 교묘하게 그 돌비늘을 벗겨내 한층 더 사람의 얼굴과 비슷하게 만들었다. 그런 다음 버려진 창고를 개조하여 그 안에 그럴싸한 벽감을 만들고는, 무슨 신상이나 성스러운 입상이라도 되는 양 정성스레 받침대까지 만들어 그 돌을 거기에 척 모셔놓았다.

　얼마 안 가 슬슬 소문이 나돌면서 하나둘 사람들이 모여들기 시작했다. 하루가 가고 한 주가 가고 한 달이 지나면서 그 돌을 보려는 사람들도 계속 자꾸자꾸 늘어갔다. 그리고 몇 달 후. 이제 웬만큼 사람들이 모여든다 싶자 그는 드디어 남의 돈을 우려내기 위한 본격적인 행동 개시에 들어갔다. 즉 일당들과 함께 알록알록 유치찬란한 때깔의 제의를 차려입고서 마치 자신이 그 돌신에게 신탁을 받는 제관이라도 되는 양 그 자리서 직접 해망하기 그지없는 그렇고 그런 제사 의식들을 봉행하기에 이르렀다. 그들 일당의 꾐수에 넘어가 사람들은 잇달아 돌신에게 제물을 바치면서 헌주, 분향, 묵배하고 축원을 올렸다. 그리고 즉각 돌신의 신탁을 받은 그의 입을 통해 그 각각의 축원에 대한 응답을 전해 들을 수 있었다. 그 과정에서 누가 의심스럽다는 표정이라도 지을라치면 그는 대번 부르르 몸을 떨며 해까닥 정신이 나간 듯이 눈을 까뒤집고는, 돌신이 노하셨다! 돌신이 노하셨다! 하고 소리치면서 무섭게 그를 힐난하곤 했다. 그리하여 그와 그의 일당은 거기 모인 호구 무리, 눈뜬장님들, 바로 그 얼치기 바보들을 상대로 자신들도 놀랄 만큼 큰 재미를 보았다.

얼마 후 어중이떠중이 별별 모방꾼들이 등장하자 그는 과감히 돌신을 버리고 이번에는 독특한 모양의 나무(일종의 괴목)으로 갈아탔다. 그러다 차츰 그마저도 시들해지자 돌연 나무신 놀음을 걷어치우고 이번에는 살아 있는 물체를 대신 신성한 상징물로 둔갑시켜 또다시 어리어리한 이들을 상대로 온갖 위선과 허언으로 똑같은 사기 행각을 이어나갔다(그런 얼뜨기들은 언제 어디에나 차고 넘칠 만큼 있었는데, 그들의 비상한 장점은 바로 자신들이 어리석다는 것을 거의 모른다는 것이다. 즉 그런 얼간이들은 그저 언제든지 얼마든지 두고두고 우려먹고 속여먹을 수 있는 한낱 쇠뼈다귀 같은 손쉬운 실험 대상물에 불과했다). 닭, 개, 고양이, 새, 토끼, 자라, 거북, 두꺼비, 뱀, 햄스터, 도마뱀, 물고기, 문어, 낙지, 해삼, 멍게, 개불, 가재, 풍뎅이, 다람쥐, 족제비, 장수하늘소 할 것 없이 그때그때 기분에 따라 그는 쓱싹 숭배물을 갈아치웠다.

그럭저럭하는 사이……
그는 오십 줄에 접어들었다.

어느 날 그는 기존의 사기 방식을 탈피하고 몇몇 추종자들과 함께 비밀히 새로운 경전을 엮고 그만의 종교를 창시하여 제 스스로

가 숭배의 대상, 즉 우상이 됨으로서 제1대 교주로 등극했다. 경전의 핵심 교리는 타 경전에서 입맛대로 좋은 내용만 몇 구절씩 따다가 되는대로 이리저리 뒤섞어 급조한 것이었다. 그러면서 자신은 '신의 유일한 화신이며 절대적 권위이자 영구히 죽지 않는 불멸의 존재, 초월적 권능, 무오류의 상징, 항구적 진리'라고 설파했다. 몹시 괴탄하고 허무맹랑한 논리(그 비열하고 타락한 기만적 술수)에도 불구하고 그의 종교는 전도를 시작하자마자 대단한 기세로 교세를 확장하며 급격히 번창했다.

한마디로 왕대박, 공전의 위업, 초히트 상품,
즉 어마어마한 잭 팟을 터뜨린 것이다.

교주의 그 현란한 화술과 능란한 괴언(사실상 논증 불가), 격정적 카리스마에 현혹되어 신도들은 누구도 그의 영생을 의심치 않았다. 그의 강론은 곧 하늘의 말씀이었고 신도들의 물음에 대한 그의 응답은 곧 제자들과 백성들과 신관들에게 내리는 거룩한 신탁이자 죽음마저 두렵지 않은 하늘빛 생명수와 같은 음성이었다(그 순간 그의 목구멍은 그대로 또 하나의 마르지 않는 달콤한 독샘이었고 그의 혀뿌리를 타고 울려나오는 목소리는 바로 자기도 모르게 서서히 자기 자신의 의지와 개별성을 잃게 만드는 향기롭기 그지없는 치명적인 독액과도 같았다).
그렇듯 모두가 철석같이 그의 신성과 영력과 불멸을 믿었다. 바로 그런 무조건적 믿음으로 인해 가정도 직장도 인간관계도 다 팽개치고 서로서로 경쟁하듯 열성적으로 돈과 물질을 갖다 바치는가 하면, 심지어는 거의 전 재산을 덮어놓고 들어바치고서 아예 빈털터리(즉 내세의 영생과 축복을 약속받은 경건하고 독실한 거지 신도)가 되다시피 한 이들도 허다했다. 그것도 모자라 완전히 자제력을 잃고 마구잡이로 빚이란 빚은 죄 끌어다가 헌납하고는 도저히 되돌릴 수 없는 신앙의 극단, 이른바 순교적 빚쟁이요 성결한 파산자로 전락하는 신도들까지 생겨났다. 그러면서도 심적으론 좀 더 많은 것을 봉납하지 못하는 것에 대한 자책과 번민과 안타까움에 시달리곤 했다. 그런데 오늘(그런 신도들의 믿음을 저버리고) 소위 그 영생불멸의 존재인 그가 돌연 죽음의 문턱에 다다르고 말았다. 도무지 믿기지 않는 눈앞의 현실을 마주한 채 신도들은 실로 낙망과 좌절과 허탈감에 빠져 그의 최후를 지켜보았다.

그 뒤로 시간이 흘러 교주가 떠난 지도 어느덧 여러 해가 지났다. 그동안 그의 종교는 예상과 달리 제2대 교주를 필두로 갈수록 더 불같은 형세로 역병처럼 퍼져나갔다. 이는 바로 눈을 감기 직전 제1대 교주가 신도들에게 남긴 유훈(혹은 묘방) 덕분이었다. 이제 그를 추종하는 신도들의 믿음은 실로 맹신적 광기에 가까웠다. 그날 죽음의 순간 지혜롭게도 그는 이런 말을 남겼다.

"본디 신의 화신이며 영원히 죽지 않는 나는 불멸의 존재이다. 그런 내가 너희를 위해 영생의 특권을 물리치고 이렇게 오늘 기꺼이 죽음의 잔을 받고자 한다. 이는 내가 스스로 불러온 사랑과 자비와 구원의 성배로다. 바로 죽을 수밖에 없는 너희의 운명을 애달피 여겨 불멸의 존재인 내가 그 죽음의 짐을 대신 지고자 하는 것이다. 이런 나의 희생으로 너희는 모두 영생을 얻으리라......"

94. 안테나

어느 날 이층짜리 단독주택 거실에서 늙은 아버지와 젊은 아들이 언성을 높이며 말다툼을 벌였다. 저녁 식탁을 물린 지 얼마 안 된 초저녁이었다. 다툼의 원인은 확실하지 않다. 아마 직업(또는 진로)에 관한 것이거나 사업에 관한 것이거나 아니면 결혼문제, 즉 아들이 만나는 여자에 관한 것일지도 모른다. 어쨌거나 이것은 비단 하루 이틀 반복된 다툼질이 아니었다. 그렇다고 늙은 아버지가 자제심을 잃고 고압적인 태도로 손찌검을 하거나 젊은 아들이 혈기를 못 누르고 파괴적인 행동을 하는 것은 아니었다. 단지 자신들의 감정에만 몰입한 채 둘은 서로 한 치도 물러서지 않고 옥신각신 말씨름하며 밑도 끝도 없는 공방을 이어가는 형국이었다. 그럴 때면 정작 두 당사자보다 더 난처한 상황에 놓이는 건 새중간에 낀 어머니였다. 그런 남편과 아들 사이에서 단지 제삼자로서 중립만을 지킬 뿐 섣불리 어느 쪽의 편도 들어줄 수 없었기 때문이다. 그렇게 철저히 중재자의 입장에서 어떻게든 부자간의 감정을 누그러뜨리려 혼자 무진 애를 썼지만 헛일이었다.

그리고 한참이 지났다.

그사이 부자간의 언쟁은 멎고 집 안은 다시 정적에 잠겼다. 잠시 후 아버지가 실내를 나와 외부 계단을 통해 홀로 옥상으로 올라왔다. 옥상 난간 한편에는 티브이 안테나가 설치돼 있었다. 노인은 곧 안테나 쪽으로 다가가 담배를 피워 물고 푸푸 연기를 내뱉으며 어둠 속을 바라보았다. 잠시 그러고 있는데 한쪽에서 불쑥 목소리가 울렸다. "너무 속 끓이지 마세요." 노인은 얼른 그쪽을 돌아보았다. 그러자 바로 옆 안테나 위에 올라앉은 까치 한 마리가 눈에 들어왔다. "간혹 근심거리가 있거나 가슴이 답답할 때면 전 여기 앉아 홀로 생각에 젖곤 해요." 그 까치가 또 입을 열었다. "그럼 얼마 안 가 신의 귀엣말이 들려오지요. 바로 이 안테나가 신과 저를 이어주는 징검다리거든요." 노인은 뻑뻑 담배를 빨아댈 뿐 아무 반응이 없었다. 까치는 잠시 침묵했다가 다시 입을 열었다.

"세상에 뜻대로 안 되는 게 어디 한두 가지인가요? 자식 일도 그중 하나일 뿐이지요. 왜 그런 말이 있잖아요. 아무리 좋은 길이라도 그곳을 가리킬 수 있을 뿐 그 길로 가고 안 가고는 자기에게 달렸다고요. 언젠가 신이 내게 귀띔해 주었지요. 아무리 향기로운 우물이라도 그리로 데려갈 수 있을 뿐 그 물을 마시고 안 마시고는 자신의 선택이라고요. 그리고 또 말했지요. 아무리 신비로운 섭리의 음성이라도 그것을 들려줄 수 있을 뿐 그 소리를 듣고 안 듣고는 자기의 결정이라고요. 그러면서 또 말했지요. 안타깝게도 이상과 현실은 늘 대척점에 서 있다고요. 그래서 좀처럼 한날한시에 같은 자리에서 만날 수가 없는 거라고요. 그래서 현실은 또 이상을 그리워하고, 이상은 또 현실을 그리워한다고요. 그런데 문득 의문이 들지 뭐예요. 그래요. 한순간 전 의문에 잠겼지요. 그렇다면 우리가 바라보는 세계 안에 과연 어디까지가 현실이고, 어디까지가 이상일까 하고요……"

95. 반상회

하루는 천상의 신이 경주 첨성대 꼭대기로 내려와 세계 곳곳으로 천사들을 보내 이러저러한 종교의 그러저러한 지도자들을 불러 모았다. 하늘에는 휘영청 보름달이 걸렸다. 얼마 후 천사의 손을 잡고 열국의 종교 지도자들이 첨성대 꼭대기로 속속 날아들었다. 신은 먼저 첨성대 꼭대기에 나 있는 구멍을 판석으로 메운 뒤 그들을 죄 생쥐의 형상으로 둔갑시켜 그 자리에 모여 앉혔다.

그런 다음 신은 고양이의 모습으로 변신했다. 천사들은 날개를 편 채 고양이와 생쥐들을 호위하듯 첨성대 최상단 정자석 주위를 뱅 에워쌌다. 고양이는 생쥐들에게 간단한 인사말을 건네고는 오른쪽 앞발을 불쑥 치켜들어 밤하늘의 둥근달을 가리켰다. 그러면서 알 수 없는 언어로 무언가를 중얼거렸다. 하지만 고양이의 언어는 생쥐들에게 각각 그들의 모국어로 들려왔기에 말뜻을 이해하는 데는 어려움이 없었다. 즉 고양이는 생쥐들에게 이렇게 물었다.

"너희는 답해 보아라."
"너희는 저것을 무엇이라 부르느냐?"

"달이라 부릅니다."
한국 생쥐가 맨 먼저 답했다.

이어 일본 생쥐. "츠키つき"
이어 중국 생쥐. "위에yuè"
이어 프랑스 생쥐. "뤼lune"

이어 영국 생쥐. "문moon"

이어 독일 생쥐. "몬트Mond"

이어 이탈리아 생쥐. "루나luna"

이어 포르투갈 생쥐. "루아lua"

이어 그리스 생쥐. "펭가리fengári"

이어 헝가리 생쥐. "홀드hold"

이어 터키 생쥐. "카메르kamer"

이어 네덜란드 생쥐. "만maan"

이어 탄자니아 생쥐. "음웨지mwezi"

이어 필리핀 생쥐. "부완Buwan"

이어 인도 생쥐. "찬드라Chandra"

이어……

그렇게 생쥐들이 모두 답하자 이윽고 고양이가 다시 입을 열었다. "그렇도다. 옳도다. 그것이 진리로다. 너희가 저것을 부르는 이름은 그토록 다양하도다. 그럼에도 저것은 저것일 뿐 그 실체는 변함없이 하나뿐이로다. 나 또한 그와 같도다. 너희가 나를 부르는 이름 또한 그토록 다양하도다. 그럼에도 나는 나일뿐 나의 존재는 변함없이 나 하나뿐이로다." 그리 말한 뒤 신은 번쩍하는 섬광과 함께 홀연 자취를 감췄다. 순간 생쥐들은 도로 인간의 모습으로 변했다. 그들은 다시금 천사의 손을 잡고 희푸른 달빛 속을 날아 저마다의 자리로 되돌아갔다.

96. 날개

　오후 세 시가 되자 허 노인은 으레 (벌써 한 달 넘게) 창가로 가서 날개 달린 이웃을 기다렸다. 조금 있자 참새 한 마리가 포릉포릉 날아와 창밖 나뭇가지 위에 내려앉았다. 허 노인은 후딱 미닫이 유리창을 열고 환한 낯으로 말했다. "어서 오너라. 사랑스런 말동무야. 안 그래도 올 때가 됐는데, 하고 생각하던 참이란다." 그 말에 화답하듯 참새가 잇달아 낮은 소리로 지절거렸다. "으응, 그랬구나. 그런 일이 있었구나." 허 노인이 냉큼 맞장구쳤다. 그 말이 끝나기 무섭게 참새는 또 뭐라 뭐라 지저귀렸다. 허 노인은 또 얼른 말꼬리를 물었다.

　"오호, 그래!"
　"거참, 신기방기하구나!"

　둘은 해거름이 다 되도록 도란도란 대화를 주고받았다. 다음 날도 그다음 날도 그리고 그다음 날도 둘은 또 오붓이 정담을 나누며 오후 나절을 보냈다. 그러구러 어느덧 달포가 지났다. 오후 세 시가 되자 허 노인은 또 습관처럼 창가로 다가갔다. 그대로 30분쯤 지났다. 그리고 또 30분이 지나 네 시가 되었지만 웬일인지 참새는 날아오지 않았다. 허 노인은 꼼짝 않고 계속 그 자리를 지켰다. 그러다 해가 지고 이내 밤저녁이 되었지만 참새는 끝내 나타나지 않았다. 그제야 허 노인은 달빛 비낀 창가에서 물러나 저녁도 잊은 채로 잠자리에 들었다. 그 뒤 여러 날이 지났지만 참새는 여전히 날아오지 않았다. 오늘도 그 시간이 되자 허 노인은 또 창가에 서서 날개 달린 그 손님이 오기만을 애타게 기다렸다.

그러면서 문득 그날을 떠올렸다.
대략 석 달 전이었다.

허 노인은 읍내에 나갔다가 돌아오는 길에 동구 밖에서 죽은 참
새 한 마리를 발견했다. 허 노인은 그쪽으로 다가가 혹시나 하고 손
끝으로 살짝 참새를 건드려보았다. 순간 파르르하고 참새가 몸을
떨었다. 허 노인은 움찔 놀랐다. 그저 허실삼아 한번 건드려본 것일
뿐 참새가 살아 있으리라곤 미처 예상치 못했다. 허 노인이 가만가
만 살펴보니 어디 다친 데는 없어 보였다. 아마도 병이 든 모양이었
다. 허 노인은 조심스레 양손으로 참새를 받쳐 들고 서둘러 집 쪽으
로 걸음을 옮겼다.

얼마 후 허 노인은 마을에서 한참 떨어진 산자락의 외딴 초가로
들어섰다. 흡사 허물어져 가는 봉분인 듯 낡고 기울어진 단칸 초가
에서 임자 없는 산밭을 부치며 그는 홀로 외로이 살고 있었다. 그날
부터였다. 허 노인은 두 팔을 부르걷고 마치 젖먹이를 대하듯 갖은
정성을 기울이며 밤낮으로 그 참새를 보살폈다. 허 노인은 먼저 참
새의 보금자리가 될 아늑한 짚둥우리부터 마련했다. 그런 뒤에 (미
지근한 물로 시작해서 우유며 꿀이며 씨앗이며 쌀알이며 곤충이며
벌레며......) 뭐든 먹이가 될 성싶은 것은 죄 거둬 먹이며 아픈 참
새를 돌보았다.

그리고 열흘 남짓 지났다.

그날 참새는 첨으로 제 발로 일어나 스스로 몸을 지탱했다. 너무

기쁜 나머지 허 노인은 절로 탄성을 내질렀다. 다음 날 허 노인이 짚둥우리에서 참새를 꺼내 방바닥에 놓아주자 이번에는 콩콩 장판 바닥을 뛰며 앙증맞게 방 안을 돌아다녔다. 허 노인은 감격에 겨워 그만 입을 딱 벌린 채 연거푸 손뼉을 쳤다.

이튿날은 방바닥에 놓아주자 이내 파닥파닥 날개를 치며 참새가 혼자 날아오를 준비를 했다. 어느새 성큼 이별의 시간이 다가온 것이다. 이틀 뒤 허 노인은 양손에 참새를 받쳐 들고 앞마당으로 나왔다. 그는 애써 섭섭함을 누르고 '잘 가거라!' 작별 인사를 한 뒤 손안의 참새를 힘껏 공중으로 던져 올렸다. 참새는 힘차게 날아올라 저만치 창공으로 날아갔다가 곧장 머리 돌려 그에게로 되돌아왔다. 참새는 뱅뱅 머리 위를 맴도는가 싶더니 이윽고 초가지붕 너머로 후루룩 날아가 버렸다.

참새가 다시 나타난 건 그로부터 닷새 뒤였다. 오후 세 시경이었다. 허 노인은 소르르 낮잠이 들려는 참이었다. 그때 창 쪽에서 탁탁하는 소리가 귀를 울렸다. 허 노인이 돌아보니 창밖에서 무언가가 미닫이 종이창을 톡톡 부딪고 있었다. 허 노인은 벌떡 일어나 창가로 다가가서 살그머니 창을 열었다. 그랬다. 바로 그 참새였다. 방금 그의 창을 두드린 것은 놀랍게도 요전날에 날려 보낸 작고 여린 그 생명체였다. 곧 포르릉 날아 참새는 창밖 나뭇가지 위로 올라앉았다. 그날 이후 참새는 약속이나 한 듯 오후 세 시면 꼬박꼬박 초가집을 찾아와 미닫이창을 두드렸다(얼마 뒤에 허 노인은 밖이 더 잘 보이도록 낡고 너절한 미닫이 종이창을 뜯어내고 대신 그 자리에 밝고 환한 유리창을 새로 끼웠다). 참새는 그렇게 귀염둥이 이웃으로 날개 달린 손님으로 둘도 없는 말벗으로 허 노인의 적적함을 달래주었다. 허 노인은 정말이지 그 작은 생명체의 존재 하나만으로도 마치 누군가로부터 살뜰한 돌봄을 받는 듯한 든든함과 묘한 안전감을 느꼈다.

그 기억을 떠올리자 허 노인은 사뭇 가슴이 허해지며 깊은 한숨이 배어나왔다. 다음 날도 그 시간이 되자 허 노인은 어김없이 창가로 다가갔다. 그리고 오래도록 창밖을 응시한 채 오지 않는 그 손님을 기다렸다. 그러는 사이 그해 가을이 가고 겨울이 왔다. 연일 쉬지 않고 펄펄 눈이 내렸고 허 노인의 초가는 곰비임비 눈세계에 파묻히고 말았다. 반쯤 기울어진 초가지붕은 두두룩이 답쌓인 눈더미에 눌려 금시라도 폭삭 내려앉을 듯이 위태로워 보였다. 굵고 단단한 고드름이 처마 끝을 따라 뾰족뾰족 얼레빗처럼 죽 둘러붙었다.

그즈음 허 노인은 으슬으슬 몸살기가 도는 듯하더니 점차 나날이 기운이 까라지면서 얼마 뒤엔 완전히 기력을 잃고 말았다. 그렇게 몸져누운 채 시난고난 의식의 언저리를 떠돌며 허 노인은 내내 자다 깨다 자다 깨다를 거듭했다. 아직 쌓인 눈이 채 줄기도 전에 또다시 폭폭 눈이 내려 무시로 거듭거듭 눈더미의 두께를 쌓아올렸다. 겨울은 더 켜켜이 눈더미 속으로 파고들어가 겹겹이 방어진지를 구축하곤 그대로 영영 물러가지 않을 듯이 꼼짝하지 않았다. 그러나 시간은 또 보일락 말락 제 모습을 감추면서 몰래몰래 숨바꼭질하듯 겨울의 옷깃 사이로 갈마들었다. 정지에는 어김없이 장작과 풋장, 나뭇단 같은 땔거리들이 그득했지만 더는 군불 넣는 손이 없어 마냥 기약 없이 버려진 채 긴긴 겨울잠을 자고 있었다. 그해 겨울이 다가도록 마을 사람 누구 하나, 아는 사람 누구 하나 그의 집을 찾아오는 이가 없었다.

그토록 절절한 고독 속에서
그토록 처연한 체념을 안고
그는 서서히 생명의 온기를 잃어가고 있었다.

마침내 겨울이 가고 새봄이 왔다. 나무마다 애채가 돋고 움싹이 돋아났다. 4월의 어느 밤이었다. 허 노인은 홀연 자신의 임종이 다가왔음을 느꼈다. 그는 초연히, 일말의 동요도 없이 그의 운명을 받아들였다. 마치 귀한 손님을 영접하듯 그렇게 가슴을 열고 흔연히 죽음의 숨결을 끌어안았다. 뭔가 말을 할 듯 그는 입술을 들먹들먹하더니 이내 꾹 입술이 맞물리면서 입가에는 흐릿하게 미소가 어렸다. 그러나 뉘라서 또한 그의 시름을 알까. 뉘라서 또한 그의 이름을 알까. 뉘 있어 또한 그의 죽음을 애도해 줄까. 뉘 있어 또한 그의 일생을 추억해 줄까. 그 순간 홀로 죽어가는 자신에 대한 본능적 연민과 고독감은 그로서도 차마 어쩔 도리가 없었다.

그는 불현듯 바다를 떠올렸다.

지난 시절 그는 오래도록 바닷가에 살았다. 그는 꽤 노련한 어부였다. 뱃노래도 구성지고 배질도 능숙하고 그물질도 썩 잘했다. 무엇보다 천성이 무던해서 거친 뱃일에 잘 맞았다. 그런 그가 홀연 등짐 하나 짊어지고 이곳 산마을로 떠나온 건 예순을 훌쩍 넘긴 노년의 어느 날이었다. 짐이라곤 달랑 몇몇 옷가지와 헌 이불 따위를 새끼줄로 큼직하게 둘러 묶은 그 곤포가 전부였다. 그가 왜 그런 난데없는 행동을 감행했는지, 그에게 왜 그런 뚱딴지같은 생각이 솟구쳤는지 그 까닭은 그때나 지금이나 이렇다 할 설명도 저렇다 할 추론도 가능하지 않았다. 설마 그런 일이 있으리라곤 꿈에도 생각지 못했기에 그저 그는 저 자신이 너무나 뜬금없고 놀랍고 또 신기로울 따름이었다. 그러면서 그 순간의 자신이 꼭 생판 모르는 타인, 전혀 또 다른 나, 그를 닮은 어느 익명의 존재, 그야말로 생전 처음 대면하는 새롭고도 낯선 그 누군가로 변해버린 느낌이었다. 그리고 그러그러 어느덧 여남은 해가 흘렀다. 간혹 남 말하기 좋아하는 누군가가, 고기도 저 놀던 물이 좋다던데 왜 살던 바다를 버리고 산마을로 떠나왔느냐고 물으면(마치 무슨 죄라도 짓고 세상눈을 피해 몰래 숨어살러 온 죄인을 보는 듯한 태도였다), 그는 그저 심드렁한 태도로 이렇게 대꾸하곤 했다.

비릿한 바다가 좋아 갯마을에 살았고
통통통 고깃배가 좋아 어부가 되었고
늘그막에 또 산그늘이 좋아
산촌으로 살러 왔지요.

허 노인은 이윽고 눈을 감고 나직이 심호흡을 한 뒤 마지막 위엄을 지키며 담담히 죽음의 순간을 맞이했다. 생의 마지막 의미를 되새기려는 듯 눈물 한 방울이 도르르 한쪽 눈가에서 흘러내렸다. 곧 늑골 안쪽이 죄어드는 듯 거북해지고 점차 목구멍이 좁아붙을 듯 숨이 가빠지면서 그의 의식은 조금씩 미지의 진공 속으로 가라앉았다. 그의 소멸을 슬퍼하는 탄식의 숨결인 듯 짧고 희끗희끗한 턱수염이 미세하게 떨렸다. 삶인지 죽음인지 모를 의식의 끝자락에서 그는 꿈인지 환상인지 모를 그 광경을 보았다. 한순간 스르륵 미닫이창이 열리면서 참새 한 마리가 푸르륵 창틈으로 날아들었다. 참새는 곧장 그의 머리맡으로 날아와 그 자리에 살풋 내려앉았다. 참새는 순간 날개 달린 천사의 모습으로 변했다. 곧 천사가 허 노인의 얼굴 위로 몸을 기울였다. 다음 순간, 죽어가는 허 노인의 귓가에 그 천사의 속삭임이 들려왔다.

"할아버지, 저예요. 제가 왔어요. 제가 모시러 왔어요. 할아버지, 일어나세요. 눈을 뜨세요. 제가 왔어요. 제가 모셔다 드릴게요. 제가 할아버지의 날개가 되어드릴게요. 할아버지, 일어나세요. 저와 함께 천국으로 가요......"

다시 흐릿하게 바다를 떠올렸다.
문득 향수 어린 안온감을 느꼈다.

그 먼먼 속삭임을 타고 밀려왔는지...
한순간 귓속 멀리서 파도 소리가 일렁거렸다.

97. 행운목

　아담한 평수 원룸에서 혼자 사는 수진 씨는 나이 스물셋의 사회 초년생이었다. 지방에서 여고를 마치고 몇몇 아르바이트를 전전하다 좀 더 나은 일자리를 찾아 재작년 봄에 서울로 올라왔다. 수진 씨는 먼저 작은 원룸에 세 들었다. 보증금은 그간 틈틈이 일해 모은 돈으로 지불했다. 실은 대학에 진학하려 모아둔 돈이었다. 일자리는 예상대로 서울이 월등히 많았다. 하지만 그저 그런 일거리가 대부분으로 어엿한 직장이 아니기는 지방이나 매한가지였다. 얼마 안 가 수진 씨는 원룸 근처 카페에서 파트타임으로 일을 시작했다. 몇 달 후 수진 씨는 단기간에 목돈을 모으기로 작정하고 두어 군데 더 파트타임 자리를 구했다. 그렇게 스스로 고생문을 열치고 하루하루 악착같이 인내하며 눈코 뜰 새 없이 바쁜 날을 이어 나갔다.

　해가 바뀌고 새봄이 지나 여름이 왔다.

　한여름의 어느 날 수진 씨는 행운목이 죽은 걸 깨달았다. 지난 삼월 꽃집 앞을 지나다 우연히 눈에 띄어 사 온 미니 화분 행운목이었다. 그녀 혼자 사는 데다 따로 애견도 없는 터라 수진 씨는 행운목을 말벗 삼아 무척 애정을 쏟았다. 수진 씨는 첫날 행운목에 물을 주면서 곰살스레 말했다. "반가워. 이제 우린 한식구야. 앞으로 언니가 동생처럼 보살펴줄게......" 하지만 그런 다짐과 달리 얼마 안 가 차츰 관심이 무뎌지더니 종국엔 애완물의 존재조차 까맣게 잊고 말았다. 굳이 변명하자면 매일같이 일과표에 쫓겨 과로에 허덕이는 데다 뼈진 고통을 견디면서 근근 밤잠을 줄여가며 분초를 다퉈 대입시험을 준비하느라 도저히 딴 데 신경 쓸 겨를이 없었다.

그날 밤 수진 씨는 제풀에 잠을 설쳤다.

수진 씨는 어수선한 마음에 자꾸 몸을 뒤척거렸다. 이래저래 속이 언짢고 불편한 심정이었다. 이제 한식구라며 죽은 행운목을 동생처럼 보살피겠다던 그날의 약속을 떠올린 것이다. '...지키지 못할 거면 애초 약속이나 말 걸......' 수진 씨는 자책감에 겨워 혼잣속으로 중얼거렸다. 다음 날 수진 씨는 출근하는 길에 먼저 근린공원에 들렀다. 거기 한쪽 양지바른 언덕에 구덩이를 파고 수진 씨는 가방에서 신문지에 둘둘 말린 무언가를 꺼냈다. 수진 씨가 신문지를 펴자 누르끄레하게 시들마른 행운목의 주검이 드러났다. 수진 씨는 맘속으로 용서를 구하며 그 자리에 죽은 행운목을 고이 묻어주었다. 그렇게라도 해야 속이 좀 편해질 듯싶었다. 일종의 자구책이었다. 그런 식으로나마 약속을 못 지킨 미안함과 양심의 가책감을 덜어보려는 행동이었다.

그 뒤 몇 달이 지나 겨울이 왔다.

얼마 후 연말이 지나 새해가 되었다. 수진 씨의 시간은 또 속절없이 바쁘게 흘렀다. 수진 씨는 오늘 감기 몸살이 나서 된통 앓아누웠다. 이제껏 처음으로 만부득이 결근을 했다. 도무지 어쩔 도리가 없었다. 그토록 억척같던 의지력도 끝내 바닥이 났다. 한밤중에 수진 씨는 무진장 식은땀을 흘리며 한바탕 죽게 앓았다. 그러면서 수진 씨는 꿈을 꾸었다. 수진 씨는 꿈속에서 죽은 행운목을 보았다. 한순간 흙구덩이가 열리면서 죽은 행운목이 불쑥 떠올라 수진 씨의 눈앞으로 다가왔다. 다음 순간 죽은 행운목은 마치 잠에서 깨어나듯 사르르 기지개를 켜고는 이내 환한 미소를 띠고 수진 씨를 바라보았다. 죽은 행운목이 도리어 꽃을 피운 것이다. 그 모습은 뭐랄까. 얼른 보면 토끼풀 꽃 같고 다시 보면 팝콘 같고 어찌 보면 강냉이 튀밥을 닮았다.

죽은 행운목이 꽃을 피웠기 때문일까.

그제야 수진 씨는 지난날의 아쉬움이 좀 가시는 듯했다. 그러고는 꿈도 의식도 잠꼬대도 뒤척임도 없는 완전한 수면(일종의 혼수상태)에 빠져들었다. 수진 씨가 다시 눈을 떴을 때는 이미 한낮이 한참 기운 오후 3시경이었다. 잠시 후 얼마간 정신이 돌아오자 수진 씨는 겨우겨우 자리에서 일어나 잠옷 차림 그대로 창가로 다가갔다. 밤새 식은땀을 쏟으며 되우 앓고 난 뒤끝이라 그런지 심신이 한결 가든해진 느낌이었다. 마치 자신의 신체에서 옴싹 무게감이 빠져나가 버린 듯 공복감이 밀려왔다. 안 그래도 마른 얼굴이 하룻밤 새 핼쑥하니 깎여 거의 반쪽만 남았다. 이마에는 아직 미열이 남아 있었고 눈 밑에는 푸르스름하게 다크서클이 생겼다.

눈꺼풀 위에는 여전히 과로와 수면 부족, 잦은 결식과 불규칙한 식사, 영양 결핍 그리고 결락된 자유와 멸실된 자존감에서 오는 두터운 우울감이 얹혀 있었다. 수진 씨는 커튼을 조금 젖히고서 물끄러미 창밖을 내다보았다.

잠포록한 하늘에서 펑펑 함박눈이 내렸다.
바닥에는 포근포근 눈이 쌓였다.

수진 씨는 문득 반려 식물을 다시 키워볼까 하는 생각이 뇌리를 스쳤다. 그러면서 '이번에는 테라리엄 행운목이 어떨까' 하고 맘속으로 자문해 보았다. 한데 이상했다. 무슨 영문인지 죽은 행운목에 대한 기억은 돌연 아스라한 과거로 침잠하고 말았다. 그랬다. 더는 아무것도 없었다. 간밤에 잠든 사이 누군가 몰래 머릿속에 틈입하여 그 기억을 정밀하게 도려낸 듯 모든 게 희미하고 의심스러울 뿐이었다. 수진 씨는 애써 그 기억을 되살리려 시도했지만 거짓말처럼 머릿속이 하얘지면서 그 어떤 관념의 부스러기조차 되돌릴 수 없었다. 지난밤의 열병은 그렇게 그녀의 의식 속에서 어떤 기억 하나를 감쪽같이 쓸어가 버렸다. 수진 씨의 머릿속은 이제 과거의 기억을 밀어내고 새로 맞이할 미래의 기억을 향해 깨끗이 비워져 있었다.

수진 씨는 계속 창밖을 응시한 채 움직임이 없었다. 창밖으로 눈은 더 시름시름 내렸다. 마른 비둘기 한 마리가 발도 시리지 않는지 하얀 숫눈 위를 오락가락하며 연신 발자국을 찍었다. 그리고 오륙 분쯤 지났다. 그때 띵동, 휴대전화 알림음이 울렸다. 아마도 일터 중의 한 군데에서 온 문자 메시지인 것 같았다. 몸은 좀 어떤지, 언제쯤 다시 출근이 가능한지 그쪽에서 매니저가 확인차 보낸 메시지일 터였다. 그 생각을 하자 갑자기 머리가 무거워지고 이것저것 잡다한 잔무들이 떠오르면서 꾸역꾸역 화가 나고 이래저래 괜히 짜증이 일었다. 정말이지 만사가 다 귀찮고 더럭더럭 싫증이 나면서 그대로 퍽퍽 울고만 싶은 심정이었다.

왠지 그 문자가 보기조차 싫어 수진 씨는 계속 딴청을 부렸다. 순간 날개가 있다면 그대로 훌쩍 날아올라 저 하얀 눈송이 사이로 후

릌 달아나 버리고만 싶었다. 그렇지만 날개 없는 수진 씨의 머릿속은 이미 그 문자 메시지에 꽉 붙들려 있었다. 분명 수진 씨는 창밖을 바라보고 있었지만 이제 그녀의 눈에는 아무것도 들어오지 않았다. 또다시 현실이란 이름의 악령이 촉수를 뻗어 그녀의 뇌리를 친친 휘감으면서 단숨에 그녀의 시야를 어지럽혔다.

그나마도 끽해야 이삼 분이었다. 결국 수진 씨는 창가에서 몸을 떼고는 곧 쓰러질 듯 되똑거리면서 겨우 침대맡으로 걸어가 탁자 위에 올려둔 휴대전화를 집어 들었다. 다시 또 일터에 나가 그 힘든 일과를 반복해야 한다는 것에 대한 자의식의 반영이었을까. 수진 씨는 저도 모르게 짙은 한숨이 새어나왔다. 삶과 운명에 대한 깊은 권태와 회의가 서린... 차마 표출하지 못한 울분과 발악과 절규를 감춘... 한껏 피어나야 할 청춘의 시기와는 걸맞지 않은... 몹시도 무기력하고 절망에 겨운 탄식이었다.

그러고서 막 메시지를 확인해보니,

'00대학 합격 통지 문자'였다.

98. 제단

  한날한시에 죽은 세 사람이 이제 막 저승 입구에 다다랐다. 거기에 어른 허리 높이의 조졸한 제단이 차려져 있었다. 이런 모습이었다. 낡은 향탁 위에 향불을 피운 청동 향로가 얹혔고 그 좌우에는 촛불을 켠 구리 촛대가 하나씩 놓였다. 그들 셋은 제단에서 두어 걸음 물러나 서로 약간의 사이를 두고 옆으로 나란히 섰다. 둘은 말쑥한 양복 차림이었고 다른 하나는 수수한 평복을 걸쳤다.

  잠시 후 이런 음성이 울렸다.
  "각자 제단에 바칠 제물을 내놓아라."

  그들 셋 가운데 맨 왼쪽 저승객이 먼저 제단으로 다가가 향탁 위에 금색 봉투 하나를 올려놓고 제자리로 물러났다. 그 순간 봉투가 사라지고 그 자리에 대신 백지수표 한 장이 드러났다. 그 백지수표는 드러남과 동시에 사르르 녹아 없어졌다. 이번에는 한가운데 섰던 저승객이 제단으로 다가가 은색 봉투 하나를 올려놓고 제자리로 물러났다. 그 순간 봉투가 사라지고 그 자리에 대신 문서 한 장이 드러났다. 거기에는 여러 관직명과 함께 그의 재산 목록이 죽 나열돼 있었다. 잠시 후 그 문서가 녹아 스러지자 마지막으로 평복을 걸친 저승객이 제단으로 다가갔다. 딱히 내놓을 게 마땅찮은지 그는 주뼛주뼛하더니 이윽고 향탁 서랍을 열어 그 안에 든 향갑에서 향 하나를 꺼내 촛불에 불을 댕겨 말없이 향로에 꽂았다 그러고는 공손히 고개 숙여 예를 표한 뒤 제자리로 물러섰다. 그때 돌연 제단이 사라지면서 그들 세 사람의 앞쪽으로 녹슨 철문이 하나씩 나타났다.

"각자 철문을 열고 들어가라."

순간 다시 음성이 울렸다.

그들 셋은 각기 자기 앞의 철문을 열고 따로따로 그 안으로 들어갔다. 먼저 백지수표를 제단에 바친 저승객이 철문을 들어서자 곧바로 네모반듯한 텅 빈 공간이 나타나고 이어서 그 한가운데, 즉 네댓 걸음 앞쪽에 놓인 황금 의자가 눈에 들어왔다. 그는 절로 황금 의자에 가 앉았다. 순간 그는 벌거벗은 알몸으로 변했고 동시에 어떤 강력한 힘에 눌려 손끝 하나 꼼짝할 수 없는 마비 상태가 되었다. 조금 있자 펑 소리와 함께 도깨비 하나가 나타났다. 한 손에 뭉툭한 방망이를 움켜쥔 뿔 달린 도깨비였다. 그 도깨비가 방망이로 의자를 치자 바닥은 대번 백지수표와 지폐로 뒤덮이더니 이윽고 벌거벗은 저승객의 턱밑에까지 그 종이 더미가 그들먹이 차올랐다. 이제 그는 그 돈더미 속에 파묻혀 겨우 머리통만 달랑 드러낸 형국이었다.

뿔 달린 도깨비는 이미 모습을 감췄다.

"입을 벌려라!" 어디선가 불쑥 음성이 울렸다. 그 음성을 따라 그는 절로 커다랗게 입을 벌렸다. 다음 순간 그 돈더미가 일제히 팔락거리면서 곧 무수한 나방 떼처럼 그의 입속으로 급속히 빨려들기 시작했다. 그의 위장과 식도는 금세 백지수표와 종이돈으로 꽉꽉 들어찼다. 그리하여 그는 목구멍이 콱 틀어 막힌 채로 컥 질식해서 죽었다. 그러자 곧 장면이 바뀌면서 그가 막 황금 의자에 가 앉는 순간부터 목구멍이 막혀 질식사하는 순간까지 그 일련의 과정이 똑같이 재연되었다(그리고 이 과정은 끊임없이 반복될 터였다).

다른 저승객이 철문으로 들어섰다.

바로 관직명과 재산 목록을 제단에 바친 그 저승객이었다. 그는 막 은으로 된 의자에 가 앉았다. 순간 그는 알몸뚱이로 변했고 동시에 손끝 하나 까딱할 수 없는 마비 상태가 되었다. 그러자 또 펑 소리와 함께 뿔 달린 도깨비가 나타났다. 그 도깨비가 방망이로 의자를 치자 바닥은 삽시간에 수천수만의 개미들로 뒤덮이고 말았다. 그새 도깨비는 또 자취를 감췄다. "입을 벌려라!" 곧 다시 그 음성이 울렸다. 다음 순간 개미떼가 일제히 그의 살갗을 기어올라 입구멍이며 콧구멍이며 눈구멍이며 귓구멍이며 똥구멍이며 할 것 없이 구멍이란 구멍은 죄 찾아 격류처럼 쏠려 들어갔다. 이윽고 그가 눈을 뜬 채 쇼크사하자 이내 장면이 바뀌었다(그는 막 문을 열고 들어선다. 곧 그는 은 의자로 걸어가 거기에 걸터앉는다).

다른 저승객이 철문으로 들어섰다.

(앞서의 그 둘과 달리 제물 대신 향을 사른) 바로 그 평복 차림의 저승객이었다. 그는 천천히 나무 의자로 걸어가서 거기에 걸터앉았다. 하지만 그는 벌거숭이가 되지도 않았고 사지 또한 전혀 마비 상태로 변하지도 않았다. 잠시 동안 그는 눈만 끔벅끔벅하면서 그대로 멀거니 앉아 있었다. 그러다 막 거기서 나가려는 의도로 자리에서 일어서려는데, 돌연 펑 소리와 함께 뿔 달린 도깨비가 나타났다. 그 도깨비가 방망이로 의자를 치자 곧바로 다른 두 저승객의 모습이 눈앞에 비쳤다. 도깨비는 또 홀연 온데간데없었다. 그는 잠자코 그 자리에 앉아 그들 두 혼령에게 내려진 무한의 고통, 바로 그 냉혹한 영벌의 참상을 지켜보았다. 조금 지나자 그곳은 어느 아파트

의 평온한 실내로 변했다. 그는 이제 거실 소파에 기대앉아 느긋이 티브이를 응시하고 있었다. 혼자였다. 바로 앞 유리 탁자에는 리모컨과 커피 잔, 비스킷, 초콜릿, 담뱃갑과 가스라이터, 그리고 휴대전화 따위가 놓여 있었다. 방금 티브이에서 영화가 끝나고 화면에는 막 엔딩 크레딧이 오르기 시작했다.

영화 제목은 '지옥변상도'였다.

99. 손

국내 유수의 재벌 그룹 오너 손 회장은 여든둘의 나이로 어느 대형병원 특실에 입원 중이었다. 벌써 반년 가까이 최상의 의료진에게 최적의 치료를 받으며 병상을 지켰지만 사실상 거의 차도가 없었다. 그의 입원 소식이 전해지자 병실에는 날이면 날마다 이러저런 문병객이 줄을 이었다. 그룹 계열사 임직원을 비롯한 재계, 금융계, 법조계, 정관계, 예술계 등 각계각층의 사람들이 문병차 줄대어 그의 병실을 드나들었다. 그러던 어느 날, 손 회장은 돌연 병문안을 일절 받지 않기로 결정했다.

정말이지 더는 견딜 수가 없었다. 이래저래 그는 심기가 영 편치 않았다. 우선 자신의 몸 상태가 무장 심상치 않은 데다 매일같이 누군가의 위로 아닌 위로를 듣는 일에 그만 신물이 났던 것이다. 그러니까 그들의 표정 하나하나, 그들의 몸짓 하나하나, 그들의 음성 하나하나가 모두 한낱 가식이요 겉치레뿐인 동정이란 느낌을 지울 수 없었다. 그 생각이 좀 억지스러운 면이 있다는 걸, 그러니까 자신의 처지가 그렇다 보니 평소의 이성적 사고가 흔들리면서 다소 왜곡된 관념에 휘둘리는 것일 수도 있다는 걸 모르지는 않았지만, 어쨌거나 그는 자신이 처한 그 상황에 맞게 본인의 의지대로 그렇게 결정을 내렸다. 그 뒤로는 가족과 몇몇 의료진 그리고 간병인 아주머니를 제외하곤 누구도 그의 병실에 발을 들이지 못했다.

어느 날 오후.
손 회장은 그예 운명을 목전에 두었다.

그가 병상에 누운 지 대략 열 달 남짓 지났을 때였다. 그의 아내와 자식들이 환자의 임종을 지키려 일찍부터 병실에 모여 있었다. 여러 자식들은 병상 주위에 둘러서서 아버지를 지켜보았고 그의 아내는 머리맡에 앉아 남편의 손을 맞잡고 있었다. 독실한 가톨릭 신자인 손 회장은 뜻밖에도 신부님의 병자 성사마저 마다했다. 그런 환자의 태도를 누구도 선뜻 수긍할 수 없었지만 가족들은 도리 없이 그의 뜻대로 따를 수밖에 없었다. 그나저나 그의 자식들은 내심 아버지의 유언을 몹시 기다리는 눈치였다. 그룹 운영과 유산 상속에 관한 그의 유언 한 마디가 자신들의 운명에 커다란 변수로 작용할 터이기 때문이었다. 그런 자식들의 바람과 달리 그는 내내 아무 말이 없었다. 그의 아내가 남편을 바라보며 아이들에게 남기실 말씀은 없으신지 물었지만 그는 끝내 침묵을 지켰다. 다만 그는 허공 어딘가를 응시하는 듯한 공허한 눈길로 마지막 눈맞춤이라도 하듯 하나하나 번갈아 자식들의 얼굴을 바라볼 뿐이었다. 그렇게 자식들의 모습을 바라보면서 아스라한 젊은 날의 한 조각을, 희미한 옛 추억을, 바로 지난날의 그 자신을 닮은 오래된 그 초상을 되찾으려 했는지도 모른다.

　　"너희들은 그만 나가 있거라."
　　마침내 손 회장이 입을 열었다.

　　그런 아버지의 주문에 자식들은 다소 의아해하면서도 어머니께 따로 당부할 말씀이 있으신가보다 짐작하곤 순순히 병실 문을 나갔다. 이제 병실에는 손 회장 부부 두 사람만 남았다. 몇 분인가 지났다. 아내는 그대로 병상 머리맡에 놓인 의자에 앉아 두 손으로 남편의 한쪽 손을 감싸 쥐고 있었다. 두 사람 다 말이 없었다. 아내는 뭔가 그룹 경영 전반에 관한 남편의 유지를 기다렸지만 그는 계속 침묵만을 지켰다. 그처럼 둔중한 침잠 속에서 손 회장은 돌연 그런 생각을 떠올렸다.

(어찌 보면 담담하고도 사소한 바람이었다. 즉 가급적 외부인의 조문을 사절하고 자신의 장례는 다만 가족장으로 조촐히 치러졌으면 하는 단순하고 솔직한 심정이었다.) 아내에게 얼핏 그런 뜻을 내비칠까 하다가 어쩐지 지켜지기 어려우리란 예감에 그는 도로 꾹꾹 그 생각을 밀어 넣었다. "임자도 그만 나가 있구려." 순간 그가 힘없이 입을 열었다. "그리고 부탁이 있소. 간병인 아주머니를 좀 불러주구려." 그가 말하자 아내가 언뜻 대꾸를 하려다가 무슨 생각을 했는지 도로 꾹 입을 닫고는 곧 남편의 손을 놓고 자리에서 일어나 병실 문을 나갔다.

얼마 뒤 간병인 아주머니가 들어와
그의 병상으로 다가왔다.

"부르셨어요, 회장님."

아주머니가 병상 머리맡으로 다가서며 말했다. 손 회장은 대답 대신 옅은 미소를 띠며 의자에 앉으라는 손짓을 했다. 아주머니가 조금 망설이더니 말없이 의자에 걸터앉았다. 아주머닌 살짝 고개를 비낀 채 시선을 떨어뜨렸다. 손 회장은 물끄러미 아주머니를 바라보았다. 그러다 이윽고 나직한 소리로 입을 열었다. "아주머니, 그동안 날 돌봐줘서 고마웠다오."

그 말에 아주머니가 고개를 들어 손 회장을 바라보았다. 늘 그래왔듯 아주머닌 이번에도 자기가 맡은 환자의 병간호에 심력을 다해

왔다. 손 회장은 잠시 침묵하더니 아주머니 쪽으로 한 손을 내밀면서 말했다. "아주머니, 그 손 잠깐만 빌려주시오." 손 회장의 눈가에는 그렁그렁 눈물이 고였다. 아주머니가 무심코 손을 내밀다가 절로 무춤하더니 곧 다시 손을 내밀어 그의 손을 맞잡았다. 그 순간 손 회장은 일평생 처음으로 혼자가 아니라는 느낌이 들었다. 그의 입가에 설핏 미소가 돌았다. 그는 소르르 눈을 감고 잠이 들 듯 평온히 마지막 숨을 내쉬었다.

100. 꽃

연우 군은 스물일곱 살의 건실하고 맺힌 데가 없는 숭글숭글한 젊은이였다. 한데 몇 달 전부터 갑자기 심리적 불안증에 시달리기 시작하더니 얼마 안 가 대인기피증까지 엄습하면서 점점 어쌔고비쌔고 무슨 결벽증이라도 걸린 듯 타인과의 접촉 자체를 두려워하며 회피하다가 급기야 지난달 초 직장을 관두곤 그날로 말문을 닫아걸고 자기 방에 쿡 틀어박혔다. 그렇다면 왜? 무슨 이유로? 어찌하여 그는 난데없는 불안감에 사로잡힌 걸까. 누구보다 건강하고 활기차고 외향적이던 그에게, 이제 막 피어오른 젊은 혼을 달구며 그토록 싱싱한 심장에서 그토록 뜨거운 피가 끓어오르던 그에게 왜 그리 뜬금없는 마음의 먹구름이 밀어닥친 것일까. 안타깝게도 그 원인은 아직 불분명했다. 그럼에도 한 가지만은 명확했다. 즉 그가 느끼는 불안이란 바로 죽음에 대한 공포였던 것이다.

사실 죽음에 대한 막연한 공포심이야 인간이면 누구나 품을 법한 일상적인 감정일지 모른다. 하지만 연우 군의 경우 그런 통상적 감정과는 전혀 다른 실존적 절박성을 지녔다. 요컨대 그는 당장 죽을지도 모른다는, 이러다 갑자기 자신의 생명이 싹 시들어버릴지 모른다는, 심지어 어느 한순간 자신의 육신이 흐물흐물 녹아내리면서 형태도 없이 사그라져버릴지도 모른다는 망상적 사고에서 기인한 실체적 두려움과 맞닥뜨린 상태였던 것이다. 그의 부모가 아들을 설득해 어떻게든 병원에 데려가려 갖은 애를 썼지만 그는 끝내 요지부동이었다. 이는 너무도 당연한 반응이었다. 그즈음 그는 자신이 방문을 나서는 순간 그대로 털컥 쓰러져 죽을 것만 같은 괴이한 강박감에 짓눌려 있었다. 부모님은 결국 아들의 강박증을 더 자극하지 않기 위해서라도 그 설득을 그만 포기할 수밖에 없었다.

그 뒤로 그렇게 시간이 흘렀다.
하루는 여자 친구 현주가 찾아왔다.

벌써 몇 번째 방문인지 모른다. 이제껏 그녀는 번번이 퇴짜만 맞고 되돌아갔다. 그녀에게조차 연우 군은 마음 문을 닫아버린 것이다. 그가 자기 방에 틀어박힌 지도 얼추 넉 달 남짓 지났다. 그녀가 방문을 두드려 문기척을 냈다. 이번에도 그는 방문을 걸어 잠근 채 아무런 반응도 하지 않았다. 그녀의 목소리는 오늘도 애타게 방문을 부딪고 덧없이 허공을 울렸다. 그의 방문이 열리는 건 하루에 딱 한 번, 가족이 모두 잠든 새벽 시간뿐이었다. 바로 어머니가 놓아둔 음식물을 들이거나 아니면 볼일을 보러 화장실에 가기 위해서였다. 특히 화장실을 가려고 밤중에 몰래 방문을 나설 때는 두 발로 서지 않고 아예 짐승처럼 네굽으로 엉금엉금 기어 다녔다. 자칫 방문을 나서는 순간 맥없이 퍽 고꾸라져 죽을지도 모른다는 턱없는 그 공포감 때문이었다.

"화분 하나 사왔어. 방 앞에 두고 갈게."

그녀가 방문 앞에 서서 말했다. 그러고는 잠시 귀를 기울였지만 방에서는 숫제 묵묵부답이었다. 그녀는 또 무심중에 한숨이 새어나왔다. 그녀의 기대는 오늘도 여지없이 부딪히고 깨어져 물거품이 되고 말았다. 그녀는 또 어김없이 실망감을 되뇌며 닫힌 문을 뒤로 하고 무연히 발을 돌렸다. 그런 그녀의 뒷모습을 묵연히 바라만 볼 뿐 부모님은 차마 그 흔한 위로나 낙관적 전망조차 건넬 용기가 나지 않았다(이즈음 부모님은 아들의 상태가 끝내 변화가 없을 경우 부득불 강제로라도 정신병원에 입원시켜야 할지도 모른다는 심란하고도 음울한 생각에 시달리던 터였다). 그 뒤로 한참이 지났지만 방문은 내내 그대로였다. 그러다 밤이 되고 어느덧 자정을 훌쩍 넘긴 한밤중이 되었다. 그때 지그시 방문이 열리더니 곧 그가 한쪽 손을 내밀어 문 앞에 놓인 꽃 화분을 안쪽으로 들였다.

화분에는 제라늄 한 송이가 활짝 피었다.

연우 군은 침대맡 협탁 위에 그 작은 화분을 올려놓았다. 그러고서 스탠드의 불을 끈 뒤 도로 침대에 드러누웠다. 곧 그는 벽 쪽으로 돌아누워 눈을 감았다. 잠시 후 그가 얼핏 잠이 들려는데 등 뒤에서 불쑥 목소리가 들려왔다. "난 죽음이 두렵지 않아." 그는 어떻게든 눈을 뜨고 일어나려 안간힘을 썼지만 왜 그런지 몸이 전혀 말을 듣지 않았다. 몸과 마음이 서로 어깃장을 놓고 자꾸 겉도는 느낌이었다. "너와 나는 하나야. 우린 서로 다르지 않아." 순간 다시 목소리가 울렸다. "우리 둘은 똑같이 청춘의 섬광, 생명의 절정, 싱그럽게 활짝 핀 행운의 꽃송이야." 환청인지 꿈결인지 모를 그 소리를 타고 그는 혼곤히 잠 속으로 빨려들었다.

"하지만 난 시드는 게 두렵지 않아."
다시 또 목소리가 울렸다.

"있잖아, 사람도 꽃이야. 사람도 꽃송이야. 한순간 활짝 피었다가 시들어가는 또 하나의 어여쁜 꽃송이야. 있잖아, 사람도 풀이야. 사람도 풀꽃이야. 사람도 식물이야. 사람도 실은 식물의 일부인 거야. 있잖아, 살아 있는 건 모두 죽음을 통해, 변화를 통해 또 하나의 생명으로 또 하나의 푸르른 새순으로 변모하는 거야. 그래, 난 죽어 흙이 되고 그 흙속에서 또다시 새로운 운명으로 새로운 이야기로 새로운 기억으로 부활하는 거야. 그래서 난 시드는 게 두렵지 않아. 나의 죽음은 또 다른 나, 또 하나의 나 자신을 잉태하는 필연의 섭리이자 축복의 순환이니까. 그래서 난 변화하는 게 두렵지 않아. 나의 변화는 그렇게 또 하나의 이로움을 위한 창조의 과정이자 순리의 흐름이니까. 그래서 난 새로운 나... 또 다른 나의 탄생을 위해 기꺼이 죽음의 순간을 품에 안고 변화의 날을 맞이할 거야......"

101. 사슴

초등학교 3학년인 철민은 엄마와 단둘이 살았다. 며칠 전 철민은 같은 반 동무들과 함께 선생님을 따라 미술관에 견학을 다녀왔다. 오늘도 철민은 혼자 저녁을 먹고 거실에서 티브이를 보다가 이윽고 소파에 모로 누워 잠이 들었다. 잠이 들고 얼마 뒤 철민은 꿈을 꾸었다. 꿈속에서 철민은 홀로 미술관에 서 있었다. 이상했다. 다들 어디로 숨었는지 동무들도 선생님도 보이지 않았다. 철민은 곧 걸음을 옮겨가며 하얀 벽에 내걸린 몇몇 그림들을 올려다보았다. 그러다 철민은 어느 그림 밑에서 우뚝 발을 멈췄다. 철민은 한껏 고개를 들고 그 그림 속의 사슴을 골똘히 쳐다보았다. 가엾기도 하고 슬프기도 하고 안쓰럽기도 하고 또 무섭기도 하고 철민은 순간 뭐라 말할 수 없는 괴상야릇한 감정에 휩싸였다.

(그 그림은 바로 프리다 칼로의 '상처 입은 사슴'이었다. 즉 '몸뚱이는 사슴이고 머리통은 뿔 달린 사람의 얼굴'을 하고 있었다.) 그 사슴의 몸에는 도합 아홉 개의 화살이 꽂혔다. 모가지에서 꽁무니까지 화살이 박힌 상처마다 빨간 핏물이 흘렀다. "아이, 불쌍해라! 얼마나 아플까!" 한순간 철민은 잠꼬대를 웅얼거렸다. 그토록 눈물겨운 광경을 바라보고 있자니 철민은 대번 자기 몸뚱이에 쿡쿡 화살이 날아와 박히는 듯이 마음이 몹시 아파왔다. 그런 동심 어린 철민의 연민과는 달리 사슴은 전혀 고통을 못 느끼는 듯 외려 무심한 눈빛으로 이쪽을 빤히 바라다볼 뿐이었다. 너무도 태연한 그 눈길에 그만 동정심도 안타까움도 달아나고 돌연 오싹 소름이 끼치면서 철민은 움찔 몸서리가 쳐졌다. 철민은 주춤 물러서며 그대로 홱 몸을 돌렸다.

"철민아! 철민아!"
순간 등 뒤에서 목소리가 울렸다.

그 소리에 놀라 철민은 한 발짝도 못 떼고 그 자리에 딱 얼어붙고 말았다. "철민아, 엄마야! 엄마야, 철민아!" 다시 목소리가 울렸다. 그제야 철민은 두려움을 꾹 삼키며 슬그머니 몸을 돌려 그 사슴을 흘끔 바라보았다. 그런데 웬걸! 엄마다! 엄마다! 그랬다! 그 사슴의 얼굴은 다름 아닌 엄마의 얼굴이었다. "엄마, 엄마......" 철민은 그렇게 혼잣말을 옹알거리며 그 사슴의 얼굴을 뚫어져라 쳐다보았다. 철민의 눈에는 어느새 눈물이 그렁그렁 차올랐다. 이윽고 철민은 그림으로 바짝 다가서서 있는 힘껏 까치발을 하고 엄마 몸에 박힌 화살들을 뽑아내려고 그리로 한껏 손을 뻗었다.

"철민아! 철민아! 철민아!"
그때 누군가의 외침이 들려왔다.

철민은 문득 눈이 떠졌다. 아직 잠이 덜 깬 철민은 뭐가 뭔지 몰라 어리둥절한 표정으로 연신 눈동자만 깜박거렸다. "무서운 꿈을 꿨나 보구나." 곧 다시 목소리가 울렸다. 언제 오셨는지 밤늦게 퇴근하신 엄마가 머리맡에 서서 철민을 내려다보았다. 철민은 그제야 자기가 본 그 광경이 실제가 아닌 꿈이었다는 걸 퍼뜩 깨달았다. 철민은 펄쩍 일어나서 엄마를 와락 껴안았다. 그러고는 자꾸만 엄마 품으로 파고들며 울먹이는 소리로 중얼거렸다. "엄마, 미안해. 잘못했어. 인제 말썽 안 부릴게. 미안해, 엄마. 인제 말 잘 듣는 착한 아이가 될게......"

공(空)

떨어지는 꽃잎은
떠나가는 계절을 원망하지 않는다.
흩날리는 낙엽은
다가오는 겨울을 원망하지 않는다.
부러지는 나무는
내려앉은 눈송이를 원망하지 않는다.
녹아내린 고드름은
돋아나는 봄기운을 원망하지 않는다.
밀려가는 파도는
밀려오는 물결을 원망하지 않는다.
흘러가는 구름은
불어오는 바람을 원망하지 않는다.
흔들리는 생명은
무너지는 숨결을 원망하지 않는다.
부서지는 존재는
흩어지는 세월을 원망하지 않는다.

102. 모래성

　어느 날 귀여운 꼬마 하나가 바닷가 모래밭에 쪼그려 앉아 따독따독 꼬막손을 움직여 금빛 모래성을 쌓았다. 이따금 흰 거품을 일으키며 낮은 파도가 밀려와 이쪽으로 슬며시 젖은 모래를 밀어다 놓고는 이내 폭 한숨 소리를 뱉으면서 뒷걸음치듯 밀려갔다. 얼마 후 꼬마는 떠나고 거기에는 고스란히 모래성만 남았다. 그때 저쪽에서 젊은 남자 하나가 사박사박 모래밭을 밟고 이쪽으로 걸어왔다. 이윽고 남자는 모래성으로 다가와서 발을 멈췄다. 남자는 우두커니 서서 모래성을 내려다보았다. 얼마 후 남자는 떠나고 거기에는 고스란히 모래성만 남았다. 그때 저쪽에서 중년 남자 하나가 성큼성큼 모래밭을 밟고 이쪽으로 걸어왔다. 이윽고 남자는 모래성으로 다가와서 발을 멈췄다. 남자는 우두커니 서서 모래성을 내려다보았다.

　얼마 후 남자는 떠나고
　거기에는 고스란히 모래성만 남았다.

　그때 저쪽에서 육십 줄의 남자 하나가 터덜터덜 모래밭을 밟고 이쪽으로 걸어왔다. 이윽고 남자는 모래성으로 다가와서 발을 멈췄다. 남자는 우두커니 서서 모래성을 내려다보았다. 한순간 바람이 불고 파도가 일렁이면서 마치 하늘에 뜬 뭉게구름인 양 보각보각 물거품이 일었다. 그러다 홀연 바람이 잦아들면서 곧 백파도 따라 누그러졌다. 얼마 후 남자는 떠나고 거기에는 고스란히 모래성만 남았다. 그때 저쪽에서 허리 굽은 남자 하나가 지팡이에 몸을 의지

한 채 조심조심 모래밭을 밟고 이쪽으로 걸어왔다. 이윽고 남자는 모래성으로 다가와서 발을 멈췄다. 남자는 우두커니 서서 모래성을 내려다보았다.

얼마 후 남자는 떠나고
거기에는 고스란히 모래성만 남았다.

바다는 잔잔했다. 멀리 구름 속에 숨었는지 바닷새 울음도 들리지 않았다. 한동안 아스라한 정적이 흘러갔다. 흡사 정지된 화폭인 듯 하늘도 바다도 구름도 태양도 고스란히 움직임을 멈췄다. 멎은 흐름 속에 모래성은 홀로 존재감을 드러내며 처음 모습 그대로 그 화폭의 중심을 지켰다. 그때 갑자기 돌풍이 불고 한차례 사납게 화폭이 흔들리더니 이내 파도가 흰 포말을 일으키며 저쪽에서 돌돌 화폭을 말아오듯 이쪽 모래밭으로 밀려들었다. 그 파도가 한순간 모래성을 삼켰다. 잠시 후 파도가 뒷걸음하며 모래성을 토해냈을 때 이제 그것은 낱낱의 모래알로 바스러져 형적도 없이 사라지고 말았다. 그렇게 파도가 온 세계를 허물어뜨리며 모든 것을 쓸어 가 버렸다.

103. 비상벨

1. 별안간 화재경보기가 왱왱거리며 요란하게 울었다. 빌딩 경비원 감수 씨는 번쩍 눈을 뜨고는 벌떡 일어나 앉아 정신없이 사방을 둘러보았다. 주위는 온통 새카만 어둠에 잠겨 아무것도 분간할 수 없었다. 이것이 꿈인지 현실인지 모른 채로 어리둥절 어둠 속을 멀뚱거리며 그대로 한참을 앉아 있었다. 그러자 점점 머리가 맑아오면서 이윽고 문득 정신이 들었다. "아! 꿈이었구나!" 그렇게 절로 혼잣말을 내뱉고는 이어 나직이 안도의 한숨을 내쉬었다. 이달만 해도 벌써 몇 번째인지 모른다. 또다시 그는 학창시절의 꿈을 꾼 것이다. 올해 들어 부쩍 그 시절의 꿈을 꾸는 횟수가 늘었다. 아무리 못해도 이삼일 건너 한 번은 같은 꿈을 꾸었다. 그는 곧 손을 뻗어 침대맡에 놓인 전기스탠드를 켰다. 거기 놓인 탁상시계를 보니 새벽 3시가 좀 안 된 시각이었다. 순간 귓전에서 다시금 꿈속의 그 경보음이 울리는 듯했다. 그 소리를 떨쳐내려는 듯 그는 거의 반사적으로 절레절레 고개를 흔들었다.

그러면서 불쑥 그 사건을 떠올렸다.
그니까 중학교 2학년 1학기 어느 날이었다.

대체 왜 그랬는지, 무슨 오기였는지 배짱이었는지 모르지만 그날 그는 수업 중에 벌떡 일어나서 교실 문을 나가 복도 벽에 설치된 화재경보기 버튼 앞으로 곧장 다가갔다. 잠시 후 그의 손가락이 운명의 그 버튼에 닿았을 때 등 뒤에서 나이든 역사 선생이 경악한 표정으로 그를 노려보고 있었다. 그 순간 미친 듯이 왱왱대는 경보음이 전교생의 고막을 찢으며 창끝처럼 모두의 심장을 관통하면서 일거에 학교 전체를 발칵 뒤집어놓았다. 그 뒤로 수십 년이 흘렀다. 이미 중년의 나이가 되었건만 그는 여전히 그날 그 기억에 사로잡힌 채 현재도 미래도 없는 과거 속의 그 시간을 살아가고 있었다. 다만 한 가지 이상한 점은, 그때 그 시절의 복도는 분명 밝고 환한 대낮이었는데, 그의 꿈속에서 보이는 복도는 늘 한밤중처럼 어둠침침하고 아무런 인기척이 없는 음울한 분위기란 것이다. 바로 그 어둠 속에서 반딧불이 한 마리가 빛나듯 그 누름단추 하나만이 반작반작 빛을 발하고 있었다.

그는 아직도 자신의 그 행동을, 그날의 그 무모함을 이해할 수 없었다. 즉 자기 스스로도 도무지 그 이유가 설명되지 않았다. 아무리 해도 그는 그 자신이 납득할 만한 명징한 논리, 그날 그 행동을 정당화할 본질적 동기가 떠오르지 않았다. 그날 그 순간, 그는 다만 '지금 뭔가 세상이 잘못되고 있다'는 막연한 불안감에 사로잡혀 있었다. 그리고 '그 잘못되고 있는 뭔가'가 무엇이었는지 아직껏 그는 명쾌한 답을 찾지 못했다. 대신 그는 세월이 가고 나이가 더해갈수록 그 잘못되고 있는 무언가에 대한 해답을 찾으려는 자신의 의지력도 점차 희미해져 간다는 사실만을 또렷이 지각할 뿐이었다. 그러면서 그는 이제 와 설령 그 해답을 찾는다 한들 그것이 과연 무슨 소용이 있으며 그 자신에게 또한 어떤 의미가 있을까 하는 회의감이 일면서 자꾸만 절로 무기력감에 빠져드는 것이었다.

어쨌거나 그 사건은 단박에 그의 운명을 강타하며 동시에 그의 인생을 깡그리 회복 불능의 상태로 망그지르고 말았다. 그는 결국 퇴학당했고 그것으로 그의 학창시절은 영영 종막을 고했던 것이다 (당시 그는 이게 무슨 퇴학까지 당할 일인가 싶은 억울함은 있었지만 그렇다고 딱히 학교의 그런 조치에 대한 반발심이나 거부감, 아쉬움, 애석함 따위의 감정은 거의 들지 않았다. 하지만 그러면서도 내면 깊숙이 청춘의 얼룩이 지고 눈시울 가득히 감성의 생채기가 났다. 그렇게 자꾸만 상심의 흔적 같은, 시련의 멍울 같은 회색빛 고뇌들이 그의 영혼을 잠식해 왔다).

2. 감수 씨는 막 숙직실 문을 열고 밖으로 나왔다. 그는 옥상 한쪽 난간으로 걸어갔다. 그의 숙직실은 빌딩 옥상 한편에 가져다 놓은 낡은 컨테이너박스였다. 그는 난간 앞에 서서 멀리 시선을 던져 검푸르게 물든 도시의 새벽을 바라다보았다. 밤공기가 마치 무쇠로 된 외투처럼 육중하게 전신을 휘감으며 그의 심장을 짓눌러 왔다. 얼마 뒤에 그는 숙직실로 되돌아가 전기스탠드를 끈 뒤 다시 침대로 기어들어가 눈을 감았다. 그렇게 얼핏 풋잠이 들었고 그는 또다시 꿈을 꾸었다. 꿈속에서 그는 어느 벽에 설치된 비상벨 버튼 앞에 서 있었다. 혼자였다. 주위는 캄캄했고 그 버튼 둘레만이 작은 원을 이루며 신비롭게 빛을 발했다. 조금 있자 이런 목소리가 들려왔다. "벨을 눌러라. 벨을 눌러라. 지금 당장 비상벨을 눌러라." 뒤미처 또 목소리가 울렸다. "비상벨을 울려라. 비상벨을 울려라. 이 미친 세상을 향해, 이 병든 세상을 향해, 이 눈먼 세상을 향해 종말의 경보음을 울려라……"

그는 거칠게 머리를 흔들었다.

불현듯 그날의 기억이 떠올랐던 것이다. 그럼에도 그의 손가락은 도리어 비상벨의 버튼으로 다가가고 있었다. 잠시 후 그가 비상벨의 버튼을 누르려는 찰나 그 버튼은 홀연 무당벌레로 변신했다. 날개에 일곱 개의 점무늬가 있는 칠성무당벌레였다. 그는 순간 움칠하며 손을 멈췄다. 그와 동시에 무당벌레가 활짝 날개를 펼쳤고 그 날개 밑에 가려져 있던 비상벨 버튼이 문득 드러났다. 마침내 그는 오른손 검지 끝으로 힘주어 그 버튼을 꾹 눌렀다. 곧 무시무시한 경보음이 세차게 귀청을 때리며 그의 온 영혼을 송두리째 뒤흔들었다. 그는 제풀에 놀라 그만 번쩍 꿈을 깨고는 펄떡 튀어 오르듯 침대를 빠져나와 허겁지겁 문을 열고 옥상 난간으로 뛰쳐나갔다.

그 순간 천지가 진동하는 듯 온 도시가 울부짖는 듯 산지사방으로 맹렬히 경보음이 울려 퍼졌다. 이내 귀가 먹먹해지고 머릿골이 깨질 듯이 욱신대면서 금시라도 쩍 심장이 갈라터질 듯 섬뜩 소름이 끼쳤다. 그는 왈칵 공포심에 짓눌려 양손으로 자신의 귀를 꽉 틀어막고는 질끈 눈을 감았다. 한데 어찌된 영문인가. 대체 무슨 조화인가. 그토록 피를 토하며 목이 터져라 울어대는 경보음에도 불구하고 세상은 누구 하나 잠을 깨지 않고 도시는 여전히 쿨쿨대며 단잠에 빠져 있었다.

104. 일식

　햇볕이 쨍쨍 내리쬐는 어느 늦여름의 오후였다. 헙수룩한 복장의 한 남자가 큼지막한 보따리를 등에 지고 번잡한 거리를 걸어가고 있었다. 그의 이마에는 송글송글 땀방울이 내맺혔다. 그 속에 뭐가 들었는지 보따리는 점점 아래로 축 처지고 자꾸자꾸 무게에 밀리면서 조금씩 매듭이 느슨해져 갔지만 그는 아무것도 모른 채로 쉬지 않고 발걸음을 재촉했다. 금시라도 비적비적 보따리 속 물건들이 비어져 나올 듯이, 얼른 보기에도 무척 아슬아슬해 보였다. 그러다 자칫 매듭이라도 풀리는 날엔 그대로 와락 내용물이 다 쏟아져 내리고 말 터였다. 누가 가서 후딱 귀띔이라도 해줬으면 좋으련만 아무래도 제 스스로 알아채는 것 말고는 달리 방도가 없는 듯했다.

　그렇게 얼마를 갔을까.
　결국 사달이 났다.

　아닌 게 아니라 우려했던 일이 벌어지고 말았다. 정말로 매듭이 풀리면서 보따리 안의 내용물이 한꺼번에 와르르 바닥으로 쏟아져 내린 것이다. 한데 뜻밖에도 허름한 그 보따리에서 쏟아져 내린 것은 바로 가지각색의 값비싼 보화들이었다. 그렇게 금은붙이 따위의 온갖 패물과 보옥들이 사방으로 흩어지며 번쩍번쩍 바닥을 뒹굴었다. 그 남자가 깜짝 놀라 뒤를 돌아보았다. 행인들이 우르르 보물 주위로 몰려들었다. 행여 누가 집어가기라도 할까 그 남자는 잔뜩 행인들을 경계하며 바닥에 후다닥 보자기를 펼치고는 흩어진 보물들을 허겁지겁 주워 모으기 시작했다.

그런데 행인들에 대한 그의 예상은 보란 듯이 빗나가고 말았다. 한마디로 애먼 사람들을 의심하고 지레짐작으로 그들의 순수한 양심과 선의마저 곡해한 것이다. 그런 그 남자를 나무라기라도 하듯 행인들은 외려 흩어진 보물들을 집어다가 그의 보자기로 고스란히 옮겨놓았다. 이윽고 그 남자의 보물들은 온전히 제자리로 되돌아왔다. 그제야 안심이 되었는지 그 남자는 보자기 곁에 쪼그려 앉아 똥이라도 누는 사람처럼 끙 하는 소리를 토하고는 손등으로 쓱쓱 이마의 땀을 훔치면서 겨우 숨을 돌렸다. 그러면서 주위를 돌아보며 방금 도움을 준 행인들에게 연신 사의를 표하는 눈인사를 보냈다. 순간 그는 무턱대고 덜컥 의심부터 하는 자신의 그 습관화된 불신과 성급함이 좀 맥쩍게 느껴졌다. 그러고서 다시금 보자기를 묶으려는데, 난데없이 검은 그늘이 깔리면서 순식간에 대기가 어두워지기 시작했다.

바로 일식 현상이 일어난 것이다.
(개기 일식이었다.)

잠시 후 주위는 온통 짙은 어둠에 휩싸였다. 느닷없이 밀려든 한낮의 어둠 속으로 모든 것이 일시에 형체도 없이 사그라져버렸다. 그 뒤로 얼마쯤 지났을까. 일순간 번득하고 햇살이 비치면서 다시 환하게 주위가 밝아오더니 이내 태양이 어둠을 쓸어내며 눈부신 자태를 드러냈다. 그러면서 자연 거리의 행인들과 그 남자의 모습도 따라 드러났다. 그 남자는 여전히 보자기 곁에 쪼그리고 앉아 있었다. 다음 순간 그 남자는 덜컥 낭패감에 휩싸이며 그대로 망연자실 바닥에 풀썩 주저앉고 말았다. 그랬다. 그의 보자기는 어느새 보석

지스러기 하나 없이 휑 비었다. 그사이 누군가가 금붙이란 금붙이, 은붙이란 은붙이, 보옥이란 보옥은 죄 쓸어가고 말았다.

105. 악동

초등학교 5학년 진우는
정말 못 말리는 괴짜 소년이었다.

진우는 오늘도 교실 뒤편 마룻바닥에 꿇어앉아 두 팔을 쳐들고 혼자 벌을 서는 중이었다. 진우는 또다시 담임 선생님의 심기를 건드리고 말았다. 그니까 장난이 하도 심해 선생님은 도무지 벌을 주지 않고서는 계속 수업을 이어갈 수조차 없었던 것이다. 선생님은 인상이 포근한 오십 대 중반의 여자 분이었다. 사실 선생님은 진우에게 내심 애정이 갔다. 비록 악동 기질이 다분하긴 했지만 그럼에도 어딘지 모르게 관심을 자극하는 자기만의 특출한 개성과 색채를 지녔기 때문이다. 일테면 겉으로 드러난 짓궂음이나 장난기 너머로 보이는 '별빛처럼 투명한 감수성과 섬광처럼 번쩍이는 사고력' 같은 것 말이다.

진우는 또 그새를 못 참고 맨 뒷줄에 앉은 급우들을 번갈아 자꾸 지부럭거렸다. 상대가 반응을 하건 말건 진우의 괴롭힘은 더 집요해졌다. 그예 참다못한 급우 하나가 큰 소리로 선생님께 일러바쳤다. 선생님은 이쪽을 등지고 서서 분필로 학습 내용을 판서하다 말고 홱 돌아서서, 대체 널 어쩌면 좋으니? 하는 표정으로 교단에서 물끄러미 진우를 바라다보았다. 그러다 이윽고 '교실 밖으로 나가 두 손 들고 복도에 꿇어앉아 있으라'고 말했다. 진우는 그저 히죽 웃고 나서 자리에서 일어나 교실 문을 열고 복도로 나갔다. 그리고 거기 신발장 맞은편 벽을 등지고 꿇어앉아 무슨 만세라도 부르듯 익살스럽게 두 팔을 추켜올렸다.

한참이 지났다.

그때 뒷짐을 지고 느릿느릿 복도를 순시하던 교장 선생님이 한쪽에서 혼자 벌을 서는 진우를 발견했다. 교장 선생님은 작달막한 키에 두꺼운 안경을 쓰고 아랫배가 볼록하며 앞머리가 휑하니 벗어졌다. 한두 번 마주친 게 아닌지라 교장 선생님은 거의 무표정한 얼굴로 진우에게 다가오더니 대뜸 한쪽 귀를 잡아 홱 비틀었다(요전번엔 코를 잡아 비틀었고 그전번엔 볼때기를 꼬집었다). 그러고는 한 대 쿡 군밤을 먹이고는 다시 뒷짐을 지고 유리창 너머로 슬쩍슬쩍 교실 안을 기웃대면서 어슬렁어슬렁 복도 저쪽으로 걸어갔다.

벌서는 진우에 대한 교장 선생님의 반응은 대체로 그런 식이었다. 한데 언젠가 딱 한 번 정말로 뿔이 나신 적도 있었다. 그날따라 무슨 심사가 뒤틀렸는지 다짜고짜 신고 있던 슬리퍼 한 짝을 벗어 들고는 벌겋게 핏발 선 눈으로 노발대발 핏대를 세우고 마구 침방울을 튀기면서 무슨 테니스 라켓이라도 휘두르듯 혼신의 힘을 다해 연거푸 양쪽 따귀를 번갈아서 찰싹찰싹 후려갈긴 것이다(이는 누가 보더라도 제 성질에 제가 못 이겨 애먼 곳에 공연히 화풀이하는 꼴이었는데, 알아주는 매꾸러기인 진우로서도 난생처음 겪어보는 무자비한 따귀 세례였다).

진우는 교장 선생님의 뒷모습을 바라보며 해죽 웃고는 장난스레 혀를 쑥 내밀었다. 잠시 후 교장 선생님이 복도 끝을 지나 시야에서 멀어지자 진우는 슬그머니 팔을 내리고 손끝으로 무심히 마룻바닥에 뭔가를 끼적대기 시작했다. 일이 분쯤 그러고 있는데 어디서 나왔는지 까만 알개미 한 마리가 나타나 손끝으로 다가와서 말했다. (아마도 녀석은 신발장 쪽에서 기어 나온 듯했다. 좀 더 추리를 이어가면, 녀석은 몰래 아이들의 신발 속이나 신주머니 안으로 숨어

들었다가 이제 막 거기를 버리고 나와 복도 바닥으로 불쑥 모습을
드러낸 것이리라......)

"뭘 쓰고 있니?"
"몰라."

진우가 귀찮다는 듯 무뚝뚝이 답했다.

그대로 잠시 침묵이 흐르다가 알개미가 다시금 입을 열었다. "그
러지 말고 내가 부르는 대로 써봐. 그리고 그대로 기억했다가 나중에
공책에 써서 선생님께 보여드려봐. 혹시 알아? 선생님께 칭찬이라도
들을는지......" 진우는 손가락을 멈추고 곰곰 생각하다 이렇게 대꾸
했다. "좋아, 말해봐. 빨랑 불러봐. 그럼 부르는 대로 여기에 써볼 테
니까." 다시 입을 떼기 전에 먼저 생각을 가다듬느라 알개미가 머리
를 갸웃갸웃했다. 진우는 손끝을 바닥에 대고 냉큼 받아 적을 준비를
했다. 곧 알개미가 불러주는 글귀대로 진우는 마룻바닥에 썼다. 그러
면서 머릿속으로 꼼꼼히 그 글귀를 아로새겼다. 이런 내용이었다.

1
인간은 추억이란 단어로 삶을 시작하고
추억이란 단어로 삶을 지탱하며
추억이란 단어로 삶을 이어가다
추억이란 단어로 삶을 마친다.

2
인간은 부지런히 추억을 빚고

하염없이 추억을 아쉬워하며
속절없이 추억을 그리워하다
끝내 스스로가 죽어 추억이 된다.

3
인간은 인생이란 필름 속에서
일평생 자신이란 이름의 배역 아래
홀로 주연배우로서의 삶을 살아간다.
인간은 인생이란 영화가 완성되기까지는
도리어 자신의 영화를 감상하지 못한다.
인간은 인생이란 영화가 완성되었을 때
비로소 죽음의 옷을 입고
영혼의 관객이 되어
홀연 자신의 인생과 맞닥뜨린다.

4
인간은 평생 행복을 찾아
불행하게 행복 속을 헤매다가
끝내 행복 속에서 불행을 끌어안고 죽는다.

5
인간은 텅 빈 허공에서
실체 없는 실체를 잡으려고
영원처럼 몸부림치다
끝내 빈주먹을 움켜쥐고 찰나처럼 죽는다.

106. 보물찾기

"......저는 본디 우연이나 행운, 요행 등과는 아예 거리가 먼 사람입니다. 학창시절. 그니까 초등학교서 대학에 이르기까지 소풍이나 엠티 가서 보물찾기할 적마다 저는 숫제 보물표를 찾지 못했습니다. 믿거나 말거나 단 한 번도 저는 보물표를 발견하지 못했던 것입니다. 메가폰 든 선생님의 시작 신호 떨어지기 무섭게 눈에 불을 쓰고 달려들었지만 어찌된 일인지 그 보물표(상품명이나 번호가 적힌 종이쪽지)는 눈에 띄지 않았습니다. 돌 밑이나 풀밭, 아니면 나뭇가지 따위에 숨겨 둔 그 보물표를 딴 애들은 쉽사리 척척 잘도 찾아내곤 하는데, 저는 아무리 해도 찾을 수가 없었던 것입니다. 그때마다 전 뚱한 얼굴로 이렇게 불퉁거렸지요."

"운도 지지리 없는 놈!"

"이처럼 학창시절을 떠올릴 때면 수건돌리기나 술래잡기, 노래하기나 춤추기 같은 유쾌한 기억 저편에 바로 '보물찾기'라는 아쉬움의 그림자가 늘 따라붙곤 합니다. 한데 더더욱 공교로운 것은 나중에 제가 회사원이 된 뒤였습니다. 다시 말해 어느 날 회사에서 야유회를 갔는데 뜻밖에도 거기서 보물찾기를 했던 것이지요. 다만 학창시절과 다른 점이 있다면 그 보물표로 교환할 수 있는 물품이 다르다는 정도였지요. 하여튼 거기서조차 저는 허탕을 치고 말았습니다. 끝내 저는 물품명이 적힌 그 종이표를 찾지 못했던 것입니다."

잠시 침묵이 흐른다.

"그런데 어젯밤! 난생처음 저는! 저만의 보물표를 찾았습니다! 간밤에 저는 꿈을 꾸었습니다. 꿈속에서 저는 초등학교 시절로 되돌아갔습니다. 그날은 소풍날이었고 때마침 보물찾기 시간이었습니다. 정해진 시간 안에 보물표를 찾아야 했기에 저는 몹시 조바심치며 풀밭이란 풀밭, 돌 틈이란 돌 틈은 죄 들쑤시고 다녔지만 결국 아무것도 발견하지 못했습니다. 얼마쯤 그러고 있는데 선생님이 메가폰을 잡고 시간이 다 되었으니 그만 동작을 멈추라는 신호를 보냈습니다. 그 소리와 동시에 저는 낙담해서 그만 풀밭에 펄썩 주저앉고 말았습니다. 그렇게 덩그러니 외따로 앉아 부러움의 눈길로 보물표와 상품을 교환하는 친구들을 넋 놓고 바라다보았습니다."

그가 목청을 다듬느라 큼큼 군기침을 했다.

"바로 그때였습니다!"
그가 다시 입을 열었다.

"난데없이 금두꺼비 한 마리가 나타나 불쑥 말했습니다. '날 따라오렴.' 저는 섬찟 놀랐다가 이내 마음을 다잡고는 기엄기엄 앞서가는 금두꺼비를 따라 느럭느럭 물가 쪽으로 걸어갔습니다. 그사이 보물표와 상품의 교환을 마치고 이제 마지막 순서인 장기 자랑 경연이 시작되었습니다. 그쪽을 흘금흘금 곁눈질하면서 저는 묵묵히 금두꺼비를 뒤따랐습니다. 이윽고 물가를 몇 걸음 앞두고 금두꺼비가 발을 멈추고는 한쪽 풀밭을 입으로 가리키며 말했습니다."

"이곳을 들춰보렴."

"저는 얼른 허리를 굽히고 손끝으로 가만가만 풀 속을 헤쳤습니다. 그러자 곧 세잎 클로버들 사이로 네잎 클로버 한 장이 풀쑥 눈에 띄었습니다. 바로 그 네잎 클로버 밑에서 마침내 저는 보물표 한장을 발견했습니다. 너무도 기꺼운 마음에 저는 그만 숨이 막힐 듯달아올라 금두꺼비를 돌아보았습니다. 하지만 금두꺼비는 이미 사라지고 없었습니다. 대신 가슴속에서 그 금두꺼비의 목소리가 울려왔습니다. '어서 보물표를 펼쳐보렴.' 저는 그 목소리를 따라 바르르 떨리는 손길로 그 종이쪽을 펼쳤습니다. 그러자 거기 이런 글자가... 반짝반짝 빛나는 두 글자가... 조금은 수줍은 듯... 은은히 미소 짓는 금빛 단어가 씌어 있었습니다."

"사랑"

"그렇습니다. 지난밤, 제 생애 처음이자 마지막으로 찾은 보물표엔 바로 사랑이란 이름의 두 글자가 새겨져 있었습니다." 평생을 가난하고 소외된 이웃과 함께한 그가 노벨평화상 수상 연설(소감)을 마치자 이내 기립박수가 터져 나왔다.

107. 선물

아침을 먹고 나서 얼마 있다 성찬은 할아버지와 단둘이 뒷산에 올랐다. 오전 10시쯤이었다. 엄마 아빠는 할머니랑 집에 남았다. 작년 봄에 다녀간 뒤 성찬은 꼭 일 년 만에 다시 엄마 아빠를 따라 시골 할아버지 댁을 찾은 것이다. 할아버지가 계속 말을 걸었지만 성찬은 내내 아무 반응도 하지 않았다. 할아버지 댁에 다니러 올 적마다 성찬은 늘 할아버지 손을 잡고 뒷산에 올랐다. 하지만 성찬이 지금껏 할아버지 말에 반응을 한 적은 단 한 번도 없었다. 그랬다. 성찬은 기실 자폐아였다. 올해 아홉 살이 된 성찬은 노상 혼자서만 놀고 혼자서만 비밀스레 대화를 주고받을 뿐 다른 누구에게도 말을 하지 않는 정신 지체 장애아였다. 할아버지가 잠시 손자를 응시하다가 다시금 상냥스레 말을 걸었지만 성찬은 또 웅얼웅얼 혼잣말만 중얼거릴 뿐 할아버지한테는 아예 관심을 주지 않았다.

손님맞이하는 듯
어서 오라고 반기는 듯
솔솔바람에 불려 숲속 이파리들이
하르르하르르 흔들거렸다.

삐쪼르르, 빼종빼종,
삐쪼르르, 빼종빼종……

얼마쯤 가자 나무숲에서 홀연 새소리가 들려왔다. 성찬이 무뜩 발을 멈추고 숲나무를 올려다보며 새소리에 귀를 기울였다. 나무

우죽 틈새로 가느다란 빛살이 꽂히는 숲 그늘은 오솔하리만치 어슴 푸레했다. 잠시 꼼짝 않고 둘은 그 자리에 서 있었다. "와아! 새들 이 인사해요! 안녕! 안녕! 산새들이 인사해요! 반갑다고 인사해요!" 성찬이 느닷없이 외쳤다. 어찌나 놀랐던지 할아버진 그저 말문이 막힌 채로 어안이 벙벙할 따름이었다. 한순간 발밑이 요동치면서 숲이 세차게 기우뚱거리는 것만 같았다. (별안간에 말꼬가 트인 듯 잇달아 거침없이) 성찬은 숨도 쉬지 않고 종잘거렸다.

이제껏 기다렸대요! 성찬을 기다렸대요!
매일매일! 성찬이 무얼 꿈꾸고!
무얼 상상하고! 무얼 생각하는지!
많이많이! 아주 많이 궁금했대요!

이게 대체 무슨 일인지, 얘가 지금 무슨 말을 하는 건지, 이 아이 가 정말 새들의 말을 알아듣는지 어쩐지 할아버지는 전혀 알 길이 없었다. 아니, 그 사실을 구태여 알아야 할 필요성을 느끼지 못했 다. 할아버진 다만 지금 이 순간이 너무도 신기하고 경이롭고 감격 스러울 따름이었다. 왜 아니겠는가. 그토록 단단한 근심의 멍울을 뚫고 한 줄기 싱싱한 빛살이 비쳐 드는 순간이었다. 바로 그 순간 할아버진 자신의 손자가 그렇게 기특하고 대견하고 사랑스러울 수 가 없었다.

한참이 지났다.

할아버지와 손자는 이제 발을 돌려 뒷산을 내려오는 중이었다. 성찬은 말을 멈추고 무언가 곰곰 생각에 잠겼다. 이윽고 산기슭에 다다랐을 때 성찬이 또 불쑥 입을 열었다. "할아버지! 세상이 온통 동물 나라 같아요! 사람들이 날마다 동물의 얼굴로 변신해요! 늑대 얼굴, 여우 얼굴, 곰 얼굴, 사자 얼굴, 뱀 얼굴, 돼지 얼굴, 악어 얼굴, 하마 얼굴, 사슴 얼굴, 코뿔소 얼굴, 원숭이 얼굴......" 얼마 뒤에 둘은 대문 앞에 다다랐다. 대문이 활짝 열린 채로 엄마 아빠가 할머니와 함께 앞마당에 놓인 들마루에 앉아 있었다. 둘은 앞마당으로 들어섰다. 할머니가 팔을 벌리자 성찬이 냉큼 그쪽으로 달려들었다. 순간 할아버지가 엄마 아빠를 바라보며 말했다.

"이 아인 하늘이 준 선물이란다."

곧 할아버지가 말을 이었다.

"이 아인 천상의 숨결로 호흡하고 대기의 언어로 교감하며 대자연의 흐름과 하나 되어 순백의 정기로 소통한단다. 이 아인 육신의 귀가 아닌 마음의 귀로 만물의 소리를 듣는단다. 이 아인 새와 구름과 바람과 풀과 나무와 열매와 꽃과 나비와 강과 바다와 산과 대지와 길과 숲과 바위와 물고기와 곤충들의 목소리를 듣는단다. 이 아인 사람의 눈이 아닌 천사의 눈으로, 외면의 빛이 아닌 내면의 빛으로, 육신의 창이 아닌 영혼의 창으로 세상을 바라본단다......"

108. 기도

　도시 한편에 자리한 성당 건물 위로 청정한 가을 햇살이 떨어져 내렸다. 오후 4시가 좀 안 된 시각이었고 성당 주변은 인적 하나 없이 고요했다. 조금 있자 성당 앞 좌우 양쪽 길에서 단정한 평상복을 걸친 두 남자가 나타나 거의 동시에 뚜벅뚜벅 서로를 향해 걸어왔다. 잠시 후 둘은 성당 앞으로 다가와서 발을 멈췄다. 우연인지 어쩐지 둘은 거의 쌍둥이라 할 만큼 외모가 비슷했다. 둘 다 젊고 튼실한 체격에 두 눈엔 빈틈없는 총기가 어렸고 나이에 비해 조숙하리만치 지적이면서 어딘가 모르게 우수에 젖은 인상을 풍겼다. 둘은 말없이 상대방을 응시하다가 이윽고 몸을 돌려 나란히 성당 앞 계단을 걸어 올라가 곧 성당 문을 열고 안으로 들어갔다.

　둘은 중앙 통로를 따라 저만치
　앞쪽을 향해 걸어갔다.

　적요한 공간 사이로 잠든 공기를 흩뜨리며 둘의 발소리가 잇달아 바닥을 울렸다. 성당 안은 다소 어슴푸레했고 인기척은 없었으며 어떤 신비로운 상상력을 자극하면서 색색의 스테인드글라스 창을 통해 은근하게 숨 쉬는 하오의 햇살이 비쳐들었다. 잠시 후 맨 앞 회중석에 이르자 둘은 양쪽으로 갈라져 오크 재질 장의자에 따로따로 자리를 잡고 앉았다. 둘은 잠시 정면을 응시하며 생각에 잠겼다. 둘의 정면으로 백색 레이스 제단포가 깔린 제단과 그 뒤편 벽에 걸린 십자가 예수상이 보였다.
　조금 지났다. 문득 생각을 멈추고 둘은 흘끔 서로를 바라본 뒤 곧 성경책 받침대에 팔꿈치를 괴고서(하나는 두 손을 마주대고, 하나는 두 손을 마주잡고) 고요히 눈을 감고 머리 숙여 자기만의 은밀한 묵도를 시작했다. 둘의 기도가 깊어갈수록 공간은 더 간절히 숨을 죽였다. 그 뒤 삼십 분쯤 지났을까. 이제 막 기도를 멈추고 둘은 눈을 떴다. 곧 조용히 신도석에서 일어나 다시 또각또각 발소리를 던지며 곧장 중앙 통로를 되짚어 성당 문을 열고 바깥으로 나왔다. 아까 들어갈 때와 똑같은 방향에 선 채 둘은 묵묵히 성당 앞 계단을 걸어 내려와 이윽고 처음 그 위치에서 발을 멈췄다.

둘은 몸을 돌려
상대방의 눈동자를 빤히 응시했다.

그렇게 십여 초쯤 지났을까. 둘은 눈을 거두고 말없이 서로의 몸을 스쳐 정반대 방향으로 엇갈린 발걸음을 옮겼다. 그러니까 처음과는 달리 왼쪽에서 온 남자는 오른쪽 길로 향했고, 오른쪽에서 온 남자는 왼쪽 길로 향한 것이다. 얼마 안 가 둘은 길 위에서 동시에 모습을 감췄고 성당 앞은 다시금 따사로운 정적에 잠겼다. 그리고 일이 분쯤 지났다. 그때 어디선가 잠자리 어부랭이 한 쌍이 윙윙대며 성당 앞 계단 쪽으로 날아왔다. 잠자리 두 마리는 뱅뱅 성당 앞을 맴돌더니 이내 움직임을 멈추고 서로 머리를 마주한 채 공중에서 대화를 주고받았다.

"그 두 남자는 누굴까?"
잠자리1이 먼저 입을 열었다.

"하난 사람이고, 하난 로봇이야."

잠자리2가 말을 받았다.

"둘 다 사람 아니었어?"
"응. 하난 에이아이 로봇이야."

"에이아이 로봇? 그게 뭔데?"
"일테면 사람을 닮은 인공지능 로봇이야."

"인공지능 로봇?"
"응. 휴머노이드 로봇이라고도 불러."

잠자리1이 머리를 갸웃갸웃했다.
그러다 또 불쑥 물었다.

"근데 둘은 무슨 기도를 한 걸까?"
그러자 곧 잠자리2가 입을 열었다.

– 먼저 진짜 사람인 그 남자는 이런 기도를 올렸을 거야. '오, 천주님! 거룩하신 천주님! 은혜로운 천주님! 저에게도 부디 영원한 생명을 주소서. 부디 바라옵건대, 저에게도 인공지능 로봇처럼 영원히 죽지 않는 불멸의 삶을 주소서……' 그리고 가짜 사람인 그 남자는 반대로 이런 기도를 드렸을 거야. '오, 천주님! 전능하신 천주님! 자비하신 천주님! 부디 저를 긍휼히 여기소서. 부디 원하옵건대, 저에게도 인간처럼 죽음을 주소서. 저에게도 부디 죽음을 허락하시어 오직 죽음을 통해 참다운 삶을 부여받은 완전한 인간이 되게 하소서. 오, 천주님! 무한한 삶이란 곧 무한한 죽음과 같사오니, 부디 청

하옵건대, 한 번의 삶과 한 번의 죽음으로 완성되는 인간의 일생, 오직 유한한 존재로서의 하나뿐인 인생을 허락하소서......

손
－연인을 위하여

손은, 또 하나의 심장이다.
두 쪽으로 나눠진 반쪽자리 심장이다.
밖에 있는, 눈에 뵈는, 내 심장의 거울이다.
그래서 스스로가 두 손을 마주대면,
그래서 스스로가 두 손을 맞잡으면,
또 하나의 완전한 내 안의 심장이 된다.
그래서 그 모양은 내 심장을 보여주는
내 마음을 드러내는 또 하나의 형상이 된다.
그래서 그 모습은 기도가 되고 믿음이 되고
마침내는 그렇게 내 사랑의 증표가 된다.
그래서 둘이 서로 손과 손을 마주대면,
그래서 둘이 서로 손과 손을 맞잡으면,
또 하나의 나를 닮은 또 하나의 너를 닮은
또 하나의 둘을 닮은……
또 하나의 온전한 심장이 된다.
그래서 그 심장은 또 하나의 기도가 되고
또 하나의 믿음이 되고 마침내는 그렇게
둘이 서로 하나를 닮은, 참사랑의 증거가 된다.

손
―만인을 위하여

손은, 또 하나의 심장이다.
두 쪽으로 나눠진 반쪽자리 심장이다.
밖에 있는, 눈에 뵈는, 내 심장의 거울이다.
그래서 스스로가 두 손을 마주대면,
그래서 스스로가 두 손을 맞잡으면,
또 하나의 완전한 내 안의 심장이 된다.
그래서 그 모양은 내 심장을 보여주는
내 마음을 드러내는 또 하나의 형상이 된다.
그래서 그 모습은 기도가 되고 소망이 되고
마침내는 그렇게 내 사랑의 증표가 된다.
그래서 너와 내가 손과 손을 마주대면,
그래서 둘이 서로 손과 손을 맞잡으면,
또 하나의 나를 닮은 또 하나의 너를 닮은
또 하나의 둘을 닮은, 우리 안의 심장이 된다.
그래서 모든 이가 손과 손을 마주대면,
그래서 온 세계가 손과 손을 맞잡으면,
또 하나의 꿈을 닮은 또 하나의 희망을 닮은
또 하나의 미래를 닮은, 또 하나의 기도가 되고
또 하나의 바람이 되고... 마침내는 그렇게
또 하나의 아름다운, 모두 안의 심장이 된다.

이천도 우화집

2021년 6월 11일 초판 1쇄 인쇄
2021년 6월 19일 초판 1쇄 발행

글 : 이천도
펴낸이 : 이미례
펴낸곳 : 미래성
주소 : 서울시 동작구 상도로 62, (칸타빌레 505호)
전화 : 02-3280-2096
모바일 : 010-8927-8783
팩스 : 02-3280-2096
메일 : duutaa@naver.com, miraesung7@hanmail.net
ISBN 979-11-958899-5-2 03810

이 도서의 국립중앙도서관 출판예정도서목록(CIP)은
서지정보유통지원시스템 홈페이지(http://seoji.nl.go.kr)와
국가자료공동목록시스템(http://www.nl.go.kr/kolisnet)에서 이용하실 수 있습니다.
(CIP제어번호: CIP2018011458)